06/2500

Über 40 Jahre
Heyne Science Fiction
& Fantasy

2500 Bände
Das Gesamt-Programm

SCIENCE FICTION

Herausgegeben
von Wolfgang Jeschke

Von **Richard Paul Russo** erschien in der Reihe
HEYNE SCIENCE FICTION & FANTASY:

Innere Verfinsterung · 06/5082
Die unterirdische Galerie · 06/5110
Engel der Zerstörung · 06/5986

RICHARD PAUL RUSSO

Engel der Zerstörung

Aus dem Amerikanischen von
WALTER BRUMM

Deutsche Erstausgabe

WILHELM HEYNE VERLAG
MÜNCHEN

HEYNE SCIENCE FICTION & FANTASY
Band 06/5986

Titel der amerikanischen Originalausgabe
DESTROYING ANGEL
Deutsche Übersetzung von Walter Brumm
Das Umschlagbild ist von Fred-Jürgen Rogner

Umwelthinweis:
Dieses Buch wurde auf chlor- und säurefreiem Papier gedruckt.

Redaktion: Wolfgang Jeschke

Erstausgabe: An ACE Book,
published by The Berkley Publishing Group, New York
Mit freundlicher Genehmigung des Autors
und C. Theegarten Schlotterer, Literarische Agentur, München

http://www.heyne.de
Printed in Germany 1999
Umschlaggestaltung: Nele Schütz Design, München
Technische Betreuung: M. Spinola
Satz: Schaber Satz- und Datentechnik, Wels
Druck und Bindung: Elsnerdruck, Berlin

ISBN 3-453-14891-6

Für Karen, Lee und Patty:
Freunde,
die durch harte Zeiten halfen.

Danksagung

Ich möchte mich bei der Centrum Foundation und der Cannon Beach Arts Association für ihre Unterstützung während der Arbeit an diesem Buch bedanken. Auch gebührt den folgenden Personen mein Dank für ihre Bemerkungen und Vorschläge zu verschiedenen Teilen des Romans: Frank Milan, Alison Pride, Kelly Jurgensen und Ursula Le Guin.

Dank gebührt auch Sally Wies, welche die Endfassung redigierte und mehrere äußerst wertvolle Vorschläge machte.

Und schließlich gilt mein besonderer Dank John Buckley für seine Ermutigung, seinen Rat und seine Freundschaft.

1

Tanner sah zu, wie die Kinder zwischen den Methanfeuern der benachbarten Müllkippe spielten. Darüber dämpfte ein fahlgrüner und gelblicher Dunst die Abendsonne. Es war heiß, und Tanner schwitzte.

Die Kinder jagten einander, stolperten durch den Müll und wichen den schwelenden Müllbränden aus. Ruß färbte ihre Gesichter, ihre zerlumpten Kleider. Von Zeit zu Zeit schrie eines der Mädchen etwas, und dann änderten alle Kinder abrupt die Richtung.

Tanner ging weiter, fort von den Kindern. Er umging die Müllkippe und kam auf eine belebte, schmale Straße. Zu beiden Seiten gleichförmige, häßliche Fassaden, welche die feuchte Tageshitze ausstrahlten und die Geräusche des Autoverkehrs, Rufe und Gelächter, Fahrradgeklingel, Hammerschläge und das entfernte Jaulen eines Streifenwagens zurückwarfen.

Einen halben Block weiter betrat Tanner den Carousel Club, wo es mit Ausnahme mehrerer smaragdgrüner Kugellampen unter der Decke dunkel, heiß und verräuchert war. Er durchquerte den Raum, folgte einem schmalen Korridor und erstieg eine Treppe zum zweiten Stock.

Hier standen ein Dutzend Tische, die meisten davon besetzt, und weitere drei draußen auf dem schmalen Balkon über einem Gezeitensumpf, der von der Bucht hereinfingerte. Paul saß an einem der Balkontische und blickte hinab zum sumpfigen Ausläufer der Bucht, und Tanner ging an den Tisch. Paul blickte auf. Sein Gesicht war hager und blaß, mit dunklen Schatten unter den Augen.

»Sie sehen verdammt schlecht aus«, sagte Tanner, als er sich ihm gegenüber setzte. Kein Lufthauch regte sich, und es war nicht kühler als drinnen. Vom stehenden Wasser drang der Geruch von Salzschlamm und Fäulnis herauf.

Paul lächelte. »Danke.« Er schüttelte den Kopf. »Hab gerade zwölf Stunden in der Unfallstation hinter mir.«

Dort hatte Tanner vor mehreren Jahren Paul kennengelernt: in der Unfallstation des Allgemeinen Krankenhauses von San Francisco. Damals war Tanner noch verdeckter Ermittler gewesen und hatte Paul und den anderen Ärzten die Opfer von Drogen- und Bandenkriegen zum Zusammenflicken gebracht. Tanner war nicht mehr bei der Polizei.

Er blickte vom Balkon hinaus. Auf der anderen Seite des sumpfigen Ausläufers lag ein Schrottplatz, wo mehrere hundert Autowracks gestapelt waren, vier und fünf übereinander. Auf einem der höchsten Stapel saß ein Mädchen mit übergeschlagenen Beinen auf dem eingedrückten Dach einer rostigen blauen Limousine und rauchte. Tanner hatte den Eindruck, daß die Kleine zu ihm herübersah.

Eine Bedienung mit Vogelmaske kam an ihren Tisch, nahm die Bestellung auf und ging. Paul zog eine Pakkung Zigaretten aus der Tasche, fingerte eine heraus und zündete sie an.

»Ich dachte, Sie hätten aufgehört«, sagte Tanner.

»Ich habe mit dem Aufhören aufgehört.«

»Und das als Arzt.«

Paul zuckte die Achseln. »Na, ich denke, es kann nicht viel schlimmer sein, als diese Luft zu atmen.«

Tanner blickte in den grünlichen, vom Sonnenuntergang orange und gelb durchschossenen Dunst und entschied, daß Paul wahrscheinlich recht hatte. Er wandte sich wieder Paul zu, aber der blickte hinab in das dunkle, unbewegte Wasser des Sumpfes. Lange Schatten hatten sich über seine Oberfläche gelegt; zwischen ihnen leuchteten ein paar kleine, helle Flecken und Streifen, wo die schräg einfallenden Sonnenstrahlen zwischen den Gebäuden hereinschienen und vom Wasser reflektiert wurden.

»Also, was gibt es?« fragte Tanner.

Paul zuckte wieder die Achseln. »Ich denke daran, aufzugeben.«

»Was?«

»Die Klinik, die Arbeit in der Unfallstation, alles.« Er hielt inne, schüttelte den Kopf. »Ich brenne aus.«

Ja, kein Scheiß, dachte Tanner. Und ich bin nicht weit hinter dir. Der Abschied aus dem Polizeidienst hatte ihm nur einen vorübergehenden Aufschub gebracht. »Was werden Sie tun?« fragte er.

Paul lächelte. »Mein eigenes Schild aufhängen. Nasenpolypen operieren und Fett absaugen und neurovegetative Störungen behandeln. Es zu einem Vermögen bringen.«

Tanner lachte.

Getränke wurden gebracht. Tanner nippte von seinem und blickte über den sumpfigen Einschnitt zu dem Mädchen auf dem Schrottplatz. Er spürte einen Stich in der Brust. Es war etwas schmerzlich Vertrautes an dem Mädchen. Er glaubte nicht, daß er sie kannte, aber sie erinnerte ihn an jemand. An wen? Er wußte es nicht. Ihre Zigarette war weg, und nun bewegte sie die Hände und Arme in langsamen, komplizierten Mustern durch die Luft. Tanner glaubte noch immer, daß sie ihn ansehe, und überlegte, ob sie versuchte, ihm eine Botschaft zu senden. Ein kosmisches Bulletin. Ein geistiges Kommuniqué, das sich durch die Autowracks und über das stinkende Wasser schlängelte. Was es auch war, er bekam es nicht mit.

Das Mädchen stellte die Bewegungen ein und verharrte einige Augenblicke vollständig regungslos. Dann wandte sie den Kopf und blickte zur Bucht.

Nach einem letzten Blick zu Tanner kletterte es vom Stapel der Autowracks und verschwand im Innern des Schrottplatzes.

Tanner beugte sich über das Balkongeländer und spähte zur Bucht hinaus, sah aber nichts Ungewöhnliches.

»Was ist?« fragte Paul.

»Weiß nicht.«

Dann hörte er das Geräusch eines Bootsmotors, und wenige Augenblicke später kam ein Boot der Küstenwache in Sicht. Es fuhr langsam in den sumpfigen Einschnitt. Seine Warnlampen blinkten nicht, aber mehrere Wachsoldaten standen an Deck.

Am gegenüberliegenden Ufer erschienen nacheinander mehrere Männer und Frauen und stiegen durch eine Lücke im Maschendrahtzaun, der den Schrottplatz umgab. Die beiden ersten waren uniformierte Polizisten, die anderen in Zivil. Aber Tanner erkannte den fünften – Carlucci, von der Mordkommission. Tanner hatte ihn immer respektiert, obwohl sie kaum jemals zusammengearbeitet hatten und nie gut genug miteinander ausgekommen waren, um Freunde zu werden. Carlucci war scharfsinnig, und man konnte sich auf ihn verlassen. Tanner fragte sich, ob er es schon zum Leutnant gebracht habe.

Einer der Uniformierten blieb stehen, wandte sich zurück und sagte etwas. Carlucci zuckte die Achseln, schüttelte den Kopf. Dann verteilten sich alle sechs über das Ufer und begannen das Wasser abzusuchen.

Tanner hatte ein ungutes Gefühl. Plötzlich wußte er, wonach sie suchten, und was sie finden würden.

Der Kutter der Küstenwache hatte in der Mitte des Einschnittes Anker geworfen, und alle Soldaten sahen den Polizisten bei der Suche zu. Die Küstenwache hatte hier keine Autorität, aber sie wollte beteiligt sein. Es war ihr Territorium, wenn auch nicht ihre Jurisdiktion, und wenn Tote im Wasser lagen, wirkte es sich auf ihren Ruf aus. Tanner betrachtete sie ohne Sympathie. Sie waren Parasiten.

Einer der Polizisten in Zivil rief den anderen etwas zu. Er kauerte unten am Wasser und spähte hinein. Die anderen kamen zu ihm und beugten sich vor, dann traten die in Zivil beiseite, um den beiden Uniformierten Platz zu machen. Die Uniformierten hatten wie gewöhnlich die Dreckarbeiten zu tun, dachte Tanner.

Die beiden bückten sich, griffen ins Wasser und zogen ein Seilende heraus, das dicht unter der Wasseroberfläche an etwas befestigt war – wahrscheinlich an einem in den schlammigen Grund geschlagenen Pflock. Am anderen Ende schien etwas Schweres im tieferen Wasser zu hängen. Sie begannen das Seil einzuholen.

Es war ein mühsames Geschäft. Zweimal blieb das, was am anderen Ende des Seils hing, an Steinen oder Trümmerteilen hängen, und die Polizisten mußten es loszerren. Dann, als es dem Ufer näherkam, durchbrach weiße Haut die Wasseroberfläche.

Bald darauf hatten sie die Leichen auf dem schlammigen Ufer ausgelegt. Die Polizisten umringten sie und versuchten sie gegen die Sicht der Küstenwache abzuschirmen. Aber Tanner hatte bereits genug gesehen.

Es waren zwei Tote, ein Mann und eine Frau, beide nackt und an Hand- und Fußgelenken Rücken an Rücken zusammengekettet.

»Mein Gott«, sagte Paul. »Ich dachte, das sei vorbei.«

Tanner antwortete nicht. Er beobachtete Carlucci und die anderen, wie sie mit den Füßen scharrten, Zigaretten rauchten und versuchten, die Toten nicht anzusehen, während sie auf das Eintreffen der Assistenten des amtlichen Leichenbeschauers warteten. Sie hätten diese Leute gleich mitbringen sollen, dachte Tanner; sie hätten wissen sollen, was sie finden würden. Wahrscheinlich hatten sie es nicht glauben wollen.

Zweieinhalb Jahre waren vergangen, seit die letzten zusammengeketteten Leichen irgendwo aus dem Wasser im Bereich der Stadt gezogen worden waren. Tanner hatte im Rauschgiftdezernat gearbeitet und war niemals direkt an den Ermittlungen beteiligt gewesen, aber er hatte selbst einmal zwei Leichen geborgen – zwei Frauen, die er aus dem Stowe Lake im Golden Gate Park gezogen hatte –, und er war froh, daß er jetzt nichts damit zu tun haben würde. Jetzt war es anderer Leute Alptraum. Nicht wahr?

Er blickte weg und trank sein Glas aus.

»Ich könnte noch einen vertragen«, sagte er.

Paul nickte. Tanner hielt nach der Frau mit der Vogelmaske Ausschau und signalisierte ihr um zwei weitere Gläser. Sie nickte mit dem gefiederten Kopf und verschwand tiefer im Innern des Lokals.

Tanner sah wieder zu den Polizisten am anderen Ufer hinüber. Einer von ihnen schnippte seinen Zigarettenstummel ins Wasser, wo er mit einer winzigen Rauchwolke verzischte. Nein, dachte Tanner, er vermißte diese Arbeit kein bißchen.

2

Sookie beobachtete die Vorgänge vom Vordersitz eines zweitürigen Wagens aus, dem mittleren in einem Stapel von fünf Autowracks. Sie konnte das Wasser, die Männer und die nackten Toten sehen, die sie aus dem Wasser gezogen hatten. Autokino, dachte sie, mit abgeschaltetem Ton. Sie wünschte, sie hätte Popcorn.

Ich bin dreizehn, dachte sie, nicht alt genug, um dies zu sehen. Sie lächelte und wand sich auf dem Sitz. Sitz still, sagte sie sich. Sie wollte eine Zigarette, aber der Rauch würde sie verraten. Oder sie würden denken, der Autofriedhof sei in Brand geraten. Sie stellte sich Sirenen vor, riesige Wasserfontänen, einen Hubschrauber, der Wasserbomben fallen ließ.

Die Männer taten nichts. Redeten miteinander, aber sie verstand nicht, was sie sagten. Sookie betrachtete die Toten. Ihre Hautfarbe war grau; nein, weiß; nein, grauweiß. Eine seltsame Farbe. Sie überlegte, ob es echte Leichen seien. Vielleicht war es doch ein Film. Aber sie sah keine Kameras. Brauchte man nicht Kameras, um einen Film zu drehen? Sookie war nicht ganz sicher.

Die Ketten an den Handgelenken und Knöcheln waren schön. Hell und silbrig. Heller noch als die Abendsonne. Die Sonne war nicht zu sehen; sie war hinter den Gebäuden verborgen. Sookie schloß die Augen und versuchte sich vorzustellen, wie die Ketten an ihren eigenen Handgelenken und Fußknöcheln aussehen würden. Hübsch.

Sie öffnete die Augen, blickte über das Wasser und zu den Leuten auf dem Balkon. Da war der Mann, der sie angesehen hatte. Was für ein eigenartiges Lokal! Ein riesiger Vogel, der einen kurzen Rock trug, servierte ihnen Getränke.

Ein paar weitere Männer stiegen durch den Zaun, und dann konnte sie die Leichen nicht mehr sehen. Blitzlichter zuckten. Jemand machte Aufnahmen, aber es waren keine Filmkameras.

Sookie fühlte sich schwindlig, und unwohl. Sie dachte daran, tot und nackt zu sein, und von Leuten fotografiert zu werden. Sie schloß die Augen, seufzte und lehnte sich zurück. Sie wollte nicht mehr zusehen.

3

Ein paar Minuten nachdem Tanner den Carousel Club verlassen hatte, setzte ein warmer Regen ein. Er rettete sich in eine Bäckerei, um den Schauer dort abzuwarten, da er wußte, daß er nicht länger als eine halbe Stunde dauern würde. Die Bäckerei war heiß und überfüllt, und es ging geräuschvoll zu. Tanner fühlte sich inmitten von allem recht wohl, eingelullt von der Hitze, dem Geruch von Gebackenem und Kaffee und dem Lärmen spanisch sprechender Stimmen ringsum. Im Hintergrund krächzte unaufhörlich ein Papagei, der zwischendurch immer wieder spanische Wörter und Wendungen rief.

Tanner kaufte einen Krapfen und eine Tasse Kaffee, fand einen freien Platz beim Fenster und sah den Regen gegen die Scheibe prasseln. Mitte Juli, Temperaturen regelmäßig über dreißig Grad, und jeden Morgen und Nachmittag Regen – ein unheimlicher Sommer. Der größte Teil des Landes litt unter extremer Dürre, und San Francisco wurde zu einem tropischen Regenwald. Er vermißte den Nebel, den richtigen Nebel, den er seit zehn Jahren nicht gesehen hatte.

Nachdem er den Krapfen gegessen hatte, trank Tanner mit halb geschlossenen Augen den Kaffee und blickte zum Fenster hinaus. Auf der anderen Seite der Durchfahrt zwischen zwei Gebäuden war ein handtuchschmaler Vorgarten. Dort wucherten mannshohe grüne, rostfleckige Farne, deren Wedel in heftige Bewegung gerieten, als ein kleines Mädchen einen Hund durch den Garten jagte. Bromeliazeen füllten die Luft über dem Farndickicht, hingen in farbenprächtigen Büscheln von Fenstersimsen und Spalieren, die aus Schrottmetall und Plastikrohr gebastelt waren.

Er dachte über die beiden zusammengeketteten Leichen nach, die aus dem Wasser gezogen worden waren. Wie viele waren es inzwischen? Siebenunddreißig im Zeitraum von zwei Jahren. Aber seit zweieinhalb Jahren keine mehr. Und nun ... hatte es wieder angefangen? Er mochte nicht daran denken, was das für ihn bedeutete.

Draußen dunkelte es, und die Straßenbeleuchtung ging an. Tanner trank seinen Kaffee aus, als der Regen aufhörte, und ging hinaus auf die Straße. Zeit, daß er nach Haus kam.

Er nahm einen Bus bis zur Market Street und stieg an einem der Grenzkontrollpunkte zum Bankenviertel aus. Der Bus, der keine Durchfahrterlaubnis hatte, kehrte hier um und fuhr nach Süden zurück.

Tanner stand beim Kontrollpunkt und betrachtete den leuchtenden Lichtschein, der das Bankenviertel einzuhüllen schien. Eine Enklave ragender Hochhäuser aus schimmerndem Metall, hellem Stein und spiegelndem Glas, war das Bankenviertel der einzige Teil der Stadt, der aussah, als gehöre er in seine Zeit. Der Rest der Stadt war noch weit im 20. Jahrhundert zurückgeblieben.

Der kürzeste und sicherste Weg zu seiner Wohnung führte durch das Bankenviertel, aber Tanner war nicht in der Stimmung für Identitätskontrollen und Leibesvisitationen. Statt dessen nahm er einen Umweg, der beinahe so sicher und viel lebendiger war.

Er wanderte ein paar Blocks die Market Street entlang nach Westen und bog dann nach rechts in einen der drei kubanischen Korridore der Stadt. Hier war die Straße belebt, laut, hell beleuchtet und voll von den Gerüchen nach Curry, schwarzer Bohnensuppe, Speck und kubanischem Brot. Ordnungskräfte mit grünen und roten Halstüchern und Armbinden standen an den Ecken und schlenderten durch die Menge.

Mehrere Blocks von der Market Street entfernt, grenzte der kubanische Korridor an das Chinesenviertel. Hier hatte Tanner eine Auswahl von Straßen, die er nehmen konnte. Er nahm den kürzesten Weg zur Stockton Street, und die Gerüche veränderten sich. Hier roch es nach Fisch und Meeresfrüchten und Räucherwerk. Die Straßen waren noch belebter als im kubanischen Korridor; Fußgänger, Wagen, Motorroller und Fahrräder bewegten sich in chaotischem, stockendem Durcheinander.

Auf der anderen Seite der Columbus Avenue, wo er sich dem Rand des Chinesenviertels näherte, verlief sich die Menge. Der Geräuschpegel sank, weniger Ordnungskräfte waren zu sehen.

Tanner wohnte anderthalb Blocks vom Chinesenviertel entfernt, aber diese Strecke war beinahe still und viel dunkler, und weit und breit waren keine Ordnungskräfte in Sicht. Er schritt aus, aber ohne Furcht, und er dachte daran, was sein Vater ihm zu sagen pflegte: Du darfst nicht wie ein Opfer aussehen. Manchmal fragte er sich, ob sein Vater seinen eigenen Ratschlag vergessen hatte.

Er sperrte das äußere Tor zum Grundstück des sechsstöckigen Wohnhauses auf, vergewisserte sich, daß es hinter ihm einrastete, und ging dann durch den überwucherten Garten zum Eingang. Die Pflanzen waren außer Rand und Band, ihre feuchten Blätter und Zweige beengten den Gehweg und streiften seine Kleider mit Nässe. Winzige Insekten umtanzten den dunstigen Lichtkreis der Eingangsbeleuchtung.

Tanner gab den Hauscode ein, dann seinen persönlichen Code und sperrte schließlich mit dem Schlüssel auf. Er betrat die Eingangshalle. Die Haustür schloß sich automatisch hinter ihm und schaltete die Alarmanlage ein.

In der Eingangshalle herrschte trübes Licht, die Luft war unbewegt und warm. Tanner stand eine kleine Weile bewegungslos und lauschte den Geräuschen, die von oben aus dem Gebäude zu ihm drangen – ein leises, tiefes Summen; Geflüster von Stimmen, ein gedämpftes Klirren von Glas; das Pfeifen eines Teekessels.

Er öffnete seinen Briefkasten, aber der war leer. Schon den dritten Tag hintereinander. Er überlegte, ob es etwas zu bedeuten habe.

Müde erstieg er die Treppen zum vierten Stock, ohne im Treppenhaus oder Korridor jemandem zu begegnen. Seine Wohnung lag am Ende des Korridors zur Rechten; die Tür hatte ein Dutzend mit Sperrholz zugenagelte Fensterrahmen ohne ein Stückchen Glas. Gelegentlich dachte er daran, die Glasscheiben zu ersetzen, aber nicht oft genug, um wirklich etwas zu unternehmen.

Die Wohnung war für eine Person relativ groß – Wohnzimmer, Schlafzimmer, Diele, Küche und Bad –, aber immer häufiger kam sie ihm in letzter Zeit zu groß vor, und halb leer. Er ging von einem Raum zum anderen, und wieder überkam ihn das Gefühl von Leere und hinterließ einen dumpfen Schmerz. Die Wohnung war ihm immer passend vorgekommen, warm und gemütlich, wann immer Valerie und Connie hier Zeit verbracht hatten. Aber das war längst vorbei, und sie waren seit mehr als einem Jahr nicht hier gewesen. Nun, das war seine eigene Wahl gewesen, nicht wahr?

Er blieb an einem Fenster stehen und blickte hinunter zur Straße. Das Licht der Straßenlaternen warf verschwommene Schatten von Bäumen und alten Wagen. Die Fenster anderer Wohnungen glommen trübe und gelblich, rechteckige Augen in der Nacht. Oskar, der blinde Kater aus der Nachbarschaft, nach zwei Jahren ohne Sehvermögen unglaublicherweise noch am Leben, tappte auf der anderen Straßenseite den Gehsteig entlang, wobei er den Kopf steif von einer Seite zur anderen bewegte. Er stieß auf einen Mülleimer, zögerte für einen Moment und bog dann in eine schmale Durchfahrt.

Leichen.

Ein weiterer Regenschauer setzte ein.

Nachdem er gegessen hatte, stieg Tanner mit einem Aluminiumliegestuhl auf die Dachterrasse. Er hoffte Alexandra dort anzutreffen, aber das Dach war leer. Der Regen hatte aufgehört, und der Mond, zu drei Vierteln voll, schien bernsteinfarben durch den nächtlichen Dunst.

Tanner stellte den Liegestuhl an den Rand der Dachterrasse und setzte sich. Die Nacht war ungewöhnlich ruhig. Verkehrsgeräusche waren schwach, und er hörte die Brise im dichten Laub der Bäume rascheln, die zwischen den Gebäuden und in den Höfen der Nachbarschaft wuchsen. Ein Geruch von feuchter Erde, vermischt mit dem Aroma überreifer, faulender Früchte, stieg zum Dach empor und drang bis zu ihm.

Tanner blickte nach Süden zu den Startbahnen von Hunter's Point, konnte aber nicht einmal die Spitzen der gleichfalls dort installierten Raketenabschußrampen erkennen. Diese Nacht sollte eine Frachtmaschine starten, die als Teil ihrer Ladung eine Sendung Schmuggelware an Bord hatte – Feinkostartikel, vor allem Schwalbennester –, die für eine der großen Investmentfirmen in Neu Hongkong bestimmt war. Tanner hatte das Geschäft vermittelt, und der größte Teil seiner Provision war in kleinen Geldbündeln in ein halbes Dutzend verschiedene Hände gedrückt worden, um sicherzugehen, daß die Sendung durchkam. Als Gegenleistung erwartete er eine Sendung hochwertiger, im Vergleich mit einheimischen Erzeugnissen jedoch viel billigeren Medikamenten. Von diesen verkaufte er einen Teil mit Gewinn auf eigene Rechnung – er mußte seinen Lebensunterhalt bestreiten –, während der Rest an freie Kliniken wie Pauls ging.

Nach einiger Zeit sah er am Südhimmel die blinkenden Positionslichter der aufsteigenden Maschine im weiten Bogen westwärts ziehen, einige Sekunden später gefolgt von einem kaum hörbaren tiefen Grollen. Tanner verfolgte die blinkenden Lichter, die höher und höher stiegen und sich entfernten, bis sie endlich weit über dem Meer verschwanden.

Er blieb noch eine Stunde auf der Dachterrasse, beobachtete den Nachthimmel, dachte nach und versuchte nicht zu denken. Dann nahm er den Liegestuhl unter den Arm und kehrte in seine Wohnung zurück.

Tanner träumte:

Er steigt durch das heiße, dunkle Treppenhaus hinauf, Freeman unmittelbar vor ihm. Sein Herz pocht angestrengt, und er schwitzt, riecht Moder von schimmelnden Korridorläufern. Er tastet nach dem Messer in seinem Stiefel, fühlt sich durch die Berührung aber nicht ermutigt. Er wünscht, sie hätten riskieren können, Schußwaffen zu tragen, aber diese Arschlöcher werden sie mit Sicherheit durchsuchen, bevor sie sich auf den Geschäftsabschluß einlassen. Tanner ist zumute, als hinge er mit bloßem Hintern aus einem Fenster. Selbst das Bewußtsein, daß sie unten auf der Straße Unterstützung haben, hilft nicht viel. Im Freihafenbezirk? Ein Witz.

Oben angelangt, macht Freeman halt und sieht sich nach Tanner um. Die Locken hängen ihm in die Augen. Das Gebäude ist zu still, denkt Tanner. Zu heiß. Und zu dunkel.

Am anderen Ende des Korridors leuchtet eine einzige nackte Glühbirne.

»Fertig?« flüstert Freeman.

Tanner nickt. Seine Kehle ist trocken.

»Dann kassieren wir diese Scheißer«, sagt Freeman.

Sie gehen durch den Korridor und bleiben vor einer rissigen hölzernen Tür stehen, auf die eine große schwarze Nummer Neun gemalt ist. Freeman klopft einmal, noch einmal, dann dreimal schnell hintereinander.

Die Tür wird geöffnet, und ein großer, bärtiger Kerl blickt aus einem Zimmer, das beinahe so dunkel wie der Korridor ist. Er läßt sie nicht ein. Tanner riecht Thunfisch und etwas Süßliches, Schweres.

»Geld?« sagt der Kerl.

Freeman zieht ein Bündel Banknoten aus der Jakkentasche und hält es lange genug in die Höhe, daß der andere es sehen kann, dann steckt er es wieder ein. Der bärtige Kerl nickt, öffnet die Tür ein wenig weiter, dann hebt er eine Pistole und hält sie Freeman an die Stirn.

Großer Gott.

»Friß, Nigger!« Er drückt ab, die Kugel sprengt Freeman den Schädel und bespritzt Tanner von oben bis unten mit Blut und Gehirn und Knochensplittern.

Allmächtiger!

Tanner rennt. Er hat das Treppenhaus fast erreicht, als ein weiterer Schuß kracht. Etwas Hartes und Kompaktes schlägt in ihn, bringt ihn aus dem Gleichgewicht. Er rennt noch und weiß nicht, was es ist. Dann weiß er es, und heißer Schmerz eruptiert in seiner Seite, und er fliegt blindlings um die Ecke und kracht die Treppe hinunter …

Tanner erwachte.

Er fuhr im Bett auf und zog den Atem scharf durch die Zähne. Schweiß rann ihm über den Rücken, der Schlafanzug klebte ihm am Körper. Der Adrenalinstoß hinterließ ein Prickeln.

Es war nicht das erste Mal. Der Traum, der Alptraum, hatte sich im Laufe der Jahre wiederholt – nicht regelmäßig, nicht oft, aber oft genug. Eine nahezu genaue Wiederholung dessen, was vor zweieinhalb Jahren geschehen war, als ihr Versuch, einen Rauschgiftring hochzunehmen, gründlich danebengegangen war. Eine Wiederholung der Art und Weise, wie Freeman getötet worden war.

Tanner stand auf, ging zum offenen Fenster und blickte hinaus. Unwillkürlich rieb er die dicke Narbe an seiner Seite. Einige Blocks entfernt flackerte der Widerschein von Flammen über dunkle Hausfassaden – brennender Müll oder brennende Wagen. Kein Sommerfest mit Feuer und Grill.

Er hatte den Traum seit mehreren Monaten nicht geträumt und wußte, warum er sich diese Nacht wieder eingestellt hatte. Diese verdammten Leichen. Und er war nicht der einzige mit Alpträumen, soviel war sicher.

Zuerst würden nur ein paar Polizisten betroffen sein. Dann, sobald die Nachricht sich verbreitete, und besonders, wenn weitere Leichen gefunden wurden – und Tanner wußte, daß es weitere Leichen geben würde –, mußten sich auch die Alpträume ausbreiten. Und was die Situation verschlimmerte, war das Unbekannte. Vor Jahren, während der ersten Mordserie, hatte die Polizei niemals einen Hinweis gefunden, niemals auch nur eine Ahnung, wer der Mörder war, oder warum er tötete. Als die Morde aufgehört hatten, war die Hoffnung aufgekeimt, daß es den Mörder selbst erwischt habe. Nun sah es allerdings nicht danach aus. Es bestand die Möglichkeit einer Nachahmungstat, aber Tanner bezweifelte es. Carlucci würde es wissen. Vielleicht sollte er ihn aufsuchen und fragen.

Himmel, dachte er, vergiß es. Es war nicht sein Problem. Bis auf diese verdammte zweieinhalb Jahre alte Botschaft. Er mochte nicht darüber nachdenken, aber wenn dies nicht bloß das Verbrechen eines verrückten Nachahmungstäters war, dann würde es sein Problem sein. Und es war ihm klar, daß er es nicht vergessen würde.

Er blickte auf die Uhr. Sieben Minuten vor eins. Er überlegte, ob er bis zum Morgengrauen wach bleiben könne. Besser als wieder zu träumen. Er stand am Fenster und beobachtete den flackernden Widerschein von Flammen in der Nacht.

4

TANNER SCHOB ES drei Tage lang auf. Dann bedurfte es nur eines Anrufes bei Lucy Chen, die ihm sagte, wo Carlucci beim Morgenkaffee seine Einsatzbesprechungen abhielt.

Es war ein Lokal, das sich Spade's nannte, ein Espressocafé mit Bar, das Jamie Kingston gepachtet hatte, ein farbiger Expolizist, dem während Rassenunruhen vor dem Rathaus das linke Bein abhanden gekommen war. Tanner kam kurz nach sechs Uhr früh hinein und fand das Lokal voll besetzt. Zwischen den kleinen Tischen stand ein Dutzend funkensprühender Ionenpfosten, die den Gerüchen von Tabak und Espresso einen sauberen Ozongeruch hinzufügten. Ein tiefer, stampfender Baßrhythmus untermalte das Stimmengewirr.

Tanner schlängelte sich zwischen den Tischen und Ionenpfosten durch, bis er Carlucci in einer Nische an der Rückwand ausmachte. Zwei uniformierte Polizistinnen saßen ihm gegenüber und tranken grün gefärbten Eistee aus Gläsern. Carlucci hatte eine Kaffeetasse in der Hand und mehrere Stöße Papier auf dem Tisch ausgelegt.

Carlucci sah Tanner kommen, starrte ihn ein paar

Augenblicke lang an und deutete dann mit einem Nikken zu einem leeren Barhocker am Ende der Theke. Tanner setzte sich auf den Hocker, bestellte einen doppelten Espresso und wartete.

Er hatte den Espresso zur Hälfte getrunken und bedauerte es bereits – ein brennender Schmerz hatte in seinem Magen eingesetzt –, als Kingston aus der dampfenden Küche kam, hinter der Theke entlang humpelte und Tanner zulächelte. Dieser hatte ihn seit mehr als einem Jahr nicht gesehen, aber Kingston trug noch immer die kurzen Hosen aus schwarzem Leder, die das vernarbte Fleisch seines rechten Beines und das schimmernde Metall seiner linken Beinprothese unbedeckt ließen. Seine Füße, der echte wie der künstliche, steckten in Ledersandalen.

Kingston zog ein Stück Feingebäck unter der Theke hervor und legte es auf eine Untertasse, die er Tanner hinschob.

»Auf Kosten des Hauses.« Kingston lehnte sich gegen die Theke. »Lange nicht gesehen, Tanner.«

Tanner nickte. »Was macht das Bein?«

Kingstons Lächeln verbreiterte sich zu einem Grinsen. »Wie immer. Besser als das echte.«

Kingstons Bein war in dieser, ›die Tundra‹ genannten Gegend eine Legende. Ein Gerücht wollte wissen, daß sich in der Prothese eine Art Stutzen verbarg, der mit Streupatronen geladen war und in weniger als zehn Sekunden abmontiert und schußbereit gemacht werden konnte.

Aber Kingstons Grinsen verschwand so rasch wie es gekommen war, und er beugte sich über die Theke, bis sein Gesicht nur noch ein paar Handbreit von Tanners entfernt war.

»Sie warten auf Carlucci.«

Es war mehr Feststellung als Frage. Tanner nickte wieder.

»Wozu?« Kingston war jetzt ärgerlich, und Tanner hatte keine Ahnung warum. »Sie sind nicht mehr Polizist.«

Tanner fragte sich, was ihm entgangen war, aber er sagte nichts. Er brauchte sich vor Kingston nicht zu rechtfertigen.

»Tanner.« Das war Carluccis Stimme.

Tanner wandte sich auf dem Barhocker um und sah ihn an. Die beiden Uniformierten waren fort. Tanner blickte wieder zu Kingston. Der nickte in die Richtung von Carluccis Nische. Tanner nahm seinen Espresso, trug ihn zu Carluccis Tisch und setzte sich. Carlucci sah einen der Stöße mit Papieren durch.

»Was hat Kingston?« fragte Tanner.

»Nicht Ihre Sache. Hat nichts mit Ihnen zu tun.« Er blickte auf. »Tanner der Zivilist. Wie ist das Leben draußen im Bienenstock?«

»Es summt.«

Carlucci schnaubte. »Ja. Ich höre Geschichten über Sie. Die meisten davon gut, denke ich.« Er seufzte, schüttelte den Kopf. »Ihr weiches Herz ist der Grund, daß Sie es als Polizist nicht packen konnten.«

Tanner erwiderte nichts. Wahrscheinlich war da etwas dran. Aber nur etwas. Außerdem war Carlucci auch nicht gerade ein kalter Hund, und er war noch immer dabei.

»Also gut«, sagte Carlucci. »Warum sind Sie hier?«

»Ich saß am Donnerstag auf dem Balkon des Carousel Clubs und sah, wie Sie die beiden aus dem Wasser zogen.«

Carlucci sah plötzlich müde und abgespannt aus und sagte eine Weile nichts. Er trank seinen Kaffee aus, winkte dem Barkeeper mit der Tasse, um einen neuen zu bekommen. Er rieb sich die Augen, dann sah er Tanner an.

»Ja und? Sind Sie hier, um mir eine verrückte Theorie vorzutragen?«

Tanner schüttelte den Kopf. »Haben Sie wieder Theorien?«

»Bis zum Stehkragen. Mannon denkt, es müßten mehr als einer sein. Fuentes ist überzeugt, daß der Täter ein übergeschnappter Straßenräuber ist. Tinka glaubt, es sei eine Frau. Und Harker glaubt noch immer, daß es ein Ausländer ohne Kontakt mit der Bevölkerung ist. Und das sind Theorien von Polizisten. Sie sollten erst den Scheiß hören, den wir auf der Straße mitbekommen. Für die Presseleute ist es ein gefundenes Fressen.« Sein Piepser meldete sich neben ihm; er blickte auf die Anzeige, dann drückte er einen Knopf, um ihn zum Schweigen zu bringen. »Keine Theorie, warum dann?«

»Ich zog zwei von ihnen aus dem Stowe Lake, wenn Sie sich erinnern. Ich möchte bloß wissen, ob es derselbe Täter ist.«

Carlucci nickte langsam. »O ja, es ist derselbe Kerl, kein Zweifel. Erwürgt. Zusammengekettet. Fesseln, die in die Haut einschneiden. Ein gutartiges Virus, in die Computer der Mordkommission eingeschleust, der das System blockierte und dann die Position der Leichen angab.« Er machte eine Pause. »Und die Engelsflügel.«

Tanner nickte bei sich. Er kannte die winzigen, silbrigblauen Engelsflügel, die in die Nasenlöcher der Opfer tätowiert waren. »Irgendwelche Fortschritte?« Tanner war nicht sicher, weshalb er die Frage stellte. Er kannte die Antwort.

Carlucci stieß ein bitteres Lachen aus. »Fortschritte? Seit zwei Jahren hat es keine gegeben, und Sie erwarten etwas in drei Tagen?« Er schüttelte den Kopf. »Oben bei uns haben sie zwei von den Schnecken, die Vollzeit daran arbeiten, aber das wird auch nicht helfen.«

Tanner schauderte beim Gedanken an die Schnecken, die in ihren kleinen Zimmern im Präsidium arbeiteten, schwerfällig und träge in ihren Bewegungen, die Körper von den ständigen Injektionen zur Steigerung des Denkvermögens aufgebläht und unförmig. Sie sollten imstande sein, fast jedes Problem zu lösen, aber an diesem hatten sie sich bisher die Zähne ausgebissen.

»Ist das alles, was Sie wollen? Wissen, ob es derselbe Kerl ist?«

Tanner zuckte die Achseln. »Wollen Sie von außen in diese Ermittlungen einsteigen?«

Tanner schüttelte entschieden den Kopf, obwohl er wußte, daß er nicken sollte, weil er früher oder später mit ziemlicher Gewißheit würde einsteigen müssen. »Nein. Aber macht es Ihnen etwas aus, wenn ich in Fühlung bleibe?«

Carlucci seufzte. »Meinetwegen. Aber lassen Sie es mich wissen, wenn Sie irgendwo etwas Substantielles auffangen, und plagen Sie mich nicht jeden zweiten Tag damit. Es wird nicht schneller vorangehen als bisher, auch wenn der Bürgermeister es nicht hören mag.« Er warf einen Blick zur Bar. »Ich muß noch mit einigen anderen Leuten sprechen, also wenn es sonst nichts gibt...«

Tanner blickte zur Bar und sah Deke den Schleimer auf einem Hocker sitzen und herüberstarren. Deke schnippte ihm mit den Fingern und griff sich mit der anderen Hand zwischen die Beine.

»Alte Freunde?« sagte Carlucci.

»Ja.« Er wandte sich wieder Carlucci zu, schob sich hinter dem Tisch hervor und stand auf. »Danke. Bis später.«

Carlucci nickte, dann sagte er: »He, Tanner.«

»Ja?«

»Müssen Sie ein Polizeifahrzeug verwenden, um Ihre Warenlieferungen zu machen?«

Also wußte Carlucci Bescheid. »Macht es viel einfacher«, sagte Tanner.

»Das glaube ich Ihnen gern. Gut, daß Sie es unauffällig machen.« Carlucci zuckte die Achseln. »In Ordnung. Bis später.«

Ohne Deke einen weiteren Blick zuzuwerfen, verließ Tanner das Lokal.

Draußen war es trotz der frühen Stunde schon heiß. Der Himmel aber war wolkenlos und beinahe blau. Tanner überquerte die Straße zum Park der Tundra. Im Park gab es keine Bäume, nur verkümmerte Gruppen mutierter Pflanzen, denen das Aufkommen gelungen war, nachdem vor zwei Jahren die Entlaubungsmittel über der Tundra abgeworfen worden waren.

Tanner setzte sich auf eine Steinbank, die vom Regen des frühen Morgens noch etwas feucht war. Ihm war nicht zum Herumlaufen zumute, er wollte nichts als in der zunehmenden Hitze sitzen und sich von ihr durchdringen lassen. Seine Lieferung aus Neu Hongkong wurde erst am nächsten Tag erwartet, und bis dahin hatte er nichts vor. Er schloß die Augen, legte den Kopf in den Nacken und ließ sich die Sonne ins Gesicht scheinen.

Hitzige Ausrufe und das an Motorsägen erinnernde Heulen motorisierter Skateboards rissen ihn aus der Beschaulichkeit. Vom anderen Ende des Parks raste ein Mädchen auf ihn zu, bediente mit einer Hand das Steuerungskabel hinter sich und jagte in Schlangenlinien den betonierten Weg entlang. Zwanzig Meter hinter ihr war ein Rudel halbwüchsiger Verfolger. Das Mädchen grinste.

Als es näherkam, erkannte Tanner es – das Mädchen vom Autofriedhof. Wieder hatte er das Gefühl von Vertrautheit, es verblaßte dann aber, als er die Ähnlichkeit nicht festmachen konnte. Vereinzelte Fußgänger wichen dem Mädchen aus, und es sauste mit Vollgas an ihm vorbei, aus dem Park und auf die Straße, wo es sich geschickt zwischen den Fahrzeugen durchschlängelte.

Das Rudel der Verfolger jagte vorüber und ihr nach. Zwei von ihnen stießen gegeneinander oder gegen Fahrzeuge und purzelten übereinander. Bremsen quietschten, Leute schimpften und schrien, die Halbwüchsigen schrien zurück. Das Mädchen bog zwei Blocks weiter um eine Ecke und kam außer Sicht. Die sieben oder acht Jungen, die noch auf ihren Brettern standen, folgten ihr um die Ecke, und dann waren auch sie verschwunden. Tanner beobachtete und lauschte, aber nichts geschah. Er legte den Kopf wieder in den Nacken und schloß die Augen.

5

Sookie flog dahin. Jagdszene. Das gestohlene Skateboard schnurrte gleichmäßig dahin. Sie hatte ein gutes erwischt. Sie lachte bei dem Gedanken an den Typ, den sie zu Fall gebracht hatte, um das Brett zu bekommen.

Sie sah sich nicht nach den anderen um, wußte aber, daß sie hinter ihr waren; die Motoren waren nicht zu überhören, sowenig wie die Zurufe und Flüche. Der Wind blies ihr ins Haar, flatterte mit ihrem Rock. Sookie nahm eine weitere Ecke, daß die kleinen Räder über das Pflaster schleuderten, hielt sich mit Mühe auf dem Brett, gab wieder Gas und richtete sich auf. Dann sprang sie über die Bordsteinkante und schoß den Gehsteig entlang. Ratternde Räder, die wilde Jagd!

Leute auf dem Gehweg sprangen zur Seite, manche schrien ihr nach, fuchtelten mit den Armen. Sie wußten nicht, wie es war. Zack. Sookie schwenkte an der nächsten Ecke vom Gehsteig auf die Straße, überquerte sie, dann verfingen die Räder sich einen Moment im Eisenrost eines Gullys, kamen wieder frei, als sie vom Brett fiel. Im Nu war sie wieder auf den Beinen, stellte das Brett auf die Räder und sprang wieder darauf. Dann Vollgas und Abflug.

Sie schoß eine schmale Durchfahrt hinunter. Schlaglöcher und Steine. Zerbrochene Fenster, zersplittertes Holz. Die Kerle hatten jetzt aufgeholt, wenigstens ein paar von ihnen. Sookie wich den herumliegenden Haufen Unrat aus, verließ die Durchfahrt und bog in die nächste Straße, kam zwischen einen geparkten und einen fahrenden Wagen. Als sie den Block zur Hälfte hinter sich hatte, hörte sie einen der Verfolger zu Boden gehen, mit Geschrei.

Unter die Erde. Sie mußte verschwinden, bevor die anderen sie einholten. Sie spähte voraus. Noch zwei Blocks, ein paar Abbiegemanöver. Klar.

Sie wollte eine Zigarette und lachte. Was für eine verrückte Idee. Sie flog. Einen Block. Dann zwei. Sie schwenkte hart nach rechts, schlug einen Bogen nach links durch den Verkehr und in eine weitere Durchfahrt. Sie gab Vollgas, um noch ein bißchen mehr Geschwindigkeit herauszuholen. Sie fühlte sich toll, unwahrscheinlich toll! Herrje. Die Durchfahrt war frei, der Boden beinahe eben. Sie duckte sich unter einer Ladeplattform durch, schwenkte nach links.

Am anderen Ende der Durchfahrt bog Sookie wieder nach rechts und streifte die Ecke der Ziegelmauer, als sie um die Kurve sprang und den Gehsteig hinunterjagte. Gleich darauf schwenkte sie hart rechts in eine schmale Lücke zwischen zwei Gebäuden und zu einer Betontreppe, die hinabführte. Sie schaltete den Motor aus, ging in die Hocke und erwischte das Brett, als sie von der obersten Stufe flog und die Treppe hinabsauste. Sie hielt fest und überschlug sich zweimal, landete ausgestreckt am Boden. Ohne auf die Schmerzen zu achten, krabbelte sie auf die Füße und kletterte durch das zerbrochene Fliegengitter einer Belüftungsöffnung in die Dunkelheit des Gebäudes.

Im Keller war es still und schwarz. Sie konnte nichts sehen, wußte aber, wo sie war. Sie rollte das Steuerungskabel auf, machte es an der Klemme auf dem Brett fest und steckte dieses nach dem Gefühl auf ein Regal unweit ihrer Einstiegsöffnung, dann durchquerte sie den Raum. Auf der anderen Seite war eine Luke, die zu den unterirdischen Bahntunnels führte. Da sie nichts sehen konnte, ließ Sookie sich auf alle viere nieder, sobald sie die Wand erreicht hatte, und kroch weiter, bis sie die Luke fühlte.

Sie ließ sich nicht öffnen. Sie faßte mit beiden Händen zu und zog energischer. Nichts. Was ging vor? Noch einmal versuchte sie es aus der Hocke, um die Kraft ihrer Beine einzusetzen. Nichts rührte sich.

Sookie ließ den Handgriff los und stand auf. Sie fragte sich, ob unten in den Tunnels etwas passierte. Vielleicht ein unterirdisches Grillfest? Der Gedanke an Essen machte sie hungrig. Warum hatte niemand ihr etwas gesagt?

Es mußte einen anderen Ausweg geben. Sie wollte nicht durch die Belüftungsöffnung zurückkriechen; jedenfalls noch nicht. Draußen streunten die Jungen herum und suchten sie. Sie zog ihre Zündhölzer hervor und verwendete eins als Beleuchtung.

Der Kellerraum war nahezu leer. Ein paar Regale an den Wänden, die Bodenluke, ein Schrank, ein Haufen zerbrochener Flaschen. Und eine hölzerne Tür in der Ecke. War sie früher da gewesen? Sookie konnte sich nicht erinnern. Ein zweites Zündholz, und sie näherte sich der Tür, drückte die Klinke. Eine massive Tür, aber nicht zugeschlossen. Sie öffnete sich knarrend. Hinter der Tür war ein kurzer, schmaler Gang, dann eine weitere Tür. Sookie lächelte und dachte an geheime Gänge und versteckte Schätze. Elektrische Gespenster und winselnde Mutanten. Sie tappte den Gang entlang, riß ein drittes Zündholz an, öffnete die nächste Tür und ging hindurch.

Sie stand in einem viel größeren Raum, dessen hohe Decke über der Straßenebene lag. Schmutzige Fenster hoch über ihr ließen genug Licht einfallen, daß sie sehen konnte. Seltsame alte und große Maschinen füllten den Raum. Zwischen ihnen schlängelten sich Kabel am Boden entlang, dicke Rohre hingen von der Decke und den Wänden. Und dann sah sie sie im matten Licht schimmern – silbrige Ketten.

Dutzende von ihnen hingen an Haken, die in die Betonwände getrieben waren, und die Ketten waren an breiteren, silbrig aussehenden Bändern festgemacht. Sookie trat näher und berührte das kalte, glatte Metall. Wie an den nackten Körpern. Schön. Und wieder fragte sie sich, wie diese Bänder und Ketten sich an ihren eigenen Handgelenken und Knöcheln ausnehmen würden.

Ein Summen, ein Rumpeln, ein hohes, oszillierendes Winseln. Sookie wandte sich um und starrte die zum Leben erwachten Maschinen an. Alle miteinander? Sie konnte es nicht sagen. Sie sah Schwungräder wirbeln, Treibriemen laufen, Kolben auf und nieder gehen. Der Boden vibrierte unter ihren Füßen, in den Rohren zischte es. Die Vibration verstärkte sich, als ein gleichmäßiges Stampfen hinzukam.

Dann erschien im Hintergrund des Raums, verdeckt von all den Maschinen, ein tiefblauer Lichtschein. Er wuchs, breitete sich über die Rückwand aus und warf schwankende Schatten zwischen den Maschinen. Der Lichtschein verstärkte sich und schien näherzukommen.

Sookie wurde ganz steif, unfähig zu jeder Bewegung. Sie wollte loslaufen – ob auf das Licht zu oder von ihm fort, konnte sie nicht genau sagen.

Der Lichtschein bewegte sich durch die Maschinenhalle, als glitte er auf Luft, und als er sich näherte, konnte Sookie eine riesige, undeutliche Gestalt darin ausmachen. Sie sah einen haarlosen Schädel, der halb Metall und Licht war. Auch anderswo blinkte Metall. Und sie glaubte Federn zu sehen. Den Rand eines Flügels. Eine Stimme ertönte.

»Du, Mädchen.« Mann oder Frau? Sie konnte es nicht sagen. Es war eine unpersönliche, glatte Stimme, als käme sie von einer Maschine. »Mädchen.«

Sookie flog herum und rannte. Zur Tür hinaus, durch den kurzen Gang in den Keller. Sie stolperte über die Luke, schlug lang hin, rappelte sich auf. Hastig krabbelte sie durch die Belüftungsöffnung mit dem zerbrochenen Fliegengitter, kam ins Tageslicht und sprang die ersten Stufen hinauf. Das Brett. Sie kehrte um, zog sich halb durch die Belüftungsöffnung, als sie von drinnen ein Hauch heißer Luft anwehte und sie das Kratzen von Metall auf Stein hörte. Sie stieß sich wieder ab und rannte die Treppe zur Straßenebene hinauf.

Auf dem Gehsteig machte Sookie halt, um zu verschnaufen. Ihr Blick überflog die Straße auf der Suche nach den Jungen, die sie verfolgt hatten, aber sie sah keine, nur Autos, Fahrräder, Fußgänger. Sie spähte hinab zur Belüftungsöffnung und wartete, daß etwas erscheinen würde, aber es kam nichts. Sie zündete sich eine Zigarette an, drehte sich um und ging die Straße hinunter.

6

Tanners Schritte hallten auf dem Beton der Polizeigarage, gingen dann im Aufbrüllen eines Motors, quietschenden Reifen und schließlich dem blechernen Krachen von Metall gegen Beton und dem Klimpern zersplitterter Scheinwerfer unter.

»Verdammt noch mal!« rief jemand aus dem Büro in der entfernten Ecke. »Ist Walliser wieder besoffen?« Tanner erkannte Lucy Chens Stimme. Jemand anders in dem beleuchteten Raum lachte – wahrscheinlich Vince Patricks. Auf der anderen Seite der Garage wurde eine Wagentür aufgestoßen und zugeworfen.

Tanner ging zum kleinen Büro hinüber, und bald überwältigte der furchtbare Gestank von Lucy Chens kochendem Tee die Gerüche von Benzin und Abgasen. In der Türöffnung blieb er stehen und schaute hinein.

Lucy saß an ihrem Schreibtisch, hatte den Kopf über einen Topf gebeugt und inhalierte die Dämpfe des kochenden Tees. Hinter ihr, am anderen Schreibtisch, saß Vince Patricks zurückgelehnt in seinem Sessel und hatte die Füße auf die Schubladengriffe gelegt. Die nicht von verschlossenen Metallschränken bedeckte Wand war beklebt mit Fotos aus Magazinen und Tageszeitungen, die wie eine Collage mit Klebeband übereinander befestigt waren – Vince Patricks Dauerprojekt. Die Fotos zeigten allesamt alte Männer und Frauen mit idiotischen Gesichtsausdrücken. Vince klebte seine Fotos an die Wände, Lucy braute ihren Tee. Sie fanden beide, daß es eine faire Regelung sei.

Tanner sagte hallo, und Vince nickte lächelnd. Lucy blickte auf.

»Möchten Sie Tee?«

Vince lachte, und Tanner schüttelte den Kopf. Lucy blickte sie finster an, dann füllte sie sich eine Tasse von dem übelriechenden Zeug aus ihrem Topf. Zusammen mit der dicken dunklen Flüssigkeit glitten schleimige schwarze Blätter in die Tasse. Sie stellte den Topf wieder auf den Gasbrenner und drehte die Flamme herunter.

»He, Tanner«, sagte Vince Patricks, »machen Sie mit beim Leichentoto? Nur zehn Dollar. Der Tag, an dem die nächsten Leichen gefunden werden, welche Schicht, wie viele und wo. Bei Gleichstand entscheidet das richtig vorausgesagte Geschlecht der Opfer.«

»Du bist pervers«, sagte Lucy.

Vince Patricks grinste sie an, dann sah er mit hochgezogener Augenbraue zu Tanner.

»Nein danke«, sagte der. »Ich gewinne nie.«

»Haben Sie mit Carlucci gesprochen?« fragte Lucy.

Tanner nickte. »Gestern.«

»Und haben Sie von ihm bekommen, was Sie wollten?«

Tanner zuckte die Achseln, sagte aber nichts.

»Lucy kriegt von ihm, was sie will«, bemerkte Vince.

Ohne ihn zu beachten stand Lucy auf, sperrte einen der Metallschränke auf und nahm ein paar Schlüssel heraus, die sie Tanner zuwarf. »Siebzehn-A«, sagte sie. »Und Tanner?«

»Ja?« Er wußte, was kam, es war Teil von Lucy Chens Ritual. »Bringen Sie ihn vollgetankt zurück.«

»Klar, Lucy. Danke.« Er steckte die Wagenschlüssel ein und ging zur anderen Seite der Garage.

Im Büro sagte Vince etwas, was Tanner nicht verstand, und begann wieder zu lachen. »Leck mich im Arsch«, sagte Lucy, gefolgt von neuerlichem Gelächter. Tanner lächelte vor sich hin. Ein Gespann. Manche Dinge schienen sich nie zu ändern.

Tanner fuhr den geschlossenen Polizeiwagen durch den prasselnden Regen. Paul saß neben ihm, hatte den Kopf an die Scheibe gelegt und die Augen halb geschlossen. Der Wagen holperte über die rissige Schnellstraße und wich Schlaglöchern aus. Tanner fuhr langsam, nicht bereit, mehr als sechzig zu riskieren. Sie waren auf halbem Weg zwischen San Francisco und San José auf der Bundesstraße 101. Der Laderaum des Wagens war mit Kartons voller Medikamente beladen.

Tanner schaltete das Radio ein und kam in ein Gespräch.

»... sollten mehr Schnecken auf die Arbeit angesetzt werden, wissen Sie. Man könnte ein paar von anderen Städten anfordern. Wir müssen diesem Verrückten das Handwerk legen, bevor er noch mehr Menschen umbringt.«

»Glauben Sie wirklich, daß es einen Unterschied machen würde, William? Seit die Mordserie begann, wurden Schnecken in die Ermittlungsarbeit einbezogen.«

»Ja, zwei oder drei, so viel ich weiß. Ich sage, man sollte fünfzehn oder zwanzig in ein Großraumbüro setzen und sie mit diesem Gehirnsaft vollpumpen. Es würde sich lohnen.«

»Und was ist mit Ihnen, William? Haben Sie eine Vorstellung davon, wer der Mörder ist oder warum er es tut?«

»Natürlich habe ich Vorstellungen, und ich arbeite daran. Wenn ich sie besser ausgearbeitet und konkretisiert habe, werde ich zur Polizei gehen, aber einstweilen muß ich sie für mich behalten.«

»In Ordnung, William, das verstehe ich, und danke für den Anruf. Wir werden jetzt eine kurze Pause einlegen, aber wenn wir uns zurückmelden, möchten wir hören, was Sie von der Rückkehr des Kettenmörders halten, besonders wenn Sie Ideen über seine Identität haben:«

Muntere Musik löste die Stimmen ab, dann hörte man es krachen wie bei einem Zusammenstoß, und eine Stimme sprach von Talisman-Magneten. Paul drehte die Lautstärke zurück, bis es kaum noch hörbar war, und sagte: »Wie können Sie es ertragen, das anzuhören?«

»Das Radio?«

»Dieses Geschwätz.«

»Ich lerne etwas daraus. Über Leute.«

»Mich deprimiert es.«

»Das meiste von dem, was ich über Leute lerne, ist deprimierend.«

Paul nickte, sagte aber nichts mehr. Er seufzte und drehte die Lautstärke wieder auf.

»... Name ist Silo.«

»Fein, Mr. Silo, was haben Sie auf dem Herzen?«

»Die Bullen erzählen uns nur Schrott über diese Morde.«

»Nun, Mr. Silo, Sie werden hier auf ihre Ausdrucksweise achten müssen. Dies ist eine Sendung, die live ausgestrahlt wird. Wir leben in modernen Zeiten, wollen aber bei einem Umgangston bleiben, der von allen Hörern akzeptiert wird. Sie glauben also, die Polizei würde uns Informationen vorenthalten?«

»Sie sagen uns nicht alles, was der Mörder mit ihnen macht, mit den Leichen. Ich weiß es. Nachdem er sie umgebracht hat, saugt er ihnen die Gehirne aus! Und dann ...«

»O-kay, soviel für Mr. Silo. Bitte denken Sie daran, liebe Zuhörer, daß mit haltlosen Spekulationen niemandem gedient ist. Und bitte, befleißigen Sie sich einer Ausdrucksweise, die bei ihren Mitbürgern keinen Anstoß erregt, sonst bin ich gezwungen, Sie abzuschalten. Nun, Mrs. Milpitas, Sie sind auf Sendung.«

»Hallo? Hallo?«

»Hallo, hier ist Mike am Mikrofon, und Sie sind auf Sendung, Mrs. Milpitas. Wie ist ihr Vorname?«

»Meronia.«

»Fein, Meronia, was haben Sie uns zu sagen?«

Paul beugte sich vor und schaltete das Radio aus. »Hören Sie es sich ein andermal an«, sagte er. Er legte den Kopf wieder an die Scheibe und schloß die Augen.

Der Regen hatte aufgehört, als sie vor die Notaufnahme der Unfallstation des Valley Medical Center fuhren. Tanner drückte auf das Mehrklanghorn, und eine Minute später kam Valerie in ihrer weißen Krankenhauskleidung zur Flügeltür heraus. Paul öffnete die Tür auf seiner Seite, und Valerie zwängte sich an ihm vorbei hinter die Vordersitze und kauerte am Boden zwischen ihnen nieder. Tanner verließ die Einfahrt und steuerte den Wagen um das Gebäude zur Rückseite des Krankenhauses.

»Es ist lange her, seit du etwas für uns hattest«, sagte Valerie.

»Ich kriege, was ich kann, wenn ich kann.«

»Das ist mir klar. Ich sagte bloß ...«

Er fuhr eine schmale, gebogene Zufahrt um den Seitenflügel und hielt neben dem Anbau der Krankenhauswäscherei. Er schaltete die Innenbeleuchtung des geschlossenen Wagens ein, ließ den elektrisch angetriebenen Gitterrolladen hinaufklappern und kroch mit Valerie in den kleinen offenen Raum zwischen den Sitzen und den gestapelten Kartons.

Valerie pfiff leise durch die Zähne, als sie die vielen Kartons, Kisten und Lattenverschläge überblickte. »Diesmal hast du eine große Sendung bekommen. Was ist für uns?«

Tanner berührte einen Stapel. Alle Kartons und Frachtstücke waren mit Aufklebern LANDWIRTSCHAFTLICHES GERÄT versehen. »Hier ist eine Liste.« Er gab ihr ein zusammengefaltetes Blatt Papier.

Valerie entfaltete es und las die Liste im Licht der Deckenlampe. Sie pfiff wieder. »Beta Endoscan. Nur die reichsten Privatkliniken können sich dieses Zeug leisten.« Sei las weiter, nickte dann und wann, faltete das Blatt wieder zusammen und steckte es in die obere Tasche ihres weißen Kittels. Aus einer größeren unteren Tasche nahm sie eine Rolle Geldscheine und gab sie Tanner.

Zwanziger. Er zog das Gummiband von der Rolle und begann zu zählen.

»Ich weiß, es kommt nicht annähernd an den Schwarzmarktpreis heran, aber es ist alles, was wir zur Zeit erübrigen können.«

Tanner beendete seine Zählung, dann sagte er in einem Versuch, sich die Enttäuschung nicht anmerken zu lassen: »Das hat nichts zu sagen. Es ist gut so.«

Vor einer Woche wäre es auch gut gewesen, genug, um die Miete zu bezahlen, Lebensmittel zu kaufen und an der nächsten Sendung zu arbeiten. Jetzt aber hatte er das Gefühl, daß ihn zusätzliche Ausgaben erwarteten. Und keine geringen. Von dem, was im Wagen verblieb, würde er mehr als sonst verkaufen müssen.

Paul blieb im Wagen sitzen, während Valerie und Tanner durch die seitliche Schiebetür ausluden. Sie trugen die Kartons in den Anbau, durch Lagerräume voller Bettwäsche, den warmen und feuchten Waschraum und durch einen Verbindungskorridor hinunter in den Keller des Krankenhauses, wo sie die Kartons in einem nicht gekennzeichneten Schrank stapelten. Tanner kannte inzwischen die Prozedur: Valerie und die anderen Ärzte würden anschließend einen Verteilungsplan ausarbeiten und versuchen, nichts über die Sendung verlauten zu lassen.

Valerie vergewisserte sich, daß der Schrank sicher verriegelt und verschlossen war, dann gingen sie in die Personalkantine, nahmen drei Tassen Kaffee mit und kehrten zum Polizeiwagen zurück. Tanner gab Paul eine Tasse, dann setzten er und Valerie sich auf Klappstühle im Eingang zum Anbau.

»Und wie ist es dir ergangen?« fragte Tanner.

»Oh, recht gut. Ich verbringe nach wie vor zu viel Zeit im Krankenhaus, aber das ist nichts Neues.«

Er lächelte. »Nein. Und Connie?«

Valerie lächelte zurück, schüttelte den Kopf. »Sie ist sechzehn und kann manchmal eine Nervensäge sein. Aber im Herzen ist sie ein gutes Kind.«

»Ja, das ist sie.«

»Sie fragt nach dir«, sagte Valerie. »Wie es dir geht, wenn ich dich getroffen habe. Sie hat dich wirklich gern, Louis. Nach ihrem Vater fragt sie nie.« Sie legte ihm eine Hand aufs Knie. »Sie würde sich freuen, wenn du mal vorbeikommen und sie ausführen würdest, in ein Kino oder was.« Sie schwieg einen Moment lang. »Sie versteht nicht, warum wir nicht mehr zusammen sind.«

Wer verstand es? dachte Tanner, aber er sagte nichts. Beide schwiegen sie mehrere Minuten lang und nippten von ihrem Kaffee. Die Sonne schien zum Fenster herein und beleuchtete Staubpartikel in der Luft, winzige, silbrig leuchtende Punkte. Jemand hatte ihm einmal erzählt, daß Staub hauptsächlich aus den Schalen mikroskopischer Lebewesen bestünde.

»Also geht es wieder los in der Stadt«, sagte Valerie schließlich.

Tanner sah sie an, momentan verwirrt. Dann merkte er, wovon sie sprach, und nickte. »Sieht so aus.«

»Wie ist es mit den Alpträumen?«

Tanner zuckte die Achseln. »Sie haben aufgehört.«

Er dachte, sie würde mehr darüber sagen, weitere Fragen stellen, aber sie unterließ es. Er trank den Kaffee aus und stand auf.

»Ich muß gehen.«

Sie begleitete ihn zum Wagen, küßte ihn leicht auf die Wange, bevor er einstieg. »Gib acht auf dich, Louis.«

»Du auch.«

Sie winkte. »Wiedersehen, Paul.«

»Wiedersehen.«

»Nochmals danke«, sagte sie zu Tanner.

Der nickte und ließ den Motor an, dann fuhr er langsam über den Hof hinaus.

»Sie begingen einen ernsten Fehler, als Sie anhielten, um Valerie zu sehen«, bemerkte Paul.

»Ach, lassen wir das.«

Paul hob die Schultern, dann fragte er: »Zurück zur Stadt?«

»Nein. Ich muß noch ein paar Anrufe machen und mehr von diesem Zeug verkaufen.«

»Sie wollen mehr verkaufen?«

»Ja. Ich werde geldgierig. Sie können mich von jetzt an Uria nennen. Und mir helfen, ein Münztelefon zu finden, das funktioniert.« Er fuhr weiter, ohne mehr zu sagen.

7

Ihr letzter Aufenthalt vor Pauls Klinik war das freie Krankenhaus in der Landbesetzerzone des Golden Gate Park. Die Polizeimarkierungen am Wagen dienten als inoffizieller Paß, bei dessen Anblick Barrieren beiseite geräumt und Ketten eingeholt wurden, so daß sie gesperrte Straßen befahren konnten. Tanner fuhr langsam die Straße vor der Akademie der Wissenschaften entlang, deren Fassade vor kurzem gereinigt worden war und in ungewohnter Frische erstrahlte. Schulkinder in Uniformen marschierten in geordneten Formationen oder drängten sich in deutlich voneinander geschiedenen Gruppen auf den Stufen vor dem Gebäude. Jenseits der Baumreihen, unweit vom manikürten Gelände des Japanischen Teegartens, erhoben sich die von wildem Wein überwachsenen Reste des De Young Museums.

Sie mußten durch eine weitere Sperre, dann lenkte

Tanner den Wagen im Bogen hinter die Museumsruinen und hielt am Rand der Landbesetzerzone: sandfarbenen, verwitterten und vielfach geflickten Zelten, Hütten aus verzogenem, gequollenem Sperrholz und zusammengesuchten Blechen und Plastiktafeln, wellblechgedeckten Anbauten an Mauerresten. Die Zone bedeckte eine große Wiese und entsandte Ausläufer in die angrenzenden, weniger dicht bewachsenen Teile des Parkes. Dort wurden Bäume und Sträucher umgehauen, um mehr Platz für Zelte und Hütten zu schaffen und Brennholz zu gewinnen. Ausgetretene, schlammige Wege wanden sich durch das regellose Gewirr der Behausungen, bevölkert von Erwachsenen und Kindern und Tieren.

Das freie Krankenhaus war in einem aufgelassenen Gebäude der Parkgärtnerei untergebracht. Eine lange Menschenschlange wartete vor dem Eingang auf ambulante Behandlung. Als sie den Polizeiwagen sahen, gerieten die Leute in Bewegung, steckten die Köpfe zusammen, flüsterten und gestikulierten, gingen aber nicht fort.

»Es muß etwas Besonderes vorgehen«, bemerkte Paul. »Wenn die Schlange so lang ist, läuft wahrscheinlich eine Impfaktion.«

»Vielleicht sollte ich beim Fahrzeug bleiben«, sagte Tanner.

Paul stieß ein kurzes, hartes Lachen aus. »Auf jeden Fall einer von uns.«

Er stieg aus und ging auf den Eingang zu. Die Wartenden beobachteten ihn gespannt, bis er im Gebäude verschwand. Tanner saß hinter dem Lenkrad, und trotz der offenen Fenster wurde es heiß im Wagen. Aber er zog es vor, im Fahrerhaus zu bleiben. Die Leute in der Schlange hörten auf, den Wagen anzustarren, schienen sich aber nicht sehr zu entspannen. Sie sahen aus, als hätten sie schon lange gewartet, und viele von ihnen versuchten ihre Füße zu entlasten, ohne sich in den Schlamm zu setzen, was nicht einfach war. Die meisten sahen erschöpft und krank aus.

Tanner blickte über die Baumwipfel und konnte gerade noch die Kuppe der Anhöhe erkennen, die sich auf der Insel im Stowe Lake erhob. Es war lange her, seit er dort oben gewesen war, und er fragte sich, ob er etwas Ähnliches wie damals würde tun müssen. Er hoffte, daß es nicht notwendig sein würde, aber er hatte kein gutes Gefühl dabei.

Nach einigen Minuten kam Paul mit Patricia Miranda, einer der freiwilligen Krankenschwestern, zum Wagen zurück. Tanner hatte sie zweimal oder dreimal gesehen und gab ihr die Hand. Sie schüttelte sie lächelnd.

Sie wandte sich den Leuten in der Warteschlange zu. »Dieser Wagen ist nicht von der Polizei«, sagte sie laut aber ruhig. »Er bringt medizinischen Nachschub für die Klinik.« Dann wiederholte sie die Auskunft auf spanisch. Die Leute in der Schlange entspannten sich erkennbar, doch verschwand ihr wachsames Mißtrauen nicht völlig.

»Was geht vor?« fragte Tanner. »Impfungen zur Seuchenbekämpfung?«

»Nein«, sagte Patricia Miranda. »Ich wünschte, es wäre nur das, obwohl es für die meisten wahrscheinlich zu spät ist. Nein, es gelang uns, mehrere Tausend Nasenfilter zu bekommen. Viele Leute hier hatten einmal Geld genug, um sich Filter einsetzen zu lassen, aber die meisten haben seit Jahren keinen Filterwechsel gehabt, also versuchen wir sie alle zu versorgen.«

Tanner schniefte unwillkürlich bei dem Gedanken. Er war selbst bald für einen Filterwechsel fällig. Er blickte zum dunstigen Himmel auf und dachte an all das Zeug, das selbst mit den Filtern in seine Lunge gelangte.

»Tanner, ich muß hier eine Weile aushelfen«, sagte Paul. »Können Sie ohne mich weitermachen? Ich gebe Ihnen die Schlüssel zum Lagerraum, und Sie können das Zeug dort abladen.«

»Wie lange wird Ihre Aushilfe dauern?«

»Eine Stunde, höchstens anderthalb. Ich muß heute abend in unserem eigenen Krankenhaus Schichtdienst machen.«

»Dann warte ich. Ich möchte etwas erledigen, und ich hoffe, daß niemand was dagegen hat, wenn ich den Wagen eine Weile verlasse.«

Patricia nickte. »Wahrscheinlich wird niemand sich daran vergreifen, aber ich werde ein paar Leute zur Bewachung organisieren.«

Sie luden Kartons ab und ließen nur Pauls Anteil im Wagen zurück. Dann sperrte Tanner die Türen zu, und Paul und Patricia gingen in die Klinik.

Tanner ging die schlüpfrigen, schlammigen Pfade entlang durch das Herz der Landbesetzerzone. Die meisten Zelte waren behelfsmäßig, vielfach geflickt, teils ohne Seitenwände, um die Dächer abzudichten; die Hütten waren nicht viel stabiler als die Zelte, boten Schutz vor dem Regen, aber wenig Zurückgezogenheit. Die Kleider der Bewohner waren so geflickt und zerrissen wie die Zelte. Offene Stellen an Armen und Beinen waren häufig zu sehen, desgleichen entzündete Augen und Hautausschläge. Unterwegs kamen halbnackte Kinder auf ihn zu und bettelten mit ausgestreckten Händen. Doch taten sie es lustlos und halbherzig, als wüßten sie längst, daß keiner etwas zu geben hatte.

Der Geruch von Holzrauch und gebratenem Fleisch lockte Tanner zu einer größeren freien Fläche zwischen den Hütten und Zelten. In der Mitte der freien Fläche hatte man eine Feuergrube ausgehoben, in der ein großes, hell loderndes Feuer brannte. Über ihm steckten mehrere kleine, unkenntliche Tierkörper an

Bratspießen – Hunde? Waschbären? – sowie ein viel größerer, kopfloser Tierkörper, der ein Pferd gewesen sein mochte. Fünfzehn oder zwanzig Männer oder Frauen standen im Umkreis der Bratspieße, redeten und tranken aus Flaschen ohne Etiketten.

Er ging weiter, und je länger er sich in dem Elendsviertel aufhielt, desto eingeengter fühlte er sich von den windschiefen Wellblechhütten und Zelten. Schließlich endete die Zone, und er erreichte die Baumgruppen des Parks. Nach wenigen Minuten überquerte er einen schmalen Streifen schadhaften Pflasters und stand am Ufer des Stowe Lake.

Sein Blick ging hinüber zu der Insel, die einen großen Teil des Sees ausfüllte. Sie bestand aus einem dicht bewaldeten Hügel, dessen Kuppel der höchste Punkt im Park war. Von dort hatte man eine Aussicht über den gesamten Park und annähernd die Hälfte der Stadt. Außerdem gab es dort oben einen kleinen, von Unrat und Schlamm verschmutzten Wasserbehälter, in dem er einmal zwei nackte, zusammengekettete Körper gefunden hatte.

Tanner blickte zum Hügel hinauf und erinnerte sich. Auch damals war er allein hier gewesen, und in der feuchten Nachmittagshitze hatte er allein die zwei toten Frauen aus dem Wasser gezogen, nackt und von grünem Algenschleim und braunem Schlamm bedeckt. An Handgelenken und Knöcheln zusammengekettet, Gesicht an Gesicht, als wollten sie einander umarmen.

Ein paar Minuten ging er am Ufer entlang, dann überquerte er eine der Brücken zur Insel. Am Fuß des langen Weges, der in einer Spirale um die Insel aufwärts zur Kuppe führte, blieb er stehen. Er wußte nicht, warum er dies tat, aber er spürte, daß er nicht zurückgehen konnte, solange er es nicht tat. Er machte sich an den Aufstieg.

Damals war es heiß und feucht gewesen, geradeso wie jetzt. In der Stadt hatte es eine weitere Serie von verrückten Morden gegeben, und Tanner und Freeman waren an die Mordkommission ausgeliehen worden, um angesichts der Überlastung auszuhelfen. Aber Freeman hatte sich am Morgen krank gemeldet, und Tanner arbeitete allein draußen auf den Straßen, die den Park säumten, als das Virus durch das Computersystem gekommen war und angegeben hatte, wo die Toten zu finden waren. Er hatte die Wahl, zu warten, bis eine der regulären Ermittlergruppen der Mordkommission auf den Fall angesetzt würde, aber er hatte den Gedanken, daß die Toten länger als nötig im Wasser blieben, nicht ertragen. Es war irrational wie so vieles im menschlichen Denken und Handeln. Und so war er allein hinaufgestiegen und hatte gewußt, was er oben finden würde.

Diesmal würden es keine Leichen sein, aber das konnte seine Stimmung nicht viel verbessern. Es war, fürchtete er, nur eine Frage der Zeit. Eine leichte Brise machte die Hitze erträglicher und flüsterte in den zerfleddert aussehenden Eukalyptusbäumen. Als er höher stieg, erweiterte sich der Blick auf den Park und die Stadt. Einmal blieb er stehen, nicht mehr weit vom Gipfel, und blickte hinab auf die ausgedehnte Landbesetzerzone. Nur eine schmale Baumkulisse trennte sie vom Japanischen Teegarten. Er sah wohlhabende Spaziergänger und Touristen, die dort auf den gepflegten Wegen gingen und im Teepavillon saßen.

Unweit vom Teegarten und dem See war das De Young Museum, und als er hinüberblickte, glaubte Tanner Bewegung im Innern der vom wilden Wein überwucherten Ruinen zu erkennen. Er kniff die Augen zusammen und spähte lange hinüber, sah aber nichts mehr. Tiere? Oder lebten Menschen in den Ruinen? Es wäre nicht überraschend.

Er setzte den Aufstieg fort. Nach wenigen Minuten verbreiterte sich der Weg zu einer freien Fläche auf der Kuppe des Hügels. Der Wasserbehälter aus Beton war noch immer dort, und noch immer enthielt er mehr Schlamm, Algen und achtlos hineingeworfene Abfälle als Wasser. Ein übler warmer Gestank stieg daraus empor, schlimmer als der des brackigen, verschmutzten Wassers zu Füßen des Autofriedhofs.

Tanner setzte sich auf den Betonrand und starrte ins Wasser. Was mochte noch am Grund des Behälters liegen? Wahrscheinlich wurde er niemals entleert und gereinigt, weil keiner es wissen wollte. Genau wie alles andere. Er hob einen Stein auf und warf ihn ins Wasser. Er fiel ohne Klatschen in das schleimige Grün der Algen und versank langsam. Es versprach ein höllischer Sommer zu werden.

8

NACHT. RAUCH IN DER LUFT. Sookie saß in der Fensteröffnung ihres Raumes im Obergeschoß der Ruine des De Young Museums. Sie sah den Lichtschein von Lampen, das Flackern der Kochfeuer vor Hütten und Zelten. Roch den Rauch, die Bratendüfte, die Scheiße aus den Latrinen und transportablen Trockentoiletten. Hörte vielstimmiges Gemurmel, Gesang.

Sie brauchte niemanden, sie konnte auf sich selbst achtgeben. Sie rümpfte die Nase. Verrückte Leute, die in den Zelten hausten. Alle zusammengedrängt, daß sie übereinanderkriechen mußten. Sie hatten nichts. Sookie hatte vieles. Sie zündete sich eine Zigarette an und stieg von der Fensteröffnung herunter. Sie zündete die fünf kurzen, gedrungenen Kerzen an, die sie auf der umgedrehten Bierkiste in der Mitte des Raums angeordnet hatte. Die zitternden Kerzenflammen warfen Schatten auf die Wände.

Der Raum war klein, aber die Wände waren intakt. In der Ecke bei der Fensteröffnung war ihr Bett – ein Schlafsack auf zwei dicken Schichten Schaumgummi. Die Wände waren mit vergilbten Zeitungsseiten beklebt. Und an den Wänden standen die behelfsmäßigen Kästen und Regale, in denen sie ihre Sachen hatte.

Sookie bewegte sich die Wände entlang und machte Inventur. Es gefiel ihr, Inventur zu machen, ihre Sachen zu betrachten, dies und das in die Hand zu nehmen. Die Dinge, die sie in leeren Häusern und Wohnungen fand. Sie war gut darin, Dinge zu finden, die andere Leute nicht sahen. Gute Dinge zu finden, die andere Leute für wertlos hielten. Solche Sachen.

Zwei Plastikpilze. Eine Glühbirne mit einem winzigen Loch und Wirbeln bläulicher Verfärbung um das Loch. Zerbrochene Kopfhörer. Sauber eingewickelte Bündel von Computerkabeln. Ein L-förmiges Stück glänzenden Kupferrohrs.

Sie hob die große hölzerne Frau auf, nahm die obere Hälfte der Frau ab, und darin war eine etwas kleinere hölzerne Frau. Auch die ließ sich auseinandernehmen, und in ihr war eine weitere kleinere Frau. So ging es weiter bis es schließlich zehn von ihnen waren und die letzte winzige Holzfrau sich nicht mehr öffnen ließ. Es machte ihr Spaß, die Frauen eine nach der anderen auseinanderzunehmen, aber immer war sie enttäuscht, wenn sie die letzte erreichte. Sie erwartete mehr. Sookie stellte die Frau ab und ging weiter. Ein Energieband, an dem ein trübes rotes Licht blinkte, das mit jedem Tag schwächer und langsamer wurde. Drei Neonröhren. Einen Krug mit Stücken von grünem zerbrochenen Glas. Sechs hölzerne Eßstäbchen. Ein Aschenbecher aus farblosem, klarem Glas.

Sie kniete nieder und zog den Kasten mit ihren eigenen persönlichen Dingen heraus – den wenigen Gegenständen, die sie nicht gefunden hatte, die ihr seit frühen Kindheitsjahren gehört hatten und die sie mitgenommen hatte, als sie von dem Ort, den sie nie als ihr Zuhause betrachtet hatte, weggegangen war. Das Betrachten und Berühren der Gegenstände machte sie immer traurig und verschaffte ihr das Gefühl, etwas Besonderes zu sein. Jetzt schaute sie die Dinge an, ohne etwas zu berühren. Das silberne Metallarmband mit ihrem eingravierten anderen Namen: Celeste. Eine kleine Kette mit winzigen roten Perlen. Die Glasfigur einer Katze, kaum daumengroß. Und eine Zeichnung, die sie einmal von einem Engel gemacht hatte. Sie hatte das Bild nie aufgehängt, weil es sie ängstigte. Es zog sie an sich, hielt sie fest, machte ihr aber auch Angst. Mein Engel, dachte sie.

Erschauernd schob Sookie den Kasten zurück. Sie stand auf und bewegte sich durch das Zimmer, schneller jetzt und ohne einzelne Gegenstände ins Auge zu fassen. Sie beendete ihren Rundgang beim ›Bücherschrank‹, einer aufgestellten Kiste am Kopfende des Bettes, die voll von Büchern und Zeitschriften war. Am Boden lag das Taschenwörterbuch, das sie benutzte, um unbekannte Wörter nachzuschlagen. Manchmal, wenn sie in der Stimmung war, konnte sie eine richtige Leseratte sein.

Aber nicht jetzt. Sie kehrte zurück zur Fensteröffnung, blickte hinaus zu den Lampen, den brennenden Feuerstellen. Seht, was ich habe, dachte sie. Sie kletterte in die Fensteröffnung und ließ ein Bein hinaushängen. Seht nur. Langsam schlug sie mit der Faust an das Mauerwerk der Fensteröffnung und schloß fest die Augen.

9

MAN FAND ZWEI weitere Leichen. Diesmal zwei Männer, die man aus dem Balboa-Wasserspeicher zog. Die Zeitungen machten viel davon her, daß es die erste wiederholte Benutzung eines Gewässers gewesen sei. Tanner, der die Meldung in einem Café in der Columbus Avenue in der Zeitung las, bezweifelte, daß es etwas zu bedeuten hatte. Für ihn bedeuteten diese zwei weiteren Leichen allerdings, daß er nun zu Carlucci zurück mußte.

Er ließ die Zeitung sinken und blickte aus dem Fenster zur Straße hinaus. Es war noch früh am Morgen, und hier, nahe der Grenze zum Bankenviertel, ging es geschäftig zu. Die Gehsteige waren voller Menschen, und auf der Straße schoben sich im Schrittempo die Autos, Lieferwagen, Motorroller und Fahrräder voran – eine Wirtschaft, die besonders im Umkreis des Bankenviertels florierte und zu einem guten Teil von den dort Beschäftigten lebte. Wenn es dunkel wurde, verödete die Gegend, und nur die Columbus Avenue erstreckte sich als eine lichterfüllte Fortsetzung des Chinesenviertels pulsierend von Leben bis zum Fischereihafen.

Vor Jahren hatte Tanners Vater ihm erzählt, daß diese Gegend der Stadt früher nicht zum Chinesenviertel gehört hatte. Sie war unter dem Namen North Beach bekannt und hauptsächlich von Italienern bevölkert gewesen – was die zwei oder drei italienischen Restaurants und die wenigen Cafés wie dieses erklärte. Aber Tanners Vater hatte nie erklärt, was aus den Italienern geworden war.

Tanner nahm sich Zeit mit seinem Kaffee und schob auf, was getan werden mußte. Auf dem Balkon des Carousel Clubs hatte er genau dies befürchtet, als er die Bergung der beiden Leichen aus dem Wasser beobachtet hatte. Aber er hatte noch gehofft, daß es ein Ausreißer sei, ein isolierter Fall, und kein Wiederbeginn der Mordserie. Diese Hoffnung war dahin. Tanner fragte sich, ob er am Ende des Sommers noch am Leben sein würde. Er nahm sich wieder die Zeitung vor. Diesmal gab es ein schauriges Foto der Toten. Die Reporter waren überrumpelt gewesen, als man die ersten zwei aus dem Wasser gezogen hatte, doch nun waren sie wachsam und beschatteten die Polizei.

Tanner blätterte die Zeitungsseite um und versteckte das Bild, dann trank er den Kaffee aus. Es war Zeit, Carlucci aufzusuchen.

Spade's war halb leer, als Tanner eintraf. Es war zwischen den Essenszeiten. Die Ionenpfosten waren aktiviert, daß die Funken flogen, als ob Kingston potentielle Gäste abschrecken wollte.

Carlucci saß allein in seiner Nische und starrte auf den leeren Platz ihm gegenüber. Dazu klopfte er mit einem Bleistift auf den Tisch. Kingston war nirgends zu sehen. Tanner glitt in die Nische, und Carlucci zwinkerte mit den Augen, als käme er aus einer Trance.

»Mein Terminkalender ist voll«, erklärte er.

»Ich muß mit Ihnen sprechen.«

»Also sprechen Sie.«

»Nicht hier«, sagte Tanner.

»Phantastisch. Melodram.«

»Ich vergeude keine Zeit.«

Carlucci wartete, starrte ihn an. »Ist es wegen …?« Er ließ es ungesagt. Tanner nickte. »Na gut«, sagte Carlucci. »Hätte es mir denken können.« Er schrieb etwas auf ein Blatt Papier, faltete es mehrmals und reichte es Tanner.

»Danke«, sagte Tanner. Er steckte das gefaltete Papier in die Tasche, ohne es anzusehen, stand auf und ging.

Am Nachmittag um halb vier stand Tanner neben einem massiven Betonpfeiler unter der Autobahnüberführung, die einen breiten Schatten warf. Von oben drang gedämpftes Verkehrsgeräusch herab. Zwei Pfeiler weiter hatten sich mehrere Halbwüchsige in Pulsjacken um einen schwarzen Zylinder versammelt. Eine plötzliche Geräuschexplosion erschütterte die Luft, Musik dröhnte aus dem Zylinder, und die einander kreuzenden Streifen auf den Jacken begannen im Rhythmus in Farben zu pulsieren.

Tanner sah Carlucci um eine Ecke kommen und die Straße überqueren. Er trug einen Papierbeutel. Als er Tanner erreichte, öffnete er den Beutel, nahm zwei Tassen Kaffee heraus und gab ihm eine. Sie zogen die Deckel ab und standen ein paar Minuten, ohne zu sprechen, schlürften den heißen Kaffee und beobachteten die jungen Leute. Schon fanden sich aus allen Richtungen Kunden ein, überwiegend Halbwüchsige, aber auch einige Erwachsene. Tanner und Carlucci konnten die Transaktionen beobachten: Geld für Päckchen. Die Halbwüchsigen versuchten nicht einmal, es zu verbergen.

»Nicht meine Jurisdiktion«, sagte Carlucci.

Tanner verstand. Carlucci war bei der Mordkommission. Wenn er allen Beobachtungen nachging, die er auf den Straßen machte, würde er niemals zu seiner eigenen Arbeit kommen. Solange es nicht zu Mord ausartete, ließ Carlucci die Jugendlichen in Ruhe, obwohl Tanner wußte, daß es ihm nicht gefiel.

»Wäre Ihre gewesen«, fügte Carlucci hinzu.

Tanner nickte. Sie schwiegen eine Weile, und schließlich fragte Carlucci: »Also, was gibt es?«

»Es wird Ihnen nicht gefallen.«

Carlucci schnaubte. »Darauf bin ich von selbst gekommen, Tanner.«

»Vor drei Jahren«, begann Tanner, »wurde eines Tages mir und Freeman eine Botschaft übermittelt. In einem verschlossenen Umschlag ein Blatt Papier mit einem Wort: ›Engelsflügel‹. Dann zwei Zahlen. Zehntausend/eine Million. Und dann der Name des Mannes, der die Botschaft schickte. Das war alles.«

»Und wer war es?«

»Jemand, der behauptete, den Mörder zu kennen. Die zwei Zahlen: Zehntausend Dollar als Eintrittspreis für eine Zusammenkunft, und eine Million für die Information.«

»Ja gut, machen Sie es nicht so spannend. Wer schickte die Botschaft?«

»Rattan.«

»Gott!«

»Ich sagte Ihnen, es würde Ihnen nicht gefallen.«

Carlucci schaute in seinen Kaffee und zog ein Gesicht. »Und was taten Sie?«

»Nichts. Wir sprachen darüber, versuchten uns klar zu werden, wie wir die Sache deichseln könnten. Wenn wir damit zur Direktion gingen, würde man die Sache begraben, das war uns klar. Zehntausend Dollar für einen Abschaum, der die Kaution verfallen ließ und mit ein paar Dutzend Anklagen wegen Drogenhandels und Kapitalverbrechen untertauchte? Sie würden argumentieren, daß er wahrscheinlich nichts wisse, daß irgendein Polizist ihm die Information über die Engelsflügel geliefert habe.«

Carlucci nickte, nahm einen Schluck von seinem Kaffee und sah Tanner an.

»Also dachten wir daran, der Sache auf eigene Faust nachzugehen. Wir dachten, wir könnten die Zehntausend aus dem Fonds für Bestechungsgelder bekommen, und wenn sich herausstellte, daß Rattans Information gut war, würden die in der Direktion darauf eingehen müssen.«

Tanner machte eine Pause und blickte hinüber zu den Halbwüchsigen. Das Geschäft war gemacht – es hatte nicht lange gedauerte –, und sie schalteten den Zylinder aus, packten ihn weg und gingen weiter. In einer Viertelstunde würden sie wahrscheinlich anderswo ihr Geschäft wieder eröffnen.

»Wir hatten uns nicht endgültig entschieden. Es wäre eine verdammt schwierige Sache geworden, weil wir Rattan selbst würden auf die Spur kommen müssen. Er bot den Verkauf an, dachte aber nicht daran, zu uns zu kommen.« Tanner legte wieder eine Pause ein. »Dann wurde Freeman umgebracht. Ich mußte mich mit anderen Dingen befassen.« Die Narbe an seiner Seite begann beim bloßen Gedanken daran zu jucken. »Als ich mich wieder darum kümmern konnte, merkte ich, daß viel Zeit vergangen war, seit zuletzt zusammengekettete Körper gefunden worden waren. Also wartete ich ab und hoffte, daß die Mordserie aufgehört hätte. Nach ein paar weiteren Monaten sah es ganz danach aus. Ich ließ die Sache ruhen.«

»Und dann nahmen Sie den Abschied.«

Tanner nickte.

»Aber jetzt hat das Morden wieder begonnen.«

Tanner nickte wieder. Carlucci trank seinen Kaffee aus, ließ die Tasse fallen und drückte sie mit dem Schuh platt. »Gott«, sagte Carlucci nachdenklich. »Warum kam Rattan zu Ihnen und Freeman?«

»Wahrscheinlich, weil er uns für vertrauenswürdig hielt.«

»Hatte er recht?«

Tanner hob die Schultern. »Klar. Wir hatten früher schon mit ihm Geschäfte gemacht, Sie wissen, wie es manchmal geht. Und wir hätten ihn nicht betrogen.«

»Konnten Sie ihm vertrauen?«

»In der richtigen Situation. Wir hätten ihm bei diesem Geschäft vertraut. Es war das Risiko wert.«

»Sie meinen, sein Angebot war rechtmäßig?«

Tanner zögerte, bevor er antwortete. Er und Freeman hatten viel darüber gesprochen. Es war die Schlüsselfrage.

»Er kann sich geirrt haben«, sagte Tanner dann. »Aber ich denke, er glaubte wirklich zu wissen, wer die Morde verübte.«

»Aber er wollte uns diese Information nicht umsonst geben«, sagte Carlucci. »Und hat es nie getan.« Er blickte zu Boden und schüttelte nachdenklich den Kopf. »Heute wird es viel schwieriger sein als vor drei Jahren, diesen Scheißkerl ausfindig zu machen.«

So ist es, dachte Tanner. Vor drei Jahren waren es hauptsächlich Drogendelikte. Inzwischen wurde Rattan auch wegen des Mordes an zwei Polizisten gesucht. Seit mehr als einem Jahr war es ihm gelungen, unentdeckt zu bleiben, obwohl eine großangelegte Fahndung eingeleitet und eine hohe Belohnung ausgesetzt worden war. Er mußte so tief im Untergrund leben, daß er die Sonne wahrscheinlich nie zu sehen bekam.

Beide schwiegen lange. Carlucci blickte in die Ferne und dachte vermutlich in den gleichen Bahnen wie Tanner. Dieser glaubte nicht, daß ihm Carluccis Folgerungen besser gefallen würden als seine eigenen.

»Ich muß Sie wieder verständigen«, sagte Carlucci schließlich. Er blickte in die Ferne, die Reihe der Betonpfeiler entlang. »Ich möchte mit einigen Leuten sprechen, aber es wird streng vertraulich bleiben, glauben Sie mir.«

»Sie werden damit nicht nach oben gehen?«

Carlucci wandte den Kopf zu ihm. »Ausgeschlossen.« Er überlegte. »Rattan kam zu Ihnen und Freeman. Freeman ist tot. Und Sie sind draußen. Wollen Sie einsteigen und der Sache nachgehen?«

»Ich muß wohl, nicht wahr?«

Carlucci starrte ihn nachdenklich an, dann faßte er einen Entschluß. »Ich werde Sie anrufen.« Ohne ein weiteres Wort machte er kehrt und überquerte die Straße. Tanner blieb allein unter der Autobahnbrücke zurück.

Er trank den Kaffee aus, der inzwischen kalt geworden war. Er trank den Rest trotzdem, zerdrückte den Behälter in der Hand und ließ ihn neben Carluccis Tasse fallen.

10

Als Tanner auf die Dachterrasse hinauskam, war Alexandra bereits da. Sie saß auf der anderen Seite, hatte die Mostpresse neben sich und war umringt von einem halben Dutzend Katzen. Tanner trug seinen Liegestuhl über die Terrasse und sah Katzen aufstehen und ihm Platz machen. Das Mondlicht glänzte auf Pfoten und Beinen – Alexandras sämtliche Katzen hatten wenigstens eine Metallprothese. Hugo hatte vier, und seine Pfoten klickten laut auf dem Kiesbelag, bis er sich unter Alexandras Stuhl niederlegte.

Sie stand auf und verbeugte sich anmutig, faltete ihren langen, dünnen Körper beinahe zusammen, bis ihr blondes Haar den Boden berührte. »Guten Abend, Mr. Tanner.« Sie lachte, richtete sich auf und setzte sich wieder.

»Hallo, Alexandra.« Er stellte seinen Liegestuhl neben ihrem auf.

Sie füllte zwei Becher mit Apfelmost und gab ihm einen. »Was macht das Schmuggelgeschäft?«

»Sie sollten es wissen«, sagte Tanner. »Haben Sie

nicht die Statistiken darüber?« Alexandra führte für eine große Anwaltsfirma im Bankenviertel statistische Untersuchungen und Analysen durch. Die Hälfte ihrer Arbeitszeit verbrachte sie mit Forschungen über radikale Untergrundorganisationen und ihre eigenen persönlichen Interessen.

»Das Schwarzmarktgeschäft mit pharmazeutischen Artikeln ist gegenüber dem letzten Jahr um elf Prozent gestiegen«, sagte sie. »Aber es ist mir nicht gelungen, Informationen über den Schwarzen Markt für Feinkostartikel zu finden. Würden Sie mir ein paar Zahlen geben, damit ich eine Datenbasis erstellen kann?«

Tanner lächelte und schüttelte den Kopf. Er trank vom Most, der stark und wohlschmeckend war. Der Himmel war beinahe wolkenlos, nur ein leichter Dunst dämpfte die Sterne und den Mond. Aus nördlicher Richtung drangen regelmäßige, beinahe explosive Schläge herüber, vielleicht in der Nähe des Hafens. Zwei grüne Leuchtkugeln stiegen vom Gipfel des Telegraph Hill auf und illuminierten die zerklüfteten Ruinen des Coit Tower, gefolgt von kurzen Feuerstößen aus Handfeuerwaffen. Dann kehrten Stille und Dunkelheit zurück.

»Menschen sind komisch«, sagte Alexandra. Es war ihre gewohnte Eröffnung, wenn sie über etwas sprechen wollte, das sie untersucht hatte.

»Was jetzt?« fragte Tanner.

»Diese Morde. Der ›Kettenmörder‹. Viele Menschen in der Stadt haben eine wahnsinnige Angst vor diesem Kerl.«

»Sollten sie nicht?«

Alexandra schüttelte den Kopf. »Nicht in dem Maße. Es ist blanke Hysterie. Die Zahlen sprechen dagegen. Letztes Jahr wurden allein in dieser Stadt siebenhundertdreiundneunzig Menschen in Rassenunruhen getötet. Ungefähr fünfzehnhundert kamen in den sogenannten Drogenkriegen ums Leben. Dreihundertsiebzehn starben an gefälschten rezeptpflichtigen Medikamenten. Neunundachtzig kamen in der Explosion in Maisys um, hundertfünfzig beim Bombenanschlag auf das Unicorntheater. Dreiundneunzig beim Brand des Shaklee-Gebäudes, fünfundsiebzig bei der Gasexplosion in der Market Street.« Sie wedelte mit der Hand. »Die Liste ließe sich fortsetzen. Ich habe mir nicht einmal die Mühe gemacht, die Zahl der übrigen Morde oder der Unfallopfer zusammenzustellen.« Sie hielt inne und musterte Tanner. »Machen wir uns nichts vor, manchmal ist das Leben in dieser Stadt ein Szenarium der Schrecken.« Sie machte eine weitere Pause. »Nun, wie viele Menschen ermordete dieser ›Kettenmörder‹ in der ersten Mordserie? Siebenunddreißig im Laufe von zwei Jahren. Dazu kommen vier neue, und das macht insgesamt einundvierzig in den letzten viereinhalb Jahren. Diese Morde sind grauenhaft, daran gibt es nichts zu deuteln, und ich bin selbstverständlich froh, daß ich nicht zu diesen unglücklichen einundvierzig Opfern zähle. Aber es ist eine relativ kleine Zahl, verglichen mit den anderen, die ich eben nannte. Wenn dieser Täter die Menschen so sehr schreckt, dann müßten sie eigentlich beim bloßen Gedanken, in dieser Stadt zu leben, jeden Tag in die Hosen machen.«

Tanner lächelte. »Manche tun es«, sagte er. Er trank aus dem Becher und beobachtete Alexandra über den Rand hinweg. Sie schien aufrichtig ratlos. »Ich weiß, was Sie sagen. Aber Sie sollten wissen, daß es niemals so einfach ist. Es geht nicht nur um die Zahlen. Die Leute verstehen diese Morde nicht. In allen anderen Fällen, die Sie erwähnten, können die Leute verstehen, warum es geschehen ist. Es gefällt ihnen nicht, aber es leuchtet ein. Rassenunruhen? Schlimm, aber verständlich. Der Brand bei Maisys? Ohne Zweifel schrecklich, aber nur ein isolierter Vorfall, und die Ursache war bekannt. Und jeder weiß, daß es riskant ist, nach Anbruch der Dunkelheit in bestimmten Stadtteilen spazierenzugehen, in einigen sogar am Tag. Die Leute verstehen das.« Er schwieg einen Moment lang, um seinem Argument mehr Gewicht zu geben. »Aber die Taten des Kettenmörders sind den Leuten unverständlich. Niemand hat eine Ahnung, wer es ist, warum er tötet, es gibt keine Hinweise darauf, wann oder wo Gefahr droht. Was bedeutet, daß es jedem passieren könnte, zu jeder Zeit, und daß sie absolut nichts tun können, um sich zu schützen.«

Vom Telegraph Hill stiegen drei weitere Leuchtkugeln auf, aber diesmal folgte kein Feuer aus Infanteriewaffen. Sie beobachteten, wie die Magnesiumlichter hell brennend langsam niedersanken und erloschen. Eine der Katzen sprang Tanner auf den Schoß, und die nicht einziehbaren Metallkrallen bohrten sich durch den Stoff seiner Hose.

»Sie könnten recht haben«, meinte Alexandra. »Ich denke, es leuchtet irgendwie ein.« Sie langte unter den Liegestuhl, kratzte Hugo und blickte wieder zu Tanner. »Sind Sie froh, daß Sie nicht mehr Polizist sind? Sie brauchen sich damit nicht mehr zu plagen.«

Tanner stieß ein kurzes, abgehacktes Lachen aus.

»Was soll das bedeuten?« fragte sie.

»Ich bin kein Polizist, aber ich bin in diesen verdammten Fall verwickelt.«

»Warum?«

Tanner schüttelte den Kopf.

»Sie wissen nicht, wer der Täter ist?«

»Nein.«

»Aber Sie wissen etwas.«

»Mehr oder weniger. Wirklich, Alexandra, ich möchte nicht darauf eingehen.« Er hielt ihr den Becher zum Nachfüllen hin. »Ich möchte bloß hier oben mit Ihnen sitzen, vom guten Most trinken, über andere Dinge sprechen und mich der Nachtkühle erfreuen.«

Alexandra nickte. Sie schenkte ihm und sich selbst Most ein, und sie tranken schweigend.

Eine ganze Serie verschiedenfarbiger Leuchtkugeln stieg zum Himmel auf, diesmal weiter südlich, und verbreitete helles, langsam verblassendes Licht. Mehrere laute Explosionen waren zu hören, dann stieg eine Feuersäule empor, fächerte auseinander und regnete wieder herab.

»Großartig«, sagte Alexandra. »Wahrscheinlich sind die Puristen wieder am Werk.«

»›Reinigung durch Flammen heiligt Seinen Namen‹«, zitierte Tanner. Da die Hochbauten des Bankenviertels die Sicht versperrten, konnte er die Flammen nicht mehr sehen, vermutete aber, daß irgendwo südlich der Market Street Häuser brannten.

»Angenehme Nachtruhe«, sagt Alexandra.

11

Das Feuer brannte nur ein paar Blocks vom Autokino entfernt. Sein flackernder Lichtschein störte das Bild auf der Leinwand, die an der Grenze des Autofriedhofs errichtet worden war. Sookie saß auf dem Vordersitz eines großen viertürigen Buick und verfolgte den Film durch das Loch, das die Windschutzscheibe eingenommen hatte. Der Ton kam aus einem Dutzend Lautsprecher, die über den Autofriedhof verteilt waren. Die meisten Wagen der obersten Ebene ringsum waren besetzt. Beinahe ein volles Haus. Der Film hieß *Die Rache des Kuriers,* mit Sylvia Romilar in der Hauptrolle als weiblicher Genkurier. Es war eine Komödie, und Sookie hatte gelacht, seit der

Film angefangen hatte. Alle auf dem Autofriedhof lachten.

Jemand klopfte an die Tür der Fahrerseite. Sookie beugte sich hinüber und schaute aus dem Fenster – es war Dex, der Süßwarenverkäufer, auf seinen Stelzen. Er war behängt mit Drahtkörben voller Schokoladenriegel, Bonbons, Popcorn und Getränken in Dosen. Sookie kaufte eine große Packung Popcorn und eine Dose Limonade, und Dex tappte auf seinen Stelzen weiter.

Auf der Leinwand wand sich Sylvia Romilar nackt in einen Sari. Leere Schachteln und Schatullen lagen überall im Schnellzugabteil verstreut. Sie plumpste auf die Sitzbank und versuchte den schleierartigen Stoff um Schultern und Arme zu wickeln. Sookie hatte keine Ahnung, warum Sylvia, die in dem Film Natascha hieß, dies tat. Aber genau das war es, was Sookie an Sylvia Romilars Filmen gefiel – die meisten ergaben überhaupt keinen Sinn.

Ein dumpfer Schlag fiel auf das Dach des Wagens, dann folgten Schritte, die das Wrack zum Schaukeln brachten, und ein weiterer dumpfer Schlag. Das Gesicht eines Mannes erschien kopfüber in der Öffnung der Windschutzscheibe.

»He, Küken«, sagte der Kerl.

»Zieh Leine, Arschloch, du versperrst mir die Sicht.« Sie rückte ein Stückchen weiter, um die Leinwand zu sehen.

»Möchtest du Gesellschaft, Küken?« Er rutschte auf dem Dach weiter und blockierte ihr wieder die Sicht.

Sookie schlug nach ihm, er zog den Kopf zurück und verschwand, und sie rutschte auf der Sitzbank wieder zurück. »Hau ab!« Sie versuchte mitzubekommen, was im Film geschah. Sylvia/Natascha kroch jetzt auf dem Dach des Schnellzugs entlang, behindert durch ihren engen, langen Sari. Ihr Haar flatterte wild im Fahrtwind und versprühte blaue Funken.

Der Kopf des lästigen Kerls kam wieder zum Vorschein, dann auch sein Körper, als er sich durch die Öffnung der Windschutzscheibe in den Wagen zwängte. Sookie versetzte ihm einen Stoß, und er verlor den Halt und landete halb auf der Sitzbank, halb am Boden. Dann krabbelte er herum und zog sich neben Sookie auf den Sitz. Sie boxte ihn in die Rippen, schlug nach seinem Gesicht.

»Verschwinde!«

Der Kerl lachte, wehrte ihre Schläge mit Leichtigkeit ab. »He, he, he, Küken! Ich möchte bloß ein bißchen Gesellschaft, du nicht?«

»Nein.« Sie zog sich zur Tür zurück und beobachtete ihn. Vorsichtig tastete sie neben dem Sitz hinunter nach dem Messer. Sie fürchtete sich nicht – der Kerl war ein harmloser Blödmann –, aber sie hatte genug von ihm.

Er grinste und rutschte näher, bis seine Schenkel gegen ihre Knie drückten. »He, Küken, wir sind im Autokino, laß uns ein bißchen Spaß haben.«

Er beugte sich langsam vor, dann schoß seine Hand heraus und fuhr unter ihr T-Shirt, wo seine Finger nach ihrer winzigen Brust grapschten. Sookie riß das Messer hoch und stieß es ihm in den Arm.

Der Kerl schrie, riß den Arm zurück, und das Messer kam frei. Der Kerl schrie und fluchte und stieß um sich, als er durch die Windschutzscheibe hinauskrabbelte. Sein Stiefel traf Sookie über dem Ohr und warf sie gegen das Lenkrad. Der Kerl kroch über die Kühlerhaube des Wagens und fiel über den Rand. Sie hörte den dumpfen Aufschlag, mit dem er unten landete. Er hörte auf zu schreien, und Sookie hörte ihn durch den Autofriedhof davonstolpern.

Sie wischte das Messer an ihrem T-Shirt sauber und

steckte es wieder neben den Sitz. Dann ächzte sie, als sie das Popcorn überall am Boden des Wagens verstreut sah.

Wieder klopfte es an die Wagentür. »Sookie, alles in Ordnung?« Es war Dex.

Sookie beugte sich aus dem Fenster und nickte. »Ja.«

»Ist das dein Blut?«

»Nein. Aber ich brauch mehr Popcorn. Arschloch hat meins ruiniert.«

Dex gab ihr eine Packung. »Auf Kosten des Hauses.«

»Danke.«

Dex bewegte sich weiter, und Sookie sank zurück in den Sitz, blickte zum anderen Wagenfenster hinaus, wo der Lichtschein des Brandes über den Dächern waberte, und vergaß momentan den Film. Was für eine Woche! Leichen im Wasser. Maschinen und ein geflügeltes Ungeheuer in diesem Keller in der Tundra. Und nun dies. Vielleicht war es Zeit, mit Mixer über alles das zu reden.

Sookie schaute wieder nach vorn zur Kinoleinwand, riß die frische Packung Popcorn auf und versuchte an den Teil der Handlung anzuknüpfen, den sie schon kannte. Auf der Leinwand war kein Schnellzug mehr zu sehen. Sylvia/Natascha, noch immer in dem Sari, saß in einer winzigen Hütte und wärmte sich an einem Feuer. Sie rauchte eine Zigarette. Die brennenden Holzscheite knackten laut, und mehrere große Stücke Glut flogen heraus und landeten auf ihr. Der Sari fing Feuer. Sookie lachte. Sie wußte, daß Sylvia nichts passieren würde.

12

Der Treffpunkt am äußeren Rand des alten Verwaltungszentrums war angemessen, fand Tanner. Von der Betonbank aus, wo er auf Carlucci wartete, konnte er ein paar Blocks entfernt die obere Grenze des Freihafenbezirks erkennen – Metallgitterzäune, Stacheldraht auf Mauern und angrenzenden Dächern, dahinter Fernsehantennen und Satellitenschüsseln, spiegelnde Fenster und Fassaden von alten Lagerhäusern und älteren Mietskasernen, barmherzig überwuchert von wildem Wein, Waldrebe und blühender Clematis. Da und dort stieg Dampf auf und vermischte sich mit den Dunstwolken, die über der Enklave schwebten.

Auf der anderen Seite des Platzes umtanzte eine Gruppe von Wahren Verkündern des Tausendjährigen Reiches mit wiegenden und stampfenden Schritten einen Haufen zerbrochener Betonblöcke und verbogener Metallrohre. Dann und wann sprang einer aus der Gruppe heraus und schrie einem der Vorbeigehenden etwas ins Gesicht, um sich dann wieder in den unordentlichen Reigen der Tanzenden einzugliedern. Die Wahren Verkünder des Tausendjährigen Reiches behaupteten, daß in den Jahren des Wechsels vom Julianischen zum Gregorianischen Kalender ein großer Betrug verübt worden sei. Man habe eine Anzahl von Jahren in der Rechnung übersprungen, so daß das in der Bibel verheißene Tausendjährige Reich nicht habe Wirklichkeit werden können. Es werde erst jetzt, in weniger als zwei Jahren anbrechen und die Zerstörung aller Zivilisation ins Werk setzen.

Damit könnten sie recht haben, dachte Tanner. Eine Frau löste sich aus der Gruppe, lief über den Platz und blieb vor ihm stehen. Sie starrte ihn aus geweiteten Augen an.

»Sie brauchen nicht Buße zu tun!« rief sie. »Dafür ist es zu spät! Zu viel Sünde und nicht genug Zeit. Ha!« Sie beugte sich näher und grinste. »Der Kettenmörder ist einer der Vorboten. Er ist der Todesengel.« Die Frau zitterte. Großer Gott, dachte Tanner, genauso würden die Medien den Kerl nennen, wenn sie das mit den Engelsflügeln entdeckten. Die Frau flog herum und lief zurück zu ihrer Gruppe.

»Ich hörte, daß Sie mit Frauen umgehen können.« Es war Carlucci, der ein paar Schritte abseits stand und die Wahren Verkünder des Tausendjährigen Reiches beobachtete. Er sah Tanner an, ohne zu lächeln, dann kam er näher und setzte sich.

Tanner sagte nichts. Er mochte Carlucci nicht einmal fragen, was er zu melden hatte, weil er wußte, daß es nicht gut sein würde. Also wartete er schweigend, blickte zur dunstigen, entfärbten Sonne auf.

»Die Voraussage prophezeit zwei Tage ohne Regen«, sagte Carlucci.

»Soll das gut oder schlecht sein?«

Carlucci zuckte die Achseln. Ein doppelseitig amputierter Mann in einem motorisierten Rollstuhl fuhr an ihnen vorbei. Er schlug sich mit einer Faust an die bloße Brust und hatte den Mund in einem stummen Schrei aufgerissen.

»Hab mit ein paar Leuten geredet«, sagte Carlucci. »Sie meinten beide, daß es sich lohnen könnte, diesem Hinweis nachzugehen. Sie sind außerdem übereinstimmend der Ansicht, daß Sie die einzige wirkliche Chance haben, an Rattan heranzukommen.«

»Ich frage mich, wie groß diese Chance ist«, erwiderte Tanner.

»Das ist eine schlechte Einstellung.«

»Ja, gut.«

»Wir werden in dieser Sache zusammenarbeiten. Als Partner.«

»Sie wollen mit mir in den Freihafenbezirk?«

»Nein. Sie wissen, daß ich das nicht machen kann. Außerhalb meiner Jurisdiktion. Ich werde von hier draußen tun, was ich kann.«

»Logistische Unterstützung.«

»Etwas in der Art.«

Tanner blickte zur abgesperrten Grenze des Freihafenbezirks. Die Dampfsäulen, beinahe reinweiß, wo sie über die Gebäude stiegen, wurden in der Höhe vom Wind aufgelöst und legten sich als Dunstschleier in schmutzigen Farben vor die Sonne. Welche wirkliche Hilfe konnte Carlucci ihm von hier draußen leisten?

»Also gehe ich in den Freihafenbezirk und suche Rattan«, sagte Tanner. Es war nicht so sehr der Bezirk selbst, der gefährlich sein würde; die Gefahr lag darin, was er würde unternehmen müssen, um Rattan auf die Spur zu kommen. Er lächelte. »Klingt so einfach.«

»Ich weiß, es ist nicht einfach, aber das werden Sie tun. Suchen Sie ihn, und wenn er die richtige Information hat, machen Sie einen Handel mit ihm.«

»Wie hoch kann ich gehen?«

»So hoch, wie Sie müssen. Wenn die Sache echt ist, wird man das Geld locker machen. Die Polizei und die Stadt haben mit diesem Kerl ein heikles Problem in ihren Beziehungen zur Öffentlichkeit.« Carlucci grinste. »Der Bürgermeister sagt, dieser Bursche erzeuge einen sehr hohen ›Hysteriequotienten‹.«

»Hysteriequotient? Was für ein Unsinn.«

»Ganz recht. Zur Zeit spucken sie eine Menge von diesem Unsinn aus, weil sie es mit der Angst kriegen. In vier Monaten haben wir eine Wahl, obwohl mir schleierhaft ist, warum jemand Wert darauf legen sollte, mit der Verwaltung dieser Stadt zu tun zu haben. Aber das ist auch der Grund, warum sie mit dem Geld nicht knausern.« Carluccis Gesicht verfinsterte sich zum Stirnrunzeln. »Aber eins wird nicht gehen. Unter keinen Umständen kann die Anklage wegen Mordes fallengelassen werden, nicht bei Polizistenmord. Das geht nie.«

»Rattan wird es nicht verlangen«, meinte Tanner. »Er muß es wissen.«

»Sie zollen ihm allerhand Anerkennung für einen Polizistenmörder und Drogenhändler.«

»Er ist schlau, Carlucci. Wie lange sind Sie schon hinter ihm her?«

Carlucci machte ein Gesicht und seufzte. Er blickte hinüber zu den Wahren Verkündern des Tausendjährigen Reiches, die nun fast bewegungslos um den Schutthaufen kauerten und mit leisen Stimmen sangen. »Gottverdammte Spinner.« Er wandte sich wieder Tanner zu. »Sie werden Geld brauchen, bloß um zu ihm vorzudringen.«

Tanner nickte. »Ich habe ein wenig.«

»Genug?«

Tanner schüttelte den Kopf. »Nicht annähernd.«

»Gehen Sie übermorgen bei der Garage vorbei und zu Lucy. Sie wird haben, was ich lockermachen kann.«

Tanner dachte daran, Carlucci zu fragen, ob er Lucy noch etwas gebe, sagte sich dann aber, daß es nicht der Mühe wert sei. Carlucci hatte einen starken Familiensinn und würde ihm jede Andeutung, daß er seine Frau betrüge, auch wenn sie als Scherz gemeint war, wahrscheinlich übelnehmen.

Die Sonne brannte durch den Dunst herab und entnervte ihn. Aber es ist eine trockene Hitze, sagte er sich. »Haben wir noch Leute im Bezirk?«

»Ein paar«, antwortete Carlucci.

»Wilson?«

Carlucci schüttelte den Kopf. »Sie wurde letztes Jahr abgezogen. Wurde enttarnt und kam mit knapper Not lebendig davon.«

»Menendez?«

»Er kam nicht mit dem Leben davon.«

»Koto?«

Carlucci lächelte und nickte. »Ja, Koto ist noch drinnen. Er wird nie herauskommen. Ihm gefällt es dort. Sagte mir, er wolle, daß seine Asche um Mitternacht auf den Straßen verstreut werde, wenn er nicht mehr ist.« Das Lächeln verblaßte. »Ich werde Ihnen sagen, wie Sie ihn erreichen können, aber gehen Sie nur im äußerstem Notfall zu ihm. Lassen Sie sich sonst nicht in seiner Nähe blicken. Wir haben zu viele Jahre investiert, um zu riskieren, daß er hochgeht. Sie können zu Francie Miller gehen. Kennen Sie die?«

»Nein.«

»Sie ist gut und wird sich um Sie kümmern. Alles, was Sie über Francie Miller wissen müssen, wird mit dem Geld übergeben.«

Sie saßen eine Weile schweigend beisammen. Drüben auf der anderen Seite konfrontierten drei Skateboardfahrer, deren Bretter mit grünen Lichtern blinkten, die Wahren Verkünder des Tausendjährigen Reiches, und es kam zu einem lautstarken Wortwechsel, der Tanner in Tonfall und Kadenz beinahe rituell vorkam.

»Sie brauchen es nicht zu machen, Tanner. Es ist nicht mehr Ihr Job.«

Tanner schenkte ihm ein schwaches Lächeln. »Doch, ich muß. Es hat mir schon genug schlaflose Stunden bereitet.«

»Schlechtes Gewissen?«

»Nein. Aber wenn ich es nicht täte, hätte ich es.« Er stand auf. »Bis später, Carlucci.«

»Halten Sie Verbindung.«

»Klar.« Er blickte zur anderen Seite hinüber. Die Skateboardfahrer waren weg, und die Verkünder ließen sich auf ihrem Schutthaufen nieder, als wollten sie dort schlafen. Sie schienen mit sich und der Welt im Reinen.

Dann blickte Tanner wieder zur gesicherten Grenze des Freihafenbezirks, wo die Sonne auf Metallgitter und Stacheldraht schimmerte, und machte sich auf den Heimweg.

13

TANNER BEGANN DIE NACHT im Bankenviertel. Im strahlenden Licht aus allen Richtungen war es beinahe so hell wie am Tag, doch war dieses Licht reiner; weiß und steril spiegelte es sich im schimmernden Aluminium, poliertem Stein und dunkelgefärbtem Glas. Auf Straßen und Gehsteigen herrschte sogar um diese Zeit noch relativ geschäftiges Leben. Das Bankenviertel wurde nachts nicht mehr geschlossen. Man verstärkte die Besetzung der Kontrollpunkte, und so kam es bei Nacht lediglich zu einer Verlangsamung der Aktivitäten.

Tanner fühlte sich noch unbehaglich von der Personenkontrolle. Er hatte sich nie an die Leibesvisitationen gewöhnen können, und ohne einen Dauerpassierschein gab es keine Möglichkeit, ihnen zu entgehen. Sogar als Polizist hatte er die Durchsuchungen über sich ergehen lassen müssen, denn nur jene Beamten, die innerhalb des Bankenviertels stationiert waren, bekamen die Dauerpassierscheine. Auf der anderen Seite, dachte Tanner, wollte er eigentlich keinen Dauerpassierschein zu diesem Viertel. Er mochte das Bankenviertel nicht, und die meisten Leute, die hier arbeiteten, wirkten unsympathisch auf ihn.

Tanner zog den Gürtel seines Regenmantels enger, obwohl es noch nicht regnete – es war ein Versuch, seine Integrität zurückzugewinnen. Der Wettermantel war ein Wunderding, ausgestattet mit einer wasserundurchlässigen Membran, die ihn regendicht machte, dabei aber atmungsaktiv blieb, so daß er selbst in der feuchten Hitze kaum ins Schwitzen geriet.

Als er durch die Menge ging, bemerkte er überall das Glänzen von Metall auf Fleisch. Viele Männer und Frauen schienen Gliedmaßen oder Gesichtsteile durch Metallprothesen ersetzt zu haben, doch wußte Tanner, daß die meisten davon, wenn nicht alle, unecht waren. Es war eine Modeerscheinung geworden. *Faux prosthétique,* nannte Alexandra sie. Leute mit Geld waren dazu übergegangen, die Prothesenimitate mit Overalls zu tragen, als wären es Schmuckstücke oder Finessen des Make-ups, die man am Morgen anbrachte und am Abend wieder entfernte. Sehr kostspielig, da sie maßgefertigt sein mußten, um die Beweglichkeit der Gliedmaßen nicht zu beeinträchtigen, aber nicht permanent. Wie Tätowierungen zum Einreiben, dachte Tanner.

Er erstieg die Stufen zu den massiven Glastüren des Mishimagebäudes. Angestellte strömten mit ihm durch die Türen hinein. Die Spätschicht kam rechtzeitig zur Eröffnung der Börsen in Tokio und Neu Hongkong. Tanner bemerkte, daß keiner von ihnen Metall trug – Mishima Investments untersagte allen Angestellten das Tragen von Imitaten.

Tanner durchquerte die Eingangshalle und ging zum Schreibtisch des Sicherheitsbeauftragten. Ein Besucherausweis mit seinem Foto war bereits vorbereitet, und nach einer kurzen und höflichen Identitätskontrolle wurde er zu den Aufzügen gewiesen.

Als er den Aufzug im achtundfünfzigsten Stock verließ und den Empfangsbereich betrat, sah er sich von vornehmer Stille umgeben. Eine weite Fläche heller Auslegeware, sandfarbene Wände und niedriges Mobiliar umgaben ihn. Am mattschwarzen Empfangsschalter gegenüber saß eine große, dunkelhaarige Frau mit einem silbrigen Metallgesicht. Tanner hatte sie nie gesehen, und das glänzende Metall störte ihn. Es war keine Maske; das polierte Metall, das genau den Konturen des Schädels entsprach, war ihr Gesicht.

»Mr. Tanner.« Die Stimme der Frau kam zwischen segmentierten Metallippen hervor und klang leise und kühl. »Mr. Teshigahara erwartet Sie jetzt.«

Zu ihrer Linken öffnete sich eine automatische Tür. Tanner schritt auf die Öffnung zu, und als er an der Frau vorbei war, glaubte er ein langes, leises Zischen zu hören. Er wandte den Kopf zu ihr um, aber sie blickte stumm und unbewegt zum Aufzug. Er ging weiter durch die Tür, die sich hinter ihm schloß.

Zwei Wände von Teshigaharas Büro waren ganz verglast; durch sie genoß man einen umfassenden Ausblick über die Bucht. An der Wand, durch die er eingetreten war, standen einige Schränke aus Kirschbaumholz; hinter ihren geschlossenen Türen verbargen sich mit aller Wahrscheinlichkeit Fernseher und Computermonitore. Hiroshi Teshigaharas Schreibtisch stand vor der vierten Wand. Er saß hinter dem Schreibtisch, makellos gekleidet in einen schwarzen Anzug mit weißem Hemd. Seine schmale schwarze Krawatte war geschmackvoll mit Silber gestreift, paßte vorzüglich zu seinem graumelierten Haar.

»Mr. Tanner«, sagte er.

»Mr. Teshigahara.« Immer so verdammt förmlich, dachte Tanner. Teshigahara stand auf und trat zur größeren Fensterfront, die nach Norden ging. Tanner gesellte sich zu ihm. Beinahe geradeaus waren draußen in der Bucht die hellen Lichter der Spielkasinos auf der Alcatraz-Insel zu sehen; sie spiegelten sich im kabbeligen Wasser. Die Golden Gate Bridge, wieder intakt, war ein schönes feines Gitterwerk aus bernsteinfarbenen und karmesinroten Lichtern, das den Eingang zur Bucht überspannte.

»Meine Freunde in Neu Hongkong wünschen, daß

ich Ihnen ihre Anerkennung für die letzte Lieferung von Schwalbennestern ausdrücke.« Er wandte sich Tanner zu. »Sie glauben, daß die vitalen Qualitäten der Schwalbennestersuppe in diesem Fall besonders wirksam sind, weil es sich um die Nester von Mauerseglern handelte.«

»Was glauben Sie?« fragte Tanner.

Teshigahara lächelte, zuckte die Achseln und sagte dann: »Sie sind Chinesen.« Er wandte sich wieder der Aussicht zu. »Die Nächte sind von hier aus besonders schön«, fuhr er fort. »Das Schlimmste der Stadt ist von Dunkelheit und Distanz verhüllt oder erhält einen falschen Glanz durch die Lichter.« Er sah ihn erwartungsvoll an. »Sie haben etwas für mich?«

Tanner zog einen versiegelten Umschlag aus seiner Jacke und übergab ihn Teshigahara. NUR IM FALLE DES TODES VON LOUIS JOSHUA TANNER ZU ÖFFNEN, lautete die Aufschrift. Ein feines Lächeln umspielte Teshigaharas Lippen.

»Es klingt so unheilvoll.« Er faßte Tanner ins Auge. »Werden Sie bald sterben?«

»Ich hoffe nicht.«

»Eine vorbeugende Maßnahme.«

»Ja.«

»Einige Angelegenheiten, die Sie geregelt wünschen, sollten Sie ... zu ihrer Erledigung nicht imstande sein.«

»Ja.«

»Werden Sie irgendwohin gehen?«

»Nicht weit«, sagte Tanner. »In den Freihafenbezirk.«

Teshigahara machte eine leicht wegwerfende Kopfbewegung. »Seine Gefahren werden stark übertrieben«, sagte er. »Es trifft zu, daß sich dort im Laufe der Jahrzehnte allerlei lichtscheues Gesindel angesiedelt hat, aber Außenseiter werden im Freihafenbezirk nicht getötet, jedenfalls nicht häufiger als in jedem anderen Teil der Stadt.«

»Ich weiß«, erwiderte Tanner. »Es ist nicht der Freihafenbezirk als solcher. Ich suche jemanden.«

»Ah.« Teshigahara nickte.

Tanner erwartete beinahe ein Hilfsangebot, aber Teshigahara machte keins. Statt dessen durchquerte der gewandte kleine Mann den Raum und legte den Umschlag auf den Schreibtisch, bevor er zu Tanner zurückkehrte.

»Wenn Sie Ihre Aufgabe erfüllt haben«, sagte Teshigahara, »werden meine Freunde in Neu Hongkong den Wunsch haben, neuerlichen Gebrauch von Ihren Diensten zu machen.«

»Ich werde Sie verständigen.«

Teshigahara nickte noch einmal, dann sagte er: »Auf Wiedersehen, Mr. Tanner.«

Kein Hilfsangebot, keine Wünsche für glückliches Gelingen.

»Auf Wiedersehen.«

Die Tür schwang auf. Tanner ging durch, warf der Frau mit dem Metallgesicht einen Blick zu und schritt zum Aufzug. Wieder glaubte er ein zischendes Geräusch von der Frau zu hören, aber diesmal reagierte er nicht. Die Aufzugtüren standen offen. Tanner trat ein, die Türen schlossen sich, und er sank abwärts.

Das Chinesenviertel. Es war ein langer Weg zum Ende des Korridors, wo es an die Ostseite des Freihafenbezirks grenzte, und Tanner mietete einen Motorroller. Der Fahrer war ein ausgemergelter alter Mann von siebzig oder achtzig Jahren, der sein langes weißes Haar zu einem Zopf geflochten hatte. Er trug eine schwarze Lederjacke und passende Hosen, dazu schwarze Lederstiefel mit durchsichtigen Thermoplastabsätzen, die bei Nacht stahlblau und rot leuchteten.

Als er durch den Korridor fuhr, auf dem Rücksitz des Rollers unsanft auf und ab gestoßen, dachte Tanner an Teshigaharas Bemerkung über die Aussicht von seinem Büro. Unten in den Straßen war viel weniger verborgen. Pulsierende Neonreklamen und flackernde bernsteinfarbene Lampen beleuchteten das Menschengewimmel, warfen pulsierende und sich verlagernde Schatten in Nischen und Rinnsteine und auf die narbigen Ränder von Haut und Metall. Sie passierten eine Reihe von Spielsalons, wo die Kunden einander unter anderem Duelle mit Betäubungspistolen liefern konnten. Durch das gefärbte Glas waren zuckende Gestalten zu sehen; vor den Türen warteten mehrere Straßenärzte auf ein Geschäft. Halbwüchsige Skateboardfahrer trugen ihre Bretter durch das Gedränge; einem von ihnen rann Blut aus einer Platzwunde an der Stirn übers Gesicht. Der schrille Singsang chinesischer Musik lag im Wettstreit mit explosivem neoindustriellem Techno, einer gelegentlichen Eruption von Slash-and-burn und dem allgemeinen Stimmengewirr.

Der Motorroller setzte ihn vor der Tür von Joyce Wahs Restaurant am Ende des Korridors ab. Alexandra stand im Eingang und beobachtete ihn. Sie trug einen knöchellangen Regenmantel aus schwarzem, ins Rot changierendem Material.

»Ich weiß, ich habe mich verspätet«, sagte Tanner.

Sie lächelte. »Ich wußte es und bin selbst erst vor ein paar Minuten gekommen.«

Im Innern wurden sie von Tommy Lee begrüßt, Joyce Wahs Partner. Er musterte Tanner mit finsterer Miene und sagte: »Ich wünschte, ich könnte Sie hinauswerfen, Sie Scheißkerl.«

»Ist Joyce da?«

»Nein. Heimweh. Also können Sie gleich wieder gehen.«

»Wir werden oben essen.«

Tommy machte kehrt und marschierte davon.

»Er mag Sie nicht sehr«, bemerkte Alexandra.

Tanner lächelte. »Vor ein paar Jahren hatten wir eine Meinungsverschiedenheit. Wenn Joyce nicht wäre, würde er mich wahrscheinlich vergiften.«

Sie erstiegen die schmale Wendeltreppe und setzten sich an einen Fenstertisch mit Aussicht auf die östliche Grenze des Freihafenbezirks direkt gegenüber. Eine junge Serviererin brachte Tassen und eine Kanne Tee an den Tisch. Alexandra verbrachte ein paar Minuten mit dem Lesen der Speisekarte, während Tanner über die Straße zur Wand der Gebäude blickte, die eine Grenze des Freihafenbezirks bildeten.

Es gab nur wenige reguläre Straßeneingänge in den Freihafenbezirk, die durch bewachte Schranken gesichert waren. Vielfach waren entlang den Außengrenzen Lagerhäuser und andere Gebäude errichtet worden, die früher bestehende Lücken füllten, so daß eine annähernd durchgehende Wand von Gebäuden, unterbrochen nur von schmalen Durchlässen, ein ungefähres Rechteck von zehn Blocks Länge und acht Blocks Breite umschloß. Innerhalb des Bezirks setzte sich das Straßennetz fort, aber das konnte man von außen nicht sehen.

In den Fenstern der bewohnten Häuser brannte fast überall Licht. Wie das Bankenviertel, kannte auch der Freihafenbezirk keinen Stillstand. Tatsächlich herrschte hier bei Nacht regeres Leben als am Tag, ähnlich einem Kolonieorganismus auf Speed. Darum ging Tanner bei Nacht hinein.

Die Bedienung kam zurück, nahm ihre Bestellung an und ging. Tommy Lee kam durch den Raum, warf Tanner einen finsteren Blick zu und stieg hinauf zum zweiten Stockwerk.

Alexandra lachte. »Mein Großvater erzählte mir einmal von einem Restaurant im Chinesenviertel, wo ein furchtbar unhöflicher Kellner zu den Hauptattraktionen gehörte. Die Leute gingen tatsächlich hin, um sich von ihm beleidigen zu lassen.«

»Der arme Tommy. Zur falschen Zeit geboren.«

Tanner blickte wieder aus dem Fenster. Einen Block weiter und auf der anderen Straßenseite entluden zwei große Lastzüge ihre Fracht an einer Verladerampe des Freihafenbezirks. Durch die Fahrbahnverengung hatte sich ein Stau ergeben. Scheinwerfer blinken, Hupen plärrten.

»Sie wollen also in den Freihafen?« fragte Alexandra.

»Ja.«

»Das sollte lustig werden.«

Tanner lächelte, den Blick noch auf den Lastzügen an der Verladerampe. Es wurden Paletten mit Lattenverschlägen ausgeladen.

»Werden Sie drinnen bleiben oder jeden Tag hinein- und herausgehen?«

»Ich werde bleiben, wenigstens für ein paar Tage. Ich muß jemanden suchen.«

»Ich wüßte ein Quartier für Sie«, sagte Alexandra. »Meine Schwester wohnt dort.«

Tanner wandte den Kopf, sie anzusehen. Alexandra zeigte einen schmerzlichen, bekümmerten Gesichtsausdruck. »Sie haben nie von einer Schwester gesprochen«, sagte er.

Alexandra nickte. Sie schwieg eine Weile, scheinbar unschlüssig, und als sie weitersprach, war ihre Stimme kaum mehr als ein Flüstern. »Eine Zwillingsschwester.«

Tanner sagte nichts. Er sah, wie sich die Muskeln in ihrem Hals und den Kinnbacken spannten. Sie seufzte und nickte wieder.

»Ich spreche nicht über sie, weil sie es nicht will.« Eine weitere Pause. »Sie werden keine Schwierigkeiten haben, uns auseinanderzuhalten. Ihre Wachstumshormone ließen sie im Stich, als sie zehn oder elf war. Sie ist fast einen halben Meter kleiner als ich, und seit ihrem fünfzehnten Jahr leidet sie unter Osteoporose.« Sie schwieg und blickte zum Fenster hinaus. Regen hatte eingesetzt und benetzte die Scheibe. »Aber ihr Gesicht ist wie meins.« Sie kratzte mit dem Fingernagel an losen Holzsplittern des Fenstersimses.

Die Bedienung brachte das Essen: Krabben Chow fun, War won ton-Suppe, Reis und Schweinemedaillons in scharfer Soße. Sie überprüfte die Füllung der Teekanne und ging.

»Ich habe mit ihr gesprochen«, sagte Alexandra. »Sie hat ein freies Zimmer und wird Sie erwarten. Hier ist ihre Adresse.« Sie schob ihm eine Karte zu. Tanner steckte sie in die Brusttasche seines Hemdes.

»Danke.« Er zögerte, wollte sie nicht drängen, fand aber, daß er mehr wissen mußte. »Also sagen Sie mir«, raffte er sich schließlich auf. »Wie ist sie?«

Alexandra schüttelte langsam den Kopf. »Mein Gott, das hängt von Ihrer Zeitwahl ab, denke ich.«

»Was meinen Sie damit?«

»In ihr geht es mitunter ziemlich turbulent zu. Das Hormonzeug. Und Medikamente – hauptsächlich Schmerzmittel. Und gelegentlich depressive Verstimmungen. Die meiste Zeit ist sie in Ordnung, aber wenn alles das gleichzeitig über sie kommt, kann sie unleidlich sein.« Sie blickte zu Tanner auf. »Aber im Grunde ist sie ein guter Kerl, müssen Sie wissen. Denken Sie daran, selbst wenn sie in einer üblen Stimmung ist.«

Tanner nickte. »Ich werde daran denken.«

Sie aßen ohne viel zu reden. Der Regen hatte sich verstärkt, und das Wasser rann in Bächen die Fensterscheiben herunter, verzerrte die Lichter und Bilder der

Straße. Das Essen war wie immer köstlich, doch relativ mild. Tanner hatte die scharf gewürzten Speisen noch in seiner aktiven Zeit aufgegeben, so sehr er sie geschätzt hatte. Sein Verdauungssystem war zu empfindlich geworden, zu leicht gereizt, und er hatte alles tun wollen, um die Entwicklung von Magengeschwüren zu verhindern, hatte er doch über Jahre hinweg gesehen, wie seine Mutter darunter gelitten hatte. Wann immer er an sie dachte, kam ihm ihr Mund in den Sinn, die Lippen gesäumt von kalkig weißen Antaziden. Es war ihm seltsam vorgekommen, als sie schließlich an Lungenkrebs gestorben war, um so mehr, als sie niemals geraucht hatte.

Nach dem Essen blieben sie noch und tranken Tee. Tanner kaute am Glücksgebäck und lächelte in sich hinein. Schal. Jedesmal in den letzten fünfzehn Jahren, wenn er hier gegessen hatte, war das Glücksgebäck schal gewesen. Der Zettel in seinem Glücksgebäck enthielt die Botschaft: »Affen werden dein Leben leiten. Füttere sie gut.« Wie immer sagte es ihm nichts. Alexandra wollte ihren Zettel nicht lesen und machte eine Schau daraus, den schmalen Papierstreifen zu kauen und hinunterzuschlucken, dann mit Tee nachzuspülen.

»Die Prophezeiung wird sich in mir verwandeln«, sagte sie. »Ein Neurotransmitter werden, der mein Gehirn mit dem Nirwana verwinden wird.« Sie lächelte. »Oder zu Schlacke verbrennt.«

»Sie werden den Unterschied wahrscheinlich nicht merken.«

»Wahrscheinlich nicht.« Sie hörte auf zu lächeln und sah ihn lange schweigend an. Im Restaurant war es ruhig, und man hörte den Regen gegen die Fensterscheiben trommeln. »Es ist, als sähe ich mich selbst verfaulen«, sagte sie schließlich.

»Ihre Schwester?«

Alexandra nickte. Es schien, daß sie mehr sagen wollte, doch begnügte sie sich mit einem Achselzukken. Sie machte eine Kopfbewegung zur Straße hinaus und sagte: »Es ist eine komische Gegend. Passen Sie dort drinnen auf sich auf.« Sie hielt inne, schenkte ihm ein halbes Lächeln. »Und sagen Sie meiner Schwester einen Gruß.«

»Werde ich tun.«

Tanner stand im Regen auf dem Gehsteig und blickte hinüber zu der Wand der aneinandergebauten Häuser. Die dunklen, schmalen Durchgänge, verschwimmend in Regendunst und Schatten, schienen neben den offiziellen Einfahrten die einzigen Zugänge zu sein, aber auch sie wurden kontrolliert. Und manch einer, der bei Nacht durch eine dieser Gassen hinein wollte, war gar nicht erst zum Kontrollpunkt gekommen, sondern hatte sich zehn Minuten später draußen wiedergefunden, ohne einen Cent in der Tasche, seiner besseren Kleidungsstücke beraubt und vollständig benommen und verwirrt.

Er blickte zurück und hinauf zum Fenster im Obergeschoß. Alexandra war noch dort und beobachtete ihn. Sie winkte nicht, und er tat es auch nicht. Er wandte sich ab, schlug den Mantelkragen hoch und ging über die Straße.

14

Sookie stand vor der Kellertür und atmete schwer. Es war nicht derselbe Keller, aber sie fürchtete sich auch so. Keine Maschinen waren hier, keine geflügelte Mißgeburt mit Metallschädel und metallischer Stimme. Ein leerer Keller. Vielleicht.

Sie trat zurück, lehnte sich an die kühle Betonwand,

zündete eine Zigarette an. Ihre Finger zitterten. Sei still, sagte sie sich.

Der Boden erzitterte unter einem Rumpeln und Rasseln, und sie wandte sich um und blickte zur Straße hinauf, wo ein dunkles, gepanzertes Kettenfahrzeug vorbeidonnerte. Die Ketten rissen Brocken aus dem rissigen, verwitterten Asphalt, Leute sprangen aus dem Weg, und ein Schwarm ihrer Altersgenossen auf motorisierten Skateboards sauste ihm in seiner Abgasfahne nach. Alle wichen geschickt den neuen Schlaglöchern und Brocken vom Straßenbelag aus. Unter dem Fahrzeug spritzten blaue Funken elektrischer Entladungen heraus.

Sookie schüttelte den Kopf und wandte sich wieder der Kellertür zu. Also los. Du willst zu Mixer? Dann geh. Geh!

Sie drückte ihre Zigarette an der Betonwand aus, umfaßte den Türknopf, drehte und stieß. Dunkelheit und Staub. Sookie schlüpfte hinein, ohne die Tür zu schließen. Wo war der Lichtschalter? Sie tastete die Wand ab, fand den Schalter, drückte ihn. Nichts.

Oh, Mann! Aber es machte nichts, sie kannte diesen Keller. Sie hatte auch den anderen gekannt. Sie blieb an der Wand stehen, bis ihre Augen sich der Dunkelheit angepaßt hatten. Etwas trübes Licht fiel von draußen herein. Es war zur Not ausreichend.

Sie betrachtete die Reihen leerer Metallregale, den Schmutz und Staub, der am Boden lockere bis faustgroße Zusammenballungen gebildet hatte. Und die Luke. Sie ging zurück zur Tür, vergewisserte sich der Orientierung und schloß sie. Nun bewegte sie sich rasch, tastete sich die wackligen Metallregale entlang und kniete neben der Luke nieder.

Sie ließ sich leicht öffnen. Matter Lichtschein kam aus der Öffnung. Sookie ließ sich hinabfallen und landete auf der hölzernen Plattform. Die Luke schlug zu.

Sie saß auf der Plattform und atmete tief durch. Ganz unter der Erde, außerhalb des Kellers, fühlte sie sich wieder sicher.

Die Geleise neben der Plattform summten kaum hörbar. Das Signallicht war grün. Sookie hob einen Schlittenwagen vom Ständer, überprüfte ihn und setzte ihn auf die Schienen. Dann streckte sie sich darauf aus, die Füße voran und auf dem Rücken liegend. Die Schuhe in Steigbügeln, den Kopf auf der Stütze etwas angehoben, so daß sie nach vorn sehen konnte. Die Hände an Bremse und Steuergerät. Sie aktivierte das Fahrzeug, und der Schlittenwagen setzte sich mit einem Ruck in Bewegung.

Licht, Schatten, Licht, Schatten – sie bewegte sich schnell durch den niedrigen, engen Tunnel. Die Geleise führten steil abwärts, tauchten unter einem überfluteten alten U-Bahntunnel durch. Unterbrechungen der Stromschiene verringerten die Geschwindigkeit, erhöhten sie wieder auf der Steigungsstrecke, als sie sich dem Freihafenbezirk näherte. Eine Linkskurve, und die Geleise führten in weitem Bogen herum und zur Market Street.

Sookie zählte die Wechsel von Licht und Dunkelheit nach der Linkskurve. Bei dreiundzwanzig bremste sie, ließ den Schlittenwagen durch eine weitere Lichtzone gleiten und kam genau in der Mitte zwischen zwei Lampen zum Stillstand. Sie desaktivierte den Schlittenwagen, krabbelte herunter und zog ihn von den Geleisen.

Die Tür war nur ein paar Schritte entfernt, schmal aber schwer. Sookie drückte sie mit der Schulter auf, zwängte sich mit dem Schlittenwagen durch und schloß sie hinter sich.

Völlige Dunkelheit, aber warm und frisch, angenehm. Sie hätte sich gern hingesetzt, eine Zigarette geraucht und sich schlafen gelegt. Sie tastete sich den

Gang entlang, nahm die erste Öffnung nach links, die sie ertasten konnte, dann die nächste nach rechts. Noch zehn Schritte, und sie ließ sich auf Hände und Knie nieder. Das leise Summen der Schienen erleichterte ihr die Suche. Sie stellte den nachgezogenen Schlittenwagen auf die Schienen, legte sich darauf und schaltete ihn ein. Wieder sauste sie vorwärts.

Diesmal gab es keine Beleuchtung. Die Geschwindigkeit nahm zu, eine Gefällstrecke. Dann legte sich der Schlittenwagen in eine Linkskurve, dann nach rechts und wieder nach links. Keine Bremsen. Eine wilde Fahrt. Die Strecke begradigte sich. Die Geschwindigkeit nahm noch zu. Weit voraus ein Lichtkreis. Sookie schloß die Augen und drückte sie fest zu, als Lichtexplosionen losgingen und sie sogar durch die geschlossenen Lider beinahe blendeten. Dann ein leichtes Gefälle, und sie hatte den Kontrollpunkt passiert, war unter der Schranke durch und rollte glatt in den Freihafenbezirk.

15

DIE SCHULTERN GEGEN den Regen eingezogen, überquerte Tanner die Straße und betrat Li Pengs Importgeschäft. ›Kräuterhimmel‹ hatte Freeman den Laden genannt: Ständer mit getrocknetem Seetang; Schalen und Krüge voll Wurzeln und Samen; Pakete mit getrockneten Blüten und Blättern; eine Wand, die aus hölzernen Schubladen bestand; Regale voller Kästen, Blechdosen, Flaschen; und ein langer gläserner Schaukasten, gefüllt mit Behältern, in deren farbigen Flüssigkeiten knollenartige, unbestimmbare Tiere oder Pflanzen schwammen. Es war die Art von einem Laden, wo Lucy Chen die Ingredienzen für ihre abscheulichen Tees zu kaufen pflegte.

Li Peng, ein kleiner, drahtiger, grauhaariger Mann, saß in einem gepolsterten Bürosessel hinter dem Tresen, trank Tee und behielt drei stumme, kleine Fernsehgeräte im Auge. Sie standen in verschiedenen Höhen auf Holzkisten; nur einer war in Farbe, und alle drei zeigten verschiedene Programme. Er blickte zu Tanner auf, ohne etwas zu sagen.

Tanner trat zum Schaukasten, und die schwimmenden tierischen oder pflanzlichen Lebewesen schienen sich zu ihm zu orientieren, schwebten in den farbigen Flüssigkeiten ihrer Gefäße, und er hatte das Gefühl, angestarrt zu werden. Er steckte zwei Fünfziger in eine Sammelbüchse mit einem handgeschriebenen Etikett. Die Schriftzeichen waren alle chinesisch, bis auf zwei Worte: HELFT ARMEN.

Li Peng drückte auf etwas an der Rückseite des Schaukastens, und Tanner hörte ein lautes Klicken. Er ging zu der Tür neben einem Gestell mit getrocknetem Seetang, öffnete sie und trat durch.

Er stand am Fuß einer langen, steilen Treppe, die durch phosphoreszierende, von der Decke hängende Streifen das nötigste Licht empfing. Tanner stieg die Stufen hinauf.

Die rechte Wand vibrierte unter gleichmäßig stampfenden Geräuschen, die schwach durch das dicke Mauerwerk drangen. Dazwischen glaubte Tanner gedämpfte Rufe zu vernehmen.

Es gab keine Treppenabsätze, keine Eingänge in den Stockwerken, nur Zahlen und geometrische Symbole, die in roter Farbe auf die Betonwand gemalt waren. Über dem dritten Stock war das Stampfen nicht mehr zu hören, und der Rest des Aufstiegs vollzog sich in vollkommener Stille, bis auf ein einziges lautes Krachen irgendwo zwischen fünf und sechs.

Neben der Zahl acht endete die Treppe an einer eisernen Tür, die sich in einen kahlen Korridor öffnete.

Tanner ging ihn entlang, durch eine weitere Tür, und kam in ein Zimmer. Ein hochgewachsener, hagerer Chinese saß an einem Schreibtisch aus Metall, umgeben von Monitoren, Terminals und Tastaturen. Er trug ein Polohemd mit dem aufgestickten Namen ›Al‹.

»Wieviel?« fragte Al.

»Siebzehntausendfünfhundert«, sagte Tanner. Er zog die Banknotenrollen aus den Taschen und legte sie vor dem Mann hin. Einige hundert hielt er zurück.

Al zählte das Geld, legte es in einen Safe, arbeitete dann eine Minute an einem Computer. Tanner mußte zur Netzhautüberprüfung in eine beleuchtete Röhre blicken, dann schob Al ihm ein Tastenfeld über den Tisch; Tanner gab einen Zugangscode ein, den er bereit gehalten hatte. Nach einer weiteren Minute langte Al unter den Schreibtisch, um Tanners Kreditkarte aus dem Lesegerät zu ziehen.

»Siebzehntausendfünfhundert«, sagte er. »Zwei Prozent Gebühr für jede Abhebung. Sie wissen, wo Sie abheben können?«

Tanner nickte, nahm die Karte und steckte sie ein. Al nickte ihm zu, und Tanner ging weiter zur nächsten Tür. Nach einem weiteren kurzen Korridor trat er auf einen Balkon hinaus und überblickte die belebten, hell beleuchteten Straßen vor sich. Er war drin.

Ein feiner, warmer Nebel lag feucht in der Luft und schmückte alle Lampen mit einer kleinen Aureole. Rote, orangefarbene und grüne Lichtstreifen – die Farben des Asiatischen Viertels – schienen über den Gebäuden im Dunst zu schweben, und der Lärm war noch lauter als im Chinesenviertel. Tanner spürte die Energie, die sich dort unten manifestierte, glaubte das Adrenalin des Menschengewimmels riechen zu können.

Er trat zurück in den Korridor, öffnete eine Seitentür und betrat eine Welt schimmernder Lichter und farbigen Rauchs, schwindelnder Wendeltreppen und der Balkone, Tische und Wandspiegel und eines unaufhörlichen Stimmengewirrs, das von den Geräuschen auf Tische klatschender Spielkarten, klingender Gläser und abgerissener Fetzen von Musik übertönt wurde.

Tanner ging zwischen zwei Reihen von Spieltischen zum nächsten Innenbalkon und blickte über das Geländer. Der von großflügeligen Ventilatoren umgerührte Rauch war so dick, daß er nicht mehr als zwei Stockwerke hinuntersehen konnte. Ein Mann kam zu ihm und fragte, ob er an einem der Kartenspiele teilnehmen wolle. Tanner schüttelte den Kopf, und der Mann verbeugte sich und ging. Tanner machte die nächste Treppe aus – eine in ständiger Rotation befindliche Doppelspirale, die unter jedem seiner Schritte vibrierte – und ging hinunter.

Er stieg abwärts durch warme, aufsteigende Wolken von Tabak und Marihuanarauch und tanzende elektrische Lichter. Die Restaurantebene roch penetrant nach Curry und heißem Erdnußöl. Die Ebene darunter roch nach Moschus und Räucherwerk und pulsierte in einem tiefen, gleichmäßigen Baßrhythmus, der mehr zu fühlen als zu hören war. Weitere Ebenen für Kartenspiele und Roulette folgten, laut und verräuchert bis auf die letzte im zweiten Stock, die ruhig und gedämpft war. Die Geräusche von oben und unten wurden hier von ausladenden akustischen Prallflächen ferngehalten, die an den Balkonen befestigt waren. Tanner hielt inne und beobachtete die ernst aussehenden Spieler, die an den Tischen saßen. Die meisten trugen grüne Augenschirme und Anzüge in gedeckten Tönen. Viele von ihnen rauchten, die meisten tranken. Tanner wußte, daß alles Schau war. Die richtigen Spieler, die richtigen Spiele mit unwiderruflichen Einsätzen, waren anderswo, der öffentlichen Aufmerksamkeit entzogen.

Tanner stieg weiter hinab, bis er das Parterre erreichte, eine offene Einkaufspassage zwischen Geschäften, die zollfreie Importwaren aller Art verkauften, von billigem Schund bis zu Unterhaltungselektronik und Schmuck. Es gab Boutiquen, Parfümerien, Videospiele, Schönheitssalons, Bars und Teegeschäfte. Er ließ sich mit der Menge durch offene Türen und hinaus auf die Straßen treiben.

Der nässende Nebel hatte sich gehoben, aber die warme Nachtluft war noch immer von Feuchtigkeit gesättigt. Die Gehsteige wimmelten von Menschen, und auf den Straßen drängten sich Motorroller, kleine Lieferwagen, Fahrradrikschas und Zweiräder. In der Luft über ihm tanzten die wehenden Leuchtbänder, auf denen sich immer wieder Reklametexte bildeten: MIKROBIOTIK – DER SPRUNG INS LEBEN!; TESTOSTERONTAGE, PREMIERE HEUTE, KANAL 37 B, 2:00 UHR; CHUNGS SICHERHEITSDIENST – LUFT-ÜBERWACHUNG, EINE NEUE KARRIERE AM RAND.

Tanner ging die Straße hinunter und fühlte die Lebensenergie in sich aufschäumen, hochgepumpt vom Adrenalin. Er verstand, warum Leute freiwillig hier lebten, trotz der Beengung in einem abgeschlossenen Bezirk, den sie nur durch lästige Kontrollen verlassen und wieder betreten konnten. Das Leben hatte hier eine höhere Intensitätsebene als anderswo in der Stadt, und diese Intensität schien niemals nachzulassen, weder bei Tag noch bei Nacht. Er wußte, wie suchterzeugend das sein konnte, zumal er oft dachte, daß jeder lebende Mensch irgendeiner Sucht verfallen war.

Er betrat ein überdachtes Straßencafé und setzte sich an einen Tisch unter der Markise und mit Blick zur Straße. Als der Kellner kam, bestellte er Kaffee und wünschte, er könnte einen Espresso vertragen, aber in seinem Magen war ein drückendes, empfindliches Gefühl. Er lehnte sich zurück und betrachtete das Straßenleben.

Eine junge Frau kam zu ihm, nahm seine Hand in ihre und küßte ihn auf den Mund. Dann setzte sie sich ihm gegenüber und stellte ihre Handtasche auf den Tisch. Sie war eine Südostasiatin und trug ein kurzes schwarzes Kleid über anliegenden, metallischen schwarzen Leggings. Eine Halskette aus irisierenden Perlen lag auf ihrer Haut, und auf ihre linke Wange waren drei glänzende blaue Tränen tätowiert. Tanner hatte sie noch nie gesehen.

»Ich kenne Sie nicht«, sagte er.

Die Frau lächelte und schüttelte den Kopf. »Nein.«

»Kennen Sie mich?«

»Nein«, sagte sie lächelnd. »Kaufst du mir einen Kaffee?«

Tanner zögerte. Er wollte sich nicht auf etwas Unerwartetes einlassen. Es war zu lange her, seit er längere Zeit im Freihafenbezirk verbracht hatte, und er brauchte eine Weile, um sich wieder an den Rhythmus dieses Lebens zu gewöhnen, seine ungeschriebenen Regeln wieder zu erlernen. »In Ordnung«, sagte er schließlich. »Aber ich bin nicht interessiert, sonst irgend etwas zu kaufen.«

Die Frau nickte kurz. »Einverstanden. Ich möchte nur ein paar Minuten sitzen.«

Der Kellner brachte Tanners Kaffee, und als die Frau einen doppelten Espresso bestellte, lächelte Tanner zu sich selbst. Sie nannte ihm nicht ihren Namen, noch fragte sie nach seinem. Tatsächlich schien sie überhaupt nicht interessiert, mit ihm zu sprechen. Sie saß zur Straße gewandt, und Tanner beobachtete sie, während sie die Passanten beobachtete. Er hatte nicht den Eindruck, daß sie auf jemanden wartete; dafür schien ihr Blick zu passiv und entspannt. Er trank gemächlich seinen Kaffee und ließ den Blick von der

Straße zur Frau und wieder zurück wandern. Rudel von ›Ratten‹ in Lumpen aus Metallstreifen schlenderten vorbei, jedes Mitglied mit einer farbigen, das Rudel bezeichnenden Perle am Ende von Ohrringen aus Haarschleifen. Straßenverkäufer priesen Kopfhörer und Walkmans an. Straßenmusikanten spielten auf, behängt mit verkäuflichen Aufnahmen ihrer Musik. Kleine Drogenhändler zogen auf und ab und boten Haschisch und LSD an, aber Tanner und beinahe jeder andere wußte, es war so gestreckt, daß kaum etwas für einen Rausch übrig blieb; aber sie hatten trotzdem Kunden unter jenen, die sich nichts anderes leisten konnten. Der Strom der Passanten war so dicht, daß Tanner nur gelegentliche Blicke auf die Fahrzeuge werfen konnte, die auf der Straße fuhren.

Als ihr Espresso kam, nahm die Frau einen Stechapfelstab aus der Handtasche und kaute darauf zu ihrem Espresso. Tanner vermutete, daß der Stab auch mit Amelin imprägniert war. Sie würde bald einen Hammer von einem Rausch haben.

Sie trank den Espresso aus, steckte den Rest des Stabes in den Mund und kaute darauf, als wäre es Kaugummi. Dann nahm sie die Handtasche an sich, stand auf, beugte sich zu ihm und küßte ihn wieder. Diesmal auf die Wange. »Danke, Schatz.«

»Wozu sind die Tränen?« fragte er.

Sie schenkte ihm ein trauriges Lächeln. »Eine für jeden Monat, den er fort ist.«

Er hatte das Gefühl, daß sie etwas zitierte, vielleicht einen Schlager. Die Frau wandte sich um und ging rasch fort, verschwand in der Menge.

Tanners Kaffeetasse war leer, und er bedeutete dem Kellner, eine frische zu bringen, dann wandte er seine Aufmerksamkeit wieder der Straße zu. Vieles geschieht, dachte er, und das meiste davon hat überhaupt nichts zu bedeuten.

Während er seinen Kaffee trank und die Leute vorbeiflanieren sah, dachte Tanner darüber nach, wie er Rattan suchen sollte. Er hatte noch keinen richtigen Plan, keine Systematik, die ihn Schritt für Schritt zum Ziel bringen konnte. Er mußte sich einfach wieder in das Leben dieser Zone einfühlen, ein paar Kontakte wiederbeleben, Fühler ausstrecken und hoffen.

Was er wußte, war immerhin, daß er im Europäischen Viertel anfangen würde. Obwohl Rattan halb Mongole war, würde er sich im Asiatischen Viertel nicht blicken lassen, und wahrscheinlich auch von den Vierteln der Latinos, Araber und Neger fernhalten. Nach seinem Untertauchen mußte die Polizei ihn zuerst im Europäischen Viertel gesucht haben, und Rattan würde genau das erwartet haben; nach Abklingen dieser Fahndungswelle würde er im Europäischen Viertel den besten Schutz gefunden haben, am meisten Loyalität und das beste Gefühl für Sicherheit. Er mußte das ganze letzte Jahr irgendwo hier gewesen sein, und Tanner war überzeugt, daß es das Europäerviertel war. Er konnte nur hoffen, daß Rattan sich nicht im Kernbereich verkrochen hatte.

Tanner sah auf die Karte, die Alexandra ihm gegeben hatte. Rachel, ihre Schwester, wohnte im Europäerviertel nahe der Grenze zu den Latinos. Dort sollte er jetzt sein. Aber er war noch nicht bereit. Er blieb am Tisch sitzen, trank seinen Kaffee, beobachtete und ließ sich vom Leben überspülen.

Tanner beendete die Nacht am äußeren Rand des Europäerviertels. Es ging schon gegen Morgen und war der kühlste Teil des Tages, als er vor dem Gebäude eintraf, wo Alexandras Schwester wohnte. Nicht eigentlich kühl, aber nicht mehr heiß, und das war schon etwas. Das Haus war eine zwölfstöckige Monstrosität aus narbigem, geschwärztem Ziegelmauerwerk, gesplittertem Holz und herabhängenden, abgetrennten Teilen einer rostigen Feuerleiter. Sollte es einen Brand geben, würde jeder, der über dem zweiten Stockwerk wohnte, springen müssen.

Eine Gruppe Halbwüchsiger blockierte den Eingang, zehn oder zwölf Jungen und Mädchen in frisch gebügelten braunen Hemden und roten Armbinden mit schwarzen Hakenkreuzen. Dieser Scheiß stirbt nie, dachte Tanner. Es gehörte zu den wenigen Dingen, die ihn immer noch überraschten, wenn er sie sah, obwohl er es hätte besser wissen sollen.

Er bahnte sich den Weg durch die jungen Leute, und sie machten ihm bereitwillig Platz. Wahrscheinlich war er ihnen weiß genug. Tanner fragte sich, ob es ein nur von Weißen bewohntes Haus sei, und was das über Alexandras Schwester aussagte. Rachel. Ein irgendwie jüdischer Name, dachte er. Aus der Bibel.

Die schmale Eingangshalle war dunkel und roch nach Moder. Dunkelrote Wände waren gegliedert von Darstellungen kannelierter Säulen aus aufgeklebter Goldfolie, und Teile des Läufers waren bis auf das Untergewebe abgetreten. Tanner ging vorüber an einer riesigen Anordnung metallener Briefkästen und machte vor den Aufzügen halt. Einer war geschlossen und mit einem Schild ›Außer Betrieb‹ gekennzeichnet. Der andere war offen. Drinnen brannte ein trübes Licht und beleuchtete ein an die Rückwand geklebtes Schild mit der Aufschrift: BENUTZE DIESEN AUFZUG, UND DU BIST TOT, DU TROTTEL. Rachel wohnte im elften Stock, aber Tanner sagte sich, daß die Übung ihm nicht schaden würde.

Geschlagene fünfzehn Minuten später erreichte Tanner schweratmend den elften Stock und lehnte zum Verschnaufen an der Wand. Zu beiden Seiten des Treppenhauses verliefen lange Korridore. Er mußte über die Möglichkeit lächeln, daß Rachel nicht zu Haus sein würde. Er wußte nicht, weshalb er vergessen hatte, vorher anzurufen. Wieder blickte er auf die Karte, die Alexandra ihm gegeben hatte. Ja, da war eine Telefonnummer.

Er ging durch den Korridor und blickte zu den verchromten, an den Türen befestigten Wohnungsnummern. Trotz der frühen Stunde konnte er schwache Musik, Geklapper, bellende Stimmen, rauschendes Wasser und einen jaulenden Hund hören. Rachels Wohnung war am Ende des Korridors. Vor der Tür machte er halt und las mit gerunzelter Stirn mehrere handschriftliche Zitate auf Zetteln, die mit Klebeband am dunklen Holz befestigt waren. ›Tief in den Herzen aller Menschen ist ein schwarzer Kern, welcher der Läuterung bedarf.‹ ›Weiß, Weiß, überall war es weiß, und alles war gut.‹ ›Vertraue dir nicht, bis du weißt, daß du rein bist.‹ ›Und dann erhoben sich die Engel und zerstörten sie alle.‹ Tanner hatte kein gutes Gefühl, was Rachel betraf.

Er klopfte an die Tür und wartete. Schon nach wenigen Augenblicken meldete sich drinnen eine Stimme. »Wer ist da?«

»Louis Tanner. Alexandra sagte, sie habe mit Ihnen über mich gesprochen.«

Rachel antwortete nicht, aber Tanner hörte, wie das Sicherheitsschloß geöffnet und ein Riegel gezogen wurde. Er erwartete mehrere weitere Riegel zu hören und war überrascht, als die Tür nach dem ersten geöffnet wurde.

Alexandra hatte recht. Rachels Gesicht war genau wie ihres, bis auf das Haar, das kürzer geschnitten war; alles übrige aber war nicht einmal ähnlich. Rachel war unter einsfünfzig groß und stützte sich mit der rechten Hand auf einen Stock. Sie trug ein blaßbraunes Kleid, das ihr über die Waden reichte, und schwere orthopädische Schuhe in Schwarz; der rechte hatte eine um mindestens zehn Zentimeter erhöhte Sohle.

Rachel blickte ihn prüfend mit einem harten Glitzern im Blick an, dann trat sie zurück und öffnete die Tür weiter. »Kommen Sie herein«, sagte sie in unfreundlichem Ton. »Ich bin gerade von der Arbeit gekommen und will mich schlafen legen.« Tanner trat ein, und Rachel schloß und versperrte die Tür. Das Wohnzimmer war sparsam möbliert, aber sauber und gut beleuchtet.

»Ein hübscher Haufen von Halbwüchsigen, da unten am Eingang«, bemerkte er.

»Sie helfen die Unreinen fernhalten.«

War es ihr ernst? Gott, dachte er, eine Puristin? Wußte Alexandra davon? Warum hatte sie es ihm nicht gesagt?

»Sie sehen müde aus«, sagte Rachel.

»Ich bin die ganze Nacht auf den Beinen gewesen.«

»Das ist hier gängige Praxis«, erwiderte sie. »Aber ich verstehe, was Sie meinen. Sie sind auch den ganzen Tag auf den Beinen gewesen, richtig?«

Tanner nickte.

»Dann kommen Sie. Ich werde Ihnen zeigen, wo Sie schlafen. Wie ich sagte, ich bin selbst im Begriff, mich schlafen zu legen.«

Sie hinkte durch das Zimmer, wobei sie sich schwer auf den Stock stützte, und Tanner folgte ihr in den Korridor und von dort in den ersten Raum zur Rechten. Sie schaltete das Licht ein, und er sah in ein kleines Zimmer mit Tisch und Stuhl und einem Futon. Auf letzterem lag ein kleiner Stoß zusammengelegter Laken und Decken, sowie ein Kissen. »Ihr Bett. Nun zeige ich Ihnen den Rest der Wohnung.«

Wieder im Korridor, stieß sie mit ihrem Stock eine Tür zur Linken auf. »Das Bad.« Dann, noch ein Stück weiter schwang sie ihren Stock und schlug an eine geschlossene Tür. »Mein Schlafzimmer. Sie bleiben draußen.«

Tanner sagte nichts. Rachel ging voran in den letzten Raum, die Küche, deren großes Fenster Ausblick auf andere Gebäude gegenüber gewährte. Das graue Licht des nahenden Morgens dämmerte durch die Fenster und verbreitete fahles Halbdunkel in der Küche.

»Sie können von allen Lebensmitteln hier nehmen«, sagte Rachel. »Aber ersparen Sie sich die Mühe, nach Schnaps oder anderem Alkohol zu suchen. Ich habe keinen.«

Damit wandte sie sich um und hinkte durch den Korridor zurück. Sie öffnete die Tür zu ihrem Schlafzimmer, ging hinein, ohne Licht einzuschalten, und warf die Tür zu. Diesmal hörte er mehrere Schlösser und Riegel – einen, zwei, drei, vier.

Tanner kehrte in sein Zimmer zurück. Er setzte sich auf den Futon und lehnte sich gegen die Wand. Er hatte erwartet, Rachel zu mögen, weil sie Alexandras Schwester war und weil Alexandra ihm diese Unterkunft verschafft hatte. Nun verursachte ihm die Entdeckung, daß er sie überhaupt nicht mochte, Unbehagen. Alexandra hatte ihn gewarnt, aber dies war schlimmer, als er erwartet hatte, besonders wenn sie Puristin war. Er überlegte, ob er hier länger Quartier nehmen konnte, während er Rattan suchte. Für eine Nacht oder diesen Morgen vielleicht, um ein paar Stunden Schlaf zu finden. Aber wieviel länger? Vielleicht sollte er ihr aus dem Weg gehen, ihr sowenig wie möglich begegnen.

Kein guter Anfang, sagte er sich. Aber wenigstens konnte er schlafen; er war erschöpft. Er entkleidete sich, schaltete das Licht aus und legte sich auf das Lager, ohne die Laken oder Decken auszubreiten. Er schloß die Augen und schlief.

16

TANNER ERWACHTE VON starkem Kaffeeduft. Er blickte auf die Armbanduhr, sah, saß es kurz nach Mittag war. Durch die offene Tür hörte er plätscherndes Wasser, Schritte, knarrendes Holz und allgemeine Stadtgeräusche, die durch offene Fenster hereindrangen. Er hatte fest geschlafen, ohne Träume, an die er sich erinnern konnte, und fühlte sich ausgeruht.

Er duschte, zuletzt mit kaltem Wasser, um die Tageshitze abzuwehren. Kaum hatte er sich angekleidet, war das Hemd unter den Armen wieder durchgeschwitzt. Als er durch den Korridor ging und die Küche betrat, fand er sie leer. Sie hatte jetzt eine andere Atmosphäre, hell und offen. Das Fenster war geöffnet und ließ die feuchte Hitze und die Stadtgeräusche ein. Der Küchentisch war für zwei gedeckt, einschließlich einer Filterkanne mit klarem Wasser. Auf der Anrichte stand eine Kaffeemaschine. Die Isolierkanne war voll und dampfte. Daneben waren, auf einem Schneidebrett ausgelegt, Eier, gehackte Zwiebeln und Tomaten und etwas geriebener Käse.

»Guten Morgen.« Rachels Kopf erschien vor dem Fenster über der Spüle. Sie lächelte. »Kommen Sie heraus«, sagte sie und zeigte nach links. »Um die Ecke ist eine Tür.«

Tanner umging den Tisch, zwängte sich an dem klobigen Kühlschrank vorbei und um die Ecke zu einer offenen Tür, die auf einen kleinen hölzernen Balkon hinausführte, der ziemlich gebrechlich aussah. Er war beschirmt von einer provisorischen Markise aus durchscheinendem Plastik, die Licht durchließ, vermutlich aber den Regen fernhielt. Der Balkon war bedeckt von Topfpflanzen, von denen die meisten große, farbenprächtige Blüten trugen. Rachel humpelte barfuß mit einer rosa Gießkanne zwischen den Pflanzen umher, gekleidet in einen lose hängenden Sarong, und stocherte mit dem Zeigefinger in der Blumenerde, um die Feuchtigkeit zu prüfen. Tanner war verblüfft vom üppigen Grün der Blätter – keine braunen Streifen oder Flecken, keine Löcher durch Raupen- oder Insektenfraß.

Rachel stellte die Gießkanne ab und setzte sich auf eine schmale Bank an der Hauswand. Ihre Arme und das Gesicht glänzten von Schweißtröpfchen. »Setzen Sie sich«, sagte sie.

Tanner folgte der Aufforderung. Sie bückte sich, um ihr rechtes Bein von der Wade bis zum Knie zu kneten.

»Mögen Sie Eier?« fragte sie. »Käse, Zwiebeln, Tomaten? Einen Schuß Tabascosoße?«

»Sicher, wenn Sie die Tabascosoße vertragen.«

»Gut, dann mache ich uns ein Omelett. Der Kaffee ist schon fertig. Ich könnte auch Tee auftreiben, wenn Sie es vorziehen.«

»Nein, Kaffee ist in Ordnung, danke.«

Sie ließ ihr Bein los und streckte den Rücken. »Dann kommen Sie.«

Sie gingen wieder hinein. Rachels Humpeln war ohne den Höhenausgleich der orthopädischen Stiefel so extrem, daß ihr Oberkörper bei jedem Schritt fast einen halben Meter seitwärts pendelte. Erst jetzt bemerkte Tanner die vor dem Herd, der Anrichte und dem Spülbecken am Boden befestigten Holzklötze. Rachel schob das Schneidebrett mit den vorbereiteten Zutaten des Omeletts von der Anrichte zum Herd, setzte dort den rechten Fuß auf den Klotz und begann mit der Zubereitung.

»Kann ich helfen?« fragte Tanner.

»Sie könnten uns Kaffee einschenken.«

Neben der Kaffeemaschine standen zwei Glasbecher, die Tanner füllte; einen brachte er Rachel zum Herd, mit dem anderen setzte er sich an den Tisch.

Der Kaffee war heiß und stark. Er trank ihn langsam und sah ihr bei der Arbeit zu. Bald vermischte sich der Duft gebratener Butter mit dem Kaffeearoma, dann schlug sie Eier mit lautem Zischen in die Pfanne. Tanner fühlte sich entspannt und beinahe friedlich. Es schien eine so traditionelle häusliche Szene, daß er unwillkürlich an die Morgen denken mußte, die er mit Valerie und Connie verbracht hatte, sei es in seiner Wohnung oder in ihrer Wohnung in San José. Gewöhnlich hatte er gekocht. Einseitig gerösteter Toast mit Sauerrahm und Schinken war seine Spezialität gewesen. Das letzte Frühstück dieser Art lag mehr als ein Jahr zurück, kam ihm aber viel länger vor, wie ein anderes Jahrhundert, ein anderes Leben. Oft zweifelte er daran, daß er jemals wieder so etwas erleben würde.

Rachel drehte das Gas aus, schnitt das Omelett in zwei Hälften, brachte die Pfanne an den Tisch und schob eine Hälfte auf jeden Teller.

»Danke«, sagte Tanner.

Sie ließ die Pfanne auf dem Tisch und setzte sich ihm gegenüber. »Das mindeste, was ich tun konnte.« Sie füllte zwei Gläser mit Wasser aus dem Krug. »Tut mir leid, daß ich heute früh kurz angebunden war. Sie erschienen zu ungünstiger Zeit.«

Er erwartete, daß sie Näheres erklären würde, aber sie tat es nicht. Statt dessen öffnete sie eine kleine Plastikflasche neben dem Wasserkrug und schüttelte drei weiße Tabletten heraus, die sie auf einmal in den Mund steckte und mit einem halben Glas Wasser hinunterspülte.

Tanner wußte, daß es keine Vitaminpillen waren, aber es ging ihn nichts an, und er fragte nicht.

Rachel zuckte die Achseln, dann stieß sie ein kurzes Lachen aus. »Dilaudid«, sagte sie. »Das einzige Mittel, mit dem ich den Schmerz zurückdrängen kann.«

Dilaudid. Es erinnerte Tanner an McMurphy, der Freemans Hauptinformant gewesen war. McMurphy pflegte Dilaudid gegen ›Kopfschmerzen‹ zu nehmen. Als Tanner ihn das letzte Mal gesehen hatte, bekam der verrückte Kerl drei- oder viermal am Tag Kopfschmerzen und schluckte die Tabletten trocken. McMurphy haßte Spritzen.

Sie sprachen nicht, während sie aßen, was Tanner nur recht war. Das Omelett war gut und schmeckte ihm. Aus einem unerklärlichen Grund gefiel ihm sogar die Hitze. Auch das Wasser war gut, schmeckte rein, aber nicht steril. Er zog die Filterkanne näher und betrachtete den Filter. Braun.

»Sie war teuer«, sagte Rachel, »ist aber ihren Preis wert. Für das Gießwasser habe ich noch eine größere.«

Das erklärte die leuchtend grüne Farbe der üppigen Blätter, das Fehlen von braunen Flecken und Streifen. Auch im Fenster standen Pflanzen, deren tiefes Grün, leuchtendes Rot und Gelb der Hitze etwas von ihrem lähmenden Druck nahmen. Vielleicht machte sie ihm deshalb nichts aus.

Nach dem Essen räumte Rachel den Tisch ab, füllte Kaffee nach, nahm einen Schlüsselbund aus einem Hängeschrank und gab ihn Tanner. »Wie lange werden Sie bleiben?« fragte sie.

Bleiben. Ja, er würde bleiben. Es schien jetzt in Ordnung. »Ich weiß nicht«, sagte er. »Wenigstens ein paar Tage. Vielleicht länger, wenn es Ihnen recht ist.«

»Wie lang es dauert, ist nicht wichtig. Heute morgen hatten Sie Ihre Zweifel darüber, nicht wahr?«

»Richtig.« Er war noch immer nicht ganz sicher, hatte aber seine Einstellung korrigiert. Wieder dachte er, sie werde es erklären, und wieder tat sie es nicht. »Dieses Zeug, das Sie an der Tür befestigt haben«, sagte er. »Diese Zitate …«

Rachel lächelte. »Ich bin keine Puristin, wenn Sie

das wissen wollen. Aber es gibt welche hier im Haus, die Leute, die das Sagen haben. Die Tarnung macht das Leben leichter und sicherer. Sie lassen mich in Ruhe.« Sie blickte zu ihm auf. »Und wir alle müssen irgendwo leben, nicht wahr?«

Tanner nickte. Er nahm die beiden Becher mit Kaffee, und sie gingen hinaus auf den kleinen Balkon und setzten sich auf die Bank. Obwohl die Sonne hoch am Himmel stand, warf das Gebäude einen schmalen Streifen Schatten, so daß nur ihre Beine und Füße dem Sonnenlicht ausgesetzt waren.

»Warum sind Sie hier?« fragte Rachel. »Alexandra sagte es nicht.«

»Ich suche jemanden.«

»Jemanden, der nicht gefunden werden möchte, nehme ich an?« Als Tanner die Achseln zuckte, sagte sie: »Dann werden Sie wahrscheinlich länger hier sein.« Nach einer weiteren Pause fragte sie: »Kennen Sie sich im Bezirk aus?«

»In meiner Zeit als Polizist arbeitete ich im Bezirk.«

Rachel schnaubte. »Polizisten arbeiten nicht im Bezirk, er bearbeitet sie.«

Tanner nickte. »Daran ist etwas Wahres. Wir taten, was wir konnten.«

»Nun, das ist ermutigend.« Dann lächelte sie. »Tut mir leid, das war nicht nett.«

»Macht nichts. Ich verstehe.«

»In welchem Teil des Bezirks arbeiteten Sie?«

»Ich fing im Asiatischen Viertel an.« Er mußte lächeln, als er an Nguyen Pham dachte, seinen damaligen Partner. Der Bursche war unzurechnungsfähig, Enkel eines alten Kriegshelden der Vietcong. Pham war groß in handgreiflichen Scherzen, die sie mehr als einmal fast das Leben gekostet hätten, und als es Pham schließlich erwischte, lachte er auf der ganzen Fahrt zum Krankenhaus. Aber Phams Schwester und ihr Mann wurden in irgendeiner Bandenauseinandersetzung getötet, und Pham ging mit seinen beiden Nichten zurück nach Vietnam. Tanner hatte nie wieder von ihm gehört. So war es gekommen, daß man ihm Freeman als Partner zugeteilt hatte. Tanner lächelte nicht mehr.

»Dann hatte ich im Afrikanischen und zuletzt im Europäischen Viertel zu tun.«

»Mit einem Schwarzen als Partner?«

Tanner nickte. »Die Zeiten sind vorbei. Ich bin kein Polizist mehr.« Er wollte nicht weiter über seine Pläne sprechen, und Rachel schien es zu fühlen, denn sie stellte ihm keine weitere Frage, sagte kein Wort. Er lehnte den Kopf an den Fenstersims und schloß die Augen. Eine schwere gelbe Blüte streifte seine Wange, und er atmete ihren kühlen, reinen Duft. Er war entspannt und hatte es nicht eilig, diesen Platz zu verlassen. Wahrscheinlich würde es lange dauern, bis er sich wieder so angenehm gelöst fühlen konnte.

Die halbwüchsigen Nazis waren noch immer vor dem Hauseingang versammelt. Wieder machten sie ihm höflich Platz, obwohl er das Gefühl hatte, es sei diesmal eine andere Gruppe. Gegenüber hielten auf zwei Balkonen im zweiten Stock fünf oder sechs Töchter Zions in ihren khakifarbenen Overalls und schwarzen Stirnbändern Wache.

Tanner verbrachte mehrere Stunden mit Wanderungen durch das Europäerviertel, obwohl es – wie die anderen innerhalb des Freihafenbezirks – relativ klein war und nicht mehr als vier oder fünf Blocks umfaßte. Aber er mußte sich erst an das alte Umfeld wieder gewöhnen und die alten Treffpunkte aufsuchen. Er fühlte sich nicht zu Hause im Bezirk – er hatte sich hier niemals zu Hause gefühlt, auch nicht nach jahrelangem Dienst –, aber er fühlte sich nicht unwohl. Vielleicht lag es an den Straßen, obwohl sie bei Leuten, die sich nicht auskannten, als gefährlich verrufen waren. Aber die Straßen waren in Wirklichkeit der sicherste Teil des Freihafenbezirks. Die wirkliche Gefahr lauerte in den Labyrinthen von Räumen und Korridoren, die sich durch viele der Gebäude zogen, in den befestigten Kellern und Tunnels; in den weitläufigen, offenen Dachböden, die untereinander in Verbindung standen und von den Banden und Genossenschaften beherrscht wurden. Dort konnte es schlimm werden. Dort wurden die Geschäfte abgewickelt, dort verschwanden Menschen, wurden als lebende Ware in andere Länder verkauft oder von dort importiert und weiter verschoben. Andere wurden Opfer von Bandenkriegen und internen Machtkämpfen oder wurden getötet, weil sie zuviel wußten. Die Leichen blieben gewöhnlich unauffindbar, bis auf die der gelegentlichen ›Fensterflieger‹. Es gab hier einen gut organisierten Organhandel, und was nach dem Ausschlachten übrigblieb, ging in die geheimen Krematorien oder landete in der Müllverbrennung. Einstweilen hielt Tanner sich an die Straßen, aber es war ihm klar, daß er früher oder später ins Innere würde vordringen müssen, wenn er Rattan finden wollte.

Er trank ein Bier bei Stinky, aber Stinky war gestorben oder umgezogen, niemand wußte Genaueres, und Tanner kannte den neuen Besitzer nicht, einen lauten, widerlichen Mann namens Rooter, der noch viel übler roch als Stinky es je getan hatte. Keines der Gesichter im Lokal kam ihm vertraut vor, und so ging er bald wieder.

Er besuchte den Spielsalon in der Turk Street und sah die alten russischen Frauen blaßrosa Gummibälle in die Maschinen rollen, deren vertikale Anzeigetafeln mit lautlos aufleuchtenden Zahlen reagierten. Aber

Lynda war nicht da, und Tanner ging wieder auf die Straße.

Einige Bars, Tin Tins Videopassage, ein Elektrogeschäft, zwei Musikläden und Mrs. Wendys Haus von Schmerz und Schande. Nichts. Nirgends sah er jemanden, den oder die er kannte, ausgenommen ein paar Leute, denen er lieber aus dem Weg ging.

Als am Spätnachmittag der Regen einsetzte, erwischte Tanner den letzten freien Platz an einem überdachten Imbißstand. Er aß Currywurst und Pommes frites und trank ein großes Glas ungekühlter Limonade, die zu süß war. Er saß seitwärts auf dem Hocker und behielt während des Essens die Straße im Auge, sah aber auch diesmal kein bekanntes Gesicht. Danach durchwanderte er weiter die Straßen.

Er kaufte Kleider zum Wechseln, Rasierzeug, Vitamine und ein paar andere Dinge, dazu einen kleinen Seesack, in dem er alles verstaute und zu Rachel trug. Er hatte gehofft, etwas mehr mit ihr zu sprechen, vielleicht einiges in Erfahrung zu bringen, aber sie war fort, und so ging er wieder hinaus, nachdem er seine Einkäufe abgeladen hatte. Es wurde dunkel, als Tanner an einem Plakat vorbeikam, das vor einem Nachtclub namens Das Offene Tor angeschlagen war. In großen blauen Lettern war darauf zu lesen:

ROTER RIESE UND WEISSER ZWERG
Beatpoeten des einundzwanzigsten Jahrhunderts
HEUTE ABEND 10:00 UHR

Es gab kein Bild der sogenannten Beatpoeten. Weißer Zwerg… Max? Es schien wahrscheinlich, wenn Weißer Zwerg eine zutreffende Beschreibung seines Äußeren war. Max war eine Art Poet. Und wenn es Max war, hatte Tanner das Glück viel früher und näher bei Rattan verlassen als er gehofft hatte. Er ging hinein.

Das Lokal war beinahe voll, die Bühne leer und dunkel. Das Lokal war nichts für Gehbehinderte und bestand aus mehreren Plattformen in verschiedener Höhe, auf denen die Tische standen. Lichtgirlanden hingen spinnenförmig von der Decke und bewegten sich leicht in den Luftströmungen. Aus Lautsprechern in den Ecken drang die übliche jazzige Barmusik.

Tanner fand einen leeren Tisch im Hintergrund des Lokals auf einer der höheren Plattformen, anderthalb Meter über der Bühne. Ein Kellner in einem tiefblauen bodenlangen Mantel mit einer Augenklappe in der Mitte seiner Stirn kam an den Tisch. »Sind Sie zur Vorstellung hier?« fragte er.

Tanner nickte.

»Zwei Drinks Minimum, bevor sie anfangen, zwei Drinks in der Pause.«

»Wann beginnt die Vorstellung?«

»Fünf Minuten.«

Tanner bestellte zwei Scotch. Dann, als der Kellner sich zum Gehen wandte, fragte er ihn: »Was ist mit der Augenklappe?«

Der Kellner wandte sich grinsend um. »Mein drittes Auge erblindete letzte Woche.« Damit ging er.

Tanner durchforschte den Raum nach bekannten Gesichtern. Es war ein seltsames Publikum, dessen Skala von jungen Leuten in den Zwanzigern bis zu einigen ziemlich alten reichte. Ebenso unterschiedlich war die Kleidung. Die meisten trugen sogenannte Freizeitkleidung, aber es gab auch leichte Sommeranzüge, ausgeschnittene Kleider und metallisierte Overalls mit vielen Taschen, als wären ihre Träger eben aus dem Pilotensitz eines Kampfjets gestiegen. Aber er bemerkte, daß es keine falschen Prothesen und keine metallischen Accessoires gab. Diese Dinge schienen hier nicht in Mode zu sein.

Schräg hinter ihm, an der Wand und nur teilweise von Schatten verborgen, war eine Frau auf Händen und Knien unter einem Tisch und hatte das Gesicht im Schoß eines Mannes vergraben. Das Gesicht des Mannes zeigte kein Vergnügen, nur eine Grimasse von Schmerz.

Der Kellner brachte Tanners Getränke und kassierte wortlos sein Geld. Eine Minute später gingen alle Lichter aus und tauchten den Raum in Dunkelheit. Die Musik brach ab, das Publikum verstummte. Scheinwerfer gingen an, bestrahlten die Bühne und zeigten den Roten Riesen und den Weißen Zwerg. Der Rote Riese war genau das, ein ungeschlachter Mann, ungefähr zwei Meter zehn groß, mit flammend rotem Haar und Bart. Er trug einen Augenschirm und eine schwarze Baskenmütze. Der Weiße Zwerg war tatsächlich Max – ein zwergenhafter Albino, der auch einen Augenschirm trug. Er saß auf einem Hocker und hatte einen Satz Bongotrommeln zwischen den Knien.

Eine oder zwei Minuten lang blieb alles still, dann klopfte Max mit den Fingern einen einführenden Rhythmus auf den Bongos, gefolgt von neuerlicher Stille. Aus den Lautsprechern kam eine weiche Frauenstimme.

»Roter Riese und Weißer Zwerg«, verkündete sie. »Sterne am Ende ihrer Lebenszyklen. Beatpoeten des einundzwanzigsten Jahrhunderts, der Zukunft und der Vergangenheit.«

Wieder trat Stille ein. Dann begann Max die Bongos mit einem langsamen synkopierten Rhythmus zu bearbeiten, und der Rote Riese begann zu rezitieren. Er hatte eine dröhnende Stimme, die den ganzen Raum beherrschte. Das erste Stück nannte sich ›Weiße Fontänen und der Tod der Engel‹. Tanner verstand das meiste davon nicht – etwas über die Arroganz des menschlichen Fortschrittsglaubens, dachte er, mit unbestimmten Hinweisen auf die Relativität, das Raumzeitkontinuum und verschiedene astronomische Objekte, wie Schwarze Löcher und Weißes Rauschen. Als sie geendet hatten, gab es kräftigen, aber nicht überschwenglichen Applaus. Als nächstes folgte ›Tanz mit einem Schwarzen Loch‹, ›Das Blaue Licht‹, ›Du verbrennst mich, Baby, ich bin eine Zigarette‹, und mehrere andere. Der Rote Riese trug alle Texte vor, und Max bearbeitete dazu die Bongos. Nachdem sie ›Party in meinem Kopf‹ gebracht hatten, wurde eine Pause angesagt, und die Beleuchtung ging wieder aus. Als die Lichter erneut aufstrahlten, war die Bühne leer. Tanner fragte sich, wer der Verfasser dieses abstrusen Zeugs sein mochte, und weshalb ihm die Ehre einer öffentlichen Rezitation zuteil wurde. Nach einiger Überlegung nahm Tanner eine seiner Geschäftskarten – LOUIS TANNER, IMPORT & EXPORT – aus der Brieftasche und schrieb auf die Rückseite: *Max. Laß uns reden. Tanner.* Als der Kellner vorbeikam, reichte Tanner ihm die Karte.

»Können Sie dies Max geben? Ich bin ein Freund von ihm.«

»Max? Max wer?«

»Weißer Zwerg.«

Der Kellner zögerte. »Sie sind ein Freund von Max?«

»So ungefähr.«

Der Kellner grinste. »Dann sind Sie der einzige Freund, den Max hat. Also, was möchten Sie?«

»Zwei Drinks?«

»Geht in Ordnung.«

»Aber diesmal zwei Kaffee.«

Der Kellner schüttelte den Kopf. »Kein Mut.« Er

steckte die Karte ein und ging weiter zu dem Tisch schräg hinter Tanner. Die Frau war nicht mehr auf Händen und Knien; jetzt saß sie neben dem Mann, hatte den Kopf auf dem Tisch und schien zu schlafen.

Tanner suchte die Toilette auf und stellte sich im Pissoir an. Aus einer der Toiletten hörte er Stöhnen und Grunzen, aus einer anderen das Klicken eines Injektors. Ein ergrauter Mann in schwarzem Leder stand vor dem Spiegel und legte sorgfältig Mascara auf. Ein anderer, in einem blaugrauen Freizeitanzug, stand in der Ecke und ließ sein halb erigiertes Glied aus der Hose ragen, bekam aber keine Kunden.

Tanner war gerade an eines der Becken getreten, als er eine Hand auf der Schulter fühlte. Er wandte den Kopf und sah in Doblers zerschlagenes Gesicht. Die meisten Muskeln in Doblers Gesicht funktionierten nicht mehr, also konnte Tanner sich täuschen, aber er glaubte, daß Dobler ihn angrinste.

»Dobler«, sagte er.

»Es ist zu lange her«, sagte Dobler.

Nicht annähernd lang genug, dachte Tanner.

»Mach nur fertig hier, Tanner. Ich warte draußen.« Er ließ Tanners Schulter los und wandte sich zu dem Mann im Freizeitanzug. »Du verdammter Scheißhausakrobat, du kannst von Glück sagen, daß ich ihn dir nicht abbeiße.«

Der Mann lächelte, hatte offenbar keine Ahnung, daß Dobler imstande war, genau das zu tun. Dobler knurrte, dann wandte er sich und ging hinaus.

Als Tanner aus der Toilette kam, wartete Dobler im Gang auf ihn. In seinem Gesicht arbeitete etwas, das angestrengte Konzentration sein mochte.

»Ich hörte, daß du kein Bulle mehr bist«, sagte Dobler.

»Das stimmt.«

»Deinen Kumpel hat's erwischt, und da hast du Schiß gekriegt.«

Tanner sagte nichts. Er dachte daran, einfach wegzugehen, wußte aber, daß Dobler es damit nicht bewenden lassen würde.

»Mir tut es leid, daß Freeman platt gemacht wurde, bevor ich Gelegenheit hatte, seine verdammte Visage so zuzurichten, wie er es mit meinem Gesicht gemacht hatte«, sagte Dobler. Er beugte sich näher, bis sein Gesicht nur noch eine Handbreit von Tanners entfernt war. Sein Atem war warm und übelriechend. »Wenn ich diesen verdammten Nigger erwischt hätte, würde er noch viel schlimmer ausgesehen haben.« Er nahm den Kopf ein wenig zurück. »Vielleicht sollte ich ersatzweise dein Gesicht überarbeiten.« Etwas wie ein Lächeln zuckte um seine Lippen. »Denk darüber nach, Tanner. Denk an dieses Gesicht, wenn du dich nachts schlafen legst. Denk an dein Gesicht.« Das Lächeln verzerrte sich, dann marschierte Dobler den Gang entlang und zum rückwärtigen Ausgang hinaus.

Tanner kehrte an seinen Tisch zurück. Der Kellner saß auf dem zweiten Stuhl und trank einen der Kaffees.

»Haben Sie Pause oder was?« fragte Tanner.

»Max sagt, er werde Sie nach der Vorstellung treffen. Warten Sie an diesem Tisch auf ihn.« Der Kellner trank den Kaffee aus und stand auf. »Geben Sie mir ein Zeichen, wenn Sie nachgeschenkt haben wollen.« Er hielt ihm die Hand hin, Innenseite nach oben. Tanner zahlte, und der Mann ging.

Tanner setzte sich, schaute in die zweite Kaffeetasse und dachte an Dobler. Genau was er brauchte, eine Sorge mehr. Wahrscheinlich würde Dobler nichts tun, aber bei diesem Verrückten konnte man nie wissen. Tanner trank vom Kaffee, verzog das Gesicht, als er im Magen ankam. Er konnte den Kaffee auch nicht brauchen. Die Beleuchtung ging aus, die Scheinwerfer an, und der zweite Teil der Vorstellung begann.

17

Mixer war nicht zu Hause. Sookie stieg durch das Badfenster bei ihm ein und wäre fast mit dem Kopf voran in die Toilette gefallen. Ihr Arm ging bis zum Ellbogen hinein, und sie schlug mit dem Kopf auf den Rand der Schüssel. Nachdem sie sich abgetrocknet hatte, wanderte sie eine Weile in den Räumen umher, suchte nach Anzeichen neuer Freundinnen, sah aber keine. Anscheinend war Mixer wieder allein.

Sie verließ die Wohnung so wie sie gekommen war, und kletterte auf die Ladefläche eines Kleinlasters, der vor einer Ampel wartete. An der Ecke vor dem Offenen Tor, dem Nachtclub, den Mixer leitete, sprang sie ab. Aber er war auch nicht im Club.

Sookie setzte sich in Mixers Büro und drückte die Nase gegen die Einwegscheibe. Sie fröstelte, als sie die Bühne unter sich sah. Max und Uwe machten ihre Schau. Sie mochte keinen von ihnen, vor allem nicht Max. Sie hatte gesehen, wie die beiden zwei Hunde angezündet hatten. Und sie hatte noch viel Schlimmeres über sie gehört.

Sie überblickte das Publikum. Gesichter waren schwer zu sehen, außer denen in Bühnennähe. Winnie und Rice waren da, aber wie es schien, hatten sie wieder Streit miteinander. Rice trug Ohrzapfen, die zur Bühne gerichtet waren, um den Vortrag zu hören, aber Winnies Stimme auszusperren. Und Winnie trug polarisierende Scheuklappen. Also nichts Neues, dachte Sookie und lächelte.

Nahe der Rückwand saß einer allein an einem

Tisch – etwas an ihm kam ihr bekannt vor. Sookie veränderte ihre Position, um den Spiegelungen auszuweichen. Es sah so aus, als wäre es der Mann, der an dem Tag, als die Toten aus dem Wasser gezogen worden waren, auf dem Balkon gesessen hatte. Damals hatte er sie beobachtet, und sie hatte ihm mit den Händen alle Zeichen für Idiot und Rindvieh gemacht, die sie kannte. War es derselbe Typ? Sie konnte es nicht genau erkennen.

Sookie schob die Einwegscheibe zurück und kroch vorsichtig auf die Kabel der dunklen Lichter. Die untereinander wie ein Spinnennetz durch querlaufende Stränge verbundenen Kabel gaben unter ihrem Gewicht nach, und sie erstarrte einen Moment. Wenn sie größer wurde, würde sie dies nicht mehr machen können.

Als das Schwanken aufhörte, kroch sie weiter. Sofort gerieten die Kabel wieder in Bewegung, aber sie konnte nichts daran ändern. Sie mußte sich langsam und vorsichtig bewegen. Der Gedanke, daß die Kabel rissen und sie hinabsauste und auf die Tische und Leute unter ihr krachte, brachte sie beinahe zum Lachen. Es war nicht so tief, sie würde nicht oder nicht sehr verletzt werden. Und die Leute würden vor Schreck kreischen und aufspringen und übereinanderfallen. Aber Max und Uwe würden vor Wut toben. Vielleicht war es keine so gute Idee.

Sie kam langsam voran, aber sie hatte ihren Spaß. Die Lichtkabel mit ihren Querverbindungen waren wie das Sicherheitsnetz in einem Zirkus, aber mit größeren Löchern. Wenn sie nicht achtgab, konnte sie durchrutschen. Das gehörte zum Spaß.

Sie hatte zwei Drittel der Strecke zurückgelegt, als sie unmittelbar unter sich Froggle ausmachte. Beinahe hätte sie vor Lachen laut herausgeplatzt, als sie die verrückte Kopfmaske sah, die er trug. Dann, bei genauerem Hinsehen, wurde ihr klar, daß es keine

Maske war. Ein viereckiger Flecken seines Haares und Schädels war fort und ersetzt durch eine Metallplatte mit Knöpfen und Fassungen, in denen kleine Lämpchen brannten. Durch die Geräusche von Max und Uwe konnte sie ein von der Platte ausgehendes elektronisches Summen hören. Froggles Kopf zuckte, winzige Vibrationen schienen ihn zu durchlaufen. Sookie wurde komisch im Magen, sie blickte weg und bewegte sich weiter.

Ein paar Minuten später war sie beinahe direkt über dem Mann, aber noch so weit von ihm entfernt, daß sie sein Gesicht sehen konnte. Es war tatsächlich der Mann vom Balkon. Sie fragte sich, ob er sich an sie erinnerte.

Sie tastete zwischen den Verbindungsdrähten herum, bis sie die Haken fand, dann löste sie mehrere, so daß ein Abschnitt der Lichterkette wie eine Strickleiter herunterhing. Halbwegs bis zum Tisch. Sie ließ sich daran hinab, bis ihre Schuhe nur noch einen halben Meter über dem Tisch waren. Als sie zwischen ihren Armen hinabspähte, sah sie den Mann zu sich aufblicken. Sie ließ das Kabel los und fiel.

18

Das Mädchen krachte von oben auf den Tisch, daß die Kaffeetassen flogen. Tanner streckte die Hände aus, um zu verhindern, daß sie den Tisch mitriß und auf den Boden fiel. Roter Riese und Weißer Zwerg fuhren ohne Unterbrechung mit ihrem Vortrag fort. Das Mädchen lächelte ihm zu und krabbelte vom Tisch. Sie hob die Kaffeetassen auf, beide erstaunlicherweise intakt, stellte sie auf den Tisch, um sich dann auf den anderen Stuhl zu setzen und Tanner anzustarren.

Es war das Mädchen vom Schrottplatz jenseits des sumpfigen Einschnitts. Wieder überkam ihn dieses Gefühl schmerzlicher Vertrautheit, und diesmal verging es nicht. Statt dessen wuchs der Schmerz, und er fühlte sich nahe daran, den Ursprung zu ergründen, aber er entzog sich ihm noch immer. Er merkte, daß er errötete, und unter den Armen brach ihm der Schweiß aus. Was hatte das zu bedeuten?

»Erinnern Sie sich an mich?« fragte das Mädchen mit kaum hörbarer Stimme.

Mehr als du denkst, dachte Tanner. Mehr als ich weiß. Er nickte.

»Es war kein Film, nicht wahr?« fragte das Mädchen.

»Was?«

»An dem Tag, damals. Sie drehten keinen Film, nicht? Diese Leichen waren echt.«

»Ja, die Leichen waren echt«, sagte er.

Sie nickte, warf einen Blick zur Bühne und wandte sich wieder Tanner zu, doch ohne etwas zu sagen.

»Wie heißt du?« fragte Tanner.

Sie öffnete den Mund, um etwas zu sagen, hielt inne und nahm einen neuen Anlauf. »Sookie«, sagte sie. »Und Sie?«

»Tanner.«

Ihr Blick ging wieder zur Bühne, dann sah sie Tanner an und schnitt ein Gesicht. »Mögen Sie dieses Zeug?«

»Nicht besonders. Es geht so.«

»Sie sind abstoßend. Richtige Widerlinge.«

»Roter Riese und Weißer Zwerg?«

»Max und Uwe, ja.«

»Du kennst sie?«

»Ich weiß, wer sie sind.« Sie rückte den Stuhl herum, daß sie die Vorgänge auf der Bühne sehen konnte, und das brachte den Durchbruch.

Carla.

Der Schmerz erblühte wieder, expandierte in seiner Brust. Sookies Profil hatte endlich die Gedankenverbindung hergestellt. Sie sah geradeso aus wie eine dreizehn- oder vierzehnjährige Carla. Großer Gott.

Er hatte Carla nicht in diesem Alter gekannt, aber sie hatte ihm Bilder gezeigt, Fotos von ihr als Säugling, als Kleinkind, als Halbwüchsige. Er hatte immer noch ein paar davon, zusammen mit Dutzenden von Aufnahmen, die sie während ihrer wenigen gemeinsamen Jahre gemacht hatte. Er hatte die Bilder lange nicht mehr angesehen. Seit bald fünfzehn Jahren war sie tot.

Tanner wandte den Blick von Sookie; er konnte sie nicht länger ansehen. Carla. Mein Gott. Tot mit sechsundzwanzig. Er nahm eine der leeren Kaffeetassen vom Tisch und wünschte, er hätte einen doppelten Scotch. Sechsundzwanzig ...

Er versuchte sich auf die Bühne zu konzentrieren. Max bearbeitete die Bongotrommeln wie ein Rasender, und der Rote Riese grunzte explosiv zwischen unverständlichen Worten. Das Trommeln und Grunzen wuchs zu einem Crescendo an, um dann abrupt zu verstummen. Der Rote Riese hob die Arme, rief: »Entartung der Spezies!« und die Lichter gingen aus.

Applaus erfüllte den Raum. Er ließ allmählich nach, als die Beleuchtung allmählich wieder anging und eine leere Bühne zeigte. Aus den Lautsprechern drang wieder der fade Cocktailjazz.

»Das ist ihre Schlußnummer«, sagte Sookie. »Die Vorstellung ist vorbei.« Sie rückte den Stuhl herum und musterte ihn. »Und wohin gehen Sie jetzt?«

Tanner benötigte ein paar Augenblicke, um zu merken, daß ihm eine Frage gestellt worden war. »Nirgendwo hin«, sagte er.

Sookie grinste. »Jeder geht nirgendwo hin. Das sagt Mixer, und ich glaube, er hat recht.«

Carla.

»Wer ist Mixer?« fragte er.

»Ein Freund. Wohin also?«

Wohin, zum Teufel, ging er? Als er sie anschaute, mußte er sich zur Konzentration auf die Gründe seines Hierseins zwingen. Rattan, der Kettenmörder, Max. »Ich bleibe hier«, sagte er endlich. »Warte auf ein Gespräch mit Max.«

»Max? Er kommt hierher?« Sie sprang auf und blickte im Raum umher. Max war nicht in Sicht. »Er ist kein guter Mensch.«

»Ich weiß das.«

»Er ist der Schlimmste! Sie sollten sich von ihm fernhalten.« Noch immer blickte sie umher. Und in diesem Augenblick kam Max hinter der Bühne hervor und steuerte auf Tanners Tisch zu. »O Gott, da kommt er.« Sookie ergriff ihren Stuhl, stellte ihn auf den Tisch und kletterte neben ihm hinauf.

»Was machst du da?« fragte Tanner.

»Ich verschwinde von hier.« Sie stieg auf den Stuhl, richtete sich auf und streckte die Hände nach oben.

»Warte, warum ...?«

Sookie sprang hoch und erwischte die durchhängende Lichterkette an ihrem Kabel. Tanner hörte etwas reißen und dachte, die ganze Beleuchtung werde herunterkommen, aber das Netz hielt. Sookie schwang vor und zurück. Tanner dachte wieder an Carla, und der Schmerz beengte seine Brust. »Wiedersehen«, rief Sookie herab. Sie hakte ein Bein über das nächste Kabel und zog sich hoch, dann kroch sie über das Spinnennetz der Kabel und ihrer Querverbindungen. Bald war sie hinter den Lichterketten außer Sicht, aber er konnte ihre Position am Durchhängen und Schwanken des Netzes erkennen. Sie war halb hinüber zur anderen Seite, als Max den Tisch erreichte.

»Wer, zum Teufel, war das?« fragte Max.

»Ich weiß es nicht.«

Max beobachtete die schwankenden Bewegungen der Lichterketten noch eine kleine Weile, dann richtete er den Blick auf Tanner. Da er jetzt eine spiegelnde Sonnenbrille trug, konnte Tanner seine Augen nicht sehen, nur seine eigene verkleinerte und verzerrte Spiegelung in jeder Linse. Max reckte sich, hob den Stuhl vom Tisch, wischte den Sitz ab und setzte sich. Natürlich hatte Sookie recht. Max war kein guter Mensch. Das war noch eine gewaltige Untertreibung. Aber er war der Weg zu Rattan.

Keiner von beiden sagte etwas. Allmählich leerte sich das Lokal, und ein Arbeitstrupp kam auf die Bühne und baute elektrisches Gerät auf: Mikrofone, Bodenlampen, Lautsprecherboxen und andere Dinge, die Tanner nicht erkannte. Der Kellner erschien mit einem großen Scotch für Tanner und einem Bierkrug für Max. Des Kellners Augenklappe war verschwunden und man sah ein in seine Stirn eingebettetes Auge aus Metall und Glas. Das Glas war trüb und sah tatsächlich blind aus.

»Auf Kosten des Hauses«, sagte der Kellner, machte kehrt und ging.

Max trank sein Bier zur Hälfte, rülpste vernehmlich, trank dann den Rest und rülpste noch zweimal. Er lehnte sich im Stuhl zurück und starrte Tanner wortlos an, wartete.

»Ich muß mit Rattan sprechen«, sagte Tanner schließlich.

Eine weitere Stille folgte. Es war Tanner unangenehm, daß er Maxs Augen nicht sehen konnte.

»Ich bin kein Polizist mehr«, sagte Tanner.

Max schnaubte. »Weiß ich.«

»Ich erwarte nicht, daß du mich zu ihm bringst. Laß ihn einfach wissen, daß ich ihn suche. Es ist eine alte Angelegenheit, und ich will nichts weiter als ein Gespräch. Er wird mit mir reden wollen, Max.« Er machte eine Pause. »Sag ihm, daß es Engelsflügel betrifft.«

Max antwortete nicht. Tanner nippte von seinem Scotch und widerstand dem Drang, ihn auf einmal hinunterzuschütten. Max war nicht verläßlicher oder stabiler als Dobler. Und er war weitaus gefährlicher.

Max wandte sich von ihm ab und beobachtete die Leute bei der Arbeit auf der Bühne. »Du bist total verrückt, Tanner, weißt du das?«

»Wirst du mit ihm reden?«

Max wandte sich wieder um. »Hast du einen Schreiber?«

Tanner gab ihm seinen Kugelschreiber, und Max schrieb auf die Rückseite des Bierdeckels. Er schob beides über den Tisch.

»Sei morgen abend zur angegebenen Zeit am hier bezeichneten Ort und befolge die Instruktionen. Du wirst nicht mit Rattan sprechen, aber ich werde dort sein und dich wissen lassen, ob es möglich ist.«

Tanner steckte Kugelschreiber und Bierdeckel ein. »Na gut.«

Max schüttelte den Kopf und stand auf. »Also morgen, dann.« Er ging hinunter zur Bühne, um sie herum und verschwand durch die Hintertür.

Carla. Er konnte jetzt nicht aufhören, an sie zu denken. Er leerte sein Glas und stand auf, um zu gehen. Eine Bar, dachte er, eine richtige Bar. Das war es, was er nun brauchte. Er ging auf die Straße hinaus.

Tanner war betrunken, und es half nicht. Warum tue ich das? fragte er sich. Er fühlte sich darum nicht besser, und es verhalf ihm nicht zum Vergessen. Er war nicht einmal sicher, daß er vergessen wollte...

Er war in einer Trinkerbar – keine beleuchteten Farne, keine gemütliche Ausstattung, keine Beleuchtungseffekte, keine Unterhaltungsschau. Das Lokal war halbdunkel und still bis auf das gelegentliche Klingen von Gläsern und unbestimmtes Gemurmel. Der Fernseher über der Theke war eingeschaltet, aber ohne Ton, und zeigte einen alten Sportfilm in schwarzweiß. In der Ecke stand ein Musikautomat mit einem Schild: BENUTZUNG WIRD MIT DEM TODE BESTRAFT. Ein wiederkehrendes Thema, dachte er. Und das Lokal war voll. Alle Plätze an der Bar und die meisten Tische waren besetzt. Tanner saß an der Bar zwischen einem kahlköpfigen alten Mann, der aus allen Knopflöchern stank, und einer Frau mittleren Alters, die Lederhosen trug. Er hatte weder mit dem einen noch mit der anderen gesprochen.

Der Barkeeper kam vorbei und blickte Tanner in die Augen. »Noch einen«, sagte er. Eine Feststellung, keine Frage. Tanner nickte, und der Barkeeper füllte ihm das Glas auf.

Tanner schaute in sein Glas Scotch, war aber nicht sicher, ob er noch mehr trinken konnte. Carla trank nie, aber sie hatte kein Problem, alles andere in ihren Körper zu tun: Pillen, Spritzen, Rauch, Inhalationsmittel, Injektoren. Wann immer er mit ihr gewesen war, hatte Tanner sich hilflos gefühlt, unfähig, etwas zu tun als auf sie achtzugeben, zu versuchen, sie daran zu hindern, daß sie vor Autos taumelte, in Schaufensterscheiben fiel oder kopfüber eine Treppe hinunterflog.

Und dann kam der Tag, als sie zu viel von dem Zeug in sich hineinpumpte und ihr Herz zum Stillstand brachte. Tot. Sechsundzwanzig und tot. Ob Unfall oder Vorsatz, erfuhr er nie. Es war, sagte er sich schließlich, eine irrelevante Unterscheidung. Ihr Leben war verpfuscht, und sie war tot.

Darum war er zur Polizei und zum Rauschgiftdezernat gegangen. Ein persönlicher Kreuzzug, rette die Welt, rette Menschen wie Carla vor sich selbst. Was für ein Dummkopf. Er hatte nicht lange gebraucht, um die Absurdität und Hoffnungslosigkeit seines Beginnens zu erkennen. Aber es hatte Jahre des Schwimmens in der Scheiße und des Todes seines Partners bedurft, um ihn schließlich zur Aufgabe zu bewegen.

Aber Carla. Der späte Vormittag und der frühe Nachmittag waren ihre besten Zeiten gewesen. Nachdem sie ihren Kater überwunden und bevor sie wieder angefangen hatte. Dann waren ihre Augen klar, ihr Lächeln hell, ihr Lachen echt und rein. Ihre Haut warm und fest, mit Farbe. Die Köstlichkeit ihrer Umarmung, ihres Körpers, der Arme und Hände …

Ach ja.

Der Barkeeper kam wieder vorbei, schaute Tanner an und sagte: »Noch einen?« Diesmal war es eine Frage.

Tanner sah, daß er sein Glas geleert hatte, ohne es zu merken, dann blickte er zum Barkeeper auf. »Ich bin noch nicht bewußtlos, oder?«

Der Barkeeper füllte ihm das Glas auf.

Tanner erwachte mit ausgetrocknetem Mund und dumpfem Schädel. Er lag in Rachels Fremdenzimmer auf dem Futon, war vollständig angekleidet und hatte keine klare Erinnerung, wie er von der Bar hierher gekommen war. Er glaubte sich einer rüttelnden Fahrt zu erinnern, ausgestreckt auf einem Karren oder was, aber Genaueres wußte er nicht. Zu seiner Überraschung hatte er keine Kopfschmerzen.

Er stand auf und ging durch die Wohnung. Es war ein Uhr mittags, und die Wohnung schien leer. Rachel war entweder fortgegangen oder hatte sich in ihrem Schlafzimmer eingeschlossen.

Tanner rasierte sich und duschte und zog saubere

Kleider an. In der Küche aß er zwei Stücke trockenen Toast, während er Kaffee bereitete. Die Hitze war drückend, die Feuchtigkeit so hoch, daß der Schweiß auf seinen Armen und im Gesicht glänzte. Das Atmen war wie in einer Sauna.

Als der Kaffee fertig war, schenkte er sich eine Tasse ein und trug sie hinaus auf den kleinen Balkon und setzte sich auf die Bank. Der schmale Schattenstreifen bot keine Kühlung. Er trank den Kaffee mechanisch, ohne wirklich an etwas zu denken. In einem Fenster gegenüber sah er, wie zwei nackte Frauen miteinander tanzten. Straßengeräusche von der anderen Seite des Hauses drangen nur gedämpft hierher.

Er trank den Kaffee, ging wieder hinein, um die Tasse aufzufüllen und kehrte zur Bank zurück. Die Frauen tanzten noch immer, eng umschlungen. Sein Kopf schien jetzt klarer, und er konnte über den vergangenen Abend nachdenken. Er schalt sich einen Dummkopf. Sich hier im Bezirk sinnlos zu betrinken. Und wozu? Es änderte nichts. Alles das war vorbei, lag Jahre zurück. Fünfzehn Jahre. Sie war tot. Sie war gestern tot und würde morgen tot sein. Nichts Neues.

Tanner stellte den Kaffee neben sich auf die Bank, legte den Kopf in die Hände und weinte still.

19

Die Atmosphäre gefiel Tanner nicht. Er stand am Ende eines langen, fensterlosen Korridors zwischen Betonwänden. Weißlich-blaue Leuchtstoffröhren summten und flackerten über ihm. Die Tür aus festem Stahlblech hatte sich automatisch hinter ihm geschlossen, also gab es kein Zurück.

Kurz nach Mitternacht hatte Tanner wie angewiesen das Lagerhaus der Holländischen Ostindiengesellschaft betreten. Die Verkaufsausstellung im Erdgeschoß ließ eine Spezialisierung auf exotische elektronische Importe erkennen: Massagegeräte für Kopf, Nakken und Rückgrat, Orgongeneratoren, automatische Meßgeräte zum Anschnallen für alle Körperfunktionen, Energiespender zur Verbesserung des Muskeltonus, verschiedene Arten künstlicher Organe. Der Verkäufer, der elektronische Bänder um Hals und Handgelenke trug, führte Tanner durch die rückwärtigen Räume und wies ihm dann die Tür, die sich nun hinter ihm geschlossen hatte. Ihm blieb keine Wahl als weiterzugehen. Seine Schritte hallten von den Betonwänden wider. Es gab keine Türen, keine Unterbrechung der Wandoberflächen außer gelegentlichen, in die Wände eingelassenen glatten Metalltafeln. Niemand erschien, und er hörte nichts als das Summen der Leuchtstoffröhren und seine eigenen Schritte.

Am Ende des Gangs war eine schmale Öffnung in der linken Wand. Durch sie gelangte Tanner in einen kleinen Raum, der so kahl wie der Korridor war. Als sich hinter ihm eine Metalltür selbsttätig schloß, glaubte er sich in einem Aufzug. Er versuchte die Tür zurückzustoßen, obwohl er wußte, daß sie sich nicht öffnen würde. Nichts geschah. Er stand und wartete.

Dann hörte er das leise Zischen von Gas. Er blickte zu Boden und sah die schwachen Anzeichen von Luftbewegung – wirbelnden Staub – in der Nähe winziger Öffnungen, obwohl das Gas selbst unsichtbar war. Er bewegte sich nicht. Seine Lungen hörten für ein paar Augenblicke auf zu arbeiten, als widerstrebten sie der Aufnahme des Gases. Er dachte daran, Max zuzurufen, daß er lächerlich und melodramatisch sei. Auch drängte es ihn, gegen die Tür zu schlagen und zu treten. Er unterdrückte beide Regungen. Endlich kam die Atmung wieder in Gang, stockend, dann regelmäßig, und nahm das geruchlose Gas auf. Er konnte nichts tun als hoffen, daß das Gas den Zweck hatte, ihn einzuschläfern und nicht zu töten.

Ein paar weitere Atemzüge, und er rang um Fassung. Er setzte sich auf den Boden und wartete, wollte jetzt nichts weiter, als noch einmal vom Schlaf erwachen.

Und er erwachte. An einen Stuhl gefesselt. Die Hitze und Glut der Sonne im Gesicht. Max saß auf einem anderen Stuhl, zwei Schritte entfernt, und seine spiegelnde Sonnenbrille reflektierte blitzend das Licht.

»Guten Morgen«, sagte Max.

Tanner wandte den Kopf von der Sonnenglut und zwinkerte. Sie hatten ihn neben das Fenster gestellt, direkt ins Sonnenlicht. Als er die Augen davon abwandte, paßte seine Sicht sich an, und er konnte die übrige Umgebung sehen. Der Raum war klein und unmöbliert; der rote Riese stand in der Mitte des Raums, Kopf und Oberkörper im Schatten, und seine spiegelnden Brillengläser waren auf Tanner gerichtet. Er sagte kein Wort. Tanner hatte das Gefühl, daß die Rollen des Duos vertauscht waren: hier würde der Rote Riese stumm bleiben, und Max würde reden.

Tanner blickte wieder zu Max. Er mußte die Augen gegen das grelle Licht zusammenkneifen. »Warum tust du das?« fragte er, bemüht, seiner Stimme einen ruhigen und gleichmütigen Klang zu geben.

»Fragen«, sagte Max. »Und dann werde ich dich vielleicht töten.«

»Hast du mit Rattan geredet? Er wird mich sprechen wollen, Max, er wird hören wollen, was ich ihm zu sagen habe.«

Max nickte nachdenklich. »Das kann ich mir vorstellen.«

»Hast du mit ihm gesprochen, in Gottes Namen?«

Max schnaubte. »Wenn ich jemals wieder mit ihm spreche, wird einer von uns am Ende der Unterhaltung tot sein.«

Herrgott noch mal, dachte Tanner, habe ich das versaut.

Max neigte den Kopf auf die Seite. »Du wußtest es wirklich nicht, wie?«

»Ich weiß es noch immer nicht.«

Max grinste. »Unsere Wege haben sich getrennt. Eine Meinungsverschiedenheit. Ein Mißgeschick.« Er beugte sich näher. »Ich wollte den Sauschwanz kalt machen, aber es ging daneben, und er weiß es.« Er lehnte sich wieder zurück. »Nun, was ich wissen möchte, ist, was bei dir und deinen Bullen und Rattan läuft.«

»Mein Gott, Max. Ich sagte dir, daß ich kein Bulle mehr bin. Du sagtest, du wüßtest es.«

»Weiß ich auch, aber das hat nichts zu sagen. Du und Rattan und die Bullen, ihr habt was am Kochen, und ich will wissen, was es ist.«

»Ich weiß nicht, wovon du redest, Max, glaub mir.« Er merkte, daß es nicht überzeugend klang. »Ich muß mit Rattan über alte Geschäfte sprechen. Es ist persönlich, hat nichts mit der Polizei zu tun.«

Max schüttelte den Kopf. »Du kapierst es nicht, Tanner.« Max beugte sich wieder vor. »Ich werde dich töten. Damit habe ich kein Problem.«

Tanner atmete tief ein und ließ die Luft langsam ausströmen. »Ich kapiere, Max. Aber ich weiß nichts darüber. Du weißt selbst, daß Rattan zwei Polizisten umgebracht hat. Man wird nicht daran denken, Geschäfte mit ihm zu machen.«

Max sprang vom Stuhl und auf ihn zu, bis sein Gesicht nur ein paar Handbreit von Tanners entfernt war. »Diese Art Scheiß kannst du einem erzählen, der keine Krempe am Hut hat, du Labersack, aber nicht mir!« Er richtete sich auf und wandte sich zum Roten Riesen. »Bring sie rein.«

Der Rote Riese verließ den Raum. Was nun, dachte Tanner. Er hatte wieder Schwierigkeiten mit der Atmung, und das lag nicht an den Stricken. Er wünschte, er hätte Max etwas zu sagen. »Kein guter Mensch«, hatte Sookie gesagt. Wie wahr. Aber wie, zum Teufel, sollte er Max überzeugen, daß er nichts wußte?

Max stampfte auf seinen kurzen Beinen im Raum auf und ab, ohne zu sprechen. Tanner wollte etwas sagen, um Max zu überzeugen, aber es wollte ihm nichts einfallen, was die Sache nicht noch schlimmer machen konnte. Sollte er ihm vom Kettenmörder erzählen, von Rattans drei Jahre alter Botschaft? Scheiße. Er schloß die Augen und wartete.

Die Tür wurde geöffnet und geschlossen. Tanner machte die Augen auf und wandte den Kopf, um zu sehen, wie der Rote Riese eine Frau hereinführte. Tanner wußte nicht, wer sie war. Sie war geknebelt, die Hände auf dem Rücken gefesselt. Strähnen ihres blonden Haares klebten am verschwitzten Gesicht. Sie sah stark aus, aber sie hing schlaff im Griff des Roten Riesen, und ihre Augen waren stumpf vor Verzweiflung. Sie hatte aufgegeben, und Tanners Anblick schien ihr keine erneuerte Hoffnung zu verleihen.

Der Rote Riese stieß sie auf den Stuhl, den Max benutzt hatte, und fesselte sie daran. Max richtete seinen Blick auf Tanner.

»Sie sucht auch Rattan«, sagte Max. »Und nicht wegen der Polizistenmorde. Sie ist bei der Polizei, und ihr zwei sucht beide Rattan, und du willst mir erzählen, es gehe nichts vor?«

Wahrscheinlich ging etwas vor, dachte Tanner, aber er hatte keine Ahnung, was es war.

»Um Himmels willen«, sagte Tanner, »ich kenne sie nicht mal.«

Max wurde wieder verrückt, stampfte herum und stieß sein Gesicht Tanner unter die Nase. »Was soll dieser Scheiß?« Er zog ein zusammengefaltetes Papier aus der Gesäßtasche. »Und was ist dies?« Er entfaltete das Papier und hielt es Tanner vors Gesicht. Es war die Notiz, die Lucy Chen ihm mit Francie Millers Namen und Adresse gegeben hatte. »Und du sagst, du kennst sie nicht?«

Gott, dies war Francie Miller? Mann, sie waren beide tief in der Scheiße. Er sah die Frau an, die mit leerem Ausdruck zurückblickte. »Nein«, sagte Tanner. »Ich kenne sie nicht. Ich habe sie bisher nie gesehen. Es war nur ein Name, den jemand mir gab und sagte, sie könnte aushelfen, wenn ich in Schwierigkeiten käme.«

Max schüttelte langsam den Kopf, zerknüllte das Papier und ließ es zu Boden fallen. »Nun, Tanner, du bist in Schwierigkeiten, aber ich glaube nicht, daß sie sehr hilfreich sein wird.« Er trat zurück und blickte zum Roten Riesen auf. »Gib her.«

Der Rote Riese zog ein Messer aus einer an seinen Gürtel geschnallten Scheide und reichte es Max. Max nahm das Messer, ging auf Francie Miller zu und setzte ihr die Spitze der Klinge an die Kehle. Ihre Lider zuckten, und in ihre Augen kam Leben. Sie weiteten sich vor Angst. Max sah sich nach Tanner um. »Ich spiele hier nicht herum, Tanner. Und ich will Antworten.«

Bevor Tanner etwas sagen konnte, stieß Max das Messer tief in Francie Millers Kehle. Blut sprudelte. Francie drückte wie im Krampf den Rücken durch und spannte sich, als Max losließ und zurücktrat. Das Messer blieb in ihrer Kehle stecken. Sie fiel mit dem Stuhl zu Boden, ihre Beine zappelten in den Fesseln, der Körper zuckte krampfhaft mehrere Augenblicke lang, und Tanner sah das Blut strömen und eine wachsende Lache um sie bilden. Das Messer rutschte aus der Wunde.

Jesus.

Er war ein toter Mann.

Er hatte nicht viel Zeit. Eine Minute, vielleicht zwei. Bilder und Gedanken schossen ihm durch den Kopf. Messer am Boden. Nein. Beine und Füße. Blut. Das Fenster. Wie hoch über der Straße? Unwichtig. Max stand über die Frau gebeugt und beobachtete ihre letzten Zuckungen. Beine frei genug? Nur eine Elle vom Fenster, es war niedrig, würde nicht viel Anstrengung kosten. Versuchen, nicht mit dem Kopf voran auf der Straße zu landen. Jetzt oder sterben, Mann. Los!

Tanner beugte sich vor und hob den Stuhl vom Boden. Aus der gebückten Haltung warf er sich seitwärts in das Fenster, schloß die Augen. Glas splitterte, die Hüfte prallte auf Sims und Rahmen, er fiel durch das Glas, das in seine Haut schnitt, dann aus dem Fenster. Sofort prallte er auf Metall, versuchte sich umzudrehen, stieß wieder an und kam mit einem Ruck zum Stillstand. Er öffnete die Augen.

Tanner hing kopfüber drei Stockwerke über der Straße. Ein Stuhlbein hatte sich in den verbogenen Resten einer Feuerleiter verklemmt. Er blickte zum zerbrochenen Fenster hinauf, das nur wenige Meter über ihm war, er erwartete Maxs Gesicht zu sehen. Mein Gott.

Er schüttelte sich, schaukelte und stieß hin und her, auf und nieder. Das Stuhlbein knackte, brach endlich und er fiel.

Während des Falles versuchte er sich mit Beinstößen herumzudrehen. Er schlug seitwärts auf die Straße, eine Wand von Schmerz schlug betäubend durch ihn. Ein Ausbruch silbrigen Glitzerns, dann konnte er für ein paar Augenblicke nichts sehen. Die Dunkelheit löste sich auf, und er sah Leute über sich stehen. Er wollte ohnmächtig werden, fürchtete sich aber. Wenn er jetzt das Bewußtsein verlöre, würde er wahrscheinlich sterben. Max würde ihn finden, und er würde sterben. Er wußte nicht einmal, ob er sich von den Stricken und dem Stuhl befreien konnte. Der Schmerz war eine hämmernde Vibration, die durch und durch ging. Er wollte Rachels Dilaudid.

Dann erschien Sookies Gesicht über ihm, und sie ließ sich auf die Knie nieder. Bei ihr war ein Mann, ein hagerer Stachelkopf mit klaren, hellen Augen. Zu spitzen Kegeln zusammengedrehte Haut auf seiner Stirn bewegte sich auf und ab. Sie erinnerten Tanner an Stammesnarben.

»Ich sagte Ihnen, Sie sollten sich von ihm fernhalten«, sagte Sookie.

Tanner versuchte zu sprechen, brachte aber nichts heraus.

»Wir müssen ihn schnell wegbringen«, sagte der Stachelkopf.

»Wir werden uns um Sie kümmern«, sagte Sookie. »Keine Sorge.«

Aus irgendeinem Grund fand Tanner ihre Stimme vollkommen beruhigend. Als er ihre Hände an sich fühlte, schloß er die Augen und ließ sich gleiten.

20

SOOKIE BLICKTE AUF, sah Maxs Gesicht in der zersplitterten Fensteröffnung. Spiegelnde Brillengläser. Wer konnte wissen, was er sah?

»Los, faß an!« sagte Mixer.

Sookie und Mixer faßten Tanner bei den Armen und Schultern und hoben ihn.

»Nicht bewegen«, sagte jemand in der Menge. »Wissen Sie, wenn er eine Rückgratverletzung ...«

»Schnauze!« sagte Mixer. Dann, zu Sookie: »Los, vorwärts!«

Halb trugen, halb schleiften sie Tanner, an dem noch Teile des Stricks und des zerbrochenen Stuhls hingen. Sookie beobachtete sein Gesicht, die geschlossenen Augen. Es mußte schmerzen.

So zogen sie ihn durch die Umstehenden um eine Ecke. Mixer ließ los, und Sookie fiel mit der Last zu Boden. Unterdessen sprang Mixer eine vorbeifahrende Lastrikscha an, zwang sie zum Anhalten und stieß den Fahrer beinahe vom Sattel.

Sookie war schnell wieder auf den Beinen, und sie hoben Tanner auf die kleine Ladefläche. Sookie blieb bei ihm, während Mixer sich hinter dem Fahrer auf den Rand der Ladefläche zwängte. »Los! Schnell!« schrie er.

Der Fahrer fluchte und trat, und die Rikscha setzte sich langsam in Bewegung. Zu langsam, dachte Sookie, als sie zurückblickte. Max oder Uwe waren nicht zu sehen, aber sie war überzeugt, daß sie kommen würden. War sonst jemand hinter ihnen her? Schwer zu sagen.

Allmählich wurde die Rikscha schneller. Mixer schrie dem Fahrer ins Ohr, und der Fahrer antwortete mit einem Kopfstoß in Mixers Gesicht. Der Fahrer war ein stämmiger, untersetzter Mann mit kurzem Haar und mit der Tätowierung eines geknoteten Stricks um den Hals. Er deckte Mixer mit Schimpfworten ein, und der schrie ihm die Richtungsangaben zu. Sookie konnte nicht alles verfolgen, doch schien es, als ob der Fahrer seinen Instruktionen folgte und im Zickzack von einer Straße zur anderen fuhr.

Sie bogen um eine Ecke, und Mixer ließ den Fahrer anhalten. Mixer und Sookie zogen Tanner von der Ladefläche und an die Hauswand. Mixer funkelte den Fahrer an und zeigte die Straße hinunter. »Nur zu, du Nachtwächter. Zieh Leine!«

Der andere nickte. »Dafür schuldest du mir was, du gottverdammter Stachelkopf. Ich kenne deine Visage.« Er strampelte weiter und kam jetzt schneller in Fahrt.

Mixer sperrte eine Eisentür auf, und sie schleiften Tanner durch. Mixer warf die Tür wieder zu, sperrte ab und schaltete alles Licht aus.

»Alles klar«, sagte er. »Einstweilen sind wir sicher. Hier können sie uns nicht finden.«

»Wohin können wir ihn bringen?« fragte Sookie. Es war ihr unmöglich, Mixer im Dunkeln zu sehen, aber sie konnte ihn riechen – etwas wie Schweiß und Sägemehl. Tanner roch wie Schmerz. Sie hielt eine seiner Hände. »Es ist gut, daß wir ihm gefolgt sind«, sagte sie.

»Ich weiß einen Ort.« Mixer lachte. »Ich kenne viele Orte.« Er zündete eine Zigarette an, und das Licht des Feuerzeugs zeigte einen kleinen Gang, der außer ihnen leer war. Mixers Zigarette glühte auf. »Laß mich überlegen.« Der Glutpunkt bewegte sich in der Dunkelheit hin und her, als schüttelte er den Kopf. »Jedesmal, wenn du auftauchst, Sookie, passiert etwas wie dies.«

»Mein Leben ist zu unheimlich«, sagte sie.

Mixer lachte wieder. »Ja, kein Scheiß. Aber warte, bis zu älter wirst. Dann wird es nur noch unheimlicher.«

»Fein.« Sie hockte neben Tanner am Boden und wartete, daß Mixer eine Entscheidung treffe.

21

Tanner kam in einer schmalen, fensterlosen Kammer zu sich. Er lag auf einem Feldbett, umgeben von Betonwänden, einer Lampe neben seinem Kopf und einem kleinen Ventilator, der in der Ecke schnurrte. Die Tür war geschossen, die Luft trotz des Ventilators heiß und stickig.

Er erinnerte sich, mehrmals aufgewacht zu sein, desorientiert von dumpfen Schmerzen und Medikamenten. Er erinnerte sich, daß ihm Flüssigkeit in den Mund geträufelt worden war, wie er durch einen Gang zu einer Toilette gebracht worden war. Jemand mußte ihm Beruhigungsmittel gegeben haben. Er wußte nicht, ob das gut oder schlecht war.

Vorsichtig setzte er sich auf, ziemlich benommen und schwindlig, aber sonst in Ordnung. Er trug eine leichte Baumwollhose, aber sonst nichts. Sein linkes Handgelenk steckte in einem dicken, steifen Verband, und im Lampenschein sah er die dunklen, gelblich umrandeten Prellungen an Armen und Brust, besonders auf der linken Seite; außerdem eine Anzahl von Schnittwunden, die zu verheilen schienen. Insgesamt aber sah es so aus, als sei er nicht allzu schwer verletzt. Alles außer seinem Handgelenk ließ sich frei und ohne viel Schmerz bewegen.

Neben der Lampe stand eine Wasserkanne aus Plastik, und als Tanner sie sah, merkte er erst, wie durstig er war; sein Mund war trocken und wie aus Gummi. Er trank aus der Kanne, und das Wasser stieg ihm beinahe wie Alkohol zu Kopf. Er mußte sich an die Wand zurücklehnen, um nicht das Gleichgewicht zu verlieren. Er trank noch etwas, dann stellte er die Kanne zurück.

Er stand vorsichtig auf, tappte die fünf Schritte zur Tür und drückte auf die Klinke. Zugesperrt. Hatte Max ihn wieder in seine Gewalt gebracht? Tanner glaubte es nicht. Er glaubte sich vielmehr zu erinnern, daß er während seiner kurzen bewußten Perioden Sookie und den Stachelkopf gesehen hatte, der bei ihr gewesen war. Außerdem noch einen anderen, einen dünnen unrasierten Mann mit hagerem Gesicht, der sich über ihn gebeugt hatte. Wer, zum Teufel, war das gewesen?

Tanner sah sich in der Kammer um. Nichts als das Feldbett, die Lampe, der Wasserkrug und der Ventilator. Keine Kleider, kein Geld, keine Kreditkarte. Und kein Weg hinaus. Er schlug einige Male an die Tür, erhielt aber keine Antwort. Es blieb ihm nichts übrig als zu warten. Das war in Ordnung. Warten war erträglich, war etwas, das er gelernt hatte – warten ohne verrückt zu werden. Er konnte es wieder tun.

Er verbrachte einige Zeit damit, langsam in der Kammer hin und her zu gehen, dann machte er trotz seiner Muskelschmerzen einige Dehnungsübungen. Schließlich setzte er sich schnaufend auf das Feldbett. Das Gehen und die Übungen hatten ihn erschöpft, aber der Schmerz in den Muskeln war ein gutes Gefühl. Er setzte sich mit dem Rücken an die kühle Betonwand, wartete und überlegte. Er dachte viel über Francie Miller nach. Er versuchte es zu verdrängen, aber die Bilder kehrten wieder: Max, der ihr das Messer in die Kehle getrieben hatte; Francies gefesselter Körper, wie er in heftigem Aufbäumen den Rücken durchdrückte, den Stuhl umwarf; Francies krampfhaftes Zucken am Boden, Blut; das aus der Wunde gleitende Messer; Maxs unbewegtes Gesicht unter den spiegelnden Gläsern der Sonnenbrille.

Als nach ungefähr einer Stunde noch niemand erschienen war, streckte Tanner sich auf dem Feldbett aus und schlief.

Er träumte wieder von Freeman: Der heiße, dunkle Korridor; der fette, nach Thunfisch riechende Mann; die Waffe und die Explosion von Blut und Gehirn und Knochensplittern. Diesmal aber stolperte Tanner über Francie Millers Körper, als er durch den Korridor rannte, bevor der zweite Schuß krachte. Er schlug der Länge nach hin, drehte sich auf die Seite, und sein Gesicht blickte in ihres, starrte das in ihrer Kehle stekkende Messer an. Ihre Augen starrten zurück.

Dann erwachte er.

Ein Drogensüchtiger stand an seinem Feldbett und starrte ihm ins Gesicht. Tanner sah die Einstichstellen am linken Arm und am Hals des Mannes. Ein abgemagertes, unrasiertes Gesicht, glitzernde Augen. Er hatte das Gesicht vorher schon gesehen.

»Ich bin Ihr Arzt«, sagte der Mann. Er grinste und trat einen Schritt zurück.

Tanner lag ohne Bewegung und beobachtete den Mann, der unablässig grinste. Tanner richtete sich langsam auf und sah eine Arzttasche am Boden neben dem Bett stehen. Der Mann machte keine Witze.

»Keine Sorge, ich bin ein ordentlicher Arzt, wenn ich nach einem Schuß nicht unter Schwindel und Sedierung leide«, sagte der hagere Mann achselzuckend. »Ich habe Sie versorgt, und Sie werden bald wieder ganz in Ordnung sein. Sie haben großes Glück gehabt.« Ein weiteres Achselzucken, dann streckte er die Hand aus. »Mein Name ist Leo.«

Tanner schüttelte ihm nicht die Hand. »Haben Sie mich unter Beruhigungsmittel gesetzt?« fragte er.

Leo ließ die Hand sinken. »Um Ihre Genesung zu fördern, die Schmerzen zu lindern und Sie ruhig zu stellen. Hier sind Sie ziemlich sicher, aber ...« Er ließ den Rest ungesagt. »Ich wollte nicht, daß Sie schreien oder um Hilfe rufen.«

»Warum sollte ich schreien?«

»Vor Schmerzen, natürlich. In Alpträumen.«

Tanner gab sich mit der Auskunft zufrieden. Zwar erinnerte er sich an keine anderen Alpträume als den, welchen er gerade gehabt hatte, aber sein Erinnerungsvermögen an die Zeit nach seinem Fenstersturz war mehr als lückenhaft.

»Sie haben einen Bruch im linken Handgelenk«,

sagte Leo. »Er braucht nicht eingegipst zu werden; ein fester Klebeverband wie dieser genügt, um übermäßige Bewegung zu verhindern. Vermeiden Sie jede stärkere Beanspruchung, dann sollte es in ein paar Wochen ausgestanden sein. Darüber hinaus nichts Ernstes. Prellungen, Schürfungen und Blutergüsse, kleinere Schnitt- und Platzwunden. Wegen der Blutergüsse habe ich Ihnen ein blutverdünnendes Mittel gespritzt.«

»Ich möchte meine Kleider«, sagte Tanner.

»Mixer hat sie«, sagte Leo.

»Holen Sie ihn oder bringen Sie sie mir.«

»Er ist nicht hier.« Ein weiteres Achselzucken. Das Achselzucken, dachte Tanner, war bei diesem Burschen wie ein nervöser Tic im Gesicht. »Er wird bald zurück sein, in einer halben Stunde oder so.«

Tanner nickte, mehr zu sich selbst. Er stand auf. »Ich muß pinkeln.«

Leo blickte zur Tür, dann wieder zu Tanner, sagte aber nichts.

»Sie halten mich gefangen?« fragte Tanner.

»Natürlich nicht. Es ist bloß… Ich glaube, Mixer möchte mit Ihnen sprechen.«

»Der Stachelkopf?«

Leo nickte.

»Ich komme zurück. Wohin, zum Teufel, sollte ich ohne Kleider gehen?«

Leo lachte. »In diesem Teil der Stadt könnten Sie weit gehen.« Er hob die Schultern, dann wies er mit einem Nicken zur Tür. »Nach rechts, dann zweite Tür links.«

Tanner ging mit unsicheren Schritten zur Tür, und trat in den Korridor. Flackernde Leuchtstoffröhren, die in unregelmäßigen Abständen an der Decke angebracht waren, verbreiteten ein veränderliches, ungleichmäßiges Licht. Der Korridor erstreckte sich zu beiden Seiten in Dunkelheit, wo die Beleuchtung aufhörte. Tanner war sich ziemlich sicher, daß er sich unter der Erde befand. Er folgte den Angaben des seltsamen Arztes. Der Betonboden unter seinen bloßen Füßen war warm, aber die flackernden Lichter bereiteten seinen Augen Schmerzen. Vor der zweiten Tür zur Linken blieb Tanner sehen und öffnete sie.

Eine Frau saß auf der Toilette und hatte die Hosen heruntergelassen. Sie blickte mit ruhiger Miene und ohne Erschrecken zu ihm auf.

»Verzeihung«, sagte Tanner. Er zog sich zurück und schloß die Tür. Sein Erscheinen hatte sie überhaupt nicht in Verlegenheit gebracht. Tanner blieb gegenüber der Tür an der Wand stehen und wartete, lauschte den Geräuschen des Korridors. Ein fast unhörbares Summen drang aus den Wänden, und nun, da er stillstand, fühlte er ein leises Vibrieren im Boden. Das Summen und die Vibration setzten für einen Moment aus, dann wieder ein. Tanner bemerkte jetzt, daß an den Wänden Beschriftungen waren, nicht die üblichen Schmierereien und nicht mit Farbe aufgetragen, sondern in winziger Schrift, die mit Säurestift in den Beton geätzt war. ÜBER DER ERDE RADIO. LIEBE IST NICHTS ALS BIOHYDRAULIK. BIN GLEICH ZURÜCK – GODOT.

Die Toilettentür wurde geöffnet, und die Frau kam heraus. Ihre Bluse war ziemlich durchscheinend, und Tanner konnte nicht umhin, auf ihre Brüste zu starren – eine war nur halb so groß wie die andere, aber irgendwie schienen sie zusammenzupassen. Vielleicht ein beabsichtigter Effekt, dachte er. Er blickte zu ihrem Gesicht auf.

Die Frau starrte auf seine Hose. Nur recht und billig, fand er. Sie starrte darauf, als könnte sie durch den Stoff sehen. Dann hob sie den Kopf und begegnete seinem Blick.

»Nicht verstärkt, oder?« fragte sie.

»Nein.«

Sie schüttelte den Kopf. »Ihnen entgeht was. Und ihr, wer sie auch ist.« Dann lächelte sie, sagte »Gute Besserung« und ging davon. Bald war sie nicht mehr als ein Schatten, der sich durch die flackernden Lichtinseln bewegte. Ihre Schritte verloren sich, dann war sie jenseits der Lampen und fort.

Tanner öffnete die Tür zur Toilette und ging hinein. Der Raum war hell beleuchtet von silbergrauen Leuchtstoffröhren und bei weitem sauberer als er erwartet hatte. Das Porzellan war weiß und beinahe glänzend, die Metallarmaturen blank geputzt. Ein großer Spiegel über dem Waschbecken zeigte sein Ebenbild von der Mitte aufwärts. Im Licht der Leuchtstoffröhren sahen die Blutergüsse um seine Rippen und an der linken Schulter schlimmer aus, und er konnte jetzt mehr von ihnen sehen. Eine Schnittverletzung am Hals war aufgegangen, und dunkelrotes Blut sickerte heraus. Sein Gesicht sah nicht allzu schlecht aus, obwohl er einer Rasur bedurfte. Drei bis vier Tage, schätzte er.

Tanner tappte zur Kloschüssel, klappte den Sitz hoch und stand da und wartete. Nichts geschah. Er konnte den Druck seiner Blase fühlen, aber nichts kam. Dann gab es einen kurzen, stechenden Schmerz, und der Strom brach sich Bahn. Nach dem anfänglichen Stich ließ der Schmerz nach, bis er sich beinahe verlor. Als er fertig war, fühlte er sich leer und ein wenig schwindlig. Er spülte die Toilette, dann trat er zum Waschbecken und klatschte sich kaltes Wasser ins Gesicht. Er starrte ein paar Augenblicke sein Spiegelbild an, sah das Wasser vom Kinn tropfen, dann machte er kehrt und ging langsam zurück.

Sookie und der Stachelkopf waren mit Leo in der Kammer, als Tanner sie betrat. Sookie saß neben Tanners Kleidern auf dem Feldbett; seine Schuhe standen am Boden zu ihren Füßen. Tanner sah sie an, und wieder kamen Erinnerungen an Carla an die Oberfläche.

Der Stachelkopf trug vor den Augen eine brillenähnliche Vorrichtung aus Bambus. Blenden aus Bambusgeflecht glitten auf Schienen vor seinen Augen hin und her. Seine Stirn bedeckten fünfundzwanzig oder dreißig Kegel aus zusammengedrehter Haut mit verkrusteten Spitzen.

Leo untersuchte die blutende Schnittwunde an Tanners Hals. »Wieder aufgeplatzt, aber das hat nicht viel zu sagen«, bemerkte er. »Blut im Urin?«

»Ich habe nichts bemerkt.«

Leo nickte. »Gut. Zuerst gab es ein wenig. Ein derartiger Sturz ist hart für die Nieren.«

»Ich werde mich jetzt anziehen und gehen«, sagte Tanner.

Leo zuckte die Achseln und blickte zum Stachelkopf.

»Wir haben viel riskiert, um Sie in Sicherheit zu bringen«, sagte der. »Ich möchte wissen, warum.«

»Sie heißen Mixer?« fragte Tanner. Der andere nickte. »Sie riskierten es, weil Sie ein netter Kerl sind.«

Mixer schob den Kopf vor und musterte Tanner durch die mit leisem Klicken hin und her gleitenden Bambusblenden. »Nein, bin ich nicht. Also, was ist der Grund, daß Max hinter Ihnen her ist? Ich habe ein Recht, zu wissen, warum ich ein Risiko eingehe.«

Tanner schüttelte den Kopf. »Nein, das haben Sie nicht. Ich bat nicht um Ihre Hilfe.«

Die Blenden glitten seitwärts, Mixers Lippen verzogen sich. Ein Lächeln? »Sie wären tot, wenn wir nicht geholfen hätten.«

»Vielleicht. Ich weiß zu schätzen, was Sie für mich taten. Aber es ist meine Sache, und dabei wird es bleiben.«

Sookie stand auf und stellte sich neben Mixer. »Vielleicht können wir helfen«, sagte sie. »Mixer kennt den Bezirk. Er kennt alle Leute und weiß ...«

Mixer streckte die Hand aus und legte sie sanft aber fest auf Sookies Mund. Sie versuchte ihn zu beißen, und er nahm die Hand weg, aber sie sagte nichts mehr.

Tanner zog seine Sachen an. Zwar waren sie stellenweise aufgerissen und durchgescheuert, aber relativ sauber. Seine Papiere waren überraschend intakt, aber das Geld und die Kreditkarte waren verschwunden.

»Als wir Sie fanden, war kein Geld da«, sagte Sookie. »Wirklich. Wir würden nichts nehmen.«

Tanner blickte von Leo zu Mixer. »Und keine Kreditkarte?«

Mixer schüttelte den Kopf, und beide blickten zu Leo. Der zuckte wieder die Achseln. »Was, zum Teufel, sollte ich mit Ihrer Kreditkarte anfangen? Ich habe doch nicht Ihre Augen, oder?«

Mixers Bambusblenden klickten mehrere Male. »Für zwei Cents pro Dollar wieder an die Ausgabebank verkaufen.«

Diesmal gab es kein Achselzucken, nur einen verhärteten Gesichtsausdruck. »Das würde ich nicht tun.«

Mixer wandte sich zu Tanner. »Ich glaube ihm.«

Tanner nickte. »Ich gehe.«

»In Ordnung«, sagte Mixer. »Wir zeigen Ihnen einen Weg hinaus.«

»Ich werde mir meinen Weg selbst suchen.«

»Ich weiß einen Weg, der Sie ohne Personenkontrolle aus dem Bezirk bringt.«

»Und wenn ich drinnen bleiben will?«

»Wollen Sie?«

Tanner schüttelte den Kopf. »Nicht jetzt. Aber es genügt, wenn Sie mich auf die Straße bringen. Ich komme dann schon zurecht.«

»Keine gute Idee«, erwiderte Mixer. »Vergessen Sie nicht, daß Max hinter Ihnen her ist.«

»Dem muß ich mich früher oder später stellen.«

»Warum? Kommen Sie wieder zurück?«

Diesmal war es an Tanner, die Achseln zu zucken. »Ich weiß nicht. Wahrscheinlich.«

»Fein. Dann besser später. Einstweilen lassen Sie es uns machen, wie ich sagte.«

Tanner zögerte. Mixers Überlegung hatte einiges für sich, und er war es müde, mit dem Mann zu streiten. »In Ordnung«, sagte er.

Mixer ging ein paar Schritte zur Tür, dann machte er halt und sah sich zu Tanner um. »Vielleicht hat Sookie recht. Vielleicht können wir Ihnen wirklich helfen.«

Tanner wollte den Kopf schütteln, ließ es aber sein und dachte über das Angebot nach. Mixer schien sich im Bezirk auszukennen, und er und Sookie hatten ihn aus tiefer Scheiße gezogen. Tanner brauchte nicht viel zu enthüllen, nichts über den Kettenmörder, nichts über die Gründe, daß er Rattan suchte. Und er mußte sich eingestehen, daß er sonst nicht viel hatte. Genauer gesagt, er hatte nichts. Dennoch zögerte er, warf einen Blick zu Leo.

Leo schüttelte den Kopf. »Ich will nichts damit zu tun haben. Ich gehe.« Er hob seine Arzttasche auf und ging.

»Ich suche Rattan«, sagte Tanner.

Mixer neigte den Kopf auf die linke Seite und blickte zur Decke auf. »Du meine Güte, ich will Sie nicht mal kennen.« Er musterte Tanner, und die Bambusblenden klickten flink hin und her. Wie, zum Teufel, machte er das? überlegte Tanner. »Vergessen Sie, daß ich Sie etwas fragte«, sagte Mixer.

Tanner nickte. »Vergessen.«

Mixer schüttelte den Kopf, grub mit beiden Händen

in den Taschen und zog mehrere Scheine heraus, die er Tanner gab. »Sie werden ein paar Mäuse brauchen, um irgendwohin zu kommen.«

Tanner nickte, nahm das Geld und steckte es ein.

Mixer ging voran, gefolgt von Tanner und Sookie, die den Schluß bildete. Der Korridor war leer, und sie gingen nach links und gerieten allmählich in ein graues Zwielicht, als sie den beleuchteten Teil hinter sich ließen. Sie bogen um eine Ecke, und im Korridor wurde es noch dunkler. Tanner konnte Mixers Gestalt vor sich kaum noch ausmachen.

Schließlich machte Mixer halt, steckte eine Kunststoffkarte in einen Schlitz und tastete eine Zahlenfolge in ein beleuchtetes Feld. Metall glitt zur Seite, und vor ihnen lag ein schmaler, hell beleuchteter Gang. Tanner und Sookie gingen durch, dann folgte Mixer und verschloß den Eingang hinter ihnen. Darauf übernahm er wieder die Führung. Während sie gingen, dachte Tanner über Mixers Frage nach, ob er in den Bezirk zurückkommen wolle. Er mußte, nicht wahr? Es gab keine andere Möglichkeit, Rattan ausfindig zu machen, das war ihm klar. Aber niemandem würde es nützen, wenn er umgebracht wurde, während er den Mann suchte.

Und er dachte an Carla. Wann immer sie halt machten oder von einem Gang in einen anderen überwechselten, wandte er sich um und schaute Sookie an. Jedesmal gab es ihm einen Stich. Einmal, als er sie schweigend anstarrte, hielt Sookie ihm ratlos die ausgebreiteten Hände hin und platzte heraus: »Was?«

Er hatte keine Antwort für sie.

Dann mußten sie durch einen Gang mit wenigen trüben Lampen in Drahtkäfigen, dessen Decke so niedrig war, daß sie gezwungen waren, auf allen vieren zu kriechen. Tanner fühlte sich erschöpft, und schließlich rief er Mixer zu, er möge eine Pause machen. Ihn schwindelte, er war außer Atem und fühlte sich elend. Er setzte sich mit dem Rücken gegen die Wand und atmete schnaufend. Mixer kauerte einen Meter vor ihm, während Sookie im Schneidersitz neben Tanner saß. Mixer zündete sich eine Zigarette an.

»Lieber nicht«, sagte Tanner. »Wenn ich jetzt Zigarettenrauch rieche, kommt mir alles hoch.«

Sookie wedelte abwehrend mit der Hand. »Schnell, mach sie aus, ich sitze ihm am nächsten.«

Mixer drückte die Zigarette am Boden aus. Er schaukelte von den Ballen auf die Fersen und wieder vor, und die Bambusblenden glitten langsam von einer Seite zur anderen. »Es ist nicht mehr weit«, sagte er.

Sie saßen eine Weile schweigend, und mit jeder Minute fühlte Tanner seine Kräfte zurückkehren, obwohl er fürchtete, daß er nicht lange würde durchhalten können, wenn sie weitergingen.

»Ich möchte Sie etwas fragen«, sagte Mixer.

Tanner sah ihn an.

»Sie suchen Rattan und gehen zu Max?«

Tanner nickte. »Ich wußte es nicht. Ich war seit längerer Zeit nicht hier.« Er machte eine Pause. »Es war ein Fehler.«

Mixer schnaubte. »Allerdings. Solche Fehler können leicht Kopf und Kragen kosten.«

Tanner erwiderte nichts. Da gab es nichts zu sagen.

Sie bewegten sich weiter, noch immer auf allen vieren. Die spärliche Beleuchtung und das alte Ziegelmauerwerk verliehen dem Gang etwas Bedrückendes, Unwirkliches. Nach mehreren Minuten begann der Gang anzusteigen, beschrieb eine Krümmung und endete in einem kreisrunden Raum. Eisenrungen waren in die Wand eingelassen und führten aufwärts.

»Da hinauf kommen Sie zur Straßenebene«, sagte Mixer. »Oben ist ein gußeisernes Gitter wie von einem

Gully und rechts an der Wand finden Sie einen Schalter, der es öffnet.«

Tanner atmete wieder schwer, und ein scharfer Schmerz stach ihm in die Rippen, aber er glaubte den Rest des Weges zu schaffen. »Wo komme ich hinaus?« fragte er.

»Tornado Alley.«

»Phantastisch. Welche Tageszeit haben wir?«

»Ungefähr zwei Uhr früh. Möchten Sie auf Tageslicht warten?«

Tanner schüttelte den Kopf. »Nacht ist nicht viel schlimmer als Tag, vielleicht besser. Die meisten Leute schlafen.«

Mixer lächelte. »Der Geruch ist schlimmer.«

Tanner nickte. Der Schmerz in den Rippen hatte ein wenig nachgelassen, und er legte die Hand auf eine der Rungen. »Danke für die Hilfe.«

»Klarer Fall«, sagte Mixer. »Aber an Ihrer Stelle würde ich die Suche nach Rattan vergessen.«

Tanner seufzte, dann sah er Sookie an. Das Herz tat ihm weh, und in mancher Weise war es schlimmer als der körperliche Schmerz seiner geprellten Rippen. »Wiedersehen, Sookie. Danke.«

Sie blieb ein paar Augenblicke still, dann blickte sie weg und sagte: »Wiedersehen.«

Tanner wandte sich den rostigen Rungen zu und begann hinaufzusteigen.

Als er ein paar Meter über der runden Kammer war, erreichte ihn der Geruch ungewaschener Körper, nach Urin und saurem Schweiß stinkender Kleider, vermischt mit Alkohol und Erbrochenem. Von Menschen, die seit Monaten, sogar Jahren nicht gebadet hatten. Tornado Alley.

Die Intensität des Geruchs nahm zu, je höher er emporstieg, und in der Enge des Schachts überkam ihn Übelkeit.

Der Schacht endete an einem Gullydeckel, wie Mixer gesagt hatte. Tanner spähte durch die Gitterstangen hinaus.

Die Tornado Alley war nicht wirklich eine schmale Gasse, sondern eine kaum hundert Meter lange, an beiden Enden gesperrte Straße zwischen unbebauten Grundstücken, um diese Zeit bewohnt von mehreren tausend schlafenden Gestalten. Die von wenigen Laternen mangelhaft beleuchtete Straße hatte ihren Namen erst vor einigen Jahren bekommen, als ein Kommunalpolitiker, der es sich zur Aufgabe gemacht hatte, diesen und andere Zufluchtsorte für Obdachlose auszuräumen, gesagt hatte, hier sehe es aus, als ob ein Tornado durch die Stadt gefegt wäre, alle Stadtstreicher und Obdachlosen emporgesaugt und sie alle an einem Ort abgeladen hätte: der Tornado Alley. Der Politiker hatte natürlich nichts ausgeräumt, und die Stadtverwaltung kümmerte sich nicht weiter um die Tornado Alley. Es war ohnedies kein Geld und keine Unterbringungsmöglichkeit für diese Leute da. Die Stadtverwaltung machte jedenfalls keine Anstalten, Unterkünfte für sie zu finden.

Tanner tastete nach dem Schalter, betätigte ihn, und die Sperre des Deckels klickte auf. Unter Aufbietung aller Kräfte hob er den Deckel, kroch hinaus und verschloß die Schachtöffnung wieder. Die Verriegelung rastete hörbar ein. Er richtete sich auf und blickte umher. Er stand zwischen zwei schlafenden, stinkenden Körpern, von denen einer vernehmlich schnarchte.

Der Gestank war in der schwülen, windstillen Hitze überwältigend, aber er blieb eine volle Minute bewegungslos stehen, um zu Kräften zu kommen und sich zu orientieren. Während des Winters brannten überall in der Tornado Alley Feuer in halbierten Ölfässern und Mülltonnen, aber jetzt, im Hochsommer, flackerten nur vereinzelt kleine Flammen – Campingkocher, die mit Gas oder Hartspiritus betrieben wurden. Sonst gab es nichts als einen Körper neben dem anderen. Die meisten Schläfer achteten darauf, daß ein kleiner Abstand zwischen ihnen und den Nachbarn blieb. Trotz der vielen Menschen war es sehr still. Nur Schnarchen, Gemurmel und gelegentliche unartikulierte Laute brachen die Stille. Tanner bewegte sich langsam die Straße hinunter, suchte sich einen Weg zwischen den schlafenden Körpern. Einmal griff jemand nach seinem Knöchel, aber er machte sich mit Leichtigkeit los – der Griff war schwach und unentschlossen – und ging weiter.

Als er die Grenzabsperrung der Tornado Alley erreichte, blickte Tanner die angrenzende Straße hinauf und hinab und versuchte sich klar zu werden, wohin er als nächstes gehen sollte. Zu dieser Nachtzeit in diesem Teil der Stadt ein Taxi zu finden, würde unmöglich sein. Der Weg zurück zu seiner Wohnung war zu weit und zu gefährlich. Außerdem war er nicht ganz sicher, ob die Rückkehr in seine Wohnung eine gute Idee war; Max konnte mit Leichtigkeit feststellen, wo er wohnte. Ein Blick ins Telefonbuch genügte.

Ein Hotel für Durchreisende? Auch keine gute Idee. Wer wohnte in dieser Gegend? Die einzigen Leute, die ihm einfielen, waren Hannah und Rossi. Tanner seufzte. Er wußte, daß sie ihn aufnehmen würden, ganz gleich zu welcher Stunde. Aber die Idee deprimierte ihn. Trotzdem, es war seine beste Option, vielleicht die einzige. Er wollte nicht länger als nötig draußen auf den Straßen bleiben, und es war besser als in der Tornado Alley zu schlafen.

Es war nicht weit zu gehen, drei Blocks zu einem fünfstöckigen Gebäude in der Larkin Street. Tanner drückte auf Hannahs und Rossis Klingelknopf, wartete eine Minute und läutete wieder. Nach dem dritten

Mal kam Hannahs schläfrige, rauhe Stimme aus der Sprechanlage.

»Wer ist da?«

»Tanner.«

»Tanner wer?«

»Hannah, es ist Louis.«

Eine Pause, dann: »Es ist drei Uhr früh, Mann.«

»Ich brauche für den Rest der Nacht ein Dach über dem Kopf.«

Nach einer weiteren Pause summte der Türöffner. Tanner stieß die Haustür auf und betrat das Gebäude. Erschöpft stieg er die Treppe zum dritten Stock hinauf, ging den Korridor entlang und klopfte an die Tür.

Sie wurde geöffnet, und Hannah, die nur ein langes T-Shirt trug, trat zurück, ihn einzulassen. Sie war Anfang vierzig, sah aber älter aus, vom Leben gebeutelt und zermürbt. Vom Leben mit Rossi.

»Fein, Sie zu sehen«, sagte sie beim Schließen der Tür. »Aber was ist los? Sind Sie überfahren worden, oder was?«

Im Wohnzimmer war eine Stehlampe eingeschaltet. Rossi lag bewußtlos auf dem Sofa, umgeben von Biskuitkrümeln. Ein Bein hing über den Rand, und er stank nach Wacholderschnaps. Auch Rossi war einmal Polizist gewesen. Aber er hatte nicht den Abschied genommen, sondern war entlassen worden. Im allgemeinen drückte man bei der Polizeitruppe ein Auge zu, wenn jemand dem Alkohol zugetan war. Aber Rossi hatte es zu oft zu weit getrieben. Zu viele Male war er so betrunken im Dienst erschienen, daß er seine Aufgaben nicht hatte wahrnehmen können.

»Sie können mit mir schlafen«, sagte Hannah. »Den bringt jetzt niemand auf die Beine.«

Sie gingen ins Schlafzimmer, und Hannah legte sich sofort ins Bett, den Rücken Tanner zugekehrt. Er kleidete sich im Licht vom Wohnzimmer aus und stieg ins

Bett, Rücken an Rücken mit Hannah. Keiner von beiden sagte ein Wort. Tanner schloß die Augen, seufzte und schlief augenblicklich ein.

22

Tanner erwachte von den krampfhaft würgenden und speienden Geräuschen des Erbrechens. Helles, orangefarbenes Licht fiel durch die Jalousien am Fenster in Streifen über das Bett. Er war allein im Zimmer. Die benachbarte Hälfte des Doppelbetts war ungemacht, aber leer. Er fühlte sich besser als am Vorabend, aber nicht wirklich ausgeruht. Bewegungslos lag er in der Hitze des Vormittags und lauschte Rossi.

Die Geräusche des Erbrechens hörten auf. Eine Toilette wurde gespült, dann lief Wasser ins Waschbekken. Eine Minute später stolperte Rossi aus dem Bad, kam um die Ecke und blieb in der offenen Schlafzimmertür stehen. Er sah Tanner und lächelte matt. Er war barfuß, trug Jeans und kein Hemd, und sein Bauch hing über den Gürtel. In der linken Hand hielt er Zigaretten und Zündhölzer. Er sah noch älter als Hannah aus.

»He, Tanner. Sie haben nicht mit meiner Frau geschlafen, oder?«

Tanner antwortete nicht. Er war ziemlich sicher, daß Rossi es nicht ernst meinte. Er saß aufrecht und verzog das Gesicht, als der stechende Schmerz durch seine Rippen fuhr. »Guten Morgen, Rossi.«

Rossi hustete mehrere Male, dann zündete er sich eine Zigarette an. »Sie sind lange nicht dagewesen«, sagte er.

»Nein.«

»Vielleicht sollten Sie«, sagte Rossi.

»Was?«

»Mit meiner Frau schlafen.« Er hob die Schultern und sah zum Fenster hinaus. »Sie können es ruhig tun. Ich meine, jemand sollte es tun.«

Das hat mir noch gefehlt, dachte Tanner. »Ist Hannah noch da?«

Rossi schüttelte den Kopf, ohne den Blick vom Fenster zu wenden. »Zur Arbeit gegangen.« Er wandte sich zu Tanner. »Ich nehme jetzt eine Dusche.«

»Kann ich Ihr Telefon benutzen?«

»Klar. Ich glaube, Hannah hat die Rechnung bezahlt.« Er drehte sich um und verschwand leicht schwankend wieder im Bad. Tanner hörte ein prasselndes Zischen von Wasser, dann ein gleichmäßiges Rauschen.

Er stand auf, kleidete sich an und ging ins Wohnzimmer. Der Geruch von Wacholderschnaps und schalem Zigarettenrauch hing noch in der Luft. Er ging hinaus in die Küche und hoffte, daß schon Kaffee bereitet sei, sah aber nur aufgestapelte Teller im Spülbecken, Gläser überall auf der Anrichte und ein halbes Dutzend angebrochene Kekspackungen. Er kehrte zurück ins Wohnzimmer, setzte sich in den Sessel neben dem Telefon und nahm den Hörer ab.

Sein erster Anruf war bei Carlucci. Er wurde automatisch zu Carluccis Mobiltelefon durchgestellt, hörte den Signalcode und wählte die Kombination seines alten Prioritätscodes. Dann gab er Rossis Telefonnummer ein, legte auf und wartete. Zwei Minuten später rief Carlucci zurück. »Tanner?«

»Ja.«

»Dachte mir, daß Sie es sind. Der Prioritätscode kam ohne Identitätsangabe durch. Ich werde Ihnen einen neuen durchgeben.«

»Wir müssen zusammenkommen«, sagte Tanner.

»Das will ich meinen. Ich hatte gehofft, früher von

Ihnen zu hören. Im Bezirk ist irgendwas schiefgelaufen, und Sie könnten davon wissen.«

»Wahrscheinlich weiß ich, was Sie wissen möchten. Ich war ein paar Tage unerreichbar.«

»Wo sind Sie jetzt? Drinnen oder draußen?«

»Draußen. Bei Rossi.«

Am anderen Ende blieb es eine Weile still. »Wie geht es Hannah?« fragte Carlucci endlich.

»Einigermaßen, nehme ich an. Sie überlebt.« Tanner blickte zum Bad, wo die Dusche rauschte. Carlucci würde nicht nach Rossi fragen. Er hatte kein Verständnis für Trunkenbolde, schon gar nicht, wenn sie bei der Polizei waren. Und erst recht nicht, wenn sie Rossi hießen.

»Wissen Sie, wo Widgie ist?« fragte Carlucci. »Es ist nicht weit von Ihnen.«

»Ja, nur ein paar Blocks. Treffen wir uns dort?«

»Ja. In einer Stunde, einverstanden?«

»Sagen wir zwei. Ich habe noch einiges zu tun und muß etwas essen.«

»Dann in zwei Stunden. Bis dann.«

»In Ordnung.«

Tanner legte auf. Die Dusche lief noch. Er sollte Rachel anrufen und sich vergewissern, daß ihr nichts fehlte. Max mußte die Karte mit ihrem Namen und ihrer Anschrift haben. Tanner rief die Auskunft an, aber Rachel war nicht eingetragen, also versuchte er es mit Alexandra.

»Hier Tanner«, sagte er, als sie sich meldete.

»Wurde Zeit, daß Sie anrufen.«

»Warum?«

»Rachel rief mich an. Sagte, sie habe Sie seit drei Tagen nicht gesehen, und ein Albinozwerg und ein rothaariger Riese wären zu ihr gekommen und hätten nach Ihnen gefragt.«

»Mein Gott. Ist sie wohlauf?«

»O ja, was sollten sie tun, einen Krüppel verprügeln? Sie sagte ihnen die Wahrheit, daß Sie ein paar Tage geblieben und dann ohne ein Wort verschwunden seien. Die beiden nahmen Ihr Zeug und ließen sie in Ruhe. Aber ich glaube nicht, daß es eine gute Idee sein würde, wieder zu ihr zu gehen.«

»Nein.« Vorstellungsbilder von Francie Miller kamen an die Oberfläche, vergingen. Wenigstens fehlte Rachel nichts. »Ich werde einstweilen nicht mal in meine eigene Wohnung zurückgehen.«

»Sie haben noch mehr am Hals«, sagte Alexandra.

»Noch mehr am Hals?«

»Connie.«

»Connie?«

»Ja. Vor zwei Tagen tauchte sie auf und wartete unten im Hof auf Sie. Ich sagte ihr, daß Sie nicht da seien, aber sie wollte nicht gehen. Ich habe sie bei mir untergebracht, aber sie will nicht nach Haus, bevor sie Gelegenheit hatte, mit Ihnen zu sprechen.«

»Lieber Himmel.« Tanner rieb sich das Gesicht, die rauhen Stoppeln auf seinen Wangen.

»Sie ist ein gutes Kind, Louis. Ich habe die letzten zwei Tage viel Zeit mit ihr verbracht und mag sie wirklich.«

Tanner seufzte. »Ja, das ist sie, aber gerade jetzt geht sie mir auf die Nerven.«

»Louis ...«

»Ich weiß, ich weiß.« Er atmete durch und schloß die Augen. »Ist sie jetzt dort?«

»Ja. Möchten Sie mit ihr reden?«

»Klar.«

Tanner sank in den Sessel und blickte zur Decke auf. Der Verputz war von zahlreichen Rissen durchzogen, die Farbe abgeblättert; jemand hatte die Risse mit blauer Farbe nachgezogen, so daß sie wie Flüsse auf einer Landkarte aussahen.

»Hi, Louis.«

»Hallo, Connie.« Er wollte sie fragen, was, zum Teufel, sie gerade jetzt von ihm wollte, aber das würde nicht sehr konstruktiv sein. Statt dessen überließ er ihr die Initiative.

»Ich muß mit dir reden, Louis.« Ihr Tonfall war ruhig und selbstsicher, ohne die Andeutung einer Bitte oder eines Anliegens.

»Jetzt ist keine gute Zeit«, sagte Tanner. Gott, dachte er, wie idiotisch. »Ich meine, ich bin mitten in einer komplizierten Situation und habe eine Menge um die Ohren. Gib mir ein paar Wochen, bis ich die Dinge hier abschließen kann. Dann werde ich nach San José hinunterkommen und mit dir reden. Alle Zeit mit dir verbringen, die wir brauchen.«

»Behandle mich nicht so gönnerhaft, Louis.«

»Das tue ich nicht, Connie! Ich bin hier in einen äußerst schwierigen Vorgang verwickelt und kann da nicht einfach heraus. Es ist wichtig.«

»Dies auch. Und ich gehe nicht zurück, bevor ich dich gesehen habe. Ich tue es einfach nicht.«

Tanner sagte nichts, da er im Zweifel war, wie er reagieren sollte.

»Verstehst du mich, Louis?«

»Ja.« Er verstand, wie verdammt dickschädelig sie sein konnte.

»Glaubst du mir?«

»Ja, Connie. Ich kenne dich, *testa dura.*« Dickschädel. So hatte seine italienische Großmutter ihn genannt, als er ein kleiner Junge gewesen war. Er hatte noch ihr La chen im Ohr; dann war daraus ein Kosewort für Connie geworden, das er seit Jahren gebraucht hatte. »Gut. Aber paß auf, es ist keine gute Idee, wenn ich jetzt zu meiner Wohnung zurückfahren würde, also könnten wir uns zum Abendessen treffen? Alexandra kann dich begleiten.«

»Okay.«

»Und wirst du wieder nach Haus fahren, nachdem wir geredet haben?«

»Ja.«

»Hast du mit deiner Mutter gesprochen und sie wissen lassen, daß du nicht entführt worden bist oder was?«

»Natürlich, Louis. Sie weiß nicht, wo ich bin, aber sie weiß, daß mir nichts fehlt.«

»Gut, dann gib mir Alexandra, und wir sehen uns heute abend zum Abendessen.«

»Gut. Bis dann.«

Einen Augenblick später kam Alexandra wieder an den Apparat.

»Also, was ist nun?«

»Heute Abendessen bei Joyce Wah. Sagen wir, um sieben Uhr. Ich würde es gern sehen, wenn Sie mit ihr kämen und sie dann wieder zurückbrächten. Es ist nicht gut für sie, allein in der Stadt ...«

»Ich weiß, Louis. Wir werden dort sein.«

»In Ordnung, bis dann.«

»Ciao.«

Er legte auf und betrachtete wieder die Decke. Flüsse im Putz. Die Dusche lief noch immer. Was, zum Teufel, machte Rossi?

Tanner stand auf und eilte ins Bad, besorgt, daß Rossi etwas zugestoßen sein könnte. Die Duschvorhänge waren ganz um die große alte Badewanne mit den gußeisernen Löwenfüßen gewickelt, und hinter ihnen zischte gleichmäßig das Wasser aus der Brause. Tanner zog den Duschvorhang zurück. Rossi lag am Boden der Wanne, schlief fest und schnarchte unter dem gleichmäßigen Strom lauwarmen Wassers.

Tanner streckte die Hand aus und drehte die Brause ab. Er dachte daran, Rossi zu wecken, entschied aber, daß es nicht der Mühe wert war. Laß ihn schlafen, den

Scheißkerl, sagte er sich. Er legte ein Handtuch zusammen, schob es Rossi als Kissen unter den Kopf und ging.

Widgie war so etwas wie ein Freiluftcafé. Unter einer weitgespannten, durchsichtigen Plastikkuppel zwischen zwei roten Ziegelgebäuden bildete es ein Netzwerk von untereinander verbundenen Feuerleitern, Laufstegen und Plattformen auf einem Dutzend Ebenen. Zwischen ihnen bewegten sich nach einem scheinbar willkürlichen System Speiseaufzüge auf und ab. Ein ergänzendes Netzwerk aus pneumatischen Röhren für Bestellungen verlief entlang den Feuerleitern und Laufstegen.

Tanner suchte mit seinen Blicken die Plattformen ab und sah Carlucci an einem der besonders isolierten Tische auf der sechsten oder siebten Ebene. Er ächzte und machte sich an den Aufstieg.

Ein Kellner trat auf Tanner zu, um ihm einen Tisch anzuweisen, aber Tanner sagte, er werde erwartet. Der Mann runzelte kurz die Stirn, verbeugte sich und zog sich zurück, und Tanner nahm die nächste Feuerleiter in Angriff.

Nachdem er Rossis Wohnung verlassen hatte, war er in derselben Straße in ein Café gegangen, um zu frühstücken, ein kleines, ziemlich schäbiges Lokal, das sich Maria's Kitchen nannte und wo er einen großen Teller mit köstlichen schwarzen Bohnen, Reis, Eiern und Salsa gegessen hatte. Er hatte nicht nur den Teller leer gegessen, sondern dazu noch zwei warme Tortillas, überrascht von seinem Appetit. Es mußte damit zu tun haben, daß er noch am Leben war. Erst jetzt wurde ihm wirklich bewußt, wieviel Glück er gehabt hatte.

Zweimal mußte er den Aufstieg unterbrechen, um auszuruhen, und als er Carluccis Tisch erreichte, fühlte er sich erschöpft und schwitzte stark in der feuchten Hitze. Aber Anstrengung und Schweiß fühlten sich gut an, beinahe reinigend. Er ließ sich Carlucci gegenüber auf den freien Platz fallen. Auf dem Tisch stand eine Thermoskanne mit Kaffee und zwei Tassen. Carlucci füllte eine Tasse für Tanner und schob sie ihm hin. Tanner war bereit für Kaffee, von dem er sich eine belebende Wirkung auf seine Gehirntätigkeit versprach.

»Sie sehen beschissen aus«, sagte Carlucci.

»Danke. Das sagte Hannah auch, nur mit anderen Worten.« Er trank vom Kaffee, der heiß, aber nicht allzu stark war. Es würde helfen, und sein Magen würde es überleben.

»Jedenfalls hatte sie recht. Was, zum Henker, ist mit Ihnen passiert?«

»Das ist eine lange und traurige Geschichte«, sagte Tanner. »Wird Ihnen nicht gefallen.«

Carlucci zog ein Gesicht. »Das glaube ich Ihnen.« Er schüttelte den Kopf. »Erinnern Sie sich an diesen Namen, den ich Ihnen gab? Als Kontaktperson im Freihafenbezirk? Francie Miller.« Er atmete tief durch, stieß die Luft seufzend aus. »Sie ist tot.«

Tanner trank langsam seinen Kaffee, ohne Carlucci anzusehen. »Ich weiß«, sagte er schließlich. »Ich sah sie sterben.«

Carlucci saß schweigend und starrte Tanner an. Als er endlich sprach, war seine Stimme beinahe tonlos. »Allmächtiger ...« Nach einer weiteren langen Pause: »Also erzählen Sie mir davon.«

Tanner tat es. Alles von dem Augenblick an, als er in den Bezirk gegangen war, bis zu seiner Rückkehr in die Tornado Alley. Carlucci lauschte seinem Bericht, ohne ihn zu unterbrechen, verzog gelegentlich das Gesicht oder schüttelte den Kopf oder drückte die Fingerspitzen an seine Schläfen, doch ohne etwas zu sagen. Als Tanner fertig war, versanken sie beide in ein langes, düsteres Schweigen. Tanner blickte umher, lauschte dem Stimmengewirr, den klappernden Tellern, dem Quietschen der Speiseaufzüge, hallenden Schritten auf den Feuerleitern und Laufgängen, den gedämpften Schnalzgeräuschen der pneumatischen Röhren.

»Naja, Scheiße«, sagte Carlucci endlich. »Das ist wirklich fatal.« Er lehnte sich zurück und fühlte nach der Brusttasche seines Hemdes. »Verdammt, in Augenblicken wie diesem wünschte ich, ich hätte das Rauchen nicht aufgegeben.« Er legte beide Hände auf den Tisch, starrte sie eine Weile an, blickte dann wieder zu Tanner auf. »Und wir haben wieder Leichen.«

»Wie viele?«

»Vier. Eine Dreierpartie und eine einzelne.«

»Eine einzelne?«

»Ja, das ist eine neue Variante. Irgendwie seltsam, ein Kerl, der an sich selbst gekettet war. Wir zogen ihn aus einer alten Zisterne hinter einem aufgelassenen Lagerhaus.« Er rieb sich das Gesicht mit beiden Händen. »Nicht typisch, aber es ist eindeutig die Handschrift unseres alten Freundes. Vielleicht erweitert er bloß seinen Horizont.« Carlucci grunzte. »Wundervoller Gedanke«

»Und sie folgen rascher aufeinander als während der ersten Serie.«

»Bisher sieht es so aus. Ausgleich für verlorene Zeit, sagt Rollo. Könnte sein, daß er damit richtig liegt.«

Carlucci schenkte sich eine zweite Tasse Kaffee ein. Tanner hielt seine Tasse mit beiden Händen, neigte sie von einer Seite zur anderen und beobachtete die wirbelnde Bewegung der dunkelbraunen Flüssigkeit. Hoch über ihnen ging ein Regenschauer auf die Plastikkuppel nieder, ein hallendes Prasseln. Auf der Straßenseite kam der Regen in Strömen herunter; es war ein regelrechter Wolkenbruch. Die ganze Geschichte entwickelte sich nicht nach Tanners Geschmack.

»Wie verhält es sich damit, was Max sagte?« fragte Tanner. »Daß Rattan und einige Polizisten zusammenarbeiten.«

»Könnte zutreffen. Ich habe in den letzten Monaten auch einiges gehört. Kümmerte mich nicht sonderlich darum, weil es wenig wahrscheinlich schien.« Er machte eine Pause. »Keine Ahnung, was es damit auf sich hat, aber ich denke, ich werde der Sache jetzt nachgehen müssen.«

»Ja, tun Sie das. Kein gutes Gefühl, nicht zu wissen, was vorgeht. Ich halte da draußen den Kopf hin, und schon beim ersten Versuch wäre ich ihn fast losgeworden.«

Carlucci nickte. »Vielleicht ist es keine gute Idee, wieder hineinzugehen und ihn zu suchen.«

Tanner lachte kurz und abgehackt. »Es ist eine schreckliche Idee. Aber haben Sie eine bessere?«

Carlucci schüttelte den Kopf. »Ich versuchte es. Hatte sogar ein privates Gespräch mit einer der Schnecken, gab ihm die Information über Sie und Freeman und Rattan, alles, was ich wußte.«

»Und was sagte er?«

»Eine Menge nutzloses Zeug und einen konkreten Aktionsplan.«

»Und der war?«

»Rattan suchen.«

Tanner versuchte zu lachen. »Das ist großartig. Die Schnecke hat all diesen Gehirnsaft erhalten und kommt mit so was daher?«

Carlucci hob die Schultern. »Möchten Sie es sich anders überlegen?«

»Ich überlege es mir ständig anders«, sagte Tanner. »Aber ich werde wieder hineingehen. Ich werde den

Kerl finden.« Tanner wünschte, er fühlte sich wirklich so zuversichtlich.

»Wo wollen Sie diesmal unterkommen?« fragte Carlucci.

»Wahrscheinlich nicht im Bezirk. Es wird jetzt besser sein, wenn ich pendle. Und solange Max frei herumläuft, werde ich meiner Wohnung fernbleiben müssen.«

»Natürlich werden wir uns einen Haftbefehl besorgen und Max zur Fahndung ausschreiben. Dieser Satanskerl wird gut daran tun, sich bald ein Mauseloch zu suchen. Wieder ein Polizistenmord.« Er faßte Tanner ins Auge. »Ich frage mich, was Francie unternommen hat, um Rattan zu finden.«

Tanner nickte. Er hatte sich die gleiche Frage vorgelegt. Noch etwas, was er nicht wußte. »Versuchte sie, ihn wegen der Polizistenmorde festzunehmen?« überlegte er. »Ein Schub für ihre Laufbahn?«

Carlucci schüttelte den Kopf. »Nein, wenn man sieht, wie es ausging, ist es nicht wahrscheinlich. Etwas an der ganzen Sache stimmt nicht. Also, wo wollen Sie Quartier nehmen?« fragte Carlucci wieder. »Ich möchte Sie erreichen können.«

»Gute Frage. Ich kenne nicht viele Leute in der Gegend. Wahrscheinlich bei Hannah und Rossi. Ich bin ziemlich sicher, daß sie mich aufnehmen würden.«

Carlucci nickte. Er trank von seinem Kaffee, verzog das Gesicht und goß ihn zurück in die Thermoskanne. Er schüttelte sie, füllte seine Tasse von neuem und schenkte Tanner nach. »Sie tragen keine Waffe, nicht?«

Tanner schüttelte den Kopf.

»Sie sollten. Jedenfalls jetzt.«

Tanner schüttelte wieder den Kopf. »Eine Waffe hätte mir bei Max kein bißchen geholfen. Aber was ich brauchen könnte, ist etwas Bargeld. Ich werde das meiste von dem Geld bei meiner Bank zurückerhalten, aber bis dahin bin ich pleite.«

Carlucci nahm mehrere Scheine aus seiner Brieftasche und reichte sie Tanner, der sie einsteckte. »Ich versuche auch, noch ein paar weitere Riesen locker zu machen«, sagte Carlucci. »Falls Sie das Geld brauchen.«

»Ich hoffe, daß ich die Gelegenheit bekommen werde.«

Schweigend tranken sie ihren Kaffee. Tanner lauschte dem Trommeln des Regens, das alle anderen Geräusche im Café übertönte. Er war müde und deprimiert, zugleich aber irgendwie belebt. Ein Teil von ihm wollte sich einfach hinwerfen und ein paar Tage durchschlafen. Ein anderer aber war begierig, wieder in den Freihafenbezirk zu kommen, seine Suche nach Rattan fortzusetzen und mit dem Mann zu reden. Tanner wollte wissen, was vorging, und was es, wenn überhaupt, mit dem Kettenmörder zu tun hatte.

»Ich möchte, daß wir alle zwei oder drei Tage zusammenkommen«, sagte Carlucci. »Wir müssen in Verbindung bleiben. Wir müssen in dieser Sache zusammenhalten, oder wir landen am Ende beide in tiefer Scheiße, und Sie tiefer als ich.«

Tanner nickte. »Ich werde Sie anrufen.«

»Sollten Sie nicht ein paar Tage ausruhen?«

»Nein. Ich bin in Ordnung. Ich möchte weiter daran arbeiten. Ich habe es satt, von immer mehr und mehr Leichen zu hören.«

»Ja, ja, aber geben Sie acht, daß Ihre nicht eine davon ist.«

Tanner lächelte. »Guter Gedanke. Ich werde ihn mir merken.«

23

Sookie folgte ihm die ganze Nacht und den Tag darauf. Sie stieg hinter ihm die Rungen hinauf und kroch durch den Kanaldeckel hinaus in die Tornado Alley. Blieb ihm lautlos und vorsichtig auf den Fersen, hielt den Abstand gerade so weit, daß sie ihn nicht verlieren konnte. Am schlimmsten war es zwischen den stinkenden Schläfern, wenn sie Deckung suchen mußte.

Vielleicht noch schlimmer war das Warten gegenüber von dem Wohnhaus. Er ging hinein und kam nicht mehr heraus, also mußte sie warten. Sie stieg im Haus gegenüber die Treppe hinauf, öffnete im zweiten Stock ein Treppenhausfenster und zwängte sich zwischen einen Fensterrahmen und ein Regenrohr. Einmal regnete es. Die ganze Nacht rauschte oder rieselte es in dem Rohr, und das Holz drückte ihr in die Seite. Sie konnte nicht viel schlafen.

Der Morgen kam, und nichts geschah. Viele andere Leute kamen aus dem Wohnhaus, aber nicht Tanner. Vielleicht hatte sie ihn übersehen? Als sie es nicht mehr aushielt in ihrem engen Versteck, kroch sie hinaus, ging mit schmerzenden Rippen und Knien hinunter und wanderte auf der Straße hin und her, um wieder beweglich zu werden. Außerdem mußte sie in Bewegung bleiben, um sich die Perversen vom Leib zu halten, die es auf sie abgesehen hatten.

Dann endlich, gegen Mittag, kam er heraus, und sie folgte ihm zu Maria's Kitchen. Hing draußen herum, während er drinnen saß und aß. Kauerte hinter einem Mülleimer, wo sie ihn durch das Fenster beobachten konnte. Ihr leerer Magen zog sich schmerzhaft zusammen. Es war lange her, seit sie gegessen hatte, aber sie fürchtete, Tanner zu verlieren, hätte sie sich die Zeit genommen, etwas zu essen.

Weiter zu Widgie, mehr als eine Stunde dort, dann für ein paar weitere Stunden zurück zu der Wohnung. Was tat er dort? Schlief er? Vielleicht. Und was tat sie draußen? Warum wartete sie auf ihn? Schön blöd.

Endlich, am frühen Abend, kam er wieder heraus. Sie folgte ihm hinüber ins Chinesenviertel zu einem Restaurant am Rand des Bezirks. Joyce Wah. Vor dem Lokal traf er zwei Leute. Eine große, schöne, langhaarige Frau in einem dunklen schimmernden Mantel. Und ein Mädchen in weißen Jeans, einer braunen Jacke und Turnschuhen. Fünfzehn oder sechzehn Jahre alt, dachte Sookie. Tanner umarmte das Mädchen, und das machte Sookie ein komisches Gefühl. Dann gingen sie alle hinein.

Sie wartete ein paar Minuten lang, dann ging sie auch hinein und bestellte etwas Essen zum Mitnehmen. Drei kleine Kartons und ein Paar Eßstäbchen. Sie aß gern mit Eßstäbchen, sie waren wie komische lange Finger. Sookie ging mit ihrem Essen über die Straße, und als sie hinüberspähte, zuerst im Erdgeschoß, dann im ersten Stock und darüber, sah sie Tanner und die Frau und das Mädchen an einem der Fenster am zweiten Stock. Das Mädchen saß ihm gegenüber, und sie sprachen miteinander. Stritten vielleicht. Die Frau schien nicht an dem Gespräch teilzunehmen und saß zurückgelehnt da.

Sookie kauerte an der Ziegelwand, öffnete einen der Kartons und grub mit ihren Eßstäbchen darin herum. Aß und beobachtete. Sie wußte nicht genau, weshalb sie ihm folgte. Sie wollte wieder mit ihm reden. Die Art und Weise, wie er sie angesehen hatte. Was war das? Sie wollte ihn fragen.

Aber da war noch etwas. Etwas, das sie wollte. Sie kam bloß nicht darauf, was es war.

Sookie saß und aß und beobachtete ... und wartete.

24

»WARUM HAST DU AUFGEHÖRT, Mama zu besuchen?« fragte Connie.

Da war es, dachte Tanner, der tiefere Grund von alledem. Er trank von seinem Tee, ohne den Blick von Connie zu wenden, und versuchte zu entscheiden, wie er ihr antworten sollte. Alexandra verhielt sich still, saß zurückgelehnt und sichtlich distanziert. Sie hatte angeboten, anderswohin zu gehen oder an einem anderen Tisch zu essen, aber Connie hatte darauf bestanden, daß sie bleibe. Moralische Unterstützung?

Das Abendessen selbst war relativ ruhig verlaufen. Niemand hatte viel geredet, und niemand viel gegessen. Dafür war viel im Essen herumgestochert worden, genauso wie das Herumstochern in der Konversation. Connie und Tanner hatten sich beide Zeit gelassen. Dann war die Mahlzeit beendet, die Teller wurden abgeräumt und Tee an den Tisch gebracht. Und Connie stellte die Frage.

Natürlich gab es darauf keine einfache Antwort. Das hatte er vor mehr als einem Jahr gelernt, als er versucht hatte, es Valerie zu erklären. Unter diesem Aspekt war es verwunderlich, daß Connie so lange gewartet hatte, bis sie mit der Frage zu ihm gekommen war.

»Ich fürchtete sie zu verletzen«, sagte er schließlich. Die Erklärung war so allgemein, daß sie in einem gewissen Umfang der Wahrheit entsprach. Es war Tanner beinahe peinlich, sie als Antwort zu geben.

»Was meinst du damit?« fragte Connie.

»Du erinnerst dich daran, wie ich deiner Mutter das Nasenbein brach?« Es war ihm jetzt mehr als unangenehm, nur daran zu denken.

»Du sagtest, es sei ein Unfall gewesen.«

»Das war es. Ich hatte einen Alptraum und mit beiden Armen um mich geschlagen. Es war nicht das erste Mal, daß ich sie dabei getroffen hatte, aber es war das schlimmste.« Er hielt inne. »Ich wollte nicht riskieren, ihr das wieder anzutun.«

»So schlimme Alpträume?« fragte Connie.

Er nickte mit einem Blick zu Alexandra. Sie sah ihn nicht an.

»Hast du oft welche?« fragte Connie.

Tanner holte tief Atem und schüttelte den Kopf. Er mochte nicht darüber reden. »Eigentlich nicht«, sagte er. »Hin und wieder. Aber öfter, als mir gefällt.«

Connie schwieg eine gute Weile. Sie trank von ihrem Tee, und Tanner sah ihr an, daß sie über seine Worte nachdachte. Schließlich runzelte sie die Stirn, schüttelte den Kopf und stellte die Teetasse zurück.

»Weißt du«, sagte sie, »das ist Unsinn. Wenn das das wahre Problem wäre, ließe es sich so leicht aus der Welt schaffen.« Tanner dachte, daß sie zögere, von getrennten Schlafzimmern oder dem Auseinanderrücken der Betten zu sprechen. Schließlich nahm sie den Faden wieder auf. »Wenn ihr euch wirklich liebtet, könntet ihr damit leben. Und du liebtest sie, nicht? Ich weiß, daß sie dich liebte.« Sie hielt inne, blickte auf den Tisch, dann wieder zu ihm auf. Ihr Gesichtsausdruck war trotzig. »Sie liebt dich noch immer, und du?«

Großer Gott, dachte Tanner, wie sollte er das beantworten. Er schaute zu Alexandra, die ihre Teetasse in der erhobenen Hand hielt, ohne davon zu trinken, und zum Fenster hinausblickte. Dann streifte sie ihn mit einem Blick und schaute mit ausdrucksloser Miene weg. Alexandra hatte ihm vor einem Jahr die gleichen Fragen gestellt und geduldig versucht, ihm Antworten zu entlocken. Da sie einander nicht so nahestanden, daß er die Fragen für gerechtfertigt gehalten hätte, hatte er ihnen widerstanden. Das tat er auch jetzt und sagte nichts.

»Warum hast du aufgehört, Mama zu besuchen?« fragte Connie wieder. »Hast du aufgehört, sie zu lieben?«

»Nein«, antwortete Tanner. Er versuchte es dabei zu belassen.

»Aber warum dann?«

Er merkte, daß sie mit weniger als einer vollständigen Erklärung nicht zufrieden sein würde, und fragte hinhaltend: »Warum wartetest du so lange, mich zu fragen?«

Connie seufzte. »Ich hatte Angst. Aber jetzt bin ich älter und habe keine Angst mehr. Und ich glaube, ich habe ein Recht, es zu wissen.«

Tanner nickte. Wahrscheinlich hatte sie dieses Recht. Bloß wußte er nicht, wie er es ihr erklären konnte. Seine Bemühungen, es Valerie – oder sich selbst – zu erklären, waren auch nicht sehr erfolgreich gewesen.

»Das Verhältnis zwischen deiner Mama und mir ist immer schwierig gewesen«, fing er an. »Es war nicht so, daß wir nicht miteinander ausgekommen wären. Wir stritten nicht, jedenfalls nicht häufiger als andere Eheleute, das war es nicht. Aber es war schwierig, es erforderte eine Menge Arbeit. Was ganz in Ordnung ist – bis zu einem gewissen Punkt. Aber es wurde schwieriger und komplizierter, es zermürbte uns, zermürbte mich.« Er schwieg. Nach all dieser Zeit mußte er sich noch immer abmühen, diese Dinge in Worte zu fassen.

»Es hatte viel damit zu tun, daß ich Polizist war«, fuhr er fort. »Die Leute, mit denen ich zu tun hatte, die Taten, die sie begingen, die Verhältnisse, in denen sie lebten, das, was ich tun mußte – alles das drückte mich nieder. Das Schlimme war, daß ich vieles davon mit nach Haus brachte. Ich versuchte, nicht darüber zu sprechen und mir alles das nicht anmerken zu lassen, aber tatsächlich gelang es mir nicht.« Er lächelte. »Du wirst dich erinnern, daß du früher, als du jünger warst, oft zu mir kamst und schriest: ›Beruhigen Sie sich!‹«

Connie lächelte und nickte. »Ja, ich erinnere mich. Es funktionierte auch.«

Tanner hob die Schultern. »Ja, aber niemals sehr lange. Ich dachte, daß es einfacher für mich sein würde, wenn ich aus dem Polizeidienst ausschiede, und daß es damit auch für uns einfacher werden würde. Aber das war nicht der Fall. Ich weiß nicht, warum, aber in mancher Weise wurde es nur schlimmer. Ich hatte das Gefühl, daß ich jedesmal, wenn ich in die Wohnung kam, Wolken mitbrachte. Ich ...« Er schüttelte den Kopf. »Ich weiß nicht, ich gab mir wirklich Mühe, Connie, ich bemühte mich lange, aber ich brachte es einfach nicht mehr zustande, ich ...« Aber das war es, er konnte es nicht anders oder besser erklären.

Connie sagte nicht gleich etwas. Sie machte kein Geräusch, aber er dachte, daß sie ein wenig zittere. Ihre Hände waren außer Sicht unter dem Tisch.

»Liebst du sie noch?« fragte sie endlich.

Mein Gott, dachte Tanner, warum läßt sie mich nicht in Ruhe? Er rieb sich mit der Hand das Gesicht, ohne zu antworten.

»Nun? Liebst du sie noch? Liebst du mich noch?«

Tanner blickte auf den Tisch, dann Connie in die Augen. Seine Brust fühlte sich so beengt an, daß es schmerzte. »Ja«, sagte er schließlich. »Ich liebe euch beide noch.«

»Ist das nicht genug?«

Wie konnte er das beantworten? Langsam schüttelte er den Kopf. »Nein. Es ist nicht so einfach.«

»Warum nicht?«

Tanner wußte nicht, was er sagen sollte. Er wollte ihr eine Antwort geben, wollte imstande sein, etwas zu sagen, was ihr einleuchten und sie zufriedenstellen würde.

»Ich weiß es nicht, Connie«, sagte er schließlich. »Ich weiß es einfach nicht.«

Connie schüttelte energisch den Kopf, als könne sie nicht glauben, was er sagte. Auf einmal begann sie zu weinen, still und ohne Schluchzen, und schlug die Hände vors Gesicht.

Tanner streckte die Hand über den Tisch und legte sie ihr auf den Arm. »Es tut mir leid, Connie.«

Sie entzog ihm den Arm, nicht heftig, aber traurig, dachte er. Dann nahm sie die Hände vom Gesicht und schaute ihn an. Die Tränen hatten ihre Augenumrandung aufgeweicht, und dunkle Streifen zogen sich über ihre Wangen. Er dachte an die Frau mit den tätowierten Tränen.

»Manchmal bis du so ein Idiot, Louis. Wahrscheinlich denkst du, ich weine um mich selbst, nicht? Nein, das tue ich nicht. Ich weine um dich.« Sie holte tief Atem, hielt die Luft an, bis sie die Fassung wiedergewonnen hatte, dann erst atmete sie aus. Sie wischte sich das Gesicht und verschmierte die Streifen. Sie sah ihn kopfschüttelnd an, dann stand sie auf und sagte: »Entschuldige mich, ich bin gleich wieder da.« Sie wandte sich weg und ging zum rückwärtigen Teil des Restaurants und in den Korridor, wo die Toiletten abzweigten.

Tanner zog die Brauen hoch und blickte zu Alexandra, die seinen Blick erwiderte. Er konnte ihren Ausdruck nicht lesen.

»Sehen Sie mich nicht so an«, sagte er unwillig. »Ich tue mein Bestes.«

Alexandras gleichmütige Miene blieb unverändert. »Und es ist nicht gut genug, nicht wahr?« sagte sie.

»Sie ist jung, das müssen Sie ihr zugute halten. Aber in vielem hat sie wahrscheinlich recht.«

Tanner wandte den Kopf und schaute zum Fenster hinaus. Es war Nacht geworden, und er wünschte, daß Regen einsetzen würde, ein langer und starker Regen, der alles wegwaschen konnte. Auf der anderen Straßenseite kauerte eine kleine Gestalt an der Hauswand, teilweise von Schatten verborgen, und aß mit Eßstäbchen aus einem weißen Karton. Er konnte es nicht mit Gewißheit sagen, glaubte aber, daß es Sookie war. Verfolgte sie ihn? Weshalb sonst war sie hier?

Connie kam an den Tisch zurück, ohne sich zu setzen. Ihr Gesicht war sauber, aber ihre Augen ein wenig geschwollen. Sie blickte zu Alexandra.

»Ich bin bereit, jetzt zu gehen«, sagte Connie. »Ich habe meine Fragen gestellt und bin bereit, nach Hause zu gehen.« Sie wandte sich zu Tanner. »Auf Wiedersehen, Louis.«

»Connie...« Aber weiter kam er nicht. Noch immer hatte er keine Ahnung, was er sagen sollte. »Leb wohl, Connie. Gib acht auf dich.«

Sie nickte. »Klar.«

Alexandra stand auf. »Ich werde dafür sorgen, daß sie morgen gut zum Bahnhof und in den richtigen Zug kommt«, sagte sie zu Tanner. »Lassen Sie von sich hören, ja? Und wenn Sie ein Problem haben, gehen Sie zu Rachel, sie wird Mittel und Wege finden.«

»Danke für alles«, sagte Tanner.

Alexandra nickte, dann gingen sie und Connie fort. Er sah sie durch den Raum und die Treppe hinuntergehen. Dann war er allein.

Tanner stand auf dem Gehsteig und blickte über die Straße zu Sookie hinüber, die jetzt aufgestanden war, mit dem Rücken an der Hauswand lehnte und ihn beobachtete. Obwohl es nicht regnete, war die Luft schwer von der feuchten Hitze. Als im Verkehr eine Lücke entstand, eilte er über die Straße zu ihr.

»Du bist mir gefolgt«, sagte er. Als sie es nicht leugnete, fragte er: »Weshalb?«

»Warum haben Sie mich immer so angesehen?« fragte Sookie.

Tanner antwortete nicht gleich, zuerst, weil er verdutzt war, dann, weil der Schmerz wiederkehrte. Ihre Stimme hatte nichts von Carla, aber ihr Gesicht war einfach zu ähnlich. »Du erinnerst mich an jemand«, sagte er endlich. »An eine Frau, die ich kannte. Du siehst genauso aus wie sie, als sie in deinem Alter war.«

Sookies Augen weiteten sich, und sie nagte an der Unterlippe. »Wer ist sie?« fragte sie zögernd und mit gedämpfter Stimme. »Vielleicht... vielleicht ist sie meine Mutter?« Nach kurzer Pause fügte sie hinzu: »Ich kannte sie nie.«

Tanner schüttelte den Kopf. »Sie starb, bevor du geboren wurdest.« Er hatte kurze Zeit selbst überlegt, als er zuerst die Verbindung hergestellt hatte; aber wenn Carla ein Kind gehabt hatte, bevor er ihr begegnet war, mußte es jetzt annähernd zwanzig Jahre alt sein.

Sookie stieß mit dem Fuß nach den leeren Packungen der chinesischen Mahlzeit.

»Warum also bist du mir gefolgt?« fragte Tanner wieder.

Sookie zuckte die Achseln. »Ich weiß nicht.« Sie blickte zu ihm auf. »Um Sie das zu fragen, nehme ich an.« Sie machte eine Kopfbewegung zu dem Gebäude. »Sie gehen zurück in den Bezirk?«

»Ja.«

»Obwohl Max hinter Ihnen her ist?«

Tanner nickte. »Deshalb solltest du mir nicht folgen. Du solltest dich heraushalten.«

»Sie brauchen jemanden, der Ihnen folgt«, erwiderte Sookie.

»Laß es sein, Sookie. Ich komme schon zurecht und möchte mir nicht Sorgen um dich machen müssen. Wirklich.«

»Ich kenne einen sicheren Weg hinein«, sagte sie.

»Verstehst du nicht?« Tanner wollte sie bei den Schultern fassen und schütteln. »Du weißt, wie Max ist.«

Sookie nickte. »Ich verstehe.« Sie blickte auf die leeren Essenkartons zu ihren Füßen, trat einen zusammen, dann blickte sie wieder auf. »War sie Ihre Tochter?« fragte sie.

Tanner antwortete nicht gleich, da die Frage ihn verwirrte. Sprach sie von Carla? »Wen meinst du?«

Sookie blickte über die Straße und zeigte hinauf zu den Fenstern des Restaurants. »Das Mädchen. Sie trafen sie dort.«

»Nein«, log Tanner. »Sie ist die Tochter einer Bekannten.«

Sookie nickte, den Blick auf das Restaurant gerichtet. »Sie wollen nicht, daß ich Ihnen einen Weg hinein zeige?«

»Ich habe meine eigenen Wege.«

»Und Sie wollen, daß ich mich von Ihnen fernhalte.«

Tanner zögerte. Er hatte das Gefühl, daß ihre Fragen mehr bedeuteten als er verstand. »Wegen Max, ja.«

Sookie stieß wieder mit dem Fuß in die Essenkartons, lächelte sanft und schaute zu Tanner auf. »Dann auf Wiedersehen.« Sie machte kehrt und ging rasch die Straße hinunter.

»Sookie ... warte.«

Sie ging weiter, ohne zu verlangsamen, ohne sich umzusehen.

»Sookie ...«

Tanner tat ein paar Schritte in ihre Richtung, blieb

wieder stehen, ließ es sein und überlegte, warum er das Gefühl hatte, etwas verpfuscht zu haben. Was hätte er anders sagen können? Was hätte er sagen sollen? Herrgott noch mal. Er sah ihr nach, bis sie einen Block entfernt außer Sicht kam, in der Menge verschwand oder in einem Gebäude, das war nicht zu unterscheiden. Er machte kehrt und ging in die andere Richtung.

25

Auf Nebenstrassen kehrte Tanner in der schwülheißen Nacht zurück zum Europäerviertel. Er trug Nachtgläser, die von außen wie eine spiegelnde Sonnenbrille aussahen, tatsächlich aber das Licht, das seine Augen erreichte, nicht reduzierte. Und er hatte sich gegen das Rasieren entschieden. Zwar rechnete er nicht damit, daß die Nachtgläser und ein Stoppelbart als Tarnung viel taugten, doch hoffte er, daß beides zusammen die Sache für Max wenigstens schwieriger machen würde.

Er hatte das meiste Geld zurückbekommen und für eine neue Kreditkarte bei der Bank eingezahlt, was ihn fünf Prozent gekostet hatte. Außerdem hatte er mehrere hundert Dollar in bar; sie sollten mehr als genug sein. Tanner hatte das Gefühl, daß Geld in dieser Angelegenheit keine Schlüsselrolle spielte.

Aber ihn trieb jetzt ein stärkeres Bewußtsein der Dringlichkeit. Teil davon war die Erkenntnis, daß er Rattan finden mußte, bevor Max *ihn* fand. Zugleich hatte er das Gefühl, daß andere Dinge sich zuspitzten, vor allem die Polizeifahndung nach Rattan. Dadurch bestand die Gefahr, daß er Rattan auf diese oder jene Weise verlieren und wieder dort sein würde, wo er angefangen hatte – bei Null. Also mußte er Rattan finden, und zwar bald.

Es war kurz nach Mitternacht, und auf den Straßen herrschte reges Treiben, als Tanner den Spielsalon in der Turk Street aufsuchte. Das Geschäft ging gut, an allen Glücksspielautomaten und Maschinen wurde gespielt, fast ausschließlich von alten russischen Frauen zwischen sechzig und achtzig. Sie rollten die rosa Gummikugeln in ihre Maschinen und hofften durch geschicktes Spiel vielleicht genug zu gewinnen, um sich einen Kuraufenthalt leisten zu können.

Diesmal war Lynda, die Eigentümerin des Spielsalons, anwesend. Tanner erspähte sie hinter der Bar im rückwärtigen Teil des Saales, wo sie zollfreien importierten Wodka an die alten Frauen ausschenkte. Zwei Kellner, abgemagerte alte Burschen, noch älter als die Kundschaft, fuhren die kleinen Wodkagläser auf Teewagen von der Bar zu den Spielautomaten. Tanner schlängelte sich zur Bar durch, sorgfältig darauf bedacht, keine der meist übergewichtigen Spielerinnen anzustoßen.

Lynda, eine zierliche blonde Frau Mitte vierzig, war die einzige Fixerin, die Tanner kannte, der es gelungen war, durch allmähliche Verringerung der Dosen vom Stoff loszukommen. Sie hatte keine andere Wahl gehabt. Schon als Halbwüchsige hatte sie angefangen zu spritzen und den schlechten Aussichten zum Trotz bis Mitte dreißig überlebt, als sie zu der Einsicht gekommen war, sie müsse aufhören oder sterben. Zweimal versuchte sie es kalt, und beide Versuche brachten sie beinahe um – zwanzig Jahre Rauschgift hatten ihren Körper zu sehr verändert; sie brauchte Heroin, um zu leben.

Aber ihre Entschlossenheit ließ nicht nach. Also begann sie langsam und geduldig die Dosen herabzusetzen. Sie arbeitete sich selbst ein strenges Therapieprogramm aus und hielt es länger als drei Jahre streng ein, bis sie glaubte, sie habe den Verbrauch hinreichend eingeschränkt. Dann hörte sie ganz auf... und lebte. Jetzt leitete sie den Spielsalon und tankte die alten Russinnen großzügig mit importiertem Stolichnaya Wodka auf.

Als er sich der Bar näherte, sah er Lyndas Gesichtsausdruck von Verwunderung zu einem Lächeln und dann zu einem strengen Stirnrunzeln überwechseln. Er lehnte an der Theke, bis die beiden Kellner mit vollen Ladungen gingen, und Lynda wandte sich ihm zu.

»Ich erkannte Sie nicht gleich«, sagte sie kopfschüttelnd. »Soll das eine Art Verkleidung sein?« Als Tanner die Achseln zuckte, sagte sie: »Ich muß sagen, daß ich überrascht bin, Sie hier zu sehen, während dieser Verrückte hinter Ihnen her ist.«

Max? Es fiel Tanner schwer, zu glauben, daß Max diesen Weg an die Öffentlichkeit einschlagen würde. Nach seiner Einschätzung würde Max es vorziehen, sich so unauffällig wie möglich an seine Fersen zu heften. »Welcher Verrückte?« fragte er.

»Dobler.«

»Dobler?«

»Ja, Dobler, dieser Verrückte, dieser Amateur. Sie wußten es nicht?«

Tanner schüttelte den Kopf.

»Aber sicher, er hat die Nachricht ausgestreut. Will Sie lebendig, wenn das ein Trost ist.«

»Wie hoch ist das Kopfgeld?«

»Verhandelbar bei Lieferung.«

»Was ist das für ein Unsinn?«

»Ich sagte Ihnen, daß er ein Amateur ist. Wollen Sie einen Stoli?« Sie hielt eine Flasche in die Höhe, und als Tanner den Kopf schüttelte, schenkte sie sich selbst einen ein und fuhr fort. »Jemand mit Gehirn würde die ganze Sache übergehen, aber er wird andere Verrückte und Amateure auf Ideen bringen. Und weil sie

Amateure sind, werden sie über den Teil, der Sie lebendig verlangt, nicht allzuviel Kontrolle haben.«

»Großartig.« Tanner überflog den Spielsalon in der vagen Erwartung, daß irgendein psychotischer Schwachkopf unter einem der Spielautomaten hervorspringen und aufs Geratewohl auf ihn schießen würde.

»Warum sind Sie gekommen?« fragte Lynda.

Tanner wandte sich zu ihr um. »Ich hatte gehofft, daß Sie mir mit etwas aushelfen können. Ich muß mit Ihnen sprechen.«

Lynda drückte einen Knopf, und irgendwo ertönte ein Summer. »Wir können in mein Büro gehen. Beyat wird das Geschäft im Auge behalten.«

»Wie abhörsicher ist Ihr Büro?«

Lynda zog eine Braue hoch. »So also sieht es aus?«

Tanner nickte.

»Gut.«

Eine Schwarze in einer silbrigen Fliegerkombination kam aus dem rückwärtigen Durchgang, und Lynda verließ die Theke. »Ich habe eine Besprechung im Büro und möchte nicht gestört werden«, sagte sie zu Beyat. »Passen Sie hier auf, bis ich zurückkomme, ja?«

Beyat nickte und ordnete die Flaschen mit Stolichnaya. »Die alten Damen unter Alkohol setzen, ich weiß.«

»Es genügt, sie bei Laune zu halten«, sagte Lynda.

Beyat bleckte die Zähne. »Das bedeutet, sie unter Alkohol zu setzen.«

Endlich lächelte Lynda und nickte. »Na gut.« Sie blickte zu Tanner und ging voraus zu einer verschlossenen Tür zwischen den Toiletten. Sie sperrte auf, und sie gingen durch einen schmalen Gang und gelangten in einen kleinen Lagerraum, der mit Kisten voll Stolichnaya gefüllt war. Sie verließen den Lagerraum durch eine weitere Tür, stiegen eine Treppe zu einer gedeckten Veranda hinauf, die Ausblick auf eine Durchfahrt mit Verladerampen, Mülltonnen, leeren Kisten und Lattenverschlägen gewährte. In den dunstigen Lichtkegeln der Laternen wurden Lieferwagen be- und entladen. Lynda führte ihn in den Raum hinter der schmalen Veranda. Er war mit einer Sitzecke aus drei Sesseln eingerichtet, und Lynda nahm in einem davon Platz und lud Tanner zum Sitzen ein. Er wählte den weiter vom Fenster entfernten Sessel und fragte sich, ob er paranoid werde.

»Also, was haben Sie auf dem Herzen?« fragte Lynda.

»Ich sollte Ihnen sagen, daß Dobler nicht der einzige ist, der mich sucht.« Er wartete, daß sie ihn nach dem Namen frage, aber sie tat es nicht. Sie saß schweigend und wartete, daß er fortfahre. »Max«, ergänzte er.

Sie reagierte nicht gleich. Ihr Blick war ruhig und durchdringend, aber beinahe anklagend. »Sie haben hier im Bezirk nichts verloren«, sagte sie. »Machen Sie sich am besten gleich davon, so schnell Sie können.«

»Ich kann nicht«, erwiderte Tanner. »Ich suche hier jemanden. Ich muß ihn finden.«

Lynda schüttelte den Kopf. »Jeder sucht jemanden. Was, zum Teufel, hat das zu bedeuten?« Sie holte Luft, stieß sie langsam aus. »Nun sagen Sie schon, wen Sie suchen.«

»Rattan.«

Wieder blieb sie eine Weile still, bevor sie etwas sagte. Er konnte ihren Gesichtsausdruck nicht deuten.

»Sie sind ein untragbares Versicherungsrisiko, Tanner.«

»Können Sie mir helfen, ihn zu finden?«

Lynda schüttelte den Kopf. »Sehr schlecht, Tanner. Ich sollte es nicht mal versuchen.«

»Werden Sie?«

Lynda antwortete nicht.

Tanner und Lynda gingen durch die belebten Straßen. Vom Asiatenviertel waren zwei Rote Drachen-Ballons herübergetrieben und schwebten jetzt fünfzehn oder zwanzig Meter über der Straße, nachdem ihre Halteleinen sich irgendwo verfangen hatten. Auf ihren Körpern schimmerte fluoreszierende Werbung für Reisschnaps Marke Roter Drachen. Grüne Funken sprühten aus ihren Augen, Rauch quoll aus ihren Nasenlöchern und sank langsam auf die Straßenebene herab. Tanner schnüffelte den Rauch, der leicht nach Räucherwerk und Opium roch.

Lynda hatte annähernd drei Stunden damit verbracht, Anrufe zu tätigen und auszugehen, um mit Leuten zu reden, während Tanner am Boden der überdachten Veranda sitzend gewartet hatte, die Arme auf den angezogenen Knien, den Kopf auf den Armen und die Wand im Rücken, die meiste Zeit in einem Dämmerzustand zwischen Wachen und Träumen. Einmal wähnte er sich in einem angeregten, aber unverständlichen Gespräch mit Carla, die ganz jung war und sich allmählich in Sookie verwandelte. Nur halbherzig wehrte er sich gegen die Erschöpfung und die bruchstückhaften Traumbilder, und mehrmals sank er beinahe in tiefen Schlummer. Gegen vier Uhr früh war Lynda endlich zurückgekehrt und hatte ihm gesagt, sie würden gehen, um jemanden zu treffen, der vielleicht etwas wissen mochte. Nun waren sie unterwegs, als die Nacht sich dem Ende näherte, obwohl noch keine Spuren von Licht am Himmel zu erkennen waren.

Als Lynda in eine Passage zwischen Ladengeschäften, Kneipen und Wechselstuben einbog, waren sie dem Kernbereich des Freihafenbezirks nahe, und Tanner fragte sich zum wiederholten Mal, ob Rattan sich dort verborgen hielt. Aber er konnte es nicht glauben, konnte nicht glauben, daß Rattan so verzweifelt war.

Sie betraten eine gut besetzte Espressobar, und Lynda führte ihn durch den Raum zum rückwärtigen Ausgang, der sich in einen geräumigen Vorraum öffnete. Dort standen drei Leute beisammen, unterhielten sich und tranken aus Papierbechern. Alle Fenster des Vorraums waren mit Brettern vernagelt, aber der Vorraum selbst war hell beleuchtet. Dies war offenbar der Eingang eines Bürohauses gewesen.

Lynda nickte zu den vernagelten Fenstern. »Geht auf den Kernbereich hinaus«, sagte sie. »Alle Fenster der unteren sieben Stockwerke sind auf dieser Seite mit Brettern vernagelt, von außen zusätzlich mit Blechtafeln.«

»So nahe sind wir?«

»Auf der anderen Straßenseite beginnt das Sanierungsgebiet.«

Einer der Aufzüge war offen und wartete. Sie gingen hinein, Lynda drückte den Knopf des neunten Stockwerks, die Türen schlossen sich, und der Aufzug setzte sich mit einem Ruck in Bewegung. Tanner war in den letzten Tagen viele Stockwerke hinauf und herunter gegangen, aber dies war seine erste Aufzugfahrt, seit er Teshigahara aufgesucht hatte.

Der Aufzug hielt im fünften Stock, und drei kleinwüchsige, fette Männer stiegen ein. Sie trugen Geschäftsanzüge, rochen aber schlecht. Aus einer offenen Stelle in der Stirn eines Mannes sickerte milchig grüne Flüssigkeit. Sie drückten keinen der Knöpfe.

Im neunten Stock stiegen Tanner und Lynda aus. Die Aufzugtüren blieben noch einen Moment offen, und die drei Männer standen stumm und bewegungslos. Dann glitten die Türen zu, und der beleuchtete Pfeil zeigte, daß der Aufzug abwärts fuhr. Seltsam, dachte Tanner.

Der Boden des Korridors war mit beigefarbenen Linoleum belegt. An den Rändern hielten sich noch zerfaserte Reste verrotteten Teppichbodens, der einmal das Linoleum bedeckt hatte. Die Büros auf der dem Kernbereich zugewandten Seite des Gebäudes lagen dunkel und still da. Auf der anderen Seite gab es beleuchtete Türfenster aus Milchglas, hinter denen gedämpfte Stimmen, das Geklapper von Maschinen, Musik und das winselnde Schnurren eines Zahnarztbohrers zu hören waren. Am Ende des Korridors war ein Treppenhaus, durch welches sie zum zehnten Stockwerk hinaufstiegen. Hier waren alle Büros dunkel und still.

Lynda schloß eine Tür auf der dem Kernbereich zugekehrten Seite des Gebäudes auf, und sie betraten einen dunklen Raum. Sie nahm Tanner bei der Hand und führte ihn durch die Dunkelheit in einen anderen Raum mit zwei großen Fenstern. Sie traten näher und blickten hinaus auf den Kernbereich.

Er umfaßte vier Blocks Hölle. Es sollte Leute geben, die diese Hölle buchstäblich nahmen und glaubten, daß übernatürliche Dämonen und Geister hier ihr Unwesen trieben. Bei nüchterner Betrachtung zeigte sich, daß es ein heruntergekommenes Sanierungsgebiet war, wo viele der vernachlässigten Gebäude zu Ruinen geworden waren und andere aussahen, als würden sie es bald sein. Im Gegensatz zum Rest der Freihafenzone waren die Straßen und Gebäude des Kernbereichs kaum beleuchtet, obwohl zwischen den finsteren Fassaden und den Ruinen ein paar trübe Lichter zu sehen waren – flackernde Kerzenflammen oder Feuer, Petroleumlampen, treibende Wolken blasser Phosphoreszenz. Die Straßen lagen bis auf die schattenhaften Bewegungen streunender Tiere verlassen.

Tanner hatte die Geschichten gehört, obwohl niemand wirklich wußte, was in den aufgelassenen Häusern des Sanierungsgebietes vorging. Der Kernbereich war von Menschen bevölkert, die sich weder in der

Stadt noch im Freihafenbezirk halten konnten oder wollten. Während der Freihafenbezirk außerhalb der Jurisdiktion der Stadtverwaltung funktionierte, funktionierte er immerhin recht gut. Das Sanierungsgebiet des Kernbereichs hingegen galt offiziell bis zu seiner Einebnung und Neubebauung als unbewohnt und verfügte, glaubte man den Geschichten, die darüber in Umlauf waren, weder über Ordnung noch Struktur, weder über Gesetze noch Moral. Nichts. Tanner mutmaßte, daß es nicht ganz das von Anarchie gezeichnete Chaos war, als das es galt, aber unter seinen Bewohnern galten sicherlich andere Regeln als außerhalb. Daß der Kernbereich existierte, war im Grunde alles, was von ihm gesagt werden konnte.

Lynda öffnete das Fenster, und Tanner, der halb damit gerechnet hatte, wilde Schreie und Gewinsel zu hören, konnte nur feststellen, daß es relativ still war. Irgendwo balgten sich fauchende Katzen und in einer Fensterhöhe des gegenüberstehenden Hauses, einige Stockwerke unter ihnen, war für Augenblicke Bewegung auszumachen.

»Sie glauben, daß Rattan dort ist?« fragte Tanner

Lynda schüttelte den Kopf. »Er ist nicht verrückt.« Sie sah auf ihre Uhr. »Still jetzt. Horchen Sie. Es ist beinahe Zeit.« Sie deutete mit einem Nicken zum Fenster hinaus.

Zeit wofür? Aber Tanner blieb still und lauschte.

Im Sanierungsgebiet schien es noch stiller zu werden, beinahe völlig still. Dann begann irgendwo in einem der dunklen Gebäude eine Gitarre zu spielen. Der Klang war in der Stille deutlich zu vernehmen und wurde von den Ruinen zurückgeworfen, so daß Tanner nicht feststellen konnte, woher er kam. Die Musik war klassisch und von wohlklingender Harmonie in spanischer Atmosphäre. Dann fiel eine Frauenstimme ein. Es war eine kräftige und schöne Stimme, ein klarer, hoher Sopran ohne Tremolo. Sie schien etwas aus einer Oper zu singen, dachte Tanner, obwohl er die Melodie nicht erkannte. Die Worte waren spanisch oder italienisch. Offensichtlich hatte die Frau eine Gesangsausbildung genossen. Niemand konnte ohne jahrelange Übung und Praxis so singen. Und hier sang diese herrliche Stimme in diesem verwahrlosten Viertel, dem verrufensten der Stadt.

Tanner stand und lauschte, verblüfft und andächtig. Die Stimme sang spanisch. Vielleicht eine Liebesarie, voll Sehnsucht, gemäßigt durch Furcht und Sorge. Er spähte in die Dunkelheit, suchte nach einem Licht oder etwas, was ihm verraten mochte, wo die Sängerin sich befand. Er sah nichts.

Es wurde still, dann stimmte die Gitarre eine andere Melodie an und spielte ein paar Takte, bevor die Frauenstimme wieder anhob. Dieses Lied war trauriger und getragener als das erste, melancholisch und bewegend, obwohl Tanner auch jetzt keine Ahnung hatte, was die Worte bedeuteten. Die Stimme hatte Kraft und Gefühl, und Tanner spürte ein dumpfes Weh in der Brust. Während der intensivsten Phase des Vortrags sang die Frau eine Serie unglaublich hoher Noten mit so schmerzhafter Vollkommenheit, daß Tanner von einem Schauer überlaufen wurde, der ein seltsames Frösteln zurückließ.

Als die zweite Nummer des Vortrags zu Ende war, hatte der Himmel sich merklich aufgehellt, und der Morgen ließ die wenigen Lichter verblassen. Nach einer weiteren ausgedehnten Stille begannen sich die natürlichen Hintergrundgeräusche wieder Geltung zu verschaffen. Die Gitarre blieb stumm, es gab keinen Gesang mehr. Lynda schloß das Fenster. »Sie singt jeden Samstag bei Tagesanbruch«, sagte Lynda. »Es begann vor ungefähr dreieinhalb Monaten.«

»Wer ist sie?«

»Niemand weiß es wirklich. Ich hörte Leute sagen, daß sie ihre Stimme wiedererkennen würden, und die Sängerin sei Elisabetha Machiotti.«

»Der Name kommt mir bekannt vor«, sagte Tanner. »Aber …« Er zuckte die Achseln.

»Eine berühmte Sopranistin der Berliner Staatsoper, die vor einem Jahr verschwand. Aber wie ich sagte, niemand weiß wirklich Genaueres. Wer sie auch ist, sie ist wirklich sehr gut.« Wieder sah sie auf ihre Armbanduhr. »Arkadij sollte allmählich hier sein.«

Sie warteten schweigend mehrere Minuten lang und beobachteten die wachsende Helligkeit des Morgenhimmels. Erste Reflexe der aufgehenden Sonne glänzten vom Glas und Metall der Hochhäuser des Bankenviertels.

Die Bürotür wurde geöffnet und wieder geschlossen, und ein hochgewachsener, blonder junger Mann kam herein. Lynda schüttelte ihm die Hand.

»Arkadij … Tanner«, sagte sie. »Tanner … Arkadij.«

Tanner nickte dem Mann zu, und sie tauschten einen Händedruck. Arkadij wandte sich zu Lynda und begann russisch zu sprechen. Sie antwortete auch auf russisch, und Tanner merkte, daß das Gespräch in einer Sprache geführt wurde, die er nicht verstand. Zuerst beobachtete er ihre Gesichter und lauschte ihren Stimmen in der Hoffnung, irgend etwas vom Inhalt des Gesprächs herauszuhören. Aber ihr Mienenspiel sagte ihm nichts, so wenig wie ihre Stimmen, und bald gab er seine Bemühungen auf.

Während sie sprachen, wandte er sich wieder zum Fenster und blickte hinaus. Obwohl er in den Ruinen und den verwahrlosten, baufälligen Häusern niemand sehen und auch keine Bewegung auf den schuttbedeckten Straßen ausmachen konnte, hatte er dennoch das vage Gefühl von Bewegung innerhalb der ausgebrannten Ruinen, eine Verlagerung atmosphärischer

Spuren. Etwas Ungreifbares war diesem fremdartigen Ort eigen. Obwohl die Wärme zunahm und sich ein weiterer schweißtreibender Tag ankündigte, konnte er sich irgendwie einbilden, daß ein leichter, staubfeiner Schnee über dem Kernbereich liege, kalt und still.

Elisabetha Machiotti. In einer Weise war es unwichtig, wer die Frau war. Es kam darauf an, daß sie dort war und daß sie sang. Tanner war überzeugt, daß die meisten Leute von der Vorstellung verblüfft sein würden, daß eine weltberühmte Opernsängerin in diesem verwahrlosten Sanierungsgebiet lebte; doch obwohl auch er verblüfft und bewundernd der Darbietung der Frau in diesem schmutzigen Höllenloch gelauscht hatte, überraschte ihn ihre Anwesenheit dort nicht viel mehr als die Anwesenheit von Menschen überhaupt.

Das Gespräch war beendet, und Tanner wandte sich vom Fenster ab. Arkadij nickte ihm zu, schüttelte Lynda wieder die Hand und ging hinaus. Augenblicke später hörte Tanner die äußere Tür zufallen. Er blickte fragend zu Lynda, die den Kopf schüttelte. »Ich habe nichts für Sie«, sagte sie.

»Gar nichts?«

»Absolut nichts. Niemand hat eine Ahnung, wo er ist, und niemand will es wissen. Im Zusammenhang mit Rattan scheint etwas in der Luft zu liegen, aber niemand weiß, was es ist. Jedenfalls ist es mehr als Max, obwohl er die Situation nicht einfacher macht. Die Leute wollen mit Max nichts zu tun haben, und sie wollen nicht einmal über Rattan sprechen.« Sie schüttelte den Kopf. »Sie laufen gegen dicke Wände, Tanner. Wenn Sie es wollen, kann ich weiter herumfragen, ein paar Fühler ausstrecken, aber Arkadij war mein wichtigster Trumpf, und um ehrlich zu sein, bin ich nicht scharf darauf, die Sache weiter voranzutreiben. Ich muß auch an mich und meine Sicherheit denken.«

»Richtig«, erwiderte Tanner. »Es ist das Risiko nicht

wert. Ich muß es auf anderen Wegen versuchen. Ich weiß zu würdigen, was Sie für mich taten, aber dabei wollen wir es belassen.« Er wandte sich wieder dem Fenster zu und schaute hinaus, als ob die trostlose Szenerie zu seinen Füßen die Antworten hätte, die er suchte.

Lynda gesellte sich zu ihm. »Wissen Sie, was sie ist?«

»Die Frau, die gesungen hat?«

Lynda nickte. »Sie werden mich für verrückt halten, aber ...« Sie brach ab, und es folgte eine lange Pause, aber Tanner wartete schweigend, daß sie fortfahre. »Hoffnung«, sagte sie dann. »Daran denke ich, wenn ich sie singen höre.«

Tanner starrte zum Fenster hinaus und nahm den trostlosen Anblick in sich auf. Hoffnung war nicht im entferntesten, was er empfand. Ohne einen Hinweis auf Rattan, ohne einen Hinweis auf den Psychopathen, der immer wieder und wieder morden würde, verspürte Tanner nichts als Mutlosigkeit und Verzweiflung.

26

Sookie kannte diese Stimme. Wenn sie diese Lieder hörte, war ihr jedesmal zum Weinen zumute. Sie verstand die Worte nicht, aber die Tränen kamen trotzdem. Es war schon das dritte Mal, daß sie die Frau singen hörte. Wer konnte sie sein? Sookie dachte, die Frau müsse im Kernbereich gefangen sein, an eine Wand gekettet und unfähig, etwas anderes zu tun als zu singen.

Zwei Lieder, dann hörte die Frau auf. Sookie schloß die Augen, wischte sich die Tränen ab und lauschte, hoffte auf ein weiteres Lied. Aber es gab keins.

Sie zwinkerte die letzten Tränen weg und blickte die Straße entlang in den Kernbereich. Die Ruinenmauern und düsteren Gebäude warfen lange Schatten auf die schuttbedeckte Straße vor ihr. Sookie saß auf einer der Straßenbarrikaden am Rand des Kernbereichs. Mixer würde sie für verrückt erklären, aber sie fürchtete sich nicht, solange sie draußen war.

Einmal war sie durch Zufall drinnen gewesen. Nicht weit. Vor ein paar Jahren, als sie jünger und dümmer gewesen war. Sie war mitten in der Nacht vor jemandem weggelaufen, vor wem oder warum, erinnerte sie sich nicht. Auf der Flucht war sie über eine der Barrikaden geklettert, war auf der anderen Seite hinuntergesprungen, über die Straße und in das nächste baufällige Haus gerannt. Sie hatte nicht wirklich gewußt, was der Kernbereich war, damals nicht. Sie wußte auch jetzt nicht wirklich, was es war, aber immerhin genug, um draußen zu bleiben.

Niemand war ihr über die Barriere oder in das verfallene Haus gefolgt. Sookie hatte sich in Sicherheit gewähnt. Nachdem ihre Augen sich auf die Dunkelheit eingestellt hatten, hatte sie sich in einem finsteren und staubigen Raum gesehen, von dem ein paar leere Fensterhöhlen auf die Straße hinausgingen. Silbernes Mondlicht fiel durch die Fensteröffnungen ein und malte helle Rechtecke in den Staub. Etwas streifte ihren Fuß, und sie sprang fort. Eine riesige Ratte, so groß wie ein kleiner Hund, huschte durch eines der Lichtfelder, und Sookie quietschte vor Entsetzen. Ratten störten sie nicht allzuviel, aber eine so große hatte sie noch nie gesehen.

Dann hörte sie ein stöhnendes Lachen aus einem Winkel des Raums. Ein leises Klicken, und in dem Winkel ging eine Taschenlampe an. Sookie sah eine junge Frau in einem weißen Overall am Rand einer

Öffnung im Boden kauern. Der Kopf war rasiert, und sie hielt ein Metallrohr in einer Hand und einen Hammer in der anderen. Die Taschenlampe hing ihr vom Hals. Sie hatte den Mund geöffnet und gab das stöhnende Lachen von sich. Dann hörte es auf.

Die Frau sprang auf und setzte über das Loch im Boden und rannte auf Sookie zu, das Rohr und den Hammer über den Kopf erhoben. Sookie flog herum und rannte, stolperte und fiel. Die Frau konnte nicht anhalten, fiel über Sookie und heulte auf. Sookie rappelte sich hoch, rannte zur Türöffnung. Etwas traf ihren Arm – der Hammer. Sie stürzte hinaus auf die Straße und hetzte zur Barrikade. Die Frau verfolgte sie nicht aus dem Gebäude. Sookies Arm schmerzte, aber sie kletterte in fliegender Hast auf die Barrikade. Jemand faßte sie bei der Hand, half ihr hinauf und hinüber und in Sicherheit. Es war ein Stachelkopf. So hatte sie Mixer kennengelernt, auf der Flucht aus dem Kernbereich.

Die Erinnerung machte Sookie frösteln. Manchmal träumte sie von dieser Frau. In ihren Träumen rief die Frau manchmal »Abendessen!« bevor sie über das Loch im Boden sprang, um sich auf Sookie zu stürzen. In ihren Träumen erwischte die Verrückte sie immer.

Wolken zogen auf und breiteten sich rasch über den Himmel aus. Bald würde es regnen. Sookie kletterte von der Barrikade und kehrte zur Passage zurück. Sie stand und beobachtete die Ladeneingänge und wartete, daß Tanner wieder herauskäme.

27

Als Tanner Hannahs und Rossis Wohnung erreichte, war er von einem zweiten überraschenden Wolkenbruch durchnäßt. Er vertropfte Wasser auf die Stufen, als er die Treppe erstieg, ging den Korridor entlang und betrat die Wohnung. Alles war still. Von Hannah war nichts zu sehen, und Rossi lag auf dem Rücken im Bett und schlief. Tanner entledigte sich im Bad seiner nassen Kleider, hängte alles an Haken, nahm kurz eine kühle Dusche und zog saubere, trockene Kleider an.

Er legte sich auf die Wohnzimmercouch und versuchte zu schlafen. Trotz der Dusche begann er schon wieder zu schwitzen, er war erschöpft und deprimiert und konnte nicht einschlafen. Durch die offene Tür hörte er das Ticken einer Uhr im Schlafzimmer. In einer der anderen Wohnungen hörte jemand laute Musik, und Tanner fühlte die Vibration des Rhythmus durch den Boden und die Couch. Er blickte zu den blau gestrichenen Rissen im Deckenverputz und stellte sich vor, daß Wasser daraus tropfe, in sein Gesicht klatsche und ihn kühle. Der Schweiß sammelte sich in den Achselhöhlen und rann ihm vom Gesicht über den Hals.

Er war nirgendwo. Die Dinge entglitten ihm.

Carlucci und er wußten jetzt nicht mehr als vor mehreren Tagen, was bedeutete, daß sie an Boden verloren. Und heute abend wollte er in den Freihafenbezirk zurückkehren und wieder von vorn anfangen. Es kam ihm wie Blindflug vor. Wie lang konnte er so weitermachen, ohne einen Fehler zu begehen? Es kam nicht darauf an, wie vorsichtig und sorgfältig er war; früher oder später würde er der falschen Person die falsche Frage stellen, wie er es bei Max getan hatte, oder einfach am falschen Ort sein. Tanner fragte sich ernsthaft, ob er den Sommer überleben würde.

Unfähig zu schlafen, stand er von der Couch auf und ging in die Küche. Sie war noch immer ein fürchterliches Durcheinander von Essensresten und schmutzigen Tellern und gebrauchten Gläsern. Auch Hannah hatte vieles aufgegeben. Nun, es gab ihm etwas zu tun.

Die nächste Stunde verbrachte Tanner mit Geschirrspülen, Abtrocknen, Aufräumen, Oberflächen reinigen und noch unverdorbene Lebensmittel in den Kühlschrank tun, während er das meiste in den Mülleimer schüttete. Er fegte den Boden und wischte den Tisch. Dann durchsuchte er die Küchenschränke und Regale nach etwas Trinkbarem. Es gab viel Gin, aber er konnte das Zeug nicht ausstehen. Hinter eingemachten Früchten aus Ungarn fand er im Hängeschrank eine staubige Halbliterflasche mit billigem Scotch.

Er schenkte sich einen Doppelten ein, trank ihn langsam, füllte das Glas wieder auf. Es war lange her, daß er Alkohol gebraucht hatte, um schlafen zu können. Seine Gedanken waren zerstreut, schossen ihm aber mit abenteuerlicher Schnelligkeit durch den Kopf, und er brauchte etwas, um sie zu verlangsamen, zurückzudrängen und wenigstens für eine Weile zu verdrängen. Also saß er am Tisch und trank.

Als er das dritte Glas geleert hatte, kehrte er ins Wohnzimmer zurück. Eine angenehme Wärme hatte sich in ihm ausgebreitet, und seine Gedanken waren langsamer und unklarer geworden. Er streckte sich auf der Couch aus, starrte wieder zu den blau nachgezogenen Rissen auf und schloß endlich die Augen. Es war genug. Langsam und unmerklich glitt Tanner hinüber in den Schlaf.

Er erwachte von dem Gefühl, beobachtet zu werden. Er lag mit dem Gesicht zur Wand und wälzte sich langsam herum. Er sah Hannah im Sessel sitzen. Sie starrte ihn unverwandt an. Im Zimmer war es muffig und heiß, die Nachmittagssonne heizte die Luft mit schräg einfallenden Strahlen zusätzlich an. Hannahs Gesicht war von der Nase aufwärts im Schatten, während Mund und Kinn von der Sonne beschienen wurden.

»Wie lange sind Sie schon hier?« fragte er.

»Ungefähr eine halbe Stunde«, antwortete Hannah. »Mir fiel nichts Besseres ein.« Sie sah erledigt aus, wie gewöhnlich.

Tanner setzte sich auf, streckte verkrampfte Muskeln, legte den Kopf in den Nacken und rollte die Schultern. Er fühlte sich so müde wie Hannah aussah.

»Wo ist Rossi?«

»Unten im Alle Neune, wo er mit den anderen Typen ein paar Biere trinkt. Das tägliche Ritual.« Sie fuhr sich mit der Hand durchs Haar und musterte ihn. »Wollen Sie mit mir schlafen, Tanner?«

Er starrte sie ein paar Augenblicke lang an, ohne zu antworten, dann sagte er leise: »Nein, Hannah.«

»Louis …«

»Nein, Hannah.«

Sie blickte weg. Die Sonne sank rasch, und ihre Strahlen hatten inzwischen ihren Nasenrücken knapp unter den Augen erreicht.

»Sie haben in der Küche ganze Arbeit geleistet«, sagte sie. »Sie würden eine gute Hausfrau abgeben.« Sie hob den Blick zu ihm. »Mir ist alles ziemlich egal geworden.«

Tanner wußte nicht, was er sagen sollte. Er wollte nicht in den Sumpf von Hannahs und Rossis Leben gesogen werden; er hatte selbst genug Probleme. Aber er kannte sie beide seit langem, wenn es auch nie zu einer Freundschaft gereicht hatte. Hannah war eine Bekannte Carlas gewesen …

»Ich weiß«, sagte Hannah. »Sie möchten wissen, warum ich ihn nicht verlasse.«

»Danach frage ich nicht mehr«, sagte Tanner. »Ich weiß, daß es nicht so einfach ist.«

Hannah sank in den Sessel zurück. Nun lag ihr ganzes Gesicht im rötlichen Licht der untergehenden Sonne, und sie blinzelte in die Helligkeit.

»Ich sollte Rossi verlassen«, sagte Hannah, »und Sie hätten Ihre Frau nicht verlassen sollen. So zahlen Sie noch immer für Carlas Tod.«

»Sie starb vor fünfzehn Jahren«, sagte Tanner. »Sie haben nichts miteinander zu tun.«

»Sie glauben es nicht?«

Tanner schüttelte den Kopf. »Nein.«

Hannah schüttelte ihrerseits den Kopf, sagte aber nichts. Sie schloß für eine Weile die Augen, dann blinzelte sie wieder in die Sonne. Tanner war darauf gefaßt, daß sie ihn mit ihren Theorien plagen würde, aber sie blieb still.

Er sah auf die Uhr und erinnerte sich, was er im Kühlschrank gesehen hatte. »Ich lade Sie zum Essen ein«, sagte er schließlich.

Hannah seufzte und nickte. »In Ordnung.« Sofort stand sie auf und ging zur Wohnungstür. Auch Tanner erhob sich und folgte ihr hinaus.

Nach ihrer Rückkehr vom Essen rief Tanner Carlucci an. Er schlug ein Treffen in der Wohnung vor, aber Carlucci lehnte ab; er wollte Rossi nicht sehen, geschweige denn mit ihm sprechen. Statt dessen kamen sie überein, sich in einem Café am anderen Ende der Straße zu treffen.

Tanner traf als erster ein und nahm einen Tisch an der Straßenseite. Er bestellte Kaffee bei der verdrießlich blickenden Bedienung, und während er wartete, sah er sich im Raum um. Das Lokal war unsauber und vernachlässigt, und die meisten Gäste an den Tischen und an der Bar paßten dazu. Eine gedrückte, hoffnungslose Stimmung lag in der Luft, die nach verkohltem Toast und altem Bratfett roch. Der fettige Dunst hatte das Fenster mit einer dünnen Schicht überzogen, die das Geschehen auf der Straße wie durch einen Weichzeichner zeigte.

Als der Kaffee serviert wurde, schaute Tanner besorgt in die Tasse. Er war zu dunkel, und ein verbrannter Geruch stieg ihm in die Nase. Er nippte versuchsweise und verbrannte sich die Zungenspitze; der Kaffee war so heiß, daß er ihn nicht wirklich schmekken konnte, was wahrscheinlich kein Nachteil war.

Das Gespräch mit Hannah hatte seine Gedanken wieder auf Valerie und Carla gelenkt. Carla war vor fünfzehn Jahren gestorben, sagte er sich, inzwischen *mußte* er das verarbeitet haben. Aber die Ähnlichkeit dieses Mädchens Sookie mit ihr hatte wieder aufgewühlt, was längst zur Ruhe gekommen war. Und Valerie? Merkwürdige Parallele, daß Connie ihn gerade jetzt mit dem Problem konfrontiert und ihm die Unzulänglichkeit seiner Erklärungsversuche bewußt gemacht hatte. Aber er wollte nicht darüber nachdenken, er konnte es sich nicht leisten. Es gab zu viele andere, mehr unmittelbare Sorgen. Warum also konnte er nicht aufhören, darüber zu grübeln?

Angeekelt schob er die Tasse von sich. Der Kaffee war einfach ungenießbar; er hatte weniger als eine halbe Tasse hinuntergebracht. Als er die Bedienung sah, winkte er sie zu sich, sagte ihr, daß sie den Kaffee wegnehmen und Tee bringen solle. Sie sah ihn mißmutig an und nahm die Tasse mit.

Carlucci setzte sich ihm gegenüber, als die Bedienung den Tee brachte.

»Lassen Sie die Finger vom Kaffee«, sagte Tanner.

Carlucci grunzte, bestellte trotzdem Kaffee, und die Bedienung warf Tanner einen hämisch triumphierenden Blick zu. Es war die nächste Annäherung an ein

Lächeln, die er bei ihr gesehen hatte. Sie war etwa Mitte oder Ende dreißig, und in ein paar Jahren, dachte Tanner, würde sie wie Hannah Rossi aussehen. Oder schlimmer.

»Ich hoffe, Sie werden mir nicht erzählen, daß weitere Leichen gefunden wurden«, sagte er zu Carlucci.

Der schüttelte den Kopf. »Keine neuen Leichen, keine neuen Erkenntnisse über diesen Scheißkerl. Was ist mit Ihnen, haben Sie Glück gehabt?«

»Nein. Niemand möchte über Rattan auch nur sprechen. Viele Leute scheinen zu glauben, daß bei ihm etwas läuft, aber niemand weiß, was. Und sie wollen es nicht wissen. Je mehr Leute ich frage, desto größer ist die Gefahr, daß jemand ins Gras beißen muß. Die Sache gefällt mir ganz und gar nicht.« Tanner seufzte. »Aber was können wir sonst tun?« Er schenkte Carlucci ein halbes Lächeln. »Wie sauer ich erst sein werde, wenn ich Rattan endlich finde und sich herausstellt, daß er nichts weiß! Eine drei Jahre alte Botschaft. Lieber Himmel.«

»Ich habe mir die alten Unterlagen vorgenommen und ein bißchen herumgegraben, um herauszubringen, ob zwischen Rattan und einigen unserer sogenannten Kollegen etwas vorgegangen ist.«

»Ihren sogenannten Kollegen.«

»Na gut, was immer. Ich habe nicht viel gefunden, und ich bezweifle, daß ich jemals viel mehr finden werde. Jeder Polizist, der in irgendeiner Weise mit Rattan Geschäfte macht, wird sich natürlich der größten Verschwiegenheit befleißigen, weil er sonst entweder seinen Posten los ist oder als Leiche irgendwo in einem Abbruchobjekt oder auf einer Mülldeponie landet. Die beiden Polizisten, die er tötete, waren denkbar unbeliebt. Kaum jemand mochte sie, sie hatten schlechte Beurteilungen in ihren Personalakten, aber trotzdem waren sie Polizisten, Vertreter der Staatsgewalt. Es ist das gleiche, was Sie bemerkt haben. Viele unserer Leute haben gehört, daß mit Rattan etwas läuft, aber sie wissen nicht, was es ist und wollen es auch nicht wissen.«

Tanner nickte. »Wir laufen gegen Wände. Seit einer Woche bin ich jetzt hinter dieser Sache her, aber es kommt mir wie ein beschissener Monat vor.«

»›Beschissen‹? Gewöhnlich höre ich Sie dieses Wort nicht gebrauchen«, bemerkte Carlucci lächelnd.

»Ja, nun, dies ist eben die beschissene Zeit dafür.«

Jemand auf der Straße schlug ans Fenster. Es war Rossi. Er zeigte auf Tanner und Carlucci, dann auf sich selbst und eilte fort. Ein paar Augenblicke später kam er zur Tür herein und an ihren Tisch. Er setzte sich nicht, und weder Tanner noch Carlucci luden ihn dazu ein.

»He, Carlucci«, sagte Rossi. Er streckte die Hand aus. »Es ist lange her, nicht?«

Carlucci wollte Rossi die Hand nicht geben. Tanner roch Rossis Alkoholfahne, vermischt mit dem starken Schweißgeruch schmutziger Wäsche. Rossis Hand, die leicht zitterte, blieb ausgestreckt. Tanner sah Rossis Lächeln erlöschen; sein Gesichtsausdruck spannte sich. Carlucci starrte Rossi mit gleichgültiger, ausdrucksloser Miene an. Schließlich zog Rossi die Hand zurück, ballte sie zur Faust und schlug auf den Tisch.

»Was ist los mit Ihnen?« fragte er. »Können Sie nie vergessen? Können Sie nie vergeben?«

»Ihnen nicht«, sagte Carlucci. Sein Gesicht blieb ausdruckslos, seine Stimme war leise.

Die beiden starrten einander eine Weile an, dann stieß Rossi sich vom Tisch zurück. Er wandte sich zu Tanner. Seine Arme zitterten, die Lippen bebten. Tanner glaubte zu sehen, wie in Rossi etwas zerbrach.

»Wir sehen uns später«, sagte er mit heiserer Stimme, machte kehrt und ging hinaus. Die Tür krachte hinter ihm zu. Tanner sah ihn schwerfällig die Straße entlanggehen.

»Sie sind hart zu ihm«, sagte er zu Carlucci.

»Sollte ich es nicht sein? Mein bester Freund hat seinetwegen einen Arm verloren.«

»Das war vor sechs Jahren.«

»Sechs Jahre, zehn Jahre, wo liegt der Unterschied? Brendan hat noch immer keinen Arm. Wenn er nachwächst, gebe ich Rossi die Hand.«

Was natürlich niemals bedeutete. Tanner hatte von experimentellen Arbeiten gehört, die eine Regeneration verlorener Gliedmaßen zum Ziel hatten, aber soweit er orientiert war, hatte es noch keinerlei Fortschritte gegeben. Es gab allerdings die Möglichkeit einer Armtransplantation, doch verlangte dies die dauerhafte Schwächung des Immunsystems, um ein Abstoßen des fremden Körperteils zu verhindern. Ein neuer Arm mußte mit erhöhter Anfälligkeit gegen Infektionen aller Art bezahlt werden. Aber Tanner nickte Carlucci zu. Er konnte ihn verstehen. Brendan hatte den Verlust seines Armes niemals verwunden. Er hatte sich in sich selbst zurückgezogen, jede Art von Prothese abgelehnt und eine Persönlichkeitsveränderung erfahren. Seine Ehe war auseinandergebrochen, und er hatte die meisten seiner Freunde eingebüßt. Carlucci machte Rossi nicht nur für den Verlust von Brendans Arm verantwortlich, sondern darüber hinaus für den Verlust von Brendans Leben.

Die Kellnerin kam an den Tisch, füllte Carluccis Kaffeetasse auf und goß heißes Wasser in Tanners Teeglas. Tanner tauchte den Teebeutel ins Wasser, wirbelte ihn herum und sah das Wasser sehr langsam dunkler werden.

»So schlecht ist der Kaffee nicht«, bemerkte Carlucci.

Tanner spähte in Carluccis Tasse; der Kaffee sah nicht besser aus als der, den er versucht hatte.

»Sie gehen heute abend wieder hinein?« fragte Carlucci.

»Gewiß. Was sonst?« Er hob den Teebeutel aus dem Glas und beobachtete, wie er abtropfte. »Es gibt ein paar andere Leute, mit denen ich vielleicht sprechen könnte, wenn ich sie erreiche.« Er ließ den Teebeutel wieder ins Glas fallen. »Um ehrlich zu sein, ich erwarte nicht allzuviel. Genauer gesagt, ich hoffe mehr durch Zufall auf etwas zu stoßen als durch systematisches Suchen.«

»Ich wünschte, ich hätte Besseres zu bieten.«

»Was ist mit Koto?« fragte Tanner.

»Ja, was ist mit ihm?«

»Können wir nicht zu ihm gehen und sehen, ob er nicht einen Weg weiß, wie man an Rattan herankommt? Er lebt seit Jahren im Bezirk. Ich meine, wenn ich jetzt darüber nachdenke, frage ich mich, wofür er aufgespart wird, nicht wahr? Ist diese Mordserie nicht wichtig genug, um ihn einzusetzen?«

Carlucci antwortete nicht. Er lehnte sich zurück und schaute zum Fenster hinaus. Ein leichter Nebel zog vom Meer herein und wurde vom Wind herumgewirbelt. Tanner wartete geduldig, trank seinen Tee und beobachtete Carlucci. Dieser wandte sich vom Fenster ab, trank seinen Kaffee aus, stellte die Tasse sorgsam in die Untertasse und blickte schließlich Tanner an.

»Es ist nicht so einfach«, sagte er.

Die Redensart des Tages, dachte Tanner. »Das bezweifle ich nicht«, sagte er, »aber können Sie mir erklären, warum?«

»Nein, kann ich nicht. Aber man sollte darüber nachdenken. Warten wir noch ein paar Tage, und wenn wir dann noch immer nicht weitergekommen sind, können wir wieder darüber reden.«

Tanner nickte, blickte hinaus in den ziehenden, von jähen Windböen aufgewirbelten Nebel. »In Ordnung. Wer weiß, vielleicht habe ich heute abend Glück, und wir brauchen ihn nicht.«

Tanner hatte kein Glück. Die Nacht wurde ein vollständiger Reinfall. Eine Stunde nachdem er in den Freihafenbezirk gegangen war, brach ein monsunartiger Regensturm mit heulendem Wind los, der die Straßen wirkungsvoll räumte. Tanner verbrachte ein paar Stunden in einem Videosalon, wo er ein Programm von fünfminütigen Krawallszenen sah, unterteilt durch einminütige Animationen über einen mageren, häßlichen Hund namens Fifi.

Als das Programm endete, tobte der Sturm immer noch. Wasser rann in Bächen über die Gehsteige und in den Rinnsteinen, überflutete Kreuzungen. Tanner verließ den Videosalon, lief einen halben Block durch Wind und Regen und in ein Gebäude, dann zwei Treppen hinauf in eine Musikbar. Er nahm einen Platz an der Theke in Fensternähe und bestellte ein Bier. Irgendwo im Gebäude spielte eine Destruktionsband, deren Musik aus mehreren im Raum verteilten Lautsprechern dröhnte. Sie war hart und laut, frenetisch, eine Melodie nur angedeutet. Sie paßte ihm, denn sie lieferte eine Geräuschwand, die ihm ein Gefühl von Zurückgezogenheit gab, während er beim Fenster saß und den Regen durch die Straßen peitschen sah. Während der nächsten zwei Stunden trank er ein paar Biere, eingeschlossen von Wänden aus lärmenden Rhythmen, Glas und strömendem Regen.

Um zwei Uhr früh hörte der Sturm beinahe so unvermittelt auf wie er losgebrochen war. Tanner verließ die Musikbar und kehrte mit vielen anderen Menschen, die in den Häusern Schutz gesucht hatten, auf die Straße zurück. Die Luft roch frischer, reiner und kühler, obwohl die Temperatur nur unwesentlich zurückgegangen war. Schaufenster, Fahrzeuge, Straßenlaternen, Gebäude, das Pflaster, alles schien schärfer umrissen und sauberer, gereinigt vom Regensturm. Tanner durchwanderte die Straßen zwischen dem Europäischen und dem Asiatischen Viertel, ohne wirklich jemanden zu suchen, nur um die erfrischende und belebende Luft zu genießen.

Aber dann, gegen vier, geriet er in einen Bandenkrieg. Innerhalb von Sekunden entstanden an beiden Straßenkreuzungen des Blocks, wo er sich gerade aufhielt, Sperren aus nebeneinander aufgefahrenen Fahrzeugen, und es gab keinen Ausweg. Alle auf der Straße wußten, was die Sperren bedeuteten, und brachten sich in Sicherheit, so gut sie konnten.

Es gelang Tanner, in ein Nudelgeschäft zu kommen, bevor die Ladentür zugesperrt wurde. Das Geschäft war voller Menschen, und die meisten drängten sich beim Schaufenster, um die Vorgänge auf der Straße zu beobachten. Tanner hatte kein Verlangen, Leute zu beobachten, die einander die Schädel einschlugen oder niederstachen. Er zog sich in den rückwärtigen Teil des Ladens zurück und setzte sich auf einen Hocker am Imbißstand.

Die nächste Stunde verbrachte er damit, Tee zu trinken, ein Nudelgericht zu essen und gelegentlich mit dem Koch zu sprechen, der sich für den Bandenkrieg nicht mehr interessierte als er. Die Zuschauer am Fenster begleiteten das Geschehen auf der Straße mit allerlei Bemerkungen und Ausrufen, aber Tanner beachtete sie so wenig wie die Geräusche von der Straße, die durch das Glas hereindrangen. Statt dessen konzentrierte er sich auf das Blubbern und Zischen, als der Koch frische Nudeln in einen Topf kochender Brühe warf; auf das Zischen gebratener Schweinekoteletts; auf das Ticken abkühlenden Metalls, als der Koch die Gasflamme unter dem Teekessel abdrehte.

Im Morgengrauen endete die Auseinandersetzung, und die Menschen kehrten auf die Straße zurück. Tanner blieb noch ein paar Minuten lang im Nudelgeschäft und trank seinen Tee aus. Dann stand er auf, dankte dem Koch und ging.

Als er ins Freie trat, roch die Luft nicht mehr rein und frisch; jetzt war sie von den schwachen Gerüchen nach Blut und Rauch angereichert.

Tanner stand auf dem Gehsteig und sah den Himmel langsam heller werden. Im Rinnstein auf der anderen Straßenseite war eine dunkle Blutlache, um die sich bereits Fliegen sammelten. Er hatte genug vom Herumlaufen. Es war Zeit, daß er zu Rossi kam und versuchte, etwas Schlaf zu finden, bevor er am Abend hierher zurückkehrte. Zeit. Was machte es aus, wohin er ging? Tanner blieb reglos stehen, ließ Schultern und Hände hängen und wartete auf die ersten Sonnenstrahlen.

28

DER NÄCHSTE ABEND ließ sich nicht besser an. In einer Art Benommenheit durchwanderte er ziellos die Straßen. Er hoffte jemand oder etwas zu sehen, was ihn auf eine Idee bringen würde; hoffte auf eine Inspiration, ein bißchen Glück.

Eine halbe Stunde verbrachte er mit dem Durchwandern des labyrinthischen Atombunkers, eines Relikts aus der fernen Zeit des Kalten Krieges. Er blickte in die Räume und Hallen, die nun von Gewerbetreibenden als Lager und Werkstätten genutzt wurden, zum Teil aber auch zwielichtigeren Zwecken dienten. Er wußte nicht, wen oder was er suchte und kam sich wie ein apathischer Voyeur vor, der andere Leute bei ihren Beschäftigungen beobachtete, ohne aber wirkliches Interesse an ihrem Tun zu haben.

Anschließend suchte er ein halbes Dutzend Lokale auf, wo Tierkämpfe stattfanden, weil er dachte, er könnte in einem von ihnen den Barbier finden, der auf seinen favorisierten Hund oder Vielfraß wettete. Er sah viel Blut und fliegende Federn und Haar, aber keinen Barbier.

Am Rand des Asiatischen Viertels blieb er vor dem Haus stehen, das die Bande der Vier Zangen beherbergte. Es war sehr wahrscheinlich, daß sie Rattans Aufenthalt kannten oder zumindest wußten, wo er zu erreichen war, aber es war zwecklos, sie zu fragen. Er würde keine Audienz bekommen, geschweige denn Gelegenheit erhalten, einem von ihnen eine Frage zu stellen. Und selbst wenn ihm das gelingen sollte, würde keiner sie beantworten.

Tanner fühlte, daß jemand ihn am Hemd zupfte und sah ein kleines Mädchen, das zu ihm aufblickte. Sie gehörte zur Sekte der Heuler. Ihre Lippen waren durch einen chirurgischen Eingriff verschlossen worden und glatt miteinander verwachsen. Zum Ausgleich entragten ihrer Kehle zwei Tracheen, Verlängerungen der Speise- und Luftröhre, durch die sie Essen einsaugen und atmen konnte. Sie mochte zehn oder elf Jahre alt sein. Er fragte sich, ob sie, wenn sie alt genug wäre, den Wunsch haben würde, rückgängig zu machen, was ihre Eltern ihr angetan hatten. Wahrscheinlich nicht; die meisten unterließen es.

Das Mädchen hielt eine geballte Faust hoch, drehte sie, öffnete die Finger und zeigte ihm ein zusammengefaltetes Stück Papier auf ihrer Handfläche. Tanner nahm die Botschaft, und das Mädchen rannte davon, verschwand in der Menge. Tanner faltete das Papier auseinander und las den Inhalt: eine Anrede, gefolgt von den Worten: »Beobachten Sie den Himmel.«

Er blickte in beiden Richtungen die Straße entlang und suchte nach einem bekannten Gesicht, einer Person, die ihn beobachten mochte. Er sah nichts Ungewöhnliches, keinen Menschen, der ihm bekannt vorkam. Wer hatte die Botschaft gesandt? Die Antwort darauf war verdammt wichtig. Max? Dobler? Jeder der beiden war eine schlechte Nachricht. Sookie oder der Stachelkopf? Wahrscheinlich nicht; sie würden eine Nachricht unterzeichnet haben. Jemand, der von seiner Suche nach Rattan wußte? Die meisten Möglichkeiten bedeuteten Verdruß, aber Tanner wußte, daß er sich nicht leisten konnte, die Botschaft unbeachtet zu lassen. In diesen Augenblicken wünschte er, daß er Carluccis Rat befolgt und sich mit einer Waffe versehen hätte.

Tanner stand still, las die Botschaft ein zweites und ein drittes Mal, und eine neue, scharfkantige Energie ergriff Besitz von ihm. Das war es, sagte er sich; das war die Chance, auf die er wartete. Zugleich aber wußte er, daß es wahrscheinlich nicht stimmte, daß dies eher als Ankündigung einer ihm zugedachten Abreibung oder blauen Bohne dienen sollte.

Die Anschrift war drei Blocks entfernt. Wieder überflog er die Straße in seinem Umkreis, entdeckte aber auch diesmal kein bekanntes Gesicht. Er faltete das Blatt wieder zusammen, steckte es in die Brusttasche seines Hemdes und setzte sich in Bewegung.

Die benommene Erstarrung war von ihm gewichen, ersetzt durch erhöhte Wachsamkeit, gespannte Nerven und Reaktionsbereitschaft. Alles um ihn her schien von besonderer Klarheit, wie durch einen Lichtschimmer hervorgehoben. Es war ein Gefühl wie wenn er auf Speed wäre. Er fühlte sich sogar etwas aufgeregt. Adrenalinstoß. Tanner wünschte, er könnte es ein wenig mäßigen. Er fühlte sich beinahe außer Kontrolle.

Als Tanner die angegebene Adresse erreichte, stand er vor einem Tätowierungssalon, der geschlossen war. Schaufenster und Ladentür waren durch heruntergelassene Gitterrolläden verschlossen. Er überprüfte die Nachricht, um sicher zu gehen, daß er die richtige Straße und Anschrift hatte; es war der Fall. Er schlug an das Gitter, klopfte an die Schaufensterscheibe, blieb aber ohne Antwort. Darauf suchte er Schaufenster und Gitter nach einer weiteren Botschaft ab, einem Zeichen, und fand nichts. Auf einer Seite neben dem Tätowierungssalon war eine Bäckereifiliale, auf der anderen ein Spirituosengeschäft, aber nichts daran schien ungewöhnlich. Die Leute auf der Straße gingen ihren Geschäften nach, der Verkehr lief normal; nichts deutete auf Außergewöhnliches hin.

Vielleicht ergab es einen Sinn. Die Botschaft hatte ihm geraten, den Himmel zu beobachten. Vielleicht war die Anschrift nur ein Beobachtungspunkt, ein Standort, wo er sein sollte, wenn am Himmel über ihm etwas geschah. So lange es nicht der Tod war, der auf ihn niederfiel... Er blickte auf, sah einen grünlichen Dunst, der die Sterne verbarg, aber nichts Ungewöhnliches.

Ein Heulen erhob sich, schwoll an, wie eine Luftschutzsirene. Tanner fühlte eine Beengung in der Brust; er wußte, was bevorstand. Bald würde jemand aus einem Fenster fliegen. Die Menschen auf der Straße blickten auf, suchten mit den Augen die oberen Bereiche der Gebäude zu beiden Seiten ab. Auch von ihnen wußten die meisten, was bevorstand.

Endlich erschien das Signal – an einer Teleskopstange schob sich eine schwarze Flagge vom Dach des Gebäudes ihm gegenüber heraus; sie wehte sanft in der Brise. Rasch räumten die Passanten den Gehsteig unter der Flagge; sogar der Straßenverkehr paßte sich an, hielt und gab den betreffenden Straßenabschnitt frei. Leute erschienen in Hauseingängen, Fenstern und auf Balkonen, beobachteten und warteten.

Obwohl er vorgezogen hätte, es nicht zu tun, beobachtete und wartete diesmal auch Tanner. Was immer sich ereignen würde, war nicht zuletzt für ihn bestimmt.

Ein Fenster im zehnten Stockwerk wurde geöffnet. Die Straßengeräusche schwollen für einen Moment an, dann wurde es beinahe völlig still. Eine oder zwei Minuten lang geschah nichts. Die Atmosphäre wurde drückend und angespannt, als hätte die Hitze noch ein wenig zugenommen, wie eine pulsierende elektrische Aufladung.

Ein undeutliches Brüllen drang aus dem Fenster und wurde lauter, dann schoß eine große Gestalt kopfüber heraus. Während sie brüllend herabstürzte, sah Tanner die auf den Rücken gebundenen Hände und erkannte den Roten Riesen. Das Brüllen dauerte bis zuletzt an, dann verstummte es in einem übelkeiterregenden knirschenden Aufschlag, als der Rote Riese auf die Bordsteinkante traf. Sein Körper regte sich nicht mehr. Tanner sah, wie sich um den zerschmetterten Kopf des Mannes eine Blutlache bildete und in den Rinnstein floß.

Niemand auf der Straße bewegte sich; die Spannung ließ nicht nach. Tanner blickte wieder zum Fenster auf. Es blieb offen, und die Flagge wehte weiter, was bedeutete, daß noch jemand folgen würde. Tanner konnte sich denken, wer der nächste war.

Diesmal gab es keinen Schrei, kein Brüllen. Max flog aus dem Fenster, die Hände gefesselt, den Rücken durchgedrückt. Es gab kein Geräusch, als er fiel, bis er in der letzten Sekunde den Mund öffnete und ein explosiver Schrei hervorbrach, der vom Aufschlag abrupt abgeschnitten wurde, als er neben dem Roten Riesen auf das Pflaster knallte.

Keine Bewegung mehr, nur ein regloses, zerschmettertes Bündel. Tanner kämpfte mit Übelkeit, als er auf die beiden Toten starrte, die kaum zehn Meter entfernt lagen. Max' Gesicht war zermalmt, seine spiegelnde Sonnenbrille zersplittert. Er konnte Maxs Augen nicht erkennen, nur ein formloses, ineinander gestauchtes Durcheinander von Fleisch, Blut, Knochen und Plastik.

Tanner blickte zum Dach des Gebäudes auf. Er sah, wie das Fenster geschlossen und die Flagge eingeholt wurde. Er richtete den Blick wieder auf die beiden zerschmetterten Körper, aber die Sicht wurde bald vom wieder einsetzenden Straßenverkehr verdeckt. Die Menschen gingen wieder ihren Geschäften nach.

Tanner fühlte eine Hand an seiner Schulter. Er wandte den Kopf und sah die Asiatin mit den tätowierten Tränen. Eine neue Träne war auf ihrer Wange hinzugefügt worden.

»Das ist erledigt«, sagte die Frau und nahm ihn bei der Hand. »Rattan ist jetzt bereit, sie zu empfangen.«

29

Sookie zuckte zusammen und erschauerte, als Uwe am Boden aufschlug. Ein paar Minuten später zuckte sie wieder zusammen, als Max neben ihm aufs Pflaster klatschte, und sie mußte sich abwenden. Sie dachte, daß sie sich vielleicht übergeben mußte. Sookie haßte alle beide und war nicht traurig, daß sie tot waren, aber … Sie atmete mehrere Male tief durch und legte die Stirn an die Ziegelmauer.

Als sie wieder aufblickte, sah sie eine Frau zu Tanner sprechen. Sie nahm ihn bei der Hand. Sookie war zu weit entfernt, um zu hören, was die Frau sagte, aber Tanner schien nicht glücklich, sie zu sehen. Er gab ihr keinen Kuß und umarmte sie nicht, aber er zog seine Hand nicht weg. Vielleicht ließ sie ihn nicht.

Die Frau zog Tanner ein paar Schritte mit sich, dann ließ sie seine Hand los, sperrte das Gitter und die Tür des Tätowierungssalons auf und winkte Tanner, hineinzugehen. Dann folgte sie ihm und schloß die Tür. Sookie eilte näher, blieb vor dem Laden stehen und schaute hinein. Der winzige Geschäftsraum schien leer. Sie versuchte die Tür zu öffnen, aber die Frau hatte wieder zugesperrt. Sookie riß an der Klinke, trat gegen die Tür, aber sie gab keinen Millimeter nach.

Verflixt. Sie hatte das Gefühl, daß er lange drin bleiben würde, und daß er, wenn er wieder herauskäme, das Haus nicht hier verlassen würde. Durch einen Hintereingang oder anderswo. Vielleicht nicht einmal im selben Gebäude.

Wenn er überhaupt wieder herauskäme. Der Gedanke erschreckte sie. Er brauchte jemanden, der für ihn aufpaßte. Nun, vielleicht nicht mehr so sehr, seit Max und Uwe tot waren. Aber vielleicht trotzdem, bei der Suche nach Rattan. Zwar wußte sie nicht, wer Rattan war, aber Mixer sagte, er sei ein ziemlich übler Bursche. Sie hoffte, daß Tanner zurechtkommen würde.

Ein kleines Mädchen der Heulersekte faßte Sookie beim Arm und zog daran. Sookie widerstand, und das Mädchen zerrte mit aller Kraft und zog sie vom Tätowierungssalon weg.

»Was ist los?« fragte sie.

Das Mädchen schüttelte nur den Kopf. Es ließ Sookies Arm los, zeigte zum Tätowierungssalon und schüttelte wieder den Kopf.

»Na gut«, sagte Sookie, kehrte dem Laden den Rükken und lief leichtfüßig durch den Verkehr über die Straße. Die Handlanger eines Organhändlers waren bereits zur Stelle und luden die Toten in ihren Lieferwagen. Geldscheine wechselten die Besitzer, und

Sookie sah weit und breit keinen Polizisten. Frostrauch zog aus den offenen Hecktüren des Lieferwagens. Die Arbeiter schnallten die beiden Leichen am Wagenboden fest und warfen die Hecktüren zu. Sie stiegen ins Fahrerhaus und fuhren davon.

Sookie starrte auf die Straße und den Rinnstein, wo die Blutlachen ineinander flossen. Wo sie Vertiefungen ausfüllten, bildeten sich an der Oberfläche feine Riffel von den Vibrationen des Verkehrs. Splitter spiegelnder Sonnenbrillengläser lagen auf dem Pflaster verstreut, und in einem der Splitter konnte sie sich beinahe sehen.

»Läufst du ihm immer noch nach?«

Sookie blickte auf und sah Mixer auf dem Gehsteig stehen und sie beobachten. Sie hob die Schultern und ging zu ihm.

»Wem?«

»Ha.« Es klang wie ein bellender Hund. »Du weißt schon, wen ich meine, Sookie. Du gehst ihm noch immer nach.«

»Kann schon sein.« Sie kauerte neben Mixer nieder. Er zog ein paar Zigaretten aus einer Packung und gab ihr eine, schnippte mit seinem Feuerzeug und zündete sie an. »Ich mache mir Sorgen um ihn«, sagte sie.

»Sehr vernünftig von dir«, sagte Mixer. »Er bringt sich noch um Kopf und Kragen. Und deshalb solltest du ihm nicht nachgehen. Du kannst ihm nicht helfen, Sookie, aber du läufst Gefahr, zusammen mit ihm kalt gemacht zu werden.«

»Ich kann für mich selbst sorgen.«

Mixer seufzte tief. »Ich weiß«, sagte er. »Aber ich kenne dich, Sookie. Unheimlicher Scheiß ist angesagt, wenn du irgendwo auftauchst, das weißt du. Und hier kann jeder hineingeraten. Laß es sein, Sookie. Laß den Mann in Ruhe.«

Sookie nickte und schaute hinüber zum Tätowierungssalon. Sie überlegte, wie lange es dauern würde, bis sie Tanners Fährte wieder aufnehmen konnte. Sie zog an ihrer Zigarette und richtete sich aufs Warten ein.

30

Tanner stand allein im Korridor und wartete auf Einlaß in Rattans ›Allerheiligstes‹. So hatte die Frau es genannt, allerdings hatte sie dabei gelächelt. Ihm war zumute, als warte er auf eine Audienz bei einem König. Vielleicht fühlte Rattan sich so.

Der Korridor war kurz aber breit, die Wände bestanden aus dunkelgrauen Schlackensteinen. Es gab nur zwei Wege hinaus – die Tür am anderen Ende des Korridors, durch welche die Frau ihn hereingeführt hatte, und die Tür, vor der er jetzt stand und die zu Rattan führte. Die Frau, deren Name Britta war, hatte ihn angewiesen, im Korridor zu warten, und war dann durch die Tür zu Rattan hineingegangen. Inzwischen wartete er seit fünfzehn oder zwanzig Minuten.

Es gab keine Gewißheit, doch glaubte er, daß er wieder unter der Erde sei. Der Weg herein war relativ einfach gewesen, wenn auch extrem gesichert: mehrfach codierte Sicherheitsschlösser, Leibesvisitationen, Röntgendurchleuchtungen und zwei so glatte Aufzugfahrten, daß er in beiden Fällen nicht in der Lage gewesen war, Entfernung oder Richtung zu schätzen. Britta und er waren nur zwei anderen Leuten begegnet; beide schweigsame und gründliche Wächter.

Die Tür ging auf, und Britta erschien. »Sie können jetzt hereinkommen.«

Tanner betrat einen weiten Raum, der angefüllt war von wallendem Nebel geruchlosen Rauchs. Die Decke war hoch, ungefähr sieben Meter über dem Boden, und der Rauch war zu dicht, um zu sehen, wie weit zurück der Raum sich erstreckte. Durch den Nebel machte Tanner entlang den fensterlosen Wänden Bambusgruppen und brennende Fackeln aus. Das war typisch Rattan. Theatereffekte. Absurd, dachte Tanner. Wahrscheinlich erzeugte eine Maschine den Rauch und wirbelte ihn im Raum herum.

Rattan war nirgends zu sehen. Im Rauch verborgen? Tanner ging weiter in den Raum hinein und wäre beinahe in einen schmalen Wasserlauf gestolpert, der lautlos durch einen gewundenen Kanal im Boden floß. Er war nicht breiter als einen halben Meter und vielleicht ebenso tief.

»Warten Sie«, sagte Britta.

Tanner stand am Rand des Kanals und spähte durch die künstlichen Nebelschwaden, um Rattan auszumachen. An der rechten Wand stand eine hölzerne Bank vor einer Bambusgruppe, flankiert von zwei brennenden Fackeln. Zur Linken, wo der Kanal in einer weiteren Bambusgruppe verschwand, war eine zweite Bank. Wo der Raum endete, konnte er wegen des künstlichen Nebels noch immer nicht sehen.

»Gut«, sagte Britta, »nun überqueren Sie das Wasser, gehen nach rechts und setzen sich auf die Bank.«

Tanner stieg über den Kanal und ging zur rechten Wand. Er lauschte Brittas Schritten, aber sie folgte ihm nicht. Er erreichte die Bank, nahm die beiden brennenden Fackeln in Augenschein und schaute dann in den dichten Bambusbestand, um zu sehen, ob sich dort etwas oder jemand verbarg. Er konnte nichts sehen, hörte aber ein leises Zischen und Rascheln der Pflanzen, die ihre lanzettförmigen Blätter aneinander rieben.

»Nun, setzen Sie sich«, sagte Britta.

Er wandte sich um und sah sie an. Teilweise von

den Nebelschwaden verdeckt, blieb sie bei der Tür stehen. Tanner setzte sich.

Mehrere Minuten lang herrschte Stille. Aber es war keine vollkommene Stille. Die auf Holzstangen brennenden Fackeln machten gelegentlich leise knisternde Geräusche, und dazu kam das unregelmäßige Rascheln und Knarren aus der Bambusgruppe.

Dann kamen neue Geräusche, beinahe unhörbar – ein leises Surren, ein Schleifen, ein winziges Quietschen. Tanner blickte zur Wand neben seiner Bambusgruppe. Dort hatte sich eine Öffnung wie die Mündung eines Tunnels aufgetan. Eine große, komplizierte Vorrichtung auf Rädern erschien in der Öffnung und rollte in den Raum. Rattan.

Die Vorrichtung war ein phantastisch ausgestatteter elektrischer Rollstuhl, der ein mit Haken besetztes Gerüst trug. Von den Haken hingen farblose Kunststoffbeutel mit verschiedenfarbigen Flüssigkeiten und ein komplexes Netzwerk von Schlauchleitungen und Steuerungselementen, die alle mit Rattans Gliedmaßen verbunden waren. Oder vielmehr mit dem, was von seinen Gliedmaßen übrig war. Rattan saß inmitten von alledem und bediente die Steuerungen mit der rechten Hand – der einzigen, die er hatte. Sein linker Arm war am Ellbogen amputiert, das linke Bein in der Mitte des Oberschenkels, das rechte Bein am Knie. Seltsame Säcke und Netze umhüllten die Stümpfe der amputierten Gliedmaßen, und von jedem gingen mehrere Schlauchleitungen aus. Rattans Gesicht war noch kenntlich und bis auf eine lange, unregelmäßige Narbe auf der linken Wange intakt.

Rattan steuerte den Rollstuhl zu einem Punkt wenige Schritte vor Tanner entfernt, dann zog er die Bremse fest.

»Hallo, Tanner.« Er zeigte zu den Kunststoffbeuteln

mit Flüssigkeiten, die über ihm hingen. »Kann ich Ihnen was zu trinken anbieten?« Er lachte, schloß die Augen, schüttelte den Kopf und öffnete sie wieder. »Im Ernst, Tanner. Britta kann Ihnen bringen, was ich nicht bieten kann.«

»Nichts, danke«, sagte Tanner. Er wollte während des bevorstehenden Gesprächs mit Rattan in keiner Weise beeinflußt werden – nicht durch Alkohol, nicht einmal durch Koffein. Und auch nicht durch Mitleid. Viel von Rattans Macht und Ausstrahlung schien jetzt dahin. Gefangen in seinem phantastischen Rollstuhl, schien Rattan sehr verändert, wie ein anderer Mensch. Aber Tanner wußte, daß dieser Eindruck täuschen konnte.

Rattan langte hinter sich und öffnete einen kleinen Kasten, der an der rechten Seite des Rollstuhls befestigt war. Er entnahm ihm ein Glas, dann eine Flasche, aus der er sich einschenkte. Scotch oder Bourbon, dachte Tanner. Er stellte die Flasche in einen Halter an der Armlehne, dann prostete er Tanner mit dem Glas zu, nickte und trank daraus.

»Ich höre, Sie suchen mich«, sagte Rattan.

»Ja.«

Rattan nickte lächelnd. »Sie hätten mich nicht gefunden.«

Daran war nicht zu zweifeln. Tanner hatte in dieser Hinsicht keine Illusionen mehr, noch setzte er in diese Zusammenkunft allzu große Hoffnungen. Rattan hatte sich nicht aus Großzügigkeit zu dieser Begegnung bereitgefunden; er wollte etwas von Tanner. Aber die wichtigste Frage blieb, ob Tanner eine Chance hatte, von Rattan zu bekommen, was *er* wollte.

Rattan rückte in seinem Sitz und nahm noch einen Schluck. Tanner warf einen Blick zur Tür, aber Britta war fort. Sein Blick versuchte den künstlichen Nebel zu durchdringen, aber er sah sie nirgends. Ihr Weggang war unbemerkt geblieben, also fragte er sich, ob sie sich irgendwo im Raum verborgen hielt.

»Wollen Sie wirklich nichts zu trinken?« fragte Rattan.

Tanner lenkte seine Aufmerksamkeit zu ihm zurück. »Wirklich nicht.«

Rattan nickte, trank sein Glas leer und füllte es auf.

»Heutzutage trinke ich viel«, bekannte er. »Betäubt den Schmerz.« Er schüttelte den Kopf. »Für Pharmaka habe ich nie etwas übrig gehabt. Sie sind ein großartiges Geschäft, aber ich selbst habe mich ihnen nie anvertraut.« Er runzelte die Stirn, stellte sein Glas ab, löste die Bremse und bewegte den Rollstuhl ein kleines Stück, bevor er die Räder wieder feststellte.

»Sie wissen, wer mir dies angetan hat, nicht wahr?« fragte Rattan.

»Max.«

»Ja, Max. Und beinahe hätte er Sie umgebracht. Als ich davon erfuhr, wäre ich fast ausgeflippt. Aber Max ist jetzt auf Dauer versorgt, und Sie sind hier.« Er schwieg nachdenklich. »Noch vor drei Wochen hätte ich keinen fliegenden Furz dafür gegeben, wo Sie waren oder was Sie taten. Ich möchte etwas, das wird Ihnen klar sein, aber vor drei Wochen hatte ich keine Möglichkeit, mich an Sie zu wenden. Ich ging andere Wege, ohne viel Erfolg. Aber etwas veränderte die Lage.«

»Der Kettenmörder.«

»Ja, der Kettenmörder. Sie dachten alle, er sei tot, nicht wahr? Nun, das war ein Irrtum.«

Rattan verstummte, blickte in sein halbleeres Glas, Tanner brauchte jetzt Geduld. Er hätte Rattan gern gedrängt, ihm Fragen gestellt, wußte aber, daß es sich nur gegen ihn auswirken würde. Rattan hatte die Situation unter Kontrolle, das wußten sie beide. Er würde auf seine Weise zur Sache kommen, wann er es für richtig hielt. Tanner brauchte bloß geduldig zu warten; alles würde herauskommen.

»Ich wußte, daß Sie kommen und mich suchen würden«, sagte Rattan. »Ich kenne Sie, Tanner. Ich wußte, Sie würden sich meiner Botschaft erinnern, und ich weiß, daß Sie nicht mehr bei der Polizei sind. Trotzdem wußte ich, daß Sie mich suchen würden. Es war mir klar, daß Sie nicht davon loskommen würden.« Er ließ seinen Whisky im Glas kreisen, hob ihn aber nicht an den Mund. »Ich wartete auf Sie. Mit Britta. Ich hatte es nicht eilig, das heißt, ich hatte einige andere Dinge zu erledigen und wollte mir außerdem ein Bild von Ihnen machen, Sie ein paar Tage zappeln lassen. Den Druck ein bißchen erhöhen.« Er schüttelte bedauernd den Kopf. »Aber ich verpfuschte etwas, und ich hatte nicht mit Max gerechnet. Dieser Scheißkerl hat nichts als Ärger gebracht. Nun, jetzt nicht mehr, nicht wo er ist. Ich ließ Sie gehen und wußte nicht, daß Sie mit ihm Verbindung aufgenommen hatten. Ich hätte es niemals so weit kommen lassen, hätte Sie vorher verständigt, aber als ich über meine Vertrauensleute wieder Kontakt mit Ihnen bekam, waren Sie unterwegs zu ihm, was ich zu dem Zeitpunkt nicht wußte. So gingen Sie mir durch die Lappen. Um ein Haar wären Sie mir ganz entgangen.«

Er machte eine Pause und ließ sich Zeit, von seinem Whisky zu trinkem. Er drückte einige Knöpfe auf der Konsole des Rollstuhls und beobachtete Zahlen, die über den Bildschirm huschten, flackernde grüne Lichter, die sich in seinen Augen spiegelten.

»Das hat man davon, wenn man ein ehrenhafter Mensch ist«, fuhr er fort. »Max und ich hatten eine Vereinbarung. Nachdem er versucht hatte, mich umzubringen. Wir waren beide darauf aus, den anderen umzubringen, jemanden mußte es einmal erwischen, aber es mochte Monate oder länger dauern, bis einer von uns es abziehen würde. Max ist ein Künstler. Er war ein Künstler. Ich hielt nichts von dem Scheiß, den er seine Dichtung nannte, oder von seinen Auftritten mit dem Roten Riesen, aber das hatte damit nichts zu tun. Ich verstand und würdigte seine... was? Hingabe? Also arbeiteten wir eine Vereinbarung aus. Er würde mich im voraus verständigen, wann und wo er auftreten würde. Dann hielt ich mich fern, zog während seiner Vorstellung meine Leute zurück, eine Stunde vorher und nachher, so daß er kommen und gehen konnte, ohne preiszugeben, wo er eingebunkert war. In diesem Punkt konnten wir einander vertrauen. Er wußte, daß ich mich an die Vereinbarung halten würde, und ich wußte, daß er keinen Schwindel abziehen würde, wie vielleicht einen falschen Vorstellungstermin, um mich dann zu überrumpeln. Darin konnten wir einander vertrauen. Mag seltsam scheinen, aber so war es.« Rattan seufzte tief und melodramatisch. »Deshalb entging mir Ihre Begegnung mit ihm.«

Geduld, sagte sich Tanner. Rattan war imstande, sich stundenlang über alles mögliche auszulassen, aber Tanner mußte darauf eingehen. Geduld. Schließlich würde er kommen, wohin er wollte.

»Wie läuft das Schmuggelgeschäft?« fragte Rattan.

Tanner zögerte für einen Moment, überrascht vom Richtungswechsel. »Ich bin zufrieden.«

Rattan nickte bedächtig. »Glauben Sie, Sie könnten einen Körper nach Neu Hongkong schmuggeln? Einen lebenden Körper?«

Wieder zögerte Tanner. Einen lebenden Körper. Wen? Rattan selbst? Ja, dachte er: Rattan. Ihm wurde allmählich klar, worauf der andere hinauswollte. »Ich weiß nicht«, sagte er. »Hab noch nie darüber nachgedacht. Sie meinen, nicht als Passagier.«

»Richtig. Nicht als Passagier.«

»Ich denke, es sollte möglich sein. Verdammt teuer, aber ich vermute, es ließe sich machen. Wen wollen Sie schmuggeln?«

Rattan schüttelte den Kopf und schwenkte abwehrend das Glas. Er steckte es in die Halterung, dann umfaßte er die Armlehne des Rollstuhls.

»Ich weiß tatsächlich, wer der Kettenmörder ist«, sagte Rattan. »Und ich weiß, wo er ist.«

Tanner beobachtete Rattan und wartete.

Rattan lächelte. »Wissen Sie, wie er sich nennt?«

»Wie?«

»Engel der Zerstörung.« Er nickte selbstzufrieden. »Vielleicht bin ich der einzige lebende Mensch, der das weiß. Und nun wissen Sie es.«

Engel der Zerstörung. Gott, ja, es paßte zu allem, was der Verrückte tat. Der Todesengel. Herrgott noch mal, dachte Tanner und fühlte die Gewißheit in sich wachsen. Rattan wußte wirklich, wer es war.

Er atmete tief und langsam, um ruhig zu bleiben. Die Frage *Wer ist es?* lag ihm auf der Zunge, aber er mußte sich zurückhalten und warten.

»Ich will meine Beine wieder haben«, sagte Rattan. »Und meinen Arm.«

Er stürzte den Rest seines Whiskys hinunter, füllte das Glas wieder. Er faßte Tanner ins Auge. »Ich will sie zurück.«

Brendan auch, dachte Tanner, und Spade. Nun, Spade vielleicht nicht, dem gefiel es wahrscheinlich, ein Bein zu haben, das sich als Schußwaffe verwenden ließ. Und Rattan wollte die Beine und den Arm zurück. Jetzt kommt es, dachte er.

Rattan betrachtete seinen linken Armstumpf und hob ihn langsam mit den daranhängenden Schläuchen hoch. Was hatte all dieses Zeug zu bedeuten? überlegte Tanner. Er hatte nie etwas dergleichen gesehen.

»Es gefällt mir nicht, an dieses verdammte Ding

gefesselt zu sein«, erklärte Rattan. »Ich will wieder gehen. Ich werde wieder gehen.«

Etwas ging hier vor, was Tanner nicht verstand. Rattan hatte genug Geld, um die besten Prothesen zu kaufen, die am Markt waren, und mit ihnen herumzugehen, als wären es seine richtigen Beine.

»Ich weiß, was Sie denken«, sagte Rattan. »Und wenn Sie wüßten… nun, wenn Sie einiges wüßten, würden Sie sich vielleicht nicht die Frage stellen. Prothesen, nicht wahr? Das ist es, was Sie denken. Hochentwickelte Prothesen nach dem letzten Stand der Technik. Sehen aus und bewegen sich wie die echten Beine und Arme, wenn man will. Besser.« Rattan stürzte den Whisky hinunter, schüttelte den Kopf, beugte sich dann vor und starrte Tanner in die Augen. »Niemals. Niemals. Ich will menschlich bleiben.«

Rattan starrte ihn eine volle Minute stumm und konzentriert an. Dann verlor sich die Anspannung, er sank in den Rollstuhl zurück und schien erschöpft. Er schloß die Augen. Die einzige Bewegung, die Tanner ausmachen konnte, war das mühsame Heben und Senken seiner Brust bei jedem Atemzug.

Rattan öffnete die Augen und machte eine Handbewegung zu den Beuteln und Schläuchen. »Sie wissen nicht, wofür dies alles ist, nicht wahr?«

Tanner verneinte.

»Um das Abheilen der Stümpfe zu verhindern«, sagte Rattan. »Ein künstliches Zirkulationssystem, um die Wunden offen, aber lebendig zu erhalten. Drei Monate ist es schon so, seit dieser tollwütige Zwerg über mich herfiel. Es gibt mir die beste Chance für volle Regeneration.«

Da, endlich die Bestätigung; er hatte mit seiner Vermutung recht gehabt. Mit der Erkenntnis kam die Erleichterung, die er zu verbergen suchte, weil er dachte, daß er Rattan wahrscheinlich nach Neu Hongkong schmuggeln konnte und dafür bekommen würde, was er wollte.

»Es war ein Fehler, diese zwei Polizisten zu töten«, sagte Rattan. »Damals dachte ich, es bliebe mir keine Wahl, aber ich denke, ich hätte einen anderen Weg finden sollen, wenn ich auch bis heute nicht weiß, welchen. Die Sache hat mir seit zwei Jahren Kummer bereitet. Sie waren Abschaum, Tanner. Die schlimmsten, korruptesten Polizisten, die ich je gekannt habe. Sie wollten Prozente von den Gewinnen, was schlimm genug war, aber als ich ablehnte, bedrohten sie das Leben meiner Schwester und ihrer Familie. Nicht mein Leben, das Leben meiner Schwester. Also erledigte ich die Dreckskerle. Keine andere Wahl, dachte ich. Aber seither hat es nichts als Ärger gegeben.«

Rattan hielt inne, hob die Flasche und machte Anstalten, sich einen weiteren Whisky einzuschenken, besann sich aber eines anderen. Er verkorkte die Flasche und steckte sie und das Glas wieder in den Kasten an seinem Rollstuhl.

»Ich habe zu viel gehabt«, sagte er. »Es ist nicht genug, aber es ist zu viel.« Er hob den Blick zu Tanner. »Sie sehen, wohin wir gehen?«

»Ich denke schon.«

»Ich dachte mir von Anfang an, daß Sie mir helfen könnten, wußte aber, daß Sie es nicht tun würden. Sie mögen ein bißchen schmuggeln, aber es ist zu wohlmeinend, und Sie sind im Grunde zu verdammt ehrlich, und was, zum Teufel, hatte ich Ihnen zu bieten? Geld. Für Geld hätten Sie es nicht getan, oder?«

Tanner schüttelte den Kopf. »Nein.«

»Sie wissen, was ich will, ja?«

»Sie wollen nach Neu Hongkong.«

»Ja.« Er beugte sich wieder vor, bis die Schläuche von seinem linken Arm sich spannten.

»Hat es dort Erfolge gegeben, von denen ich noch nicht gehört habe?« fragte Tanner.

Rattan sackte zurück, ließ den Kopf hängen. »Nein. Einige Teilerfolge bei Versuchstieren. Ich weiß, daß meine Aussichten nicht gut sind. Aber sie werden immer besser, und es sind die besten Aussichten, die ich habe.« Er lächelte. »Bloß kann ich nicht hin. Die Ärzte und Gentechniker, die an der Regeneration arbeiten und forschen, erwarten mich. Wir haben Vereinbarungen getroffen, ich habe sogar die benötigten Geldmittel transferiert. Eine Menge Geld, kann ich Ihnen sagen. Aber ich komme nicht hin, und sie können mich nicht holen.«

Tanner verstand. Er konnte nicht einfach einen Flug buchen, auch nicht unter falschem Namen, weil zur Sicherheitsüberprüfung jedes Passagiers Fingerabdrücke und Netzhaut elektronisch abgetastet wurden. Ganz gleich, was für einen falschen Paß Rattan vorlegte oder welche anderen Vorkehrungen er traf, es gab keine Möglichkeit, sich durch Bestechung an der Sicherheitsüberprüfung vorbeizuschwindeln. Und da seine Daten im Fahndungscomputer gespeichert waren, konnte jeder Versuch nur mit seiner Festnahme enden. Eine Kiste oder ein Lattenverschlag mit Luftfracht war etwas anderes, wenn die Verlader wußten, wer man war.

»Ich habe versucht, mir gegen Bezahlung Zugang zu den Polizeiakten zu verschaffen«, sagte Rattan, »und die Daten im Computer zu verändern. Fingerabdrücke, Netzhaut, alles, so daß die Daten zu einem hübschen, sauberen Persönlichkeitsprofil mit einem anderen Namen passen. Aber ich komme nicht weiter. Daß ich diese zwei Polizisten umgelegt habe, hat mir alles vermasselt. Die einzigen Polizisten, die ich kaufen konnte, sind korruptes Gesindel, so niedrig, daß sie nichts für mich tun können. Die Sicherungssysteme im Polizeiarchiv sind zu scharf.«

Das also war zwischen Rattan und einigen der Polizisten vorgegangen. Allmählich kam Licht in die Angelegenheit.

»Mit Ihnen ist es auch so eine Sache«, fuhr Rattan fort. »Wie ich sagte, hatte ich nichts als Geld und wußte, daß ich Sie damit nicht kaufen kann. Dann ein Glücksfall. Vor ein paar Wochen hörte ich etwas über... nun, über einige Dinge, und dann, vor drei Wochen, fing es wieder an. Ein Glücksfall für mich, nicht für die armen Schweine, die von diesem Kerl umgebracht wurden. Und auf einmal hatte ich Ihnen etwas zu bieten.«

»Wer ist es?« fragte Tanner endlich. Er konnte nicht länger an sich halten. Rattan war imstande, noch Stunden herumzureden, bevor er mit der Information herauskäme.

»Verschaffen Sie mir eine Reise nach Neu Hongkong?«

Tanner brauchte nicht darüber nachzudenken, nicht nach allem, was er durchgemacht hatte, um hierher zu kommen. »Wenn ich kann, ja. Und Sie sagen mir, wer der Kettenmörder ist, dieser Engel der Zerstörung.«

»Wenn alles geregelt ist«, sagte Rattan. »Wenn ich im Begriff bin, in eine Frachtmaschine nach Neu Hongkong verladen zu werden.« Er legte eine Pause ein, als erwarte er Einwände, aber Tanner sagte nichts. »Ich sagte Ihnen«, fuhr Rattan fort, »daß ich ein ehrenhafter Mann bin. Ich werde Ihnen sagen, wer er ist und wo Sie ihn finden können. Sie können mir vertrauen. Genauso wie ich Ihnen vertrauen muß, daß Sie mich nicht hereinlegen und mich abholen lassen, sobald ich es Ihnen gesagt habe. Wir beide müssen einander vertrauen. Und wir können es, nicht wahr?« Rattan sah ihn forschend an. Sein Gesichtsausdruck war ernst und aufmerksam. »Haben wir eine Vereinbarung?«

Wieder gab es kein Zögern, keine Notwendigkeit zu überlegen. Rattan hatte recht, sie mußten einander vertrauen. Er nickte. »Ja, Rattan, wir haben eine Vereinbarung. Abgemacht.«

31

Sein erster Anruf galt Alexandra. Es war früh am Morgen, und er war wieder in Rossis Wohnung. Seine Begegnung mit Rattan hatte ihn erschöpft, denn das Gespräch hatte bis zum Morgengrauen gedauert – Einzelheiten waren zu besprechen, er mußte Rattans Weitschweifigkeiten ertragen. Tanner wollte nichts als schlafen, aber zuerst mußte er mit Leuten reden und Hebel in Bewegung setzen.

Es gab zwei Optionen, um Rattan nach Neu Hongkong zu schaffen. Die erste war, was Rattan von ihm erwartete, daß er wie Fracht in eine Lattenkiste oder einen Verschlag verpackt und an Bord einer Transportmaschine geschmuggelt wurde. Ein Arzt würde mit ihm in die Kiste verpackt werden müssen; Rattan würde medizinische Überwachung benötigen, nur um die Reise zu überleben, denn diese Art von Transport würde riskanter sein als ein Flug als Passagier. Und dies war die zweite Option: als Passagier. Rattan war überzeugt, daß es unmöglich sei, aber Tanner war es nach einiger Überlegung nicht. Es war die bei weitem bessere Art zu reisen, also lohnte es sich, diese Möglichkeit genau zu erforschen. Weshalb er Alexandra anrief.

Als er sie am Telefon hatte, erklärte er, was er brauchte, und fragte sie, ob sie es machen könne. »Sie sind doch eine Art Computergenie, richtig?«

»Richtig«, sagte Alexandra. »Das erste Mal, daß Sie

etwas von mir wollen, und dann verlangen Sie das fast Unmögliche.«

»Hörte ich Sie eben sagen, das *fast* Unmögliche?«

»Ja. In diesem Geschäft ist sehr wenig wirklich unmöglich, aber das bedeutet nicht, daß ich es tun kann. Ich weiß jetzt schon, daß ich es nicht allein tun könnte. Ich würde mit einem oder zwei anderen Leuten darüber sprechen müssen, vielleicht sogar jemanden hinzuziehen, der die eigentliche Arbeit macht. Wäre das ein Problem?«

»Ja, aber annehmbar, wenn Sie der betreffenden Person vertrauen können.«

»Ich würde niemanden um Unterstützung bitten, dem ich nicht vertrauen kann.«

»Gut. Wie lange werden Sie brauchen, um festzustellen, ob es zu machen ist?«

»Bis heute abend sollte ich es wissen. Sind Sie dann unter derselben Nummer zu erreichen?«

»Jetzt ja, aber vielleicht gehe ich heute nach Haus, so daß Sie versuchen könnten, mich dort zu erreichen.«

»Dann werde ich Sie anrufen, da oder dort. Oder vorbeikommen.«

»Danke, Alexandra. Ich weiß es zu würdigen.«

»Sicher. Ciao.«

»Wiederhören.« Er unterbrach die Verbindung, dann wählte er Pauls Nummer. Niemand meldete sich – Paul weigerte sich, einen Anrufbeantworter zu installieren –, also versuchte Tanner es im Krankenhaus. Er bekam die Auskunft, daß Paul einen Patienten behandle, und hinterließ seinen Namen und beide Telefonnummern.

Er legte auf, ließ sich im Sessel zurücksinken, streckte die Beine von sich und überlegte. Er war nicht sicher, wie er sich Carlucci gegenüber verhalten sollte. Es schien ihm zweifelhaft, wie weit zu gehen Carlucci bereit sein würde. Sicherlich würde Carlucci nahezu alles tun, um den Kettenmörder zu fassen, Tanner wußte das, aber würde er dafür bereit sein, einen Polizistenmörder nach Neu Hongkong entkommen zu lassen, wo er frei sein würde, weil es kein Auslieferungsabkommen gab? Tanner konnte sich vorstellen, daß Carlucci Rattan alles versprechen und dann, sobald Rattan ihnen sagte, was er wußte, zupacken und ihn verhaften würde.

Tanner konnte das nicht zulassen. Er verstand Carlucci, aber er hatte Rattan sein Wort gegeben. Er konnte das Risiko nicht eingehen. Nein, er durfte Carlucci nicht sagen, was er beabsichtigte.

Hannah erschien in ihrem T-Shirt in der Tür, das Haar zerstrubbelt, die Augen halb geschlossen.

»Morgen«, sagte sie mit rauher, heiserer Stimme.

»Morgen, Hannah.« Sie blieb in der Türöffnung stehen, ohne mehr zu sagen, und blinzelte ihn verschlafen an. Tanner wußte auch nicht, was er sagen sollte, und so starrten sie einander schweigend an, bis Hannah sich endlich abwandte und ins Bad tappte. Er lauschte ihren Morgengeräuschen – dem Hochklappen des Toilettendeckels, dem Plätschern des Urinierens, dem Rauschen der Toilettenspülung, dann dem Spucken und Zischen der Dusche.

Es gab keinen Grund, noch länger hier zu bleiben. Da Max und der Rote Riese tot waren, sollte es kein Problem sein, wieder zu Haus zu leben. Er vermißte seine Wohnung, die ruhige warme Bequemlichkeit der vertrauten Dinge. Er vermißte sein eigenes Bett.

Das Telefon läutete, und Tanner nahm den Hörer ab. Es war Paul. Wieder erläuterte Tanner die Situation so knapp er konnte. Er betonte Rattans körperliche Verfassung und erwähnte, warum der Mann nach Neu Hongkong wollte.

»So oder so, er wird einen Arzt als Begleiter brauchen«, sagte Paul. »Auch als Passagier. Nach allem zu urteilen, was ich eben hörte, wird sein Zustand sehr labil sein.«

»Kann er den Flug überleben?«

»Das schon, wenn er einen guten Arzt bei sich hat, der weiß, was er tut, und ihn ständig beobachtet.«

»Wären Sie bereit, dieser Arzt zu sein?« fragte Tanner.

»Dachte mir, daß Sie darauf hinauswollen«, sagte Paul. Er schwieg eine Weile, und Tanner lauschte seinen regelmäßigen Atemzügen am Telefon. Im Hintergrund hörte er das schwache Geräusch von jemandem, der schrie, dann ein Krachen, und dann Gelächter.

»Ja oder nein«, sagte Tanner. Was waren seine Optionen, wenn Paul nein sagte? Leo, der Fixer-Arzt?

»Geben Sie mir Bedenkzeit. Bis wann brauchen Sie eine Antwort?«

»Bald. Heute noch.«

»Geben Sie mir eine Stunde oder zwei. Wo sind Sie?«

»Ich hoffe, ich werde dann zu Hause sein.«

»Gut. Ich werde Ihnen Bescheid geben. Bis später.«

»Bis später.«

Er legte den Hörer auf, blieb aber bewegungslos im Sessel sitzen und lauschte der Dusche, bis sie verstummte. Ein paar Minuten später kam Hannah in einem fleckigen Morgenmantel mit herabhängendem Gürtel aus dem Bad, das Haar in ein Handtuch gewickelt. Sie setzte sich auf das Sofa und sah ihn an. »Soll ich Ihnen ein Frühstück machen?«

Tanner schüttelte den Kopf. »Ich gehe. Zurück in meine Wohnung.«

»Ich dachte, es sei nicht sicher dort.«

»Es sollte jetzt sicher sein.«

»Haben Sie bekommen, was Sie suchten?«

»Ich glaube schon.«

Hannah nickte. Sie rieb sich mit dem Handtuch die Haare, dann zog sie es vom Kopf und ließ es in den Schoß fallen. »Wir sind viel besser darin, anderer Leute Leben zu verstehen als unser eigenes.« Als Tanner keine Antwort gab, sagte sie: »Ich hoffe, Sie denken darüber nach, was ich über Valerie sagte.« Tanner erwiderte noch immer nichts, und sie schüttelte den Kopf. »Gut.« Sie stand auf und legte sich das Handtuch um die Schultern. »Wiedersehen, Louis.« Sie ging ins Schlafzimmer und schloß die Tür.

Tanner stand auf und begann zu packen.

Einer verschwenderischen Regung folgend, nahm er ein Taxi. Noch immer hatte er das meiste von dem Geld, das Carlucci ihm gegeben hatte, und er dachte sich, er habe es verdient. Im Taxi schaltete er die Sprechanlage ein, nannte der Fahrerin seine Anschrift und sagte ihr, sie solle einen Umweg den Marina Drive entlang nehmen. Die Fahrerin, ein arabischer Typ in einem schwarzen Paillettenanzug, bestätigte und schaltete das Radio ein. Ätherische Musik schwebte durch den Fond des Wagens.

Tanner konnte sich während der Fahrt kaum wach halten. Es war nicht bloß Erschöpfung. Spannungssituationen und nervöse Erwartung machten ihn oft schläfrig. Als er im aktiven Dienst gewesen war, hatte ihn während der angespanntesten Augenblicke des Wartens vor einer Aktion nicht selten der Schlaf überwältigt. Ging es dann los, wirkte das Adrenalin wie eine Explosion, und er war hellwach, aber bis dahin konnte er kaum die Augen offen halten. Freeman hatte viel Energie mit Versuchen verbracht, Tanner wachzuhalten.

Das Taxi überwand die Kuppe einer Anhöhe und fuhr abwärts zur Marina und der Bucht. Das Wasser war stahlgrau, durchzogen von orangefarbenen und gelben Streifen und rötlichen Flecken, alle in schaukelnder Bewegung von den Wellen, die eine steife Brise aufpeitschte. Unweit vom Ufer lagen zwei Kutter der Küstenwache vor Anker, beinahe Bordwand an Bordwand, und die Besatzungen sprangen zwischen den Kuttern hin und her und schienen ihren Spaß zu haben.

Am Fuß der Anhöhe bog die Fahrerin in den Marine Drive ein zwischen der früheren Künstlerkolonie von Fort Mason und dem Windschutzzaun zu beiden Seiten des Safeway. Tanner schaltete wieder die Sprechanlage ein und sagte: »Halten Sie bitte hier einen Augenblick an.« Die Taxifahrerin lenkte den Wagen auf den Parkplatz und hielt, ließ Motor und Taxameter laufen.

Tanner überblickte den Safeway-Parkplatz, der voller Personenwagen, Lieferfahrzeuge, Einkaufswagen und Leute war, die sich zwischen den Fahrzeugen und dem Laden bewegten, viele von ihnen mit bewaffneten Eskorten. Hier war vor sieben Jahren sein Vater ermordet worden. Um zwei Uhr früh hatte er beschlossen, sich ein Eis zu kaufen und war zum Safeway-Parkplatz gefahren. Er hatte sein Eis bekommen. Als Tanner eingetroffen war, herbeigerufen von einem Bekannten, der im Morddezernat arbeitete, hatte das geschmolzene Eis, das aus dem Karton geflossen war, neben dem Leichnam seines Vaters eine Pfütze gebildet und sich mit dem Blut aus einer Lötlampenwunde im Bauch seines Vaters vermischt. Vanille-Karamel. Sein Vater hätte es besser wissen sollen.

»Fahren Sie weiter«, sagte er, und die Frau fädelte das Taxi wieder in den Verkehr ein. Tanner lehnte den

Kopf zurück, schloß die Augen, lauschte der ätherischen Musik und dämmerte wieder ein.

Das Taxi hielt mit einem Ruck, und Tanner wachte auf. Die Stimme der Fahrerin erklang aus dem Lautsprecher. »Wir sind da.«

Tanner steckte Geld in den Schlitz und sagte der Fahrerin, sie könne das Wechselgeld behalten. Sie schleuste das Geld durch, zählte es, löste dann die Türverriegelung und klopfte mit den Knöcheln an die Trennwand. Tanner stieg aus, schloß die Tür, und das Taxi fuhr davon.

Eine Frau, die im zweiten Stock wohnte, war im Vorgarten und schnitt die Büsche zurück. Sie und Tanner nickten einander zu, als er zur Haustür ging und das Gebäude betrat. Sein Hausbriefkasten war gestopft voll mit zerdrückten Umschlägen und Werbesendungen; dem Postboten war es gelungen, die Post der ganzen Woche in den schmalen Kasten zu pressen. Tanner sortierte die Eingänge, aber es war nichts von Interesse darunter. Dann stieg er die Treppe zum vierten Stock hinauf.

In seiner Wohnung war es still und muffig. Eine sonderbar verlassene Atmosphäre war den Räumen eigen, und ihm war, als wäre er mehrere Wochen fort gewesen. Er ging durch die Wohnung und öffnete alle Fenster. Draußen war es heiß, aber ein leichter Windhauch kam herein, und das half ein wenig.

Tanner ging in die Küche und öffnete den Kühlschrank. Es war nicht viel darin, und die Hälfte davon war verdorben, seit er die Wohnung verlassen hatte. Er wußte, daß er das Zeug ausräumen sollte, war aber zu müde. Er öffnete eine halbvolle Flasche Apfelsaft, roch daran und trank gierig aus der Flasche. Der kalte, süße Saft traf ihn wie eine eisige Woge; er machte ihn etwas schwindlig, und die Kälte sandte einen stechenden Schmerz durch seine Nebenhöhlen, direkt hinter seinem linken Auge. Aber der Schmerz und das Schwindelgefühl vergingen, und er fühlte sich viel besser, sogar erfrischt.

Das Telefon läutete. Er stellte den Saft weg und ging in den Korridor, um abzunehmen. Es war Paul.

»Ich werde es tun«, sagte Paul. »Aber ich wäre Ihnen dankbar, wenn Sie etwas für mich arrangieren könnten.«

»Und das wäre?«

»Ich würde gern ein paar Monate in Neu Hongkong bleiben und in der Regenerationsforschung mitarbeiten. Ich sagte Ihnen, daß ich in diesem Stress ausbrenne, und die Arbeit in der Forschung wäre gerade das, was ich brauche. Etwas Positives, zur Abwechslung. Nacht für Nacht in der Unfallstation – das hält auf die Dauer niemand aus.«

Das Interesse war deutlich aus seiner Stimme herauszuhören. Tanner kam es beinahe so vor, als spräche er mit einem anderen, jüngeren Mann.

»Ich werde sehen, was ich tun kann. Ich denke, es läßt sich da etwas machen.«

»Danke. Ich weiß Ihre Bemühungen zu schätzen.«

»Kein Problem. Sie helfen mir sehr in dieser Sache. Ich werde mich wieder melden.«

Als er aufgelegt hatte, wählte er die Nummer, die Rattan ihm gegeben hatte. Britta meldete sich. Tanner sagte ihr, er müsse mit Rattan sprechen, und Britta erwiderte, sie würde die Botschaft weitergeben. Rattan würde den Anruf später am Tag erwidern.

Tanner konnte sich nicht entscheiden, ob er sich schlafen legen sollte oder nicht. Er war müde, doch war es erst Mittag, und nun, da er wieder in seiner alten Umgebung war, wollte er sich wieder an einen normalen Tagesablauf gewöhnen. Gab er jetzt seinem Schlafbedürfnis nach, würde er am Abend nicht schlafen können. Aber er wußte nicht, ob er wach bleiben konnte.

Er ging ins Wohnzimmer und schaltete den Fernseher ein. Er konnte sich nicht erinnern, wann er zuletzt eine Sendung gesehen hatte. Drei, vier Wochen mußte es her sein, vielleicht länger. Er probierte die Kanäle durch, bis er zu einer Video-Anrufshow kam; nur Anrufer mit Videoausrüstung, die bereit waren, auf dem Bildschirm zu erscheinen, waren zugelassen. Der Moderator war der einzige Teilnehmer, der nicht im Bild erschien. Thema war eine allgemeine, aus dem Steueraufkommen finanzierte Krankenversicherung für alle, die in dieser Sitzungsperiode wieder im Kongress behandelt wurde. Ein Mann auf dem Bildschirm wetterte, daß Drogensüchtige, Raucher und Alkoholiker, die zuerst ihre Gesundheit ruinierten, dann aus dem Arbeitsprozeß fielen und von der Allgemeinheit ausgehalten würden, nun auch noch zu Lasten der Steuerzahler kostenlos teure Langzeitbehandlungen und Rehabilitationen erhalten sollten, die sie nicht verdient hätten. Er bekräftigte jede Feststellung mit einem Faustschlag. Als er sich einer komplizierten Analyse des Zusammenhangs von staatlichen Sozialleistungen und Krankengeld mit dem sozialen Status und dem Mißbrauch dieser Leistungen zuwandte, schlief Tanner ein.

Das Läuten des Telefons weckte ihn. Der Fernseher war noch an und zeigte jetzt einen Spielfilm. Noch im Halbschlaf wankte er in den Korridor und nahm den Hörer ab. Er erwartete entweder Alexandra oder Rattan, aber es war Carlucci.

»Sie sind wieder zu Hause«, sagte Carlucci.

»Ja.«

»Sie hören sich furchtbar an. Haben Sie einen Rausch?«

»Ich hatte geschlafen.«

»Ich sprach mit Hannah Rossi. Sie sagte, Sie hätten ihr erzählt, nach Ihrem Dafürhalten sei es jetzt sicher.«

»Ja.«

»Wieso?«

Tanner zögerte, überlegte, was er Carlucci sagen sollte. Lügen war nicht gut. »Max ist tot.«

Es folgte eine kurze Pause, dann kam die erwartete Frage: »Haben Sie ihn umgebracht?«

»Nein.«

»Wer war es?«

»Ich weiß es nicht«, sagte Tanner. Genau genommen war das richtig. Er wußte nicht, wer Max und den Roten Riesen aus dem Fenster gestoßen hatte. Rattan selbst konnte es nicht getan haben.

»Woher wissen Sie es? Haben Sie es auch miterlebt?«

»Ja. Eine Art Schau wurde für mich arrangiert.«

»Ja?«

»Ich wurde durch einen Zettel angewiesen, zu einem bestimmten Ort zu gehen, und dann flog Max aus einem Fenster im zehnten Stock.« Er hielt inne. »Ich glaube, daß Rattan verantwortlich ist.«

»Was, haben Sie ihn gefunden?«

»Nein.« Er fand mich, dachte Tanner. »Aber ich werde bald mit ihm reden. Ich bin nahe daran, Carlucci. Er weiß, daß ich ihn gesucht habe.«

»Dann hat er Sie kontaktiert?«

»Ja, indirekt. Und ich werde ihn sprechen.«

»Wann?«

»Ich weiß es nicht. Bald.«

Wieder wurde es still am anderen Ende, diesmal etwas länger. »Was verschweigen Sie mir, Tanner?« fragte Carlucci schließlich.

»Nichts.«

»Unsinn, Tanner. Was ist es?«

Tanner wollte wieder ›nichts‹ sagen, hielt sich aber zurück. Es hatte keinen Sinn, etwas zu sagen, wenn Carlucci wußte, daß es nicht wahr war. Aber er wußte nicht, was er statt dessen sagen sollte, also ließ er Carluccis Frage unbeantwortet. »Machen Sie sich keine Sorgen darum«, erklärte er schließlich. »Es gibt kein Problem. Wenn ich etwas bekomme, werde ich Sie verständigen.«

»Wir sollten irgendwo zusammenkommen und reden. Jetzt.«

»Nein«, sagte Tanner. »Ich habe zu viel zu tun, und ich muß etwas Schlaf haben. Es ist jetzt einfach keine Zeit.«

»Verdammt noch mal, Tanner, kommen Sie mir jetzt nicht mit einem Solo. Ich möchte nicht den Leichenbeschauer für Sie bestellen.«

»Es ist okay, Carlucci, nach meiner Einschätzung gibt es nichts zu befürchten.«

»Ha, das hat schon mancher gedacht.« Aber er sagte sonst nichts.

»Sobald ich etwas habe, rufe ich Sie an«, wiederholte Tanner.

Nach kurzem Schweigen sagte Carlucci: »Ja, in Ordnung.« Resigniert und ärgerlich. »Scheiße. Machen Sie bloß keine Dummheiten.«

»Werde ich nicht.« Tanner lächelte in sich hinein. »Ich rufe Sie wieder an.« Er legte auf, bevor Carlucci wieder von vorn anfangen konnte. Er ging zurück ins Wohnzimmer. Der Spielfilm zeigte gerade eine Szene, in der ein Mann mit einer Beinprothese, einer Augenklappe und einem Stoppelbart eine Frau mit einer Pistole bedrohte. Sie waren auf dem Balkon eines Ferienhotels; tief unter ihnen war ein Schwimmbecken zu sehen.

Tanner schaltete das Gerät aus. Er fühlte sich jetzt müder als vor dem Einschlafen. Vielleicht hätte er einfach nachgeben, ins Bett gehen und schlafen sollen. Vielleicht würde er dann bis zum Morgen durchschlafen.

Aber er erwartete noch zwei Anrufe. Rattan und Alexandra. Also mußte er wach bleiben. Er ging in die Küche und stellte den Wasserkessel auf den Herd. Kaffee könnte helfen. Vielleicht aber auch nicht. Er hatte bemerkt, daß das Kaffeetrinken, je älter er wurde, kaum noch gegen Müdigkeit wirkte. Er konnte zwei, drei Tassen trinken, sich dann hinlegen und einschlafen. Warum also machte er jetzt Kaffee? Um etwas zu tun. Und vielleicht würde es helfen.

Er hatte die zweite Tasse zur Hälfte geleert, und sein Magen stieß sauer auf, als das Telefon wieder läutete. Er nahm ab, und eine rauhe Stimme sagte: »Tanner, ich bin's.« Rattan.

»Ich habe einen Arzt, der Sie begleiten wird«, sagte Tanner. »Aber er stellt eine Bedingung.«

»Was ist es?«

»Er möchte eine Weile in Neu Hongkong bleiben und in der Regenerationsforschung mitarbeiten. Können Sie das regeln?«

»Zum Henker, ich zahle diesen Beutelschneidern genug, daß sie darauf eingehen sollten. Sonst noch etwas?«

»Ja. Ich weiß es noch nicht sicher, aber ich denke, Sie werden als Passagier fliegen. Es wird für Sie viel weniger gefährlich und für den Arzt viel einfacher sein.«

»Und die Sicherheitsüberprüfungen?«

»Daran arbeite ich jetzt. Heute abend oder morgen sollte ich wissen, ob wir es abziehen können.«

»In zwei Tagen geht eine Maschine von hier«, sagte Rattan. »Da möchte ich an Bord sein.«

»Wir werden sehen«, erwiderte Tanner. »Vielleicht läßt es sich machen, wenn sie noch nicht ausgebucht ist.«

»Sehen Sie zu, daß es klappt.«

»Ich werde mich melden, sobald ich Genaueres weiß.« Tanner legte auf. Er blieb am Telefon stehen und rechnete halb damit, daß es wieder läuten und Rattan weiter drängen würde, aber der Apparat blieb still.

Tanner war im Halbschlaf und hörte Dag Larsen, einen Trompeter aus den späten neunziger Jahren, als er merkte, daß jemand an die Wohnungstür pochte. Kein Läuten der Hausklingel von der Straße, sondern jemand, der an die Tür schlug. Er rappelte sich aus seinem Sessel auf, drehte die Lautstärke der Stereoanlage herunter und ging zur Tür. »Wer ist da?« rief er.

»Ich.«

Alexandra. Er öffnete die Tür und ließ sie ein.

»Ich glaube, wir haben einen Weg, wie es gemacht werden kann«, sagte sie. Dann neigte sie den Kopf auf die Seite. »Sie lassen sich einen Bart wachsen?«

»Nur bis ich die Energie aufbringe, ihn abzurasieren.«

Sie gingen in die Küche. Er nahm zwei Bierflaschen aus dem Kühlschrank, öffnete sie, gab eine Alexandra, und sie gingen ins Wohnzimmer. Alexandra setzte sich auf das kleine Sofa, Tanner in den Sessel.

»Also gibt es eine Möglichkeit«, sagte er.

Sie nickte. »In diese Archive hineinzukommen, ist enorm kompliziert«, sagte sie. »So viele Wände, so viele Alarmsysteme und Fallen, die einen Eindringling schnappen und durch Rückkopplung identifizieren.« Sie schüttelte den Kopf, dann lächelte sie triumphierend. »Aber wir sind hineingekommen.«

»Wer ist ›wir‹?«

»Kaufman und ich. Sie würden es nicht glauben, dieser Mann sieht überhaupt nicht wie ein Hacker oder Computerfreak aus, aber er ist unglaublich gut. Mitte vierzig, mit einem ziemlichen Bauch, trägt hübsche Maßanzüge und hat ein sehr konservatives Geschäft. Er verkauft Toilettensitzauflagen an die Bürogebäude im Stadtzentrum. Aber wenn er sich an einen Computer setzt, ist er wie ausgewechselt. Geradezu fanatisch. Manchmal denke ich, daß er vielleicht ein bißchen schizoid ist. Ein funktionaler Schizoider.«

»Also sind Sie und Kaufman hineingekommen.«

»Ja, aber es ist nicht das gleiche wie etwas zu verändern. Und es gibt keine Möglichkeit, etwas darin zu verändern, ohne ein Dutzend Alarme auszulösen und Fährten zu hinterlassen. Aber ...« Sie nahm einen Zug aus ihrer Flasche. »Kaufman meint, es gebe eine Möglichkeit, Ihr Problem zu lösen. Es sei nur für eine einmalige Aktion geeignet. Sie brauchen die Unbedenklichkeit nur für eine Person, richtig?«

Er nickte. »So viel ich weiß, ja. Es geht nur um die Personenkontrolle vor dem Start.«

»Gut. Kaufman erzeugt eine Nachahmung. Eine Art Programmüberlagerung am Zugangspunkt zu Rattans Personaldaten. Es wird nur einmal funktionieren, und nur bei Rattan, wenn er das Programm einführt. Rattan wird Vorkehrungen treffen und einen Personalausweis für jemand anderen besorgen müssen, der bereits in der Datenbasis gespeichert ist. Der Betreffende muß natürlich sauber sein, das heißt, es darf nichts gegen ihn vorliegen, auch nicht aus den zurückliegenden Jahren. Es darf aber niemand sein, den jemand in Hunter's Point kennt. Es wäre fatal, wenn sich durch einen dummen Zufall herausstellen sollte, daß der Träger des Namens, auf den Rattans Ausweis lautet, ein Nachbar des Mannes ist, der die Personaldaten überprüft. Rattan muß den Namen wählen, denn er ist in der besten Position, um zu wissen, was sicher ist.

Es wird also folgendermaßen laufen, ohne zu technisch zu werden. Ich kann nicht auf alle technischen Einzelheiten eingehen, weil ich selbst nicht alles verstehe, aber Kaufman sagt, es werde klappen, und ich vertraue ihm. Also geht Rattan durch die Personenkontrolle, wo sie seinen Ausweis überprüfen und ihn dann zur Identitätsüberprüfung an ihre Geräte anschließen. Seine Fingerabdruck- und Netzhautdaten gehen zur Datenbasis, und der Computer sucht die passende Identität heraus. Er findet sie, und Rattans Name und Status werden festgestellt und zurückgemeldet. Hier schaltet sich die Nachahmung ein. Sie reitet huckepack auf der Bestätigung zum Datenanschluß des Flughafens. Sobald die Daten abgerufen werden und bevor sie am Bildschirm erscheinen, werden Rattans Name und Daten unterdrückt und durch jene dieses anderen Mannes ersetzt, die dann auf dem Bildschirm erscheinen. Identität und Status sind damit bestätigt. Anschließend verschwinden Programm und Daten der Nachahmung durch Selbstzerstörung, und es bleibt keine Spur. Keine Fallen, keine Alarme werden ausgelöst, sagt Kaufman, weil in der Datenbasis und der Programmierung nichts geändert wird, nichts angerührt. Alles bleibt bis zum letzten Schritt passiv.« Sie schwieg, trank den Rest des Bieres aus ihrer Flasche und holte tief Luft. »Jedenfalls sagt Kaufman, daß es funktionieren wird.«

»Kann es in zwei Tagen gemacht werden?«

»Wahrscheinlich. Kaufman arbeitet gegenwärtig an der Nachahmung. Er braucht nur einen Namen von Rattan, um sie zu vervollständigen.«

Tanner nickte bedächtig, mehr zu sich selbst als zu ihr. Das brauchte auch er von Rattan. Einen Namen.

»Warum tun Sie das für ihn?« fragte Alexandra. »Sie müssen etwas von ihm bekommen.«

»So ist es.«

»Und was ist es?«

Sollte er es ihr sagen oder nicht? Er wußte, daß sie zuverlässig war und es auch ohne eine Antwort tun würde, aber das war nicht der entscheidende Punkt. Er mußte es ihr sagen, als Vertrauensbeweis. »Den Namen und Aufenthaltsort des Kettenmörders.«

»Mein Gott. Rattan weiß das?«

»Wenn er es nicht weiß, werde ich ihm nach Neu Hongkong folgen und ihm den einen Arm abschneiden, den er noch hat.«

Es war längst dunkel und kurz vor zehn Uhr, als Tanner endlich für den Tag fertig war, aber er war zufrieden. Alles lief zufriedenstellend, und in zwei Tagen sollte er von Rattan bekommen, was er brauchte.

Rattan hatte erst vor wenigen Minuten zurückgerufen. Er hatte mit den Ärzten in Neu Hongkong gesprochen und ihr Einverständnis zu Pauls Aufnahme erreicht. Tanner hatte ihm gesagt, was er für Alexandra benötigte, und Rattan hatte erklärt, daß er es bis zum nächsten Tag beschaffen würde. Alles ging voran. Tanner hatte getan, was er konnte, und nun brauchte er nur zu warten.

Er ging ins Schlafzimmer, trat zum Fenster und blickte hinunter zur Straße. Oskar, der blinde Kater, saß auf dem Gehsteig und leckte sich. Die Nacht war still. Tanner war wieder zu Hause, alles war in die Wege geleitet, und er konnte jetzt schlafen. Er würde den Schlaf brauchen. Sobald Rattan ihm den Namen nannte, würden Carlucci und er wahrscheinlich sehr wenig Ruhe finden, bis sie den Kettenmörder aufgespürt und festgenommen hätten. Wenn sie ihn finden konnten. Eine Garantie gab es nicht, auch wenn Rattans Information zutreffend war.

Was dann? Wenn sie den Burschen erst hatten, was dann? Was würde es bedeuten?

Denk jetzt nicht darüber nach, sagte er sich. Er kleidete sich aus, kroch ins Bett und schloß die Augen. Er schlief.

32

Sookie war ziemlich stolz auf sich. Sie war diejenige gewesen, die den Krankenwagen ausgemacht hatte. Sie konnte kaum stillsitzen, so aufgeregt war sie. Mixer saß neben ihr, und sie rauchten beide. Mixer schien viel entspannter als sie. Sie saßen vor einem Laden und beobachteten die Ambulanz.

Sie hatte Tanner für zwei oder drei Tage verloren. Mixer war die meiste Zeit bei ihr gewesen. Hatte sich Sorgen um sie gemacht, vermutete sie. Sie versuchte ihm klar zu machen, daß er sich nicht bemühen solle, sie sei gut drauf, aber er murrte bloß und blieb trotzdem bei ihr. Sookie mochte Mixer wirklich. Er war ein guter Mensch.

Sie waren im Freihafenbezirk herumgewandert, hatten aber viel Zeit in der Nähe des Tätowierungssalons verbracht, weil es der letzte Ort war, wo sie ihn gesehen hatte. Und es hatte sich ausgezahlt.

Tanner war mit einem anderen Mann erschienen. Sookie meinte, es sei vielleicht der Mann, mit dem Tanner damals am Wasser gesessen hatte, als die Leichen geborgen worden waren. Sie hatten vor dem Tätowierungssalon die Frau wieder getroffen, dann waren sie alle hineingegangen. Der Tätowierungssalon war noch immer geschlossen und zugesperrt.

Sookie und Mixer hatten eine Weile in der Nähe gewartet und dann beschlossen, die anderen Straßen zu überprüfen, die Parallelstraße hinter dem Gebäude, die Durchfahrten.

So hatte sie den Krankenwagen ausgemacht und Mixer gezeigt. Und Mixer hatte gegrinst und gesagt: »Tüchtiges Mädchen, Sookie. Gute Augen.« Und sie hatten auf der anderen Straßenseite Position bezogen, um zu beobachten, was geschah.

Krankenwagen eines privaten Ambulanzdienstes

sah man im Bezirk nicht allzu oft. Es bedeutete Geld. Vielleicht hatte der Wagen nichts mit Tanner zu tun, aber Sookie hatte ein gutes Gefühl. Und Mixer auch.

Hah! sagte sich Sookie. Sie hatte recht gehabt. Tanner kam nahe beim Krankenwagen aus dem Gebäude und winkte den Krankenwärtern und Wachen. Die Hecktüren des Krankenwagens wurden geöffnet. Dann kamen der andere Mann und die Frau aus dem Gebäude und schoben einen verrückt aussehenden Rollstuhl mit einem Krüppel. Über dem Rollstuhl war ein Gestell, von dem alles mögliche Zeug hing.

»Mann«, sagte Mixer, »dieser Kerl sieht aus, als hätte ihn ein Zug überfahren.«

Sookie hielt ihre Beine fest, so zappelig war sie. »Wer ist er?«

»Keine Ahnung.«

Die Frau und die Wärter mühten sich mit dem Rollstuhl ab und verluden ihn durch die Hecktüren in den Krankenwagen. Der Mann fluchte laut. Tanner und sein Freund und die Frau stiegen zu dem Rollstuhl in den Krankenwagen, zusammen mit einem Wärter. Die beiden Wächter schlossen die Hecktüren, dann stiegen sie vorn beim Fahrer ein.

»Los«, sagte Mixer. Er sprang auf und zog Sookie in die Höhe. »Komm mit!«

Sie eilten die Straßen entlang und rannten, wenn der Verkehr es zuließ. Sookie wußte nicht, wohin sie gingen, war aber sicher, daß Mixer wußte, was er tat. Ein paar Blocks fuhren sie mit einem Müllwagen bis zum Rand des Bezirks, dann sprangen sie ab und liefen durch eine Einkaufspassage zu einem Fußgängerweg, der aus dem Bezirk führte. Draußen rannten sie ein paar Blocks zu einer Straße, die zurück in den Freihafenbezirk führte.

»Es gibt nur zwei große Zufahrten für Lastzüge und

Lieferwagen«, sagte Mixer. »Dies ist der nächste, also denke ich mir, daß sie hier durchkommen werden.«

Mixer begann die Straße entlang zu gehen, in abgestellte Personenwagen, Lieferfahrzeuge und Lastwagen zu spähen und an Türen zu rütteln.

»Was suchst du?« fragte Sookie.

»Eine Freifahrt. Wie sonst sollten wir ihnen folgen, wenn sie durchkommen?«

Sookie versuchte die Zufahrt im Auge zu behalten und bei Mixer zu bleiben, während er hierhin und dorthin ging. Alle Wagentüren waren zugesperrt, er konnte nirgends hinein. Jemand schrie Mixer an und sagte ihm, er solle sich von seinem Wagen fortscheren. Mixer rannte über die Straße, Sookie wie ein Schatten hinter ihm.

Plötzlich machte Mixer halt, und Sookie wäre beinahe auf ihn geprallt. »He«, sagte er.

»He was?«

Mixer starrte über die Straße zu einem geparkten braunen Wagen. Ein Mann saß hinter dem Lenkrad und trank etwas aus einem Pappbecher. Der Mann im Wagen kam ihr bekannt vor. Sookie wußte, daß sie ihn schon einmal gesehen hatte. Aber wo?

»Das ist derselbe Kerl«, sagte Mixer.

»Welcher selbe Kerl?« Sie konnte sich noch immer nicht erinnern, wo sie ihn gesehen hatte.

»Dieser Kerl, denn Tanner außerhalb des Bezirks traf. Ich sagte dir, ich würde herauskriegen, wer er ist.« Er wandte sich zu Sookie und grinste. »Er ist ein Bulle.«

»Ein Bulle?«

»Ja. Heißt Carlucci. Tanner war früher auch einer. Das habe ich ebenfalls festgestellt. Er hörte vor ein paar Jahren auf, nachdem sie seinen Partner kalt gemacht hatten. Er selbst bekam auch was ab.« Sookie wollte ihn mehr fragen, als der Krankenwagen aus dem Kontrollpunkt rollte und das Tempo beschleunigte.

»Verdammt«, sagte Mixer und schlug auf das Dach des zugesperrten Wagens neben sich. »Wir werden sie verlieren.« Der Krankenwagen fuhr vorbei, und der braune Wagen mit Carlucci verließ die Parklücke und folgte dem Krankenwagen.

»Verdammt noch mal«, sagte Mixer, »was geht hier vor?« Innerhalb einer Minute waren der Krankenwagen und der braune Personenwagen außer Sicht. Mixer setzte sich auf die Kühlerhaube des Wagens, bei dem sie standen, und Sookie sprang neben ihm hinauf. »Carlucci ist von der Mordkommission.«

»Was bedeutet das?« fragte Sookie.

»Er ermittelt Mörder. Er leitet die Fahndung nach dem Kettenmörder.«

»Kettenmörder?«

»Ja, diesem Kerl, der Leute umbringt, sie zusammenkettet und ins Wasser schmeißt.«

Sookie bekam ein komisches Gefühl im Magen, wie wenn etwas darin herumhüpfte.

»Ich hab ihn gesehen«, sagte sie.

»Wen?«

»Den Kettenmörder.«

Mixer wandte sich ihr zu und starrte sie an, packte ihre Schulter. »Ist das dein Ernst, Sookie? Kein dummes Zeug?«

»Ich sah ihn«, wiederholte sie.

»Wo?«

»In der Tundra.«

Sie erzählte ihm, wie sie vor der Skateboardbande geflohen war und Zuflucht in einem Keller gesucht hatte, den sie kannte. Wie die Luke verriegelt war und sie durch einen Gang in den großen Raum gekommen war. Wo die Maschinen standen und die Ketten an der

Wand hingen, und wie der Mann mit dem Metallschädel und der Maschinenstimme und etwas wie Flügeln hinter ihr her gewesen war.

»Das ist ein dicker Hund«, sagte Mixer. »Sookie, du mußt mir zeigen, wo das ist. Erinnerst du dich? Kannst du es wiederfinden?«

Sookie nickte, aber das komische Gefühl in ihr verwandelte sich in Furcht.

Mixer sprang von der Kühlerhaube. »Komm, wir suchen einen Wagen und fahren hin.«

33

SIE TRAFEN MEHR als zwei Stunden vor dem Start in Hunter's Point ein. Es dunkelte rasch, der Himmel ging von Orangerot in Rosa und Dunkelpurpur bis in ein tiefes Blauschwarz über. Paul, Britta und Tanner halfen beim Ausladen des Rollstuhls mit Rattan aus dem Krankenwagen und fuhren ihn ins Abfertigungsgebäude. Durch die großen Fenster konnte man die Lichter des Flugfeldes und die Umrisse großer Maschinen erkennen.

Das Schalterpersonal war beim Einchecken auf Rattan vorbereitet, obwohl man ihn natürlich für einen anderen hielt. Er wurde informiert, daß er eine halbe Stunde vor den übrigen Passagieren an Bord gebracht werden sollte, damit die nötigen Vorkehrungen getroffen werden konnten. Die Personenkontrolle mit Sicherheitsüberprüfung würde in ungefähr vierzig Minuten stattfinden.

Rattan hatte sein Haar gefärbt, den Schnurrbart rasiert, ein Auge mit einer Klappe und das andere mit einer andersfarbigen Haftschale versehen und schließlich noch ein paar rituelle Streifen auf die Wangen gemalt. Tanner hätte ihn nicht wiedererkannt.

»Jetzt ist es Zeit zu reden«, sagte Tanner. »Oder Sie kommen nicht weiter.«

Rattan nickte. »Wir gehen wieder hinaus. Britta, bleib hier bei Dr. Robertson. Mr. Tanner und ich haben etwas zu besprechen.«

Tanner und Rattan gingen zum Haupteingang hinaus. Rattan lenkte den elektrischen Rollstuhl gekonnt durch das Hin und Her der Reisenden und Gepäckkarren, zu den Türen hinaus und die Betonrampe hinunter. Tanner folgte ihm, als Rattan um die Ecke des Gebäudes bog und bis an den Metallgitterzaun fuhr, der das Flughafengelände umgab. Dort blockierte er die Räder und blickte hinaus aufs Flugfeld. Tanner stand neben ihm.

»Werde ich wirklich starten?« fragte Rattan. Er wandte ruckartig den Kopf und fixierte Tanner mit dem unbedeckten Auge.

Tanner nickte. »Sie werden durchkommen. Sie werden an Bord gehen und beim Start an Bord sein. Ich gab Ihnen mein Wort.«

»Ich frage mich, ob ich es Ihnen anmerken würde, wenn Sie lügen.«

»Ich lüge nicht.«

Rattan starrte ihn eine Weile an, dann grunzte er. »Und Carlucci? Sie arbeiten in dieser Sache mit ihm zusammen.«

Tanner war nicht überrascht, daß Rattan es wußte. »Carlucci ist nicht eingeweiht. Er weiß, daß ich Sie suche, er weiß von Ihrer alten Botschaft, aber nicht, daß ich mit Ihnen gesprochen habe. Er weiß nicht, daß wir hier sind.«

Rattan nickte, ohne etwas zu sagen.

»Also, wer ist es?« fragte Tanner.

»Der Name bedeutet nichts. Mit ihm werden Sie ihn nicht finden. Aber er heißt Cromwell. Albert Cromwell. Was für ein Name! Wenigstens tauften seine Eltern ihn nicht Oliver.« Rattan ließ etwas wie ein Glucksen hören, aber es verging rasch, und er wischte sich mit der Hand Schweiß von der Stirn.

»Wenn ich meinen Arm und die Beine wiederbekomme«, sagte Rattan, »werde ich dieses Geschäft aufgeben.« Er seufzte. »Sogar dann, wenn nichts daraus wird. Ich werde zu alt dafür. Ich fühle mich zu alt.« Er blickte zu Tanner auf. »Wissen Sie, wie alt ich bin?«

»Nein.«

»Neununddreißig. Nächsten Monat vierzig. Ich weiß, es ist nicht wirklich so alt, aber... ich bin schon lange im Geschäft. Was ist das, jünger als Sie, nicht?«

»Ein wenig«, sagte Tanner.

»Fühlen Sie sich alt?«

»Eigentlich nicht. Ich denke nicht viel darüber nach.«

»Ich schon. Wenn Ihnen die Beine weggeschossen werden, fühlen Sie sich alt, glauben Sie mir. Ich weiß nicht, ich habe jetzt zu viele Jahre mit Drogen gehandelt, und die Risiken gefallen mir immer weniger. Meine Risiken. Ich denke immer, daß sie mich noch einholen werden, weil es zu lange nach meinem Willen gelaufen ist.« Er hob den linken Armstumpf und stieß an die Plastikbeutel. »Und ich möchte es nicht zu weit treiben.«

Er versank in Schweigen, starrte zum Flugfeld hinaus, und Tanner hatte das Gefühl, daß der Mann nichts weiter sagen würde, wenn er ihn nicht drängte. Aber gerade als er ihn auffordern wollte, mehr über Albert Cromwell zu sagen, begann Rattan wieder zu sprechen.

»Es kostete mich ein Vermögen, diese Chance zu bekommen. Dabei können die Forscher froh sein, zur Abwechslung ein menschliches Versuchskaninchen zu bekommen. Auch der Flug kostete mich eine Stange Geld«, fügte er hinzu. »Die verdammte Maschine war ausgebucht, und ich mußte vier Leute abfinden, daß sie einen späteren Flug nahmen, und sie kamen mich nicht billig. Nicht viel ist heutzutage noch billig. Was sage ich, nichts von irgendeinem Wert war jemals billig.« Er schüttelte den Kopf. »Waren Sie je verliebt, Tanner? Sie müssen es gewesen sein, irgendwann in Ihrem Leben.«

Tanner konnte sich nicht denken, worauf Rattan hinaus wollte, aber ihm fiel nichts anderes ein als zu antworten. »Ja.«

Rattan nickte. »Ich war es nie, bis vor einem Jahr. Dachte immer, es sei viel zu lästig, zu viel Zeitaufwand, zu viel Unruhe und Schwierigkeiten. So denke ich noch immer, aber trotzdem verliebte ich mich. Ein weiteres Zeichen, daß ich alt werde, vielleicht. Aber natürlich kann ich es nicht richtig machen, ich muß es verpfuschen, ich muß mich verlieben in … raten Sie, wen?«

»Nicht in mich, hoffe ich.«

Rattan lachte, daß der Rollstuhl wackelte. »Sehr gut, Tanner. Ich möchte nicht zu … wie sagt man? … Nicht morbide …«

»Gefühlsselig?«

»Ja, ich möchte nicht zu gefühlsselig werden.« Er seufzte tief und schüttelte den Kopf. »Nein, nicht Sie. Britta. Verrückt, nicht wahr?«

»Warum verrückt?« fragte Tanner.

»Weil sie jung ist und verliebt in einen Zirkushengst, der einen vergrößerten Schwanz und, nach Britta, die längste Zunge in der Stadt hat. Was mich angeht, ich sage, das ist scheißegal, du kannst dir genauso gut eine Maschine hinstellen, die das alles macht, wenn du willst. Aber sehen Sie, das ist es eben. Wir haben verschiedene Prioritäten. Verschiedene Interessen. Verschiedenen Geschmack, alles.«

»Sie begleitet Sie nach Neu Hongkong«, sagte Tanner.

»Rein geschäftlich. Nur zeitweilig.« Er zuckte die Achseln, dann schüttelte er verdrießlich den Kopf. »Warum erzähle ich Ihnen das alles? Ich muß wohl senil werden.« Er blickte zu Tanner auf und verzog das Gesicht. »Ihnen ist es auch egal, nicht wahr? Sie wollen nur etwas über Mr. Albert Cromwell hören, ja?«

Tanner hob die Schultern. »Darum geht es bei alledem.«

Rattan nickte, sprach aber nicht gleich weiter. Er hantierte an den Steuerungselementen des Rollstuhls herum und machte kleine Neueinstellungen seiner Sitzposition. Als er damit fertig war, sah Tanner keinen Unterschied.

»Er war ein Kunde«, sagte Rattan. »Ein verdammt guter Kunde. Ich wußte nicht, daß er der Kettenmörder war. Er war bloß ein Typ, der eine Menge teuren Stoff kaufte. Das heißt, nicht irgendein Kerl, denn genau genommen ist er eine halbe Maschine. Vielleicht mehr als eine halbe.« Er wandte wieder den Kopf Tanner zu. »Ja, wenn es etwas wie einen Maschinenmenschen gibt, dann ist er es. Ein menschlicher Arm mit Hand ist alles, was er hatte. Der andere Arm und beide Beine waren Metallprothesen. Keine Kunststoffumhüllungen mit Fleischeffekt. Alles High-Tech nach dem letzten Schrei. Eine Seite seines Halses ist mit Metall verkleidet, und beinahe die Hälfte seines Schädels. Wer weiß, was für heiße Mikrochips und Prozessoren er darin hat? Und wer weiß, was sonst noch? Und hier ist der Hammer. Dieser Kerl ließ sich alles das freiwillig machen. Er ließ sich freiwillig den Arm und die Beine abschneiden und in eine verdammte Maschine verwandeln.«

»Er ließ sich das *freiwillig* antun? Von wem?«

Rattan nickte und grinste. »Ja, das ist die Frage, nicht wahr? Er ist ein militärisches Projekt.« Er schnaubte. »Ja, diese Scheißkerle. Versuchen herauszubringen, was für Kampfmaschinen sie aus gewöhnlichen Menschen machen können.«

»Woher wissen Sie alles das?«

»Ich hatte ein langes Gespräch mit dem Kerl. Ein paar Gespräche, genauer gesagt. Er redete gern.« Rattan zuckte die Achseln. »Ich mache es mir nicht zur Gewohnheit, alle meine Kunden persönlich aufzusuchen, aber dieser Kerl kaufte Quantitäten. Er war ein guter Kunde, dem ich persönlichen Service schuldig war, nicht wahr? Außerdem wollte ich sehen, was mit ihm vorgeht. Er kauft eine Menge teuren Stoff, und es ist schwer zu glauben, daß er das ganze Zeug selbst verbraucht. Nun, er zahlt meine Preise, warum sollte es mich kümmern, nicht wahr? Trotzdem wollte ich gern wissen, was er damit anfängt, falls etwas Unheimliches vorgeht. Also ging ich zu ihm.«

»Und was tat er mit dem Stoff?« fragte Tanner.

»Ha, der Kerl verbrauchte tatsächlich alles selbst. Ich ging hin, um diesen Kunden zu sprechen und kennenzulernen, und es stellt sich heraus, daß er halb Maschine ist und all diesen Stoff in sich hineinpumpt. Er lebte in einer Wohnung im Europäerviertel, wo ich ihn aufsuchte. Das erste Mal ließ er mich nicht in die rückwärtigen Räume, und das Wohnzimmer und die Küche waren praktisch leer. Im Wohnzimmer hatte er ein paar Sessel und eine Menge elektronischer Geräte, die er an seine prothetischen Körperteile anschließen konnte, zu Kontrollzwecken oder was weiß ich.

Ich hatte sofort das Gefühl, daß er keine Freunde hatte und reden wollte, aber niemanden hatte, mit dem er sich aussprechen konnte. Ich dachte mir damals schon, daß es ihn vielleicht verrückt machte. Jedenfalls wollte er mit mir reden. Er war kaum zu bremsen, erzählte mir, wie er sich freiwillig gemeldet habe, um diese elektronisch-technischen Veränderungen zur Verbesserung seiner Fähigkeiten durchführen zu lassen, daß er ein wichtiges militärisches Projekt zur Entwicklung von technisch, körperlich und geistig überlegenen Einzelkämpfern sei. Von Kampfmaschinen in Menschengestalt, könnte man sagen. Konnte natürlich Aufschneiderei und Wichtigtuerei sein, aber er sah tatsächlich so aus. Also fragte ich ihn, wo sie jetzt seien, die Militärs, warum er nicht irgendwo in einem Militärstützpunkt sei, in einem Labor oder was immer. Darauf sagte er, er habe seine Meinung geändert, er wolle keine Tötungsmaschine für die Armee sein, er wolle für niemanden arbeiten. Er sei jetzt etwas Besonders, sagte er. Er redete eine Menge Zeug dieser Art, daß er etwas Besonderes und Mächtiges sei, und daß er sich von niemandem herumkommandieren lasse und nichts tun werde, was er nicht selbst tun wolle. Also entkam er von dort, wo sie ihn hatten. Er sagte nicht, wo es war.«

Rattan hielt inne und rückte in seinem Rollstuhl herum, als suchte er eine bequemere Position. Tanner fragte, ob er ihm helfen könne, aber Rattan schüttelte den Kopf. Er öffnete den Kasten an der Armlehne, nahm einen kleinen Wasserkanister heraus und trank.

»Wie ich sagte«, fuhr er fort, »kann es ein Haufen Unsinn gewesen sein, aber ich glaubte ihm. Er sagte, er schließe diese elektronischen Geräte an sich selbst an, und das habe eine unheimliche Wirkung auf seinen Körper und Geist, und dann, sagte er, pumpe er den Stoff hinein, und er fühle sich wie in einem anderen Universum. Ich weiß nicht, aber als ich es hörte, leuchtete es mir ein. Ich möchte es nicht selbst probieren, aber ich kann verstehen, daß es der maximale Kick sein könnte.

Trotzdem, etwas stimmt mit diesem Kerl nicht. Ich bin nicht sicher, was es ist. Daß er ein militärisches Projekt war und daß er die Drogen alle selbst nahm, glaube ich ihm, aber da ist noch etwas anderes; ich hatte es gleich im Gefühl. Also frage ich ihn, ob ich wiederkommen und ihn sprechen könne, wenn er nächstes Mal eine Lieferung braucht, und er sagt, klar. Ich glaube, er mag die Gesellschaft, jemanden, mit dem er reden kann. Also gehe ich nächstes Mal wieder hin, und diesmal bringe ich ein paar Abhörwanzen mit. Er vertraut mir schon etwas mehr, denke ich, denn er führt mich in einen der rückwärtigen Räume und zeigt mir seine besonderen Dinge. Nun ist mir klar, daß dieser Kerl einen in der Knolle hat. Der Raum ist voll von Engeln und Flügeln. Bilder von Engeln, Plastiken, Gemälde und Zeichnungen, sogar ein paar Bilder, die wie Fotos aussehen. Und an der Rückwand hat er einen richtigen Satz Flügel, sehen genau wie Engelsflügel aus und sind aus etwas wie Gefieder, aber keinen richtigen Federn, etwas anderem. Ich weiß nicht, wie ich sie beschreiben kann, außer daß sie wirklich wie Engelsflügel aussahen. So unwirklich, wie Engelsflügel sein müssen. Natürlich habe ich nie einen Engel gesehen, nicht wahr, aber …

Nun, jetzt wird es gut. Er zeigt mir all dieses Zeug, und dann zieht er das Hemd aus. Sein Körper ist kreuz und quer von Metallstreifen überzogen, und als er sich umdreht, sehe ich seinen Rücken. Der Rücken ist ganz aus Metall, vom Hals bis zum Gürtel, aber ganz flexibel und segmentiert oder was immer, und oben um seine Schulterblätter ist eine besondere Vorrichtung, bis zu den Schultern, mit Schlitzen und Flanschen und Haken, ich weiß nicht. Dann geht er zur Rückwand, wo die Engelsflügel sind. Ich sehe jetzt, daß sie etwas haben, womit er sie am Rücken einhängen kann. Er geht rückwärts heran, ich höre so ein Klicken, dann tritt er von der Wand nach vorn. Die Engelsflügel kommen mit ihm, sie sind jetzt angebracht. Und irgendwie ist er imstande, die Flügel zu steuern, sie breiten sich aus, vielleicht drei oder vier

Meter Spannweite haben sie. Große Flügel. Er steht in der Mitte des Raums und streckt die Arme aus, einen aus Metall, den anderen aus Fleisch und Blut, und hinter ihm breiten sich die Flügel aus, heben sich ein wenig. Und dann sagte er: ›Wenn ich meine Flügel trage, bin ich ein Engel. Der Engel der Zerstörung.‹

So steht er da und lächelt. Er sagt, die Flügel seien sein Preis dafür gewesen, daß er sich von den militärischen Forschern zu einem Maschinenmenschen machen ließ. Sie hätten ihm die Flügel geben müssen.« Rattan machte eine Pause, schüttelte den Kopf. »Ich bin froh, daß ich die Abhörwanzen mitbrachte und bei ihm deponierte. Dieser Bursche scheint mir ziemlich durchgeknallt zu sein, und ich würde gern wissen, was in seinem Kopf vorgeht.«

Rattan hielt inne, zog ein Papiertaschentuch hervor und schneuzte sich. »Die nächsten paar Tage lausche ich den Abhörwanzen, wann immer ich kann. Es zeigt sich, meine Vermutung, daß er keine Freunde und niemanden hat, trifft zu. Niemand kommt zu ihm. Aber der Mann redet gern, und wie manche einsame Menschen redet er viel mit sich selbst. Die meiste Zeit ergibt es keinen Sinn. Ich kann nicht verstehen, was, zum Teufel, er redet. Aber es ist alles ziemlich unheimlich, und genug davon wird mir nach und nach verständlich, so daß ich nach ein paar Tagen die ziemlich handfeste Vermutung habe, daß dieser Kerl der verdammte Kettenmörder ist. Ich bleibe dran, verbringe viel Zeit mit Abhören, und als ich meiner Sache ziemlich sicher bin, schicke ich Ihnen die Botschaft. Ich rechne mir aus, daß ich mit diesem Ding ein gutes Stück Geld verdienen kann.«

»Woher wußten Sie von den Engelsflügeln an den Opfern?«

Rattan lächelte. »Ich wußte es nicht, wirklich. Es war eine Vermutung. Er redete so viel unheimlichen

Scheiß über Engelsflügel, daß ich nach einer Weile das Gefühl hatte, er mache an den Körpern seiner Opfer etwas mit Engelsflügeln. Also hatte ich recht?«

Tanner nickte. »Er tätowiert Engelsflügel in die Nasenlöcher der Opfer.«

»Die Nasenlöcher? Warum das?«

»Keine Ahnung.« Tanner sah ihn abwartend an. »Und was dann?«

»Dann nichts. Nach ein paar Tagen höre ich nichts mehr. Ich denke mir, vielleicht hat er die Abhörwanzen gefunden, und schicke jemanden vorbei, um das Gebäude zu kontrollieren, zu sehen, was der Kerl macht, wohin er geht. Nichts. Nach weiteren Überprüfungen stellt sich heraus, daß der Kerl fort ist. Die Wohnung ist leer, ausgeräumt und gesäubert, nichts mehr da. Ich warte ab, strecke ein paar Fühler aus, sehe, ob er anderswo auftaucht, vielleicht von meinen Konkurrenten kauft. Nichts. Nach einer Weile wird mir klar, daß die Morde aufgehört haben. Ich frage mich, was, zum Henker, vorgeht, der Kerl ist fort, die Morde haben aufgehört, ich habe weder von Ihnen noch von Freeman ein Wort gehört. Ich überlege, ob er gefaßt worden ist, aber nein, keine Meldung, nichts, und es hätte mit Sicherheit ein Aufhebens gemacht, wenn er gefaßt worden wäre. Dann höre ich, daß Freeman getötet wurde und Sie im Krankenhaus sind, und mir wird klar, warum ich nichts von Ihnen gehört habe. Zeit vergeht, der Mann taucht nicht mehr auf, die Morde fangen nicht wieder an. Ich überlege, ob er in eine andere Stadt gezogen ist, aber soweit ich feststellen kann, hat es diese Morde auch anderswo nicht gegeben. Er ist einfach verschwunden.«

»Was ist nach Ihrer Meinung geschehen?«

»Gestorben ist er nicht, das wissen wir jetzt.« Rattan nickte bedächtig zu sich selbst. »Ich glaube, das Militär fand ihn. Sie kamen darauf, daß er der Kettenmörder ist, fanden ihn und seinen Engelsscheiß, schleppten ihn fort und sperrten ihn ein, und verschleierten alles.« Er wandte den Kopf und blickte zu Tanner auf. »Sie glauben doch nicht, die Militärs würden jemand wissen lassen, daß eines ihrer geheimen Lieblingsprojekte herumgelaufen ist und Leute umgebracht hat?«

Tanner schüttelte den Kopf. »Sicherlich nicht. Und was ist jetzt passiert? Sie meinen, er ist wieder entkommen?«

Rattan nickte. »Er muß entkommen sein und genau dort wieder angefangen haben, wo er vor zweieinhalb Jahren aufhörte.«

»Und Sie wissen, wo er ist?«

Rattan nickte wieder, sagte aber nichts.

»Wo?« fragte Tanner. »Das ist Teil der Abmachung.«

»Ja. Aber denken Sie daran, wenn es schlechte Nachrichten gibt, hat es keinen Sinn, den Überbringer zu töten.«

Großartig, dachte Tanner. »In Ordnung, was ist die schlechte Nachricht?«

»Er ist im Sanierungsgebiet. Im Kernbereich.«

Im Kernbereich. Auch das noch. »Sie haben ihn gesehen?«

»Nein, nein«, sagte Rattan, »ich gehe nicht da hinein. Außerdem sitze ich in diesem verdammten Rollstuhl, seit er wieder aufgetaucht ist. Aber ich habe ein Geschäft, nicht wahr, und ein paar Kunden dort im Sanierungsgebiet. Ich höre dies und das, und das meiste ist mir gleichgültig, abgesehen davon, daß man vieles, was da herauskommt und kolportiert wird, sowieso nicht glauben kann. Aber als ich hörte, daß man dort ein Monstrum halb aus Metall und mit Flügeln gesehen hat, wußte ich Bescheid.«

»Mein Gott«, murmelte Tanner. »Warum im Sanierungsgebiet?«

»Wie ich es sehe, der geeignete Ort für ihn. Im Freihafenbezirk wurde er aufgespürt. Er versucht sich vor den militärischen Fahndern zu verstecken. Dort, wohin sich niemand traut, wo nominell unbewohntes Gelände mit Abbruchruinen ist, ist er wahrscheinlich am sichersten. Und wer weiß, was er dort getan hat? Ich hörte mehrere Wochen bevor die ersten Toten gefunden wurden, über seinen neuen Aufenthaltsort. Wahrscheinlich richtete er sich erst ein. Eröffnete die Praxis. Wer kann es wissen?«

Tanner schwieg lange. Sie würden ins Sanierungsgebiet gehen müssen, um den Verrückten zu finden.

Tanner bezweifelte Rattans Geschichte nicht, bezweifelte nicht, daß dieser Mann, Albert Cromwell, der Kettenmörder war. Der Engel der Zerstörung.

»Verstehen Sie jetzt?« fragte Rattan.

»Was soll ich verstehen?«

Er bewegte seinen linken Armstumpf. »Warum ich keine elektronisch gesteuerten High-Tech-Prothesen haben will. Ich will Mensch bleiben. Sehen Sie sich dieses Monstrum an, er ist halb Maschine, und was tut er? Er bringt all diese Menschen um.«

»Es hat schon immer Serientäter gegeben«, sagte Tanner. »Massenmörder, und sie waren alle vollständig menschlich.«

Rattan schüttelte den Kopf. »Das ist mir gleich, ich habe diesen Kerl gesehen, und daß er zum Maschinenmenschen gemacht wurde, hat ihm etwas getan. Engel der Zerstörung, komplett mit Flügeln. Sehen Sie sich an, was er mit den Opfern macht, er schmilzt ihnen erhitzte Metallketten in die Haut. Ich meine, was *ist* das?«

»Sie glauben, es hänge damit zusammen, was mit ihm gemacht wurde?«

»Natürlich, Sie nicht?«

»Wieso? Warum tut er es nach Ihrer Meinung?«

»Wie, zum Teufel, sollte ich das wissen?«

»Sie haben mit ihm gesprochen.«

»Er erzählte mir nicht, daß er Leute umbringt. Er erzählte mir nicht, warum er es tut. Aber ich kann Ihnen sagen, ich habe seit vielen Jahren mit Drogen gehandelt, und soweit ich es beurteilen kann, ist der Wunsch, sich in eine Maschine zu verwandeln, viel schlimmer als Drogenkonsum. Nimmt man Drogen, bleibt man wenigstens Mensch. Dieser elektronisch-technische Scheiß ist ganz schlimm. Und es ist nicht bloß dieser eine durchgeknallte Typ, Tanner. Das ist die Zukunft, und das gefällt mir ganz und gar nicht.«

Beide schwiegen, und Tanner versuchte zu entscheiden, was er Rattan noch fragen sollte. Es fiel ihm nichts ein. Er wußte, wer es war und wo er war.

»Ich habe Ihnen gegeben, was Sie wollten, nicht wahr?« sagte Rattan.

Tanner nickte. Beide schwiegen weiter. Tanner sah die Lichter auf dem Flugfeld, die Scheinwerfer von Fahrzeugen, die zwischen den abgestellten Maschinen kurvten. Rattan würde dies alles bald hinter sich lassen. Für Tanner.

Hatte Rattan recht damit, daß der Umbau in eine halb menschliche Kampfmaschine Albert Cromwell zum Engel der Zerstörung gemacht hatte? Zu einem Verrückten, einem Ungeheuer? Er konnte nicht glauben, daß es so einfach war, aber das bedeutete nicht, daß die Erklärung abwegig war. Und was sollte man von Rattans anderer Bemerkung halten, daß ein Übergangsstadium vom Menschen zur Maschine die Zukunft sei? Was, zum Teufel, bedeutete das, wenn ein wahrer Kern darin steckte?

»Was hätten Sie getan«, fragte Rattan, »wenn ich nicht gewußt hätte, wer es ist? Wenn ich überhaupt nichts gewußt hätte?«

Tanner blickte in Rattans Gesicht hinab, das in der Dunkelheit kaum zu erkennen war, ließ den Blick über die seltsamen Säcke über den nicht verheilten Stümpfen wandern. »Wahrscheinlich hätte ich Sie trotzdem gehen lassen.« Er hielt inne, dachte kurz darüber nach, lächelte dann und schüttelte den Kopf. »Nein, das hätte ich nicht getan. Wahrscheinlich wäre ich in Wut geraten und hätte Ihnen alle ihre verdammten Schlauchleitungen herausgerissen.«

Rattan lachte. »Das gefällt mir an Ihnen, Tanner. Sie sind ein aufrichtiger Mann. Könnte ein paar Leute wie Sie im Drogengeschäft brauchen.«

»Aus dem Sie aussteigen wollen.«

Rattan lachte wieder und nickte. »Und in das einzusteigen Sie bereits auf dem besten Weg sind. Schmuggelgeschäfte machen und mit dem Gewinn Bedürftige unterstützen.« Er schüttelte den Kopf. »Na, gehen wir wieder hinein. Es ist Zeit.«

Tanner folgte ihm um die Ecke des Abfertigungsgebäudes, die Rampe hinauf und durch die automatischen Türen zur Personenkontrolle. Paul und Britta waren bereits durchgeschleust und warteten auf Rattan. Tanner blieb zurück und sah zu, wie sie ihn kontrollierten.

Zuerst kam das Wichtigste, die Bestätigung der Identität. Rattan legte die rechte Hand auf die Platte des Lesegeräts und hielt den Kopf zum Vergleich der Retina an die Okulare des Prüfgerätes. Der Sicherheitsmann drückte die Eingabe, Rattan zog Hand und Kopf zurück, und alle warteten. Eine Minute später kam die Bestätigung über den Bildschirm, und Rattan durfte weiterrollen.

Die Sicherheitsinspektion dauerte am längsten, weil Rattans Rollstuhl von vorn bis hinten und von oben bis unten überprüft werden mußte. Verkleidungen wurden abgenommen, einzelne Teile abgeschraubt.

Niemand dachte wirklich, daß er etwas an Bord schmuggeln würde, niemand dachte, daß er Waffen oder Sprengstoff beförderte, aber sie waren trotzdem gründlich.

Als sie fertig waren, eskortierten die Sicherheitsbeamten Rattan, Britta und Paul hinaus zu einem Verladefahrzeug, das dann auf das Flugfeld hinausfuhr.

Es war noch viel Zeit bis zum Start. Tanner stieg zum Obergeschoß des Abfertigungsgebäudes hinauf und setzte sich an einen Tisch neben dem großen Fenster. Er trank ein Bier und beobachtete die Aktivitäten auf dem Flugfeld. Er bemühte sich, nicht allzuviel nachzudenken, seinen Verstand ruhen zu lassen. Das letzte Stadium der Ermittlungen, hoffte er, konnte beginnen. Mit der Information von Rattan hatten sie endlich eine Richtung, die sie einschlagen konnten, einen Ort, wo sie suchen konnten. Er dachte, er sollte aufgeregt und glücklich sein, doch fühlte er sich statt dessen unbestimmt deprimiert. Er wußte nicht, warum.

Lautsprecher kündigten den bevorstehenden Start an. Tanner wandte seine Aufmerksamkeit dem Fenster zu. Die Triebwerke der Maschine liefen an, der mächtige Rumpf setzte sich in Bewegung und rollte langsam auf das Flugfeld hinaus, verschwand in der Nacht.

Bald darauf drang ein dumpfes Brüllen durch die Glaswand, und dann kamen die Lichter der Maschine in Sicht, die mit starker Beschleunigung über die Startbahn raste. Glut leuchtete aus den Triebwerksöffnungen, der Koloss zog steil empor und verlor sich in der Nacht, bis seine Lichter zu einem kleinen Punkt verschmolzen, einem Stern, der langsam über den Nachthimmel zog. Rattan war fort.

Schritte näherten sich dem Tisch. Tanner wandte den Kopf und sah Carlucci. Dieser zögerte einen Moment, setzte sich dann ihm gegenüber. Tanner wußte nicht, was er sagen sollte.

»Sie erwarteten nicht, mich hier zu sehen, wie?« sagte Carlucci.

»Nein.« Er spielte mit dem Gedanken, Carlucci zu fragen, ob es bloß ein zufälliges Zusammentreffen sei, sagte sich aber, daß Carlucci ihm gefolgt war. Wie hatte er es erfahren? Und war es wichtig?

»Wer war dieser Mann im Rollstuhl?« fragte Carlucci.

Es hatte keinen Sinn, der Frage jetzt noch auszuweichen. Es war zu spät, als daß Carlucci noch etwas unternehmen konnte. »Rattan«, sagte er.

Carlucci nickte. »Das befürchtete ich. Aber ich wußte es nicht«, sagte er und faßte Tanner scharf ins Auge. »Es hätte jeder sein können.«

Er hatte absichtlich gewartet, bis es zu spät war, er kannte Tanner. Carlucci mußte hier sein, seit Tanner und die anderen eingetroffen waren.

Carlucci blickte zum Fenster hinaus und in den Nachthimmel, als könnte er noch die Lichter der Maschine sehen, die Rattan nach Neu Hongkong brachte. »War dies der Preis für die Info?«

»Ja«, sagte Tanner.

»War sie es wert?«

»Ja.«

Carlucci nickte und stand auf. »Also gehen wir und schnappen uns den Scheißkerl.«

So einfach würde es nicht sein, dachte Tanner. Aber die Einzelheiten konnten warten. Er nickte und stand ebenfalls auf. Sie verließen das Abfertigungsgebäude.

34

Sie fuhren mit Carluccis Wagen zurück ins Stadtzentrum und nahmen Kurs auf den Freihafenbezirk. Unterwegs berichtete Tanner alles, was Rattan ihm gesagt hatte. Carlucci stellte nur ein paar Fragen zur Erläuterung und wollte nicht einmal wissen, warum Tanner ihm nichts über die Vereinbarungen mit Rattan erzählt hatte. Keiner von ihnen erwähnte auch nur diesen Punkt.

Als Tanner geendet hatte, fuhr Carlucci rechts an den Straßenrand und hielt. Er rief im Dezernat an, wurde durchgestellt, und eine Frauenstimme meldete sich.

»Diane?« fragte Carlucci.

»Ja. Sind Sie es, Frank?«

»Ja, ich bin es. Ich brauche zweierlei. Erstens veranlassen Sie, daß jemand eine förmliche Anfrage an das Verteidigungsministerium richtet und um Information über Albert Cromwell ersucht. Meine Vermutung ist, daß wir damit nichts erreichen werden, also beauftragen Sie zweitens einen der freiberuflichen Mitarbeiter mit informellen Nachforschungen.«

»Wollen Sie auf eine Antwort vom Verteidigungsministerium warten, bevor wir den freien Mitarbeiter losschicken?«

»Nein, der soll gleich anfangen.«

»Klarer Fall. Frank, hat dies etwas mit ...?«

»Kein Wort, Diane. Nicht ein Wort.«

»Ich werde mich sofort darum kümmern.«

»Danke.«

Carlucci schaltete das Autotelefon aus und starrte eine Weile schweigend durch die Windschutzscheibe. Die Wagenscheinwerfer beleuchteten ein auf der Seite liegendes Ölfaß. Aus zwei Löchern leckte Flüssigkeit auf den Beton. Auch Tanner wartete schweigend. Er hatte einstweilen nichts zu sagen.

»Gehen wir jetzt hinein, oder warten wir bis zum Morgen?« sagte Carlucci nach einiger Zeit. Es hörte sich nicht wie eine Frage an, deren Beantwortung er von Tanner erwartete.

»Ins Sanierungsgebiet?« fragte Tanner.

Carlucci nickte. »Wir werden Koto fragen.« Er blickte zu Tanner. »Jetzt setzen wir ihn ein.«

»Ja?«

»Ja. Darum ist er dort. Er kennt den Freihafenbezirk besser als die meisten, aber der eigentliche Grund, daß wir ihn dort haben, ist das Sanierungsgebiet.«

»Er wohnt doch nicht dort, oder?«

»Nein. Aber er kennt sich aus. Er weiß die Zugänge und Ausgänge, er kennt einige Leute. Er ist unser Schlüssel. Ohne ihn werden wir kaum Chancen haben. Aber mit ihm ... Mit ihm finden wir vielleicht unseren Mann.«

»Also suchen wir Koto auf.«

Carlucci nickte. »Wir fahren zu Koto.« Er legte den ersten Gang ein und fuhr hinaus auf die Straße.

Koto wohnte im Asiatischen Viertel, in einem Gebäude, das vom Sanierungsgebiet nur zwei Blocks entfernt war. Es ging auf zwei Uhr früh, als Tanner und Carlucci vor dem Haus eintrafen. Sie hatten Carluccis Wagen im Chinesenviertel zurückgelassen, waren durch Li Pengs Importgeschäft in den Freihafenbezirk gelangt und von dort zu Fuß gegangen.

Sie betraten die kleine Eingangshalle, sahen sich ein wenig um und gingen zum Schalter des Nachtwächters. Der Mann war groß und fleischig und trug ein T-Shirt mit dem Aufdruck KOREANER UND STOLZ DARAUF. Auch hatte er eine Pistole in der Rechten.

»Euer Aussehen gefällt mir nicht«, sagte der Wachmann und musterte sie finster. Er machte mit der Pistole eine auffordernde Bewegung zum Hauseingang. »Auf Wiedersehen.«

»Wir wollen zu Ricky Toy«, sagte Carlucci.

Der Nachtwächter antwortete nicht. Seine Pistole zielte auf den Eingang.

»Rufen Sie Toy, Mann«, sagte Carlucci.

Der Mann zögerte, und sein Gesicht verfinsterte sich noch mehr. »Namen und Ausweise.«

Tanner und Carlucci legten ihre Ausweise auf den Schalter. Der Wächter musterte sie eingehend, dann drückte er ein paar Knöpfe an seiner Konsole. Eine Stimme kam aus dem Lautsprecher.

»Ja, Bernie.«

»Frank Carlucci und Louis Tanner möchten Sie sprechen, Mr. Toy.«

»Schalten Sie das Video ein.«

Bernie drückte weitere Knöpfe und sagte: »Sehen Sie in die Kameras.« Dabei nickte er zu den zwei kleinen schwenkbaren Kameras, die hinter ihm an der Wand befestigt waren.

Eine längere Pause folgte. »In Ordnung, Bernie, laß sie rauf«, sagte eine Stimme. »Ich ruf dich an, wenn sie hinausgeschmissen werden sollen.«

Bernie grinste, deutete mit einem Nicken zum Aufzug. »Vierter Stock, Nummer vierhunderteins.«

Sie mußten mehrere Minuten lang auf den Aufzug warten, und als er endlich kam, stiegen drei gedrungene ältere Frauen in identischen purpurroten Gymnastikanzügen aus. Nur ihre Stirnbänder variierten in der Farbe – eins war weiß, eins schwarz und eins grau. Tanner und Carlucci stiegen ein und fuhren ohne Aufenthalt zum vierten Stock. Die Wohnung 401 war die erste Tür rechts.

Carlucci klopfte, und die Tür wurde geöffnet. Obwohl Tanner im Laufe der Jahre verschiedenes über Koto gehört hatte, war er ihm nie begegnet und hatte nie ein Bild von dem Mann gesehen. So war er überrascht, einen großen, sehr stattlichen und gutgebauten Mann vor sich zu sehen. Aus irgendeinem Grund hatte er sich Koto immer als einen kleinen, ausgemergelten Burschen vorgestellt, der das Licht scheute. Koto war ganz anders, und sogar seine Haltung kündete von Stärke und Selbstsicherheit.

Carlucci machte Tanner und Koto miteinander bekannt, dann führte Koto sie in ein Zimmer mit zwei großen Fenstern. Es war mit mehreren Sesseln, ein paar kleinen Tischen und einem riesigen, komplizierten Stereo- und Videosystem möbliert. Schränke mit Hunderten von CDs und Tonbandkassetten standen an den Wänden, zwei Regale enthielten sogar alte Langspielplatten.

Koto bot ihnen zu essen und zu trinken an, was Carlucci und Tanner ablehnten, dann ließen sie sich in Sesseln bei den zwei Fenstern nieder. Tanner schwieg, während Carlucci die Situation erklärte und in knapper Form die Information wiedergab, die Tanner von Rattan erhalten hatte. Nachdem er hinzugefügt hatte, was er für nützlich hielt, wandte er sich zu Tanner.

»Habe ich etwas ausgelassen?«

Tanner schüttelte den Kopf.

»Sie zweifeln nicht daran, daß Rattans Information zutreffend ist?« fragte Koto.

Tanner zuckte die Achseln. »Zweifel gibt es immer, aber in diesem Fall eigentlich nicht. Ich bin überzeugt, daß dieser Mann der Kettenmörder ist und im Sanierungsgebiet lebt.«

Koto nickte. »Und Sie meinen, es sei das beste, wenn wir hineingehen und ihn dort suchen?«

»Soweit ich es sagen kann«, meinte Carlucci, »ist es der einzige Weg. Es sei denn, man könnte an allen Zugängen zum Sanierungsgebiet Posten aufstellen und warten, bis er herauskommt.«

Koto lächelte. »Niemand kennt alle Wege, die hinein und heraus führen, da in vielen der Ruinen und einsturzgefährdeten Gebäuden die Keller intakt und untereinander verbunden sind. Ich selbst kenne nur einige Wege. Oberirdisch ist das Gebiet, wie Sie wissen, durch Straßensperren und Zäune abgesperrt. Und selbst wenn man alle Zugänge durch Posten überwachen könnte, würden alle Bewohner drinnen und im Umkreis binnen weniger Stunden davon wissen. Er würde sich nicht blicken lassen.«

»Was meinen Sie?« fragte Carlucci.

»Wie viele sollen hineingehen?«

»Nur wir drei.«

Koto nickte. »Das ist das Maximum. Alles, was darüber hinausgeht, verursacht logistische Probleme. Auch sollten Sie niemandem sagen, was wir tun. Nicht einmal Boicelli.« Boicelli war stellvertretender Polizeidirektor, Carluccis unmittelbarer Vorgesetzter und sein langjähriger Freund.

»Mir soll's recht sein.«

Koto blickte zum Fenster hinaus. In der Ferne erhellten Lichterscheinungen die Nacht, Ausbrüche weiß und blau aufleuchtender Lumineszenz.

»Ich bin bereit«, sagte Koto, »aber Sie sollten beide verstehen, daß es ein echtes Risiko ist. Das Sanierungsgebiet oder der Kern, wie es hier genannt wird, ist ein komischer Ort, nicht so schlimm wie die meisten Leute denken, aber es kann verhängnisvoll sein. Wenn man nicht achtgibt, kann man leicht ausgeraubt werden oder ein Messer zwischen die Rippen bekommen. Ich selbst gehe nicht oft hinein und nur wenn ich überzeugt bin, daß es notwendig ist und daß die Atmosphäre stimmt. Nennen Sie es Aberglauben oder was Sie wollen, aber dort drinnen gelten andere Regeln. Ich weiß, daß Sie an eine schnelle Aktion denken, und bin bereit, darauf einzugehen, aber nur bis zu einem gewissen Punkt, was bedeutet, daß wir vielleicht nicht einmal sofort hineingehen. Und wenn, vielleicht nicht weit. Sind wir drin, gehen wir nach meinem Gefühl. Wenn ich die geringsten Zweifel habe, verziehen wir uns wieder, ganz gleich, wo wir sind. Sie müssen sich damit abfinden, daß wir geduldig vorgehen, in meinem Tempo. Vielleicht wird es mehrerer Vorstöße bedürfen, um diesen Kerl zu finden. Ich weiß, daß Sie ihm das Handwerk legen wollen, bevor er noch jemanden umbringt, aber Sie können es nicht übers Knie brechen, oder Sie laufen Gefahr, bei der Aktion draufzugehen. Sie müssen diese Bedingungen akzeptieren, oder ich gehe nicht.«

Carlucci war anzusehen, daß er in Kotos vorgetragenen Bedenken eine unnötige Dramatisierung der Angelegenheit sah, aber er gab nach. »He, was auch immer, wir tun, was nötig ist. Also, wann ist die beste Zeit, um hineinzugehen?«

»Morgengrauen oder Abenddämmerung«, sagte Koto. »Eine Übergangszeit, wenn die einen anfangen und die anderen aufhören.«

»Können wir dann bei Tagesanbruch gehen? Heute?«

Koto lächelte. »Ich liebe Ihre Geduld, Carlucci.« Dann nickte er. »Wir können es versuchen, die Lage sondieren. Mehr will ich nicht versprechen.«

»Schon recht.« Carlucci wandte sich zu Tanner. »Diesmal will ich keine Widerrede. Sie werden eine Waffe tragen.«

»Ja, darauf muß ich bestehen«, ergänzte Koto. »Eine Waffe ist notwendig, auch wenn es nur ein Jagdmesser oder Tränengas ist.«

Tanner nickte. »Ich werde eine Pistole mitnehmen.«

Eine Stunde vor Tagesanbruch verließen sie Kotos Wohnung. Koto hatte mehrere Waffen zum Vorschein gebracht, unter denen Tanner die Wahl treffen konnte, und er hatte sich für eine neun Millimeter Browning entschieden. Die Waffe lag hart und kalt an seiner Seite.

Koto führte sie aus dem Gebäude und auf die Straße. Er trug einen kleinen Rucksack. Der Himmel war noch dunkel, und die Straße war belebt und laut und hell beleuchtet. Sie gingen einen Block auf das Sanierungsgebiet zu, dann führte Koto sie in ein Restaurant, das sich Mama Choy nannte. Es war voll besetzt, laut und heiß und rauchig; die Gerüche chinesischer Küche hingen dick in der Luft. Koto sprach ein paar Worte zum Oberkellner und ging dann voraus zum rückwärtigen Teil des Restaurants. Tanner und Carlucci folgten ihm auf seinem Zickzackkurs zwischen den Tischen.

Hinter dem Speisesaal führte ein offener Durchgang in einen einfach ausgestatteten Nebenraum mit einem halben Dutzend Tischen. Die Sitze und Lehnen der Stühle waren mit hellrotem PVC bezogen. Die meisten Tische waren leer. Koto ging bis zum letzten, der an der Rückwand stand. Dort saß eine alte Frau, klein und dünn und – wie Tanner fand – durchaus würdevoll, bis sie Koto mit zahnlosem Mund angrinste. Koto stellte seine Begleiter vor. Die Frau war Mama Choy persönlich und lud sie ein, bei ihr zu sitzen. Koto nahm den Platz neben ihr, während Tanner und Carlucci sich ihnen gegenüber setzten.

Nach ihrer Vorstellung ließen Koto und Mama Choy die beiden anderen ziemlich unbeachtet. Sie sprachen chinesisch miteinander, lachten und nickten, und bisweilen schlug Mama Choy mit lautem Klatschen auf Kotos Hand. Es wurde Tee serviert – eine Kanne und vier Tassen –, und ein paar Minuten später vier kleine Schalen Nudelsuppe mit Ei. Das Gespräch und Gelächter zwischen Koto und Mama Choy nahm seinen

Fortgang, während alle vier die Suppe aßen und Tee tranken.

Tanner versuchte sich zu entspannen und die Geräusche und die schlechte Luft zu ignorieren. Die Suppe war gut, und er konzentrierte sich auf ihren Geschmack und die angenehme Wärme, die sie in seinem Magen verbreitete. Er spürte Carluccis Ungeduld und wußte so wenig wie dieser, wozu sie hier mit Mama Choy saßen, aber es war nicht seine Sorge. Obwohl er ihn nicht kannte, hielt er Koto für vertrauenswürdig.

Als die Suppe gegessen und der Tee getrunken war, hörte das heitere Gespräch auf, und Mama Choy wurde sehr ernst. Sie zog die Teekanne zu sich, und eine Kellnerin räumte die Tassen und Schalen ab. Mama Choy und Koto sprachen noch ein paar Worte miteinander, leise und ohne zu lachen. Dann nahm Mama Choy den Deckel von der Teekanne und schaute mit zahnlosem Grinsen hinein. Sie studierte den Boden der Kanne und klopfte dabei einige Male mit den silbern lackierten Fingernägeln an die Seiten.

Das Lächeln verging, und sie schob die Teekanne von sich, nahm Kotos Hände in ihre und schloß die Augen. Beide verharrten eine Minute stumm und bewegungslos. Tanner blickte zu Carlucci, der eine Braue hob und die Achseln zuckte. Endlich lächelte Mama Choy wieder, gab Kotos Hände frei und öffnete die Augen. Die beiden sprachen noch ein wenig, dann nickte Koto. Er sagte etwas, Mama Choy lachte, und er beugte sich zu ihr und küßte sie auf die Wange. Sie schlug ihn wieder auf die Hand, und Koto stand mit breitem Lächeln auf.

Er nickte Tanner und Carlucci zu, und auch sie erhoben sich und dankten Mama Choy, die ihnen lächelnd zunickte und mit den silbrigen Fingernägeln an der Tischplatte kratzte. Nach ein paar weiteren

Worten ging Koto hinaus, und Tanner und Carlucci folgten ihm auf die Straße.

»Ich gehe nie ohne Mama Choys Segen«, vertraute Koto ihnen draußen an. »Wenn sie sagt, ich solle nicht gehen, gehe ich nicht.« Er lächelte entschuldigend. »Aber sie sagt, wir werden heute morgen Glück haben.«

»Was?« sagte Carlucci. »Sie liest aus Teeblättern?«

»Nein, sie glaubt nicht an diesen Unsinn. Sie tut es bloß als eine Art persönlicher Scherz.«

»Was tut sie dann?«

Koto schüttelte den Kopf und wollte nicht mehr sagen.

Ein Stück die Straße hinunter, ging Koto in einen Laden und kaufte drei große Portionen Käse, die er in seinen Rucksack tat. Auch das erklärte er nicht, aber niemand fragte ihn danach. Tanner gab sich damit zufrieden, einfach zu folgen und abzuwarten. Geduld, hatte Koto gesagt. Da Koto den Ruf genoß, sich in dieser Gegend auszukennen, war es vielleicht ein weiser Rat.

Sie gingen weiter, bogen links in die nächste Querstraße ein und bald darauf in eine Durchfahrt in der Mitte des nächsten Blocks. Sie war schmaler als die meisten, und die Luft darüber voll von Feuerleitern und gußeisernen Balkongeländern, die beinahe zusammenstießen, und das schadhafte Pflaster voller Schlaglöcher, Mülltonnen und herumliegendem Unrat.

Bald erreichten sie eine Betontreppe, die zu einer Kellertür hinabführte. Sie stiegen hinunter, und Koto öffnete die Tür, die nicht verschlossen war. Sie traten ein und schlossen die Tür hinter sich. Im Keller war es dunkel. Ein heller, gebündelter Lichtstrahl aus einer Taschenlampe in Kotos Hand durchschnitt die Dunkelheit. Er hatte den Rucksack geöffnet und nahm zwei weitere Taschenlampen heraus, die er Tanner und Carlucci gab.

Der Keller war leer. Koto führte sie durch den Raum zu einer weiteren Tür, die auch unverschlossen war. »Dies ist einer der Zugänge, die ich kenne«, sagte Koto. »Wer in den Abbruchruinen haust, braucht seinen Besitz nicht zu schützen.« Hinter der zweiten Tür ging es eine weitere Treppe abwärts. Unten erstreckte sich ein langer, schmaler und unbeleuchteter Gang aus altem Mauerwerk. Der Boden bestand aus festgetretener Erde.

Von der Decke hing an Drähten ein Blechschild, in das mit farbigem Säurestift große Buchstaben geätzt waren:

DIE IHR HIER EINTRETET
LASST ALLE HOFFNUNG FAHREN

»Da scheint es einen Philosophen zu geben«, bemerkte Carlucci.

Koto wandte sich zu ihnen um. Die Lichtkegel ihrer Taschenlampe kreuzten einander, leuchteten in drei Richtungen und erzeugten auf ihren Gesichtern ein seltsames Netz von Licht und Schatten.

Carlucci nickte Koto zu. Der nickte zurück und sagte: »Gehen wir.«

Einer hinter dem anderen folgten sie dem Gang.

35

SOOKIE VERLOR BALD ihre Spur. Eine Weile tappte sie in der Finsternis herum und hatte keine Ahnung, wo sie war und wohin sie ging. Dann machte sie halt und überlegte, was zu tun sei. Sie fürchtete sich beinahe.

Es war nicht schwierig gewesen, ihnen zu Mama Choy zu folgen, dann um die Ecke und in die Durchfahrt. Sie hatte die drei die Stufen hinuntersteigen sehen, und durch ein kleines, vom Schmutz fast blindes Fenster Lichter von Taschenlampen und schattenhafte Gestalten erkannt, die sich im Keller bewegten und durch eine andere Tür verschwanden.

Als sie in den Keller hinabstieg, hätte sie beinahe kehrt gemacht, so finster war es, so ähnlich jenem anderen Keller. Aber sie überwand ihre Furcht, fühlte umher und fand die Tür und die nächste Treppe hinunter ins Dunkel. Dann konnte sie voraus im Gang die entfernten tanzenden Lichter der Taschenlampen und die dunklen Gestalten sehen. Kein Problem, ihnen zu folgen, dachte sie. Aber irgendwie verschwanden die Lichter nach ein paar Abzweigungen, und sie hatte den Anschluß verloren.

Es war dunkel und still. Sookie zündete eine Zigarette an und sah sich im Lichtschein des Zündholzes um. Nichts als unverputzte Ziegelmauern. Sie hielt das Zündholz hoch, bis die Flamme ihre Fingerspitzen versengte, dann ließ sie es fallen. Wieder dunkel. Sie mußte allen Mut zusammennehmen, um aufkommende Panik zu unterdrücken und ruhig zu atmen. Wo war sie? Sie hatte das unangenehme Gefühl, unter dem Kern zu sein. Oder war es das gleiche, wie im Kern zu sein?

Denk nach, denk! Sollte sie ein weiteres Zündholz opfern? Was wäre damit gewonnen? Sie lehnte sich an die kalte Mauer und sog gierig an der Zigarette. Welche Richtung? Vorwärts oder zurück? Zurück, aber würde sie das wirklich hinausführen? Sie hatte die Orientierung verloren, wollte nichts als den Keller wieder finden und sich von hier verziehen. Mixer hatte recht. Tanner nachzugehen war keine gute Idee.

Sookie drückte den Zigarettenstummel aus und atmete langsam tief ein. Sie mußte irgend etwas tun. Sie wußte nicht, wo sie war, also war jeder Weg so gut wie ein anderer. An Ort und Stelle zu bleiben, war sinnlos. Also weiter.

Sookie tastete sich, die rechte Hand an der Wand, weiter. Wann immer sie zu einer Unterbrechung in der Wand kam, zündete sie ein Streichholz an, um zu sehen, welche Wahl sie hatte. Bis die kleine Flamme erlosch, gab sie sich Zeit für eine Entscheidung, dann ging sie weiter.

Eine Stunde verstrich. Die Zündhölzer gingen ihr aus. Sie war müde. Meistens fühlte sie sich ganz ruhig, egal was geschah, aber manchmal bekam sie es auch mit der Angst. So ging es auf und ab mit ihr, und sie hatte nicht viel Kontrolle darüber. Wenn sie nicht bald einen Ausweg fand, dachte sie, würde sie die Fassung verlieren. Sie ging weiter.

Graues Licht voraus. Sie eilte darauf zu, kam zu einem niedrigen Gang, der allmählich aufwärts zu trübem Licht führte. Sookie zwängte sich hinein und kroch auf allen vieren hinauf. Aufrichten konnte sie sich nicht. Seltsame Geräusche wurden lauter, als sie vorankam: klatschende Geräusche, erstickte Schreie, Gurgeln.

Sookie verlangsamte ihr Kriechen, als sie sich dem Ende des Gangs näherte. Sie lauschte den Geräuschen und bemühte sich, selbst keins zu machen. Dann war sie am Ende. Der enge Schacht endete ungefähr zwei Meter über dem Boden eines Raums mit einem halben Dutzend Fenstern, die das Morgenlicht einließen. Aber was sie sah, verursachte ihr Übelkeit, und sie fürchtete sich wieder.

Ein Mann und eine Frau, beide nackt, umkreisten einander. Beide hatten Lederpeitschen in der Hand, mit denen sie immer wieder aufeinander einschlugen. Ihre Körper waren bedeckt von breiten blutigen Striemen. In der Nähe lag eine kleine, zerdrückte Gestalt am Boden, so zerquetscht oder zerstampft, daß Sookie nicht erkennen konnte, ob es ein menschlicher Körper war oder nicht. Nach dem Geruch aber mußte es schon lange tot sein.

Sookie sah nur einen Weg, der aus dem Raum führte, eine Tür gegenüber. Sie würde den zerschmetterten Körper und den Mann und die Frau umgehen müssen. Die Fenster waren zu hoch. Nein, beschloß sie. Sie würde nicht in den Raum zu diesen beiden Leuten hinunterspringen. Sie zuckte zusammen, als ein Peitschenhieb der Frau den Mann hart ins Gesicht traf und zu Boden warf. Die Frau blieb stehen und wartete, bis der Mann wieder auf die Beine kam, dann begannen sie einander erneut zu umkreisen. Sookie kämpfte mit Übelkeit und Schwindelgefühl und kroch rückwärts wieder den Gang hinunter.

Zurück in die Dunkelheit. Sookie wankte eine Weile dahin, ohne Zündhölzer zu verbrauchen, tappte von Wand zu Wand, den einen oder anderen Gang entlang. Sie fühlte sich mehr betäubt als ängstlich.

Sie kam in einen Gang, der von Spiralen trüben grünen Lichts erhellt war. Die Wände waren von Schmierereien bedeckt, aber der Gang erwies sich als Sackgasse. Sie las die Schmierereien nicht, wollte nicht wissen, was sie aussagten.

Dann glaubte sie Schritte hinter sich zu hören, blieb angestrengt lauschend stehen, hörte aber nichts. Es konnte alles bedeuten, es konnte nichts bedeuten, sie war so erschöpft, daß es ihr beinahe gleich war. Als sie weiter ging, glaubte sie die Schritte aber wieder zu hören. Sie machte auf der Stelle halt, und diesmal dauerte das Geräusch der Schritte an. Sie kamen näher. Jemand folgte ihr.

Die Taubheit wich von ihr, und sie bekam es wieder mit der Angst. Sie mußte an die Frau in Weiß denken, die hinter ihr her gewesen war. Jemand verfolgte sie, versuchte sie zu fangen.

Sookie rannte. Sie war blind in der Dunkelheit, und obwohl sie eine Hand voraus und die andere zur Seite streckte, stieß sie immer wieder an. Trotzdem rannte sie weiter. Sie stolperte über Steine und Holzstücke, schrammte die Haut an Ellbogen und Knien auf. Sie platschte durch Wasser, glitt in Schlamm aus, fiel über einen Graben, sprang auf und rannte weiter.

Sie rannte mit voller Wucht gegen eine Wand und prallte halb betäubt rücklings zu Boden. Eine Minute lang rührte sie sich nicht, im unklaren darüber, was geschehen war. Dann rappelte sie sich unbeholfen auf, und eine metallene Hand schloß sich um ihre Schulter.

Sookie öffnete den Mund in einem Schrei, aber eine andere Hand, aus Fleisch und Blut, verschloß ihr den Mund. Sie zappelte, wand sich und trat um sich, aber die Hände preßten sie unwiderstehlich gegen eine harte Brust und die Beine ihres Verfolgers.

»Ich kenne dich, Mädchen.«

Nein! Es war diese Stimme, das Ding aus dem Keller mit all den Maschinen. Sookie wurde verrückt, schlug mit Armen und Beinen um sich, aber das Ding war zu stark, es schloß die Arme noch fester um sie und unterband ihre Bewegungen. Sie versuchte in die Hand zu beißen, die ihr den Mund verschloß, doch ihr Griff war zu stark; sie konnte den Unterkiefer nicht bewegen.

»Zapple nicht, Mädchen. Es ändert nichts.«

Die Metallhand ließ sie los, dann bohrten die Finger sich in ihren Hals. Ein komischer Schmerz fuhr ihr in den Kopf, scharf und kalt und hart, und sie begann sich sehr seltsam zu fühlen. Sie hörte auf, sich zu bewegen und hing einfach da. Alles wurde noch dunkler, aber gesprenkelt von glitzernden Lichtern, und plötzlich fragte sie sich, ob sie sterben müsse.

»Schlaf jetzt«, sagte die Maschine.

Schlaf oder stirb, überlegte Sookie. Schlaf oder …

Dann Dunkelheit.

36

»Wir sind unter der Erde, um in den Kern zu kommen«, sagte Koto, »und von einem Block zum anderen zu gelangen. Aber es ist keine gute Idee, länger als nötig hier unten zu bleiben.«

Sie waren noch immer im Untergrund, obwohl sie mehrere Male die Richtung geändert und abzweigende Gänge benutzt hatten. Bisher waren ihnen wenige Leute begegnet: eine Gruppe von drei Männern in schlecht sitzenden, wahrscheinlich gestohlenen Straßenanzügen, die brennende Fackeln trugen und schweißtriefende Gesichter hatten; eine Frau mit zwei Papageien auf der Schulter und zwei Katzen an Leinen; ein Mann, der sie mit einer Benzinbombe angriff, bis er nahe genug war, um Koto zu erkennen, worauf er ihn wie ein Ertrinkender umarmte und schreiend davonrannte.

Bald darauf passierten sie eine beleuchtete Höhle, die ins steinige Erdreich gegraben war. Drinnen saß im Licht einer Petroleumlampe ein Mann auf einem Klappstuhl und bearbeitete ein Laptop. Er trug einen ausgefransten Straßenanzug und eine gestreifte Krawatte; dicke Brillengläser spiegelten die Lichtkegel der Taschenlampen, als er aufblickte. Aber er sagte nichts und wandte seine Aufmerksamkeit sofort wieder dem Laptop zu. Seine Finger flogen über die Tastatur, aber es war nichts auf dem Bildschirm, kein Stromanschluß, und Tanner fragte sich, wie lange die Batterien schon tot waren. Tage? Wochen?

Nicht weit von der Höhle erstieg Koto eine eiserne,

im Mauerwerk verankerte Leiter. Nachdem er einen kurzen Schacht durchstiegen hatte, spreizte er ein Bein von der Leiter ab und trat über den Schacht, wie in die Mauer hinein, tatsächlich aber in die Öffnung eines weiteren Gangs, der nach Tanners Einschätzung nahe der Oberfläche verlaufen mußte. Er und Carlucci folgten. Der Gang bog nach rechts, und mündete nach kurzer Zeit in ein Treppenhaus. Sie stiegen darin aufwärts, eine Treppenflucht nach der anderen. Es gab keine Fenster und keine Beleuchtung außer ihren Taschenlampen, und die Türen auf allen Ebenen schienen zugeschweißt zu sein.

Tanner hatte nicht gezählt, schätzte jedoch, daß sie sieben oder acht Stockwerke aufgestiegen waren, als das Treppenhaus an einem Absatz mit einer Tür endete. Koto zog die drei Käseportionen aus seinem Rucksack, wickelte sie aus und gab Tanner und Carlucci je eine.

»Wenn die Ratten erscheinen, füttern Sie sie einfach. Sie haben nichts zu befürchten.«

Koto schaltete seine Taschenlampe aus, und Tanner und Carlucci folgten seinem Beispiel. Dann stieß Koto die Tür auf, und aus dem Raum dahinter fiel Licht auf den Treppenabsatz. Tanner hörte scharrende Geräusche, sah große dunkle Gestalten am Boden dahinhuschen. Koto brach ein paar Brocken Käse von seinem Stück und warf sie weit in den Raum. Mehr Scharren, Huschen und Zischen. Tanner war überrascht, daß Ratten zischen konnten.

Koto betrat den Raum, gefolgt von Carlucci und dann Tanner. Tanner blinzelte in die Helligkeit, konnte mehrere Dutzend Ratten erkennen, die am Boden herumwimmelten, sich aber in den Schatten hielten, wo es ihnen möglich war. Auch er und Carlucci brachen ihre Käsestücke in kleinere Brocken und warfen sie in den Raum, wo die Ratten sich darüber hermachten.

Bis auf die Ratten war der Raum leer. Licht drang durch mehrere Fensteröffnungen in einer Wand herein und aus einer Öffnung in der Decke. Eine behelfsmäßige Leiter aus Holz, Kunststoff und Metall führte zur Öffnung hinauf.

»He, Sunrat!« rief Koto. »Ricky Toy ist hier.«

Schlurfende Geräusche näherten sich der Öffnung in der Decke, und ein langes, hageres Gesicht erschien, die Augen verborgen hinter den aluminiumgefaßten ovalen Gläsern einer Gletscherbrille. Die Haut des Mannes war gebräunt, das schwarze Haar kurzgeschnitten, aber ungekämmt, struppig und graumeliert.

»He, Sunrat«, sagte Koto.

»Wer ist das?« fragte Sunrat.

»Zwei Freunde. Wir möchten mit dir sprechen.«

Die Gläser der Gletscherbrille bewegten sich zu Tanner, dann zu Carlucci. »Ihr zwei seht wie Bullen aus«, sagte der Mann.

»Ich bin bei der Polizei«, sagte Carlucci. Er zeigte auf Tanner. »Er nicht.«

Sunrat schob das Gesicht vor, wie um Tanner genauer ins Auge zu fassen. »Er sieht wie ein Bulle aus.«

»Ich bin keiner«, sagte Tanner.

»Ganz sicher?«

Tanner lächelte und nickte. »Ich sollte es wissen.«

Sunrat rümpfte die Nase und sah zu Koto. »Kann sein. Vielleicht sollte er ein Bulle sein.«

»Vielleicht auch nicht.«

Sunrat grinste. »Bist du sicher, daß die beiden in Ordnung sind, Toy? Sogar der Bulle?«

Koto nickte.

Sunrat nickte zurück und sagte: »Augenblick, ich muß das Gitter ausschalten.« Das Gesicht verschwand, und sie hörten wieder schlurfende Schritte, dann Klikken und Klopfen.

»Er hat ein Schutzgitter an eine Solaranlage angeschlossen«, erläuterte Koto. »Wenn Sie versuchten, die Leiter bei eingeschaltetem Gitter hinaufzusteigen, würde es Sie in fünf Sekunden rösten. Er mag keine überraschenden Besucher.«

»In Ordnung, kommt herauf!«

Koto kletterte zuerst die wacklige Leiter hinauf. Tanner machte den Schlußmann, und als er hinaufstieg, blickte er zurück und beobachtete die Ratten. Der Käse war verschwunden, und nun kamen sie im Schatten zur Ruhe, zwickten einander und quietschten leise im Kampf um die günstigsten Plätze.

Tanner kam durch die Öffnung in einen Raum ohne Decke. Eine Ruine. Die Mauern zum Teil eingestürzt. Sunrat lag in einem Liegestuhl, der auf die glutheiße Sonne ausgerichtet war. Er trug nur eine winzige Badehose, und seine Haut war mit Ausnahme des Gesichts unglaublich blaß. Eine glänzende, ölige Substanz bedeckte seine Haut, dick und farblos. Er war umgeben von zwanzig oder fünfundzwanzig Plastikflaschen, von denen die meisten farbige Flüssigkeiten enthielten; einige davon waren leer.

»Nehmen Sie Platz, meine Herren«, sagte Sunrat mit einladender Handbewegung. Dann langte er nach einer der Flaschen, trank daraus und stellte sie wieder weg. »Und bedienen Sie sich.«

Koto blickte zu Tanner und Carlucci und schüttelte unmerklich den Kopf. Es gab keine Stühle, also setzten sie sich auf den rissigen, staubigen Betonboden. Tanner konnte sich nicht vorstellen, wie Sunrat es fertigbrachte, in dieser Sonnenglut nur sein Gesicht zu bräunen und den Rest seiner Haut so weiß zu halten. Vielleicht das Öl, ein starker UV-Blocker. Aber warum sollte er? Dann fiel ihm ein, daß es vielleicht nicht freiwillig war, sondern das Ergebnis einer sehr seltsamen genetischen Mutation; doch als er weiter darüber nachdachte, schien es ihm ziemlich unwahrscheinlich.

»Also, warum geht es?« fragte Sunrat.

»Wir suchen jemanden«, sagte Koto.

Sunrat schnaubte. Er sah keinen von ihnen an und hielt sein Gesicht in die Sonne. »Weiß wirklich nicht, warum du die Herrschaften zu mir geführt hast, Toy. Ich kenne niemanden. Ich bin ein von der Gesellschaft Ausgestoßener.« Er grinste.

»Er gibt sich bescheiden«, erläuterte Koto. »Sunrat kennt eine Menge Leute, nicht wahr, Sunrat?«

»Nein, ich kenne niemand nicht«, erwiderte Sunrat grinsend. »Und ja, ich weiß, das ist eine doppelte Verneinung, ich bin ein gebildeter Mann.« Er tat einen weiteren Zug aus einer der Flaschen.

»Kennen Sie die Frau, die Samstag morgens singt?« fragte Tanner.

Sunrats Grinsen verschwand, und er setzte sich stirnrunzelnd auf. Mit zitterndem Finger zeigte er auf Tanner. »Sie suchen sie? Dann verschwinden Sie auf der Stelle! Ich meine jetzt, bevor ich Sie über die Mauer werfe und ...«

Tanner hob die Hand und schüttelte den Kopf. »Nein, nein, Sie mißverstehen mich. Wir suchen nicht die Frau. Ich fragte bloß. Vor ein paar Tagen hörte ich sie singen und war nur neugierig.«

Sunrat zielte mit dem Zeigefinger weiter auf Tanner und sagte: »Sind Sie sicher, daß Sie sie nicht suchen?« Er blickte zu Koto. »Toy?«

»Er sagt die Wahrheit, Sunrat. Ich würde dich nicht mit irgendwas überrumpeln. Er wußte es nicht, das ist alles. Er ist ein Außenseiter.«

Sunrat wandte sich wieder Tanner zu. »Sie hörten sie singen?«

Tanner nickte.

»Was dachten Sie?«

»Sie hat eine schöne Stimme. Es war ein Erlebnis, sie singen zu hören.«

Sunrat ließ die Hand sinken, und sein Gesichtsausdruck zeigte, daß er besänftigt war. »Na gut«, sagte er. »Aber ich will nicht hören, daß Sie sie noch einmal erwähnen. Mit keinem Wort. Verstanden?«

»Verstanden.«

Sunrat legte sich wieder hin, schüttelte sich und hielt das Gesicht in die Sonne. »Also, wer wird gesucht?«

»Ein Freak«, sagte Koto.

Sunrat lachte. »He, da bist du falsch, Toy. Hier gibt's keine Freaks. Nicht einen einzigen. Alles stinknormale Leute.«

»Ein richtiges Monstrum«, sagte Koto. »Er ist zu drei Vierteln künstlich. Alles aus Metall. Könnte sein, daß er erst vor ein paar Monaten hier aufgetaucht ist.«

Sunrat wandte den Kopf zu Koto. »Aus Metall? Ist sonst noch was mit diesem Kerl?«

»Nun, vielleicht hat er Flügel.«

Sunrats Gesichtsausdruck verhärtete sich, und nachdem er Koto angestarrt hatte, richtete er seine ovalen Brillengläser auf Carlucci und Tanner. Er erinnerte Tanner an Max, weil seine Augen nicht zu erkennen waren.

»Engelsflügel.«

Sunrat hob kichernd die Schultern und ließ den Kopf zurücksinken. »Fehlanzeige. Hab noch nie von einem Freak wie dem gehört.«

Er leerte eine Flasche mit blauer Flüssigkeit, dann warf er die leere Flasche mit Wucht auf Tanners Kopf. Tanner duckte sich geistesgegenwärtig, und die Flasche klapperte hinter ihm über den Boden. Tanner und Carlucci blickten beide Koto an, der den Kopf schüttelte.

»Die Sonne scheint«, erklärte Sunrat, »aber wir werden bald Regen kriegen. Da ist es gut, wenn man sich rechtzeitig einen Schirm besorgt. Bevor man durchnäßt wird.«

»Das hört sich nach einer guten Idee an«, sagte Koto. Er stand auf und nickte seinen Begleitern zu. »Wir sollten jetzt besser gehen.«

»Ja«, bekräftigte Sunrat, »das meine ich auch.«

Tanner und Carlucci standen auf.

»Auf ein andermal, Sunrat«, sagte Koto.

»Nicht zu bald, hoffe ich.«

Koto wandte sich um, ging zur Bodenöffnung und kletterte die Leiter hinab. Carlucci und Tanner folgten ihm. Als sie unten anlangten, gingen sie zur Tür, und die Ratten, die sich dort im Schatten niedergelassen hatten, machten ihnen Platz.

»Später«, flüsterte Koto, bevor Tanner oder Carlucci ihm Fragen stellen konnten. »Verschwinden wir von hier, solange wir es können.«

Er öffnete die Tür, hielt sie für Tanner und Carlucci, dann schloß er sie fest hinter ihnen. »Jetzt schnell hinunter.«

Sie schalteten die Taschenlampen ein und eilten die Treppen hinunter. Von oben ertönte kreischendes Gelächter, untermalt von einer Serie knallender Explosionen.

»Nur weiter«, sagte Koto.

Am oberen Ende der eisernen Leiter, die durch den Schacht hinab zum unterirdischen Gang führte, blieb Koto stehen. »Warten Sie hier eine Minute«, sagte er. »Ich möchte etwas überprüfen. Was Sunrat über den Regen und das Durchnäßtwerden sagte, bedeutet wahrscheinlich, daß jemand vor hat, die Tunnels unter Wasser zu setzen.« Er zog die Schulter hoch und lächelte knapp. »Das kommt vor.«

Er stieg die Leiter hinunter, stand im Gang und leuchtete mit seiner Taschenlampe in beide Richtungen. Dann schloß er die Augen und neigte den Kopf erst auf die eine, dann auf die andere Seite. Schließlich öffnete er die Augen und blickte auf.

»Kommen Sie herunter«, sagte er. »Wir sehen zu, daß wir von hier wegkommen.« Er nickte ihnen ermutigend zu. »Alles in Ordnung.«

37

Sookie erwachte in Schmerzen. Ihre Augen schmerzten, und ihre Arme und Beine brannten. Brannten, als stünden sie in Flammen. Sie würgte Geräusche heraus, öffnete die schmerzenden Augen, um zu sehen, ob sie verbrenne.

Ketten. Silberne Ketten waren auf sie gebrannt, eingeschmolzen in ihre Haut. Ihre Haut war geschmolzen. Metallbänder an den Handgelenken, Metallbänder an den Knöcheln. Hand- und Fußschellen, dazwischen Ketten.

Nein.

»Nein«, sagte sie.

»Ja.« Die Maschinenstimme.

Sookie zwinkerte unter Schmerzen und blickte umher. Sie war wieder in diesem Kellerraum und lag am Boden, umgeben von Maschinen. Silberne Ketten und Metallbänder an den Wänden. Graues Licht. Alles schmerzte. Und es war etwas Seltsames an ihren Augenlidern, dachte sie, dunkle Schmutzflecken, wenn sie die Augen schloß. Irgendwas. Sie wußte nicht, was.

Wo war er?

Sie sah ihn nicht. Sie sah nur die Maschinen, die stillstanden und stumm blieben. Sookie arbeitete sich mit dem Rücken an der Steinwand in sitzende Haltung empor. Jede Bewegung war schmerzhaft. Jede Bewegung brannte. Aber die Steinwand war kühl, beinahe schmerzlindernd. Wo steckte er? Der Kettenmörder.

Nein.

Ein Rumpeln, und die Maschinen erwachten zum Leben. Ganz plötzlich drehten sich Schwungräder, summte und ächzte und polterte es. Der Boden erzitterte, die Wand in ihrem Rücken vibrierte.

Ein blau glühendes Licht erschien inmitten der Maschinen. Es schwebte dort bewegungslos eine Weile, dann bewegte es sich langsam vorwärts. Sookie konnte sich nicht bewegen, die Ketten hielten ihre Arme und Beine mit ihrem Gewicht und dem brennenden Schmerz nieder. Sie dachte, die Haut würde ihr von den Knochen gerissen. Sie mußte fort, aber sie konnte sich nicht bewegen. Der blaue Lichtschein bewegte sich weiter vorwärts.

Nach und nach nahm etwas zwischen den Maschinen Gestalt an. Zuerst sah Sookie Federn, dann reflektierende Metallstreifen. Ein Kopf halb aus Metall, halb aus Fleisch und Blut, ohne Haar. Auch das Gesicht zur Hälfte aus Metall. Dann verschwanden die Gestalt und der Lichtschein. Sookie konnte außer den Maschinen nichts erkennen oder hören. Sie starrte angestrengt dorthin, wo sie die Gestalt zuletzt gesehen hatte, aber sie war nicht mehr da, keine Spur von ihr.

Dann wieder der Lichtschein, und er kam hinter einer Maschine hervor, nur noch ein paar Meter entfernt. Flügel aus schimmerndem Gefieder hoben sich hinter ihm und breiteten sich aus. Er trug keine Kleider, und soweit Sookie sehen konnte, brauchte er auch keine. Beide Beine waren bis zur Taille aus Metall, und zwischen ihnen war nichts. Geschlechtslos. Metallstreifen liefen kreuz und quer über seinen Rumpf. Ein Arm und die zugehörige Schulter waren normal, aber der andere war aus Metall. Stählerne Finger krümmten und streckten sich. Metallische Streifen zogen sich seitwärts am Hals hinauf, Metall bedeckte sein halbes Gesicht, aber sie hielt beide Augen für echt.

»Ich kenne dich«, sagte der Engel.

Sookie schüttelte den Kopf. »Nein«, hauchte sie.

Der Engel nickte und sagte wieder: »Ich kenne dich. Du warst früher schon hier. Du ranntest weg.«

Nein, dachte Sookie, aber diesmal brachte sie nicht einmal einen Hauch hervor.

»Ich bin … der Engel der Zerstörung«, sagte er. Die Flügel bewegten sich, hoben sich halb gefaltet empor und nach vorn, öffneten sich.

»Laß mich in Ruhe«, flüsterte Sookie.

Der Engel tat zwei Schritte auf sie zu und blickte auf sie nieder. Er streckte den Metallarm nach ihr aus, und wieder krümmte und streckte er die stählernen Finger.

»Dies ist die Zukunft«, sagte der Engel. »Die Zukunft der Menschheit. Die Fusion von Metall und Fleisch, Fleisch und Metall. Des Organischen mit dem Anorganischen. Des Menschen mit der Maschine.«

Sookie war jetzt so voller Angst, daß sie glaubte, sie nicht mehr ertragen zu können. Ihr Brustkorb drohte zu zerplatzen, ihr Herz ging in Stücke. Er wird mich umbringen, dachte sie, und schloß die Augen.

»Was siehst du?« Die Stimme des Engels dröhnte in ihrem Kopf. Ein helles Licht ging vor ihren geschlossenen Augen an. »Was siehst du?«

»Nichts«, sagte sie. Das Licht war hellorange, und dunkle Schmutzflecken auf ihren Augenlidern.

Das Licht wurde heller, heiß und schmerzend, dann berührten die Finger des Engels sanft ihre Augenlider. Das Metall war kühl und beruhigend. »Was siehst du hier?«

»Nichts«, sagte Sookie wieder. »Gelbes Licht und dunkle Schatten.«

»Flügel«, sagte der Engel. Er nahm seine Finger weg. »Flügel«, wiederholte er. »Die Flügel des Todes. Meine Flügel. Deine Flügel.« Er hielt einen Moment lang inne. »Und du kannst sie nicht sehen.«

Der Lichtschein verblaßte, und Sookie öffnete langsam die Augen. Der Engel stand unmittelbar vor ihr und blickte auf sie herab.

»Engel … Engel sind der Atem Gottes«, sagte er. Er atmete tief ein. »Die Zukunft ist hier«, fuhr er fort. »Die sich ihr nicht anschließen wollen, müssen zerstört werden. Ich muß sie zerstören.«

Und Sookie wußte tief in ihrem Innern, daß sie sterben würde. Die Angst wich von ihr und wurde ersetzt von einer schrecklichen Betäubung, die sie vollständig lähmte. Sie fühlte sich plötzlich so müde, daß sie sich selbst ohne die Ketten nicht einen Fingerbreit hätte bewegen können. Sie wußte.

Der Engel kniete vor ihr nieder. Seine zwei echten Augen starrten in die ihren. Vielleicht waren sie nicht echt, dachte sie jetzt. Wie konnten sie? Wie konnte er ein menschliches Wesen sein? Sie wußte es nicht, und jetzt war es nicht mehr wichtig. Sie war von innen heraus ganz kalt und taub, sogar ihr Gehirn schien kalt und taub, und so war es nicht mehr wichtig. Sie dachte, daß sie dem Tod ganz nahe war.

Der Engel griff mit seiner menschlichen Hand zu und packte sie bei der Kehle. Die Hand drückte zu, und Sookie war überrascht, wie warm sie sich anfühlte. Sie dachte, es würde die Metallhand sein.

Die Finger gruben sich zu beiden Seiten der Gurgel tief in ihren Hals, und die furchtbare Angst stieg wieder in ihr auf und durchstieß die Betäubung. Sie versuchte sich zu wehren und ihn mit ihren gefesselten Händen wegzustoßen. Aber sie hatte keine Kraft, es war hoffnungslos, und die Finger drückten noch fester zu.

Schmerz schoß ihr in den Kopf hinauf, und vor ihren Augen verschwamm das Gesicht des Engels in silbernem Geglitzer. Ihre Finger krallten sich in seinen Arm, aber der Schmerz sog ihre letzten Kräfte auf. Sie wehrte sich nicht mehr. Ich sterbe, dachte sie. Ich sterbe.

Das Glitzern erfüllte jetzt ihr ganzes Gesichtsfeld, wie ein Schneesturm, explodierte dann in heißem Rot und Dunkelheit, die sie für alles blind machte. Es war nichts als das flammende Rot, von Schwärze eingerahmt, und der Schmerz bohrte sich in ihren Kopf und hinter die Augen. Das Rot wurde heller und zu Gelb, ging schließlich in ein grelles Weiß über. Der Schmerz schien jetzt ihren ganzen Körper zu zerreißen, das Licht wurde greller und der Schmerz wuchs … und wuchs … und …

38

TANNER UND CARLUCCI saßen in Carries Nation Café, als der Stachelkopf sie fand. Es war der Tag nach ihrem Ausflug ins Sanierungsgebiet, und es war Mittag. Der Tag war außergewöhnlich heiß und schwül und tauchte die ganze Stadt in Stagnation und Lethargie. Die Straßen waren nahezu leer, und die wenigen Leute, die sich im Freien aufhielten, sahen aus, als wären sie betrunken oder im Halbschlaf.

Die beiden sprachen über den günstigsten Zeitpunkt für die Wiederaufnahme ihrer Suche. Koto hatte zugegeben, daß Sunrat wahrscheinlich etwas über den Kettenmörder wußte, aber es sei offensichtlich, daß er ihnen nichts darüber sagen wolle. Koto hatte die Absicht geäußert, noch einmal allein zu Sunrat zu gehen; in ein paar Tagen würde er vielleicht wieder Mama Choy aufsuchen und sehen, was sie zu sagen hatte.

Carlucci hatte Koto gleich zu ihr schicken wollen, um sie wenigstens zu fragen, aber Koto hatte sich geweigert und behauptet, so ginge es nicht. Die beiden waren eine Weile auf und ab gegangen, Koto immer beharrlicher in seiner Weigerung, und Carlucci zusehends verärgert.

Dennoch hatte Tanner das Gefühl, daß Carlucci trotz seiner Ungeduld mehr der Form halber argumentierte. So unterließ er es, Koto auf ihre Sorgen im Hinblick auf den Zeitablauf und die Möglichkeit eines weiteren Mordes hinzuweisen. Carlucci war frustriert aber klug genug, Koto nicht wirklich unter Druck zu setzen. Die Stimmung aller Beteiligten war gedämpft durch die Erkenntnis, daß sie nun zwar wußten, wer der Mörder war und wo er ungefähr sein mußte, aber keinen wirklichen Fortschritt gemacht hatten.

Koto war nach Hause gegangen, um über das weitere Vorgehen nachzudenken, und Tanner und Carlucci waren mit der gleichen Absicht zum Nation Café gegangen. Sie tranken Kaffee und besprachen die Fortsetzung ihrer Suchaktion einstweilen ohne Koto, als der Stachelkopf hereinstapfte und an ihren Tisch kam. Er stützte beide Hände auf die Tischplatte, faßte Tanner ins Auge und sagte: »Sie hab ich gesucht.«

»Sie sind Mixer, richtig?«

Der Stachelkopf nickte.

»Gut, Sie haben mich gefunden.«

Mixer nickte Carlucci zu und sagte: »Sie sind Carlucci von der Mordkommission, ja?«

»Herrgott noch mal«, sagte Carlucci.» Können Sie nicht noch lauter reden?«

Mixer zuckte die Achseln. »Ihr Problem, nicht meins.«

»Was wollen Sie?« fragte Tanner.

Mixer zögerte. »Es handelt sich um den Kettenmörder«, sagte er dann.

Sie schwiegen ein paar Augenblicke lang und sahen ihn erwartungsvoll an, dann nickte Tanner ihm auffordernd zu. »Also erzählen Sie.«

Mixer trat von einem Fuß auf den anderen, dann

setzte er sich neben Tanner auf die Bank. »Ich glaube, ich weiß, wo er den Scheiß mit den Ketten macht, wissen Sie. Wo er sie an die Körper schmilzt.«

»Ja?« sagte Carlucci. Er klang skeptisch.

»Ja.«

»Und wo ist das?« fragte Carlucci.

»In der Tundra.«

»Nicht hier im Sanierungsgebiet?« fragte Tanner.

Mixer schüttelte den Kopf. »Glauben Sie, ich würde da hineingehen? Nein, es ist in der Tundra. Ein großer Kellerraum unter einem Gebäude.«

»Woher wissen Sie, daß es dort ist?« fragte Carlucci.

»Der Raum ist voll von seltsamen alten Maschinen. An der Wand hängen überall silberne Ketten mit Metallbändern. Es sind die gleichen verdammten Ketten, das ist sicher.«

Carlucci und Tanner sahen einander an, dann fragte Tanner: »Wie haben Sie es gefunden?«

Mixer zuckte die Achseln. »Ich nicht. Sookie entdeckte den Keller.«

»Wer ist Sookie?« fragte Carlucci.

»Ein Mädchen«, antwortete Tanner. Dann, zu Mixer: »Sookie fand ihn?«

Mixer nickte. »Vor ein paar Tagen zeigte sie mir, wo er ist. Seitdem habe ich versucht, Sie zu finden.« Er blickte zu Carlucci. »Ich wußte, daß Sie diese Ermittlung leiten und dachte mir, daß Sie und Tanner zusammenarbeiten. Nun, ich dachte mir, Sie würden die Information gebrauchen können.«

»Wo ist Sookie jetzt?« fragte Tanner. »Sie ist doch nicht dort geblieben, oder?«

Mixer schnaubte. »Ganz bestimmt nicht. Ich weiß nicht, wo sie ist, aber ich weiß, daß sie nicht dort ist. Sie hat zu viel Angst vor dem Ort. Sie sagte, sie habe damals, als sie den Keller entdeckte, den Kerl dort gesehen.«

»Sie *sah* den Kettenmörder?«

»Sie denkt, daß er es war. Er jagte ihr eine Höllenangst ein. Sie sagte, er sei ein unheimlicher Typ mit einem Schädel halb aus Metall.« Er hielt inne und zog die Stirn in Falten. »Ach ja, und sie denkt, der Kerl habe Flügel gehabt.«

»Großer Gott«, sagte Carlucci. »Das ist er.«

Sie stiegen in Carluccis Wagen – Carlucci und Tanner vorn, Mixer im Fond. Carlucci rief seine Dienststelle an und traf Vorbereitungen; mehrere andere Beamte der Mordkommission würden sie auf der Straße erwarten.

Der Nachmittagsregen setzte ein, als sie unterwegs waren. Er prasselte auf den Wagen nieder und nahm ihnen die Sicht, bis es Carlucci gelang, die Scheibenwischer in Gang zu bringen.

»Scheiße«, sagte Carlucci. Er schloß die Fenster und schaltete die Klimaanlage ein, die zu zischen begann und Flüssigkeit auf den Wagenboden spuckte. Die Hitze hatte seit ihrem Höhepunkt am frühen Nachmittag kaum nachgelassen.

Tanner wandte sich zurück und fragte Mixer: »Wann hat Sookie diesen Keller gefunden?«

»Ungefähr vor zwei Wochen.«

»Und sie sagte Ihnen oder anderen nichts davon?«

Mixer hob die Schultern. »Sie kennen Sookie. Ich glaube nicht, daß sie sich wirklich Gedanken darüber machte.« Er tippte mit dem Finger an die Schläfe. »Sie ist in Ordnung, wissen Sie, aber sie denkt nicht so wie die meisten Leute. Ich bezweifle, ob ihr jemals der Gedanke gekommen ist, daß es helfen könnte, diesen Kerl zu fassen, wenn sie jemandem davon erzählte.«

Tanner nickte. Das stimmte mit dem Eindruck überein, den er von Sookie gewonnen hatte. Er fragte sich, wo sie jetzt steckte. Ob sie sich ängstlich irgendwo verkrochen hatte? Das schien ihm unwahrscheinlich; es entsprach nicht ihrer Art.

Sie hatten noch nicht die Hälfte der Strecke zurückgelegt, als Carlucci über den Polizeifunk einen Anruf bekam. Ein weiterer Fundort war gemeldet worden – die Lagune beim Kunstmuseum –, was nur eins bedeuten konnte: mehr Opfer. Carlucci sagte, er sei schon unterwegs, dann lenkte er den Wagen an den Straßenrand und sah Tanner von der Seite an. »Wollen Sie mitkommen?« fragte er.

Tanner nickte, obgleich ihm nicht ganz wohl dabei war. »Es war an der Zeit, denke ich.«

Carlucci nickte über die Schulter zu Mixer. »Was ist mit ihm?«

»Wir brauchen ihn noch, daß er uns den Keller zeigt. Den müssen wir sehen.«

»In Ordnung.« Carlucci wandte den Kopf. »Aber Sie halten sich gefälligst abseits und stehen uns nicht im Weg herum.«

»He!« sagte Mixer.

Carlucci wandte sich wieder nach vorn und schlug mit der Faust auf das Gehäuse der Klimaanlage, die daraufhin nur noch mehr Flüssigkeit vertropfte. »Scheißding.« Er ergriff das Lenkrad, warf einen Blick in den Rückspiegel und schoß hinaus in den Verkehr.

Die Lagune lag zu ihrer Linken, große und teure Villen zu ihrer Rechten. Tanner sah mehrere Polizisten im Regen am Ufer stehen, weit am anderen Ende der Lagune. Zwei von ihnen trugen Uniformen – herbeigerufen, um die Dreckarbeit zu verrichten, dachte Tanner. Er fragte sich, was die Bewohner hier davon halten würden, daß der Kettenmörder seine Opfer in ihrer exklusiven Nachbarschaft abgeladen hatte.

Als sie die Gruppe erreichten, fuhr Carlucci an den Straßenrand und hielt an. Er und Tanner stiegen aus und gingen über die Rasenfläche. Der Regen durchnäßte sie. Mixer folgte ihnen in ein paar Schritten Abstand, und als Carlucci ihm sagte, er solle im Wagen bleiben, schüttelte er nur den Kopf. Carlucci schnitt eine Grimasse und sagte: »Dann halten Sie sich zurück, wo Sie nicht im Weg sind, verstanden?« Mixer nickte, und sie gingen weiter zum Wasser.

Noch während sie über die zum Wasser leicht abfallende Rasenfläche gingen, hörte der Regen auf. Aber sie waren bereits naß, und es blieb schwülwarm; nicht einmal der Regen hatte die Luft nennenswert abgekühlt. Die Sonne war ein trübes, orangerotes Glimmen im Westen, kaum sichtbar durch die dunstige Luft und die abziehenden Reste der Wolkendecke.

Der Rasen endete zwei Meter vom Ufer, und Tanner und Carlucci mußten vorsichtig durch den Streifen aufgeweichter lehmiger Erde tappen, der die Lagune umgab. Als sie die Gruppe der Polizeibeamten erreichten, gab es kein Händeschütteln, keine Hallos und Begrüßungen. Eine der Uniformierten, eine große, athletisch aussehende blonde Frau, zeigte ins Wasser und sagte: »Da ist es.«

Tanner sah das Ende des Pflocks aus dem Wasser ragen und das daran festgemachte Seil. Carlucci blickte umher. Die Straße jenseits der Rasenfläche war menschenleer.

»Die Leute vom Leichenbeschauer sollten bald hier sein«, sagte er und nickte der Frau zu. »Fangen Sie schon an und ziehen Sie sie herein.«

Die Frau nickte und tauschte einen Blick mit ihrem Partner, einem großen, hageren Mann mit Schnurrbart. Er runzelte die Stirn, dann stiegen sie beide in das seichte, schlammige Wasser, bis sie bis zu den Knien darin standen, ergriffen das Seil und zogen daran.

Es sah zu leicht aus, dachte Tanner; die beiden Uniformierten strengten sich kaum an. Die Frau bestätigte seinen Eindruck, als sie sagte: »Das muß ein einzelner sein. Es ist kaum ein Gewicht am Seil.«

Wieder ein einzelnes Opfer? Tanner dachte, es könnte vielleicht ein Schwindel sein, ein Sack oder etwas, um die Ermittler hereinzulegen. Aber diese Hoffnung verging rasch, als zusammengekettete Handgelenke erschienen, die ans Ende des Seils geknotet waren, und wehendes blondes Haar.

Es war ein einzelnes Opfer, ein kleiner, nackter Körper, der auf dem Bauch im Uferschlamm lag. Die Uniformierten zogen ihn ganz heraus und auf den Rasen.

»Ach du lieber Gott«, sagte die Frau. »Es ist ein Kind. Dieses Ungeheuer!«

Ein schreckliches, übelkeiterregendes Gefühl krampfte Tanners Magen zusammen, als er den Leichnam mit dem Gesicht im kurzgeschnittenen Gras liegen sah, an Handgelenken und Fußknöcheln mit silbrigen Metallbändern und Ketten gefesselt. Ein Kind, ja, ein Mädchen. Er wollte nicht, daß sie es umdrehten.

Er trat ein paar Schritte zurück, so daß er schräg hinter Carlucci stand, den Leichnam aber noch sehen konnte. Die uniformierten Beamten drehten die Tote auf den Rücken, und obwohl das Gesicht von nassem Haar bedeckt und mit Schlamm verschmiert war, erkannte Tanner es sofort.

Sookie.

Ihn schwindelte, und es war, als hätte sein Sehvermögen gelitten und verzerrte die Sicht. Die beiden Polizisten strichen dem Mädchen behutsam das Haar aus dem Gesicht, dann wuschen sie den Schlamm mit Wasser aus der Lagune ab. Engelsflügel waren auf ihre Augenlider tätowiert. Tanner glaubte das Gleichgewicht zu verlieren und faßte nach Carluccis Schulter, um nicht zu fallen.

Carlucci wandte den Kopf, fragte: »Was ist?« Dann

starrte er Tanner in die Augen. »Kennen Sie das Mädchen?«

Tanner nickte, ohne den Blick von der Toten zu wenden. Er konnte sich nicht mit dem Gedanken abfinden, daß sie es war. »Es ist Sookie«, sagte er mit heiserer Stimme.

»Sookie? Das Mädchen, das den Keller entdeckte?«

Tanner nickte wieder. Er dachte, er solle sie nicht ansehen, aber er konnte nicht wegsehen. Er fühlte eine zunehmende Beengung in der Brust und merkte, daß er den Atem anhielt. Die Beamten bewegten sich umher, aber er hörte nichts, kaum mehr als ein Hintergrundgeräusch wie ein Summen. Mixer drängte an ihm vorbei und sagte ihren Namen, kniete bei Sookie nieder, aber einer der Kriminalbeamten zog ihn hoch und drängte ihn zurück, um zu verhindern, daß er den Körper berührte. Und dann, als Tanner tief Luft holte, als er dachte, er könne sich jetzt zusammenreißen, als er im Begriff war, Carluccis Schulter loszulassen, wurde das Schwindelgefühl noch stärker, und ein lähmender Schmerz durchbohrte ihn.

Es war, als sähe er wieder die tote Carla. Als hätte sie eine Wiedergeburt erlebt und wäre nun ein zweites Mal gestorben, und er müßte ihren Leichnam noch einmal sehen. Es war wie der Anblick von zwei Toten, die ihm beide etwas bedeuteten, die ihm beide in verschiedener Weise am Herzen gelegen hatten – Sookie und Carla, beide verkörpert in dieser weißen, schmalen Gestalt. Und dann eine Dritte, als Connies Gesicht sich über Sookies legte. Sie waren im Alter nicht allzu weit voneinander entfernt, nur zwei oder drei Jahre. Er dachte bei sich, daß es Connie hätte sein können, die dort lag, tot und gefesselt. Beide hätten es sein können, Sookie und Connie, tot und mit den Gesichtern zueinander verkettet.

»Ist Ihnen nicht gut?« fragte Carlucci.

Tanner schüttelte den Kopf und löste endlich den Blick von der Toten. Er ließ Carluccis Schulter los und tat ein paar Schritte rückwärts, geriet in den schlammigen Uferstreifen und verlor beinahe das Gleichgewicht. Er hielt Ausschau nach einer Sitzgelegenheit – einer Bank, einem Baumstumpf, einem Felsbrocken – aber es gab nichts außer durchweichter Erde und Rasen und Wasser.

Er stand reglos und starrte vor sich hin, kam sich töricht und hilflos vor. Ein Satz kam ihm in den Sinn, ob aus einem Film oder einem Buch, erinnerte er sich nicht. »Faßt den Mörder und rettet das Mädchen.« Ungefähr so. Was den zweiten Teil davon betraf, so hatten sie eindeutig versagt, und es war noch immer ungewiß, ob es ihnen gelingen würde, den ersten zu bewältigen.

Der Wagen des Leichenbeschauers traf ein; Männer stiegen aus und kamen über die Rasenfläche. Und endlich setzte Tanner sich in Bewegung und ging langsam und mit unsicheren Schritten zu Carluccis Wagen. Es war ihm nicht ganz klar, was mit ihm geschah. Während er ging, hatte er immer wieder das Gefühl, daß der Boden hochkommen und ihm ins Gesicht stoßen würde, als ob er vornüber fiele und mit dem Gesicht ins Gras schlüge; aber er ging tatsächlich ganz normal, hielt das Gleichgewicht und blieb aufrecht.

Er erreichte Carluccis Wagen, öffnete die Tür auf der Beifahrerseite und ließ sich in den Sitz fallen. Er blickte zur Lagune, sah Carlucci mit den Männern des Leichenbeschauers reden, und blickte weg. Er lehnte den Kopf zurück gegen die Nackenstütze und schloß die Augen.

Er atmete langsam und tief, versuchte sich ganz auf die Atmung zu konzentrieren und alle anderen Gedanken zu verdrängen. Ein – lang und tief – dann langsam aus. Ein ... halten ... aus ... – ein ... halten ... aus ... So gelang es ihm, eine Art Trance herbeizuführen; er konzentrierte sich auf sein Atmen, und der schmerzhafte Druck im Kopf und in der Brust ließ nach.

Carluccis Stimme durchbrach seine Trance. Tanner öffnete die Augen und sah Carlucci neben dem Wagen stehen und hereinschauen.

»Was sagten Sie?« fragte Tanner.

»Geht es Ihnen besser?«

Tanner nickte. Er richtete sich auf, schwang die Beine aus dem Wagen. »Es ist schon gut.«

»Haben Sie die Kleine schon länger gekannt?«

»Nein. Aber es ist nicht bloß sie.« Er zuckte unbehaglich die Achseln. »Es ist kompliziert.«

Carlucci nickte. Sie schwiegen, und Carlucci blickte zur Lagune zurück. Zweimal fuhr er sich mit den Fingern durchs Haar, dann rammte er die Hände in die Hosentaschen. »Was meinen Sie, Tanner, warum waren die Engelsflügel auf ihren Augenlidern?« fragte Carlucci schließlich.

»Keine Ahnung. Vielleicht, weil sie ihn schon einmal gesehen hatte? Könnte das die Entwicklung sein? So einfach. Ich weiß es nicht. Im Augenblick habe ich das Gefühl, diesen Kerl überhaupt nicht zu verstehen.«

»Haben Sie ihn jemals verstanden?«

Tanner schüttelte den Kopf. Sein Blick fand zurück zum Ufer, wo die Männer des Leichenbeschauers Sookies Leichnam auf die Bahre schnallten. Mixer stand in der Nähe und sah ihnen zu. Sie überprüften die Gurte, hoben die Bahre und trugen sie zu ihrem Wagen. Einer der beiden glitt im nassen Gras aus und fiel, ließ sein Ende der Bahre los. Tanner fürchtete, Sookies Leichnam werde von der Bahre rutschen, aber sie blieb festgeschnallt. Der Mann rappelte sich auf, hob die Bahre, und sie trugen ihre Last weiter, langsamer als zuvor. Mixer beobachtete sie noch eine Weile, dann kam er zurück zum Wagen. Er schien mit dem Gehen gerade so viel Schwierigkeiten zu haben wie Tanner vor ihm.

Als Mixer zum Wagen kam, sagte er kein Wort. Er und Tanner sahen einander an, aber keiner sprach.

»Fühlen Sie sich bereit, in die Tundra zu gehen?« sagte Carlucci zu Tanner. »Ich nehme an, Sie möchten dabei sein.«

Tanner nickte Carlucci zu. »Bei Gott, ja, lassen Sie uns das hinter uns bringen.«

Carlucci nickte, ging um den Wagen herum und stieg ein. Tanner schwang die Beine wieder in den Wagen und schloß die Tür. Mixer stieg in den Fond, noch immer stumm. Carlucci ließ den Motor an.

»Augenblick«, sagte Tanner.

Die Männer des Leichenbeschauers hatten den Wagen erreicht, schoben die Bahre hinein, sicherten sie und schlossen die Hecktüren.

»In Ordnung«, sagte Tanner. »Fahren wir.«

Carlucci legte den Gang ein und fuhr los.

39

Sie kamen um eine Ecke, und Tanner sah vier Leute auf dem Gehsteig beisammenstehen und miteinander reden. Er kannte die Frau – Fuentes – und einen der Männer – Harker. Die beiden anderen waren wahrscheinlich auch Ermittler der Mordkommission. Carlucci fuhr an die Bordsteinkante und schaltete die Zündung aus. Er zog zwei Taschenlampen unter dem Sitz hervor, gab eine davon Tanner, und sie stiegen aus.

Mixer führte sie in einen schmalen Durchgang zwischen zwei Gebäuden. Fuentes und Harker schlossen sich ihnen an, während die anderen zwei auf der Straße blieben. Nach sieben oder acht Metern stieg Mixer eine Kellertreppe hinunter. Tanner und Carlucci gingen mit ihm, während Fuentes und Harker im Durchgang am Kopf der Treppe blieben.

»Dieser Entlüftungsschacht war offen, als Sookie zum ersten Mal hier war«, sagte Mixer. »Sie kletterte da hinein. Aber als sie mich hierher führte, war die Öffnung mit Brettern vernagelt. Ich mußte mir durch die Tür Zugang verschaffen.«

Er öffnete die Tür mit einem Dietrich, und sie gingen hinein. Tanner und Carlucci schalteten die Taschenlampen ein. Der Raum war fast leer. Ein paar wacklige Regale hingen von einer Wand, an einer anderen stand ein Schrank aus Stahlblech, und neben ihm lagen zusammengekehrte Glasscherben in zwei Haufen. Im Boden war eine Luke, und in der linken hinteren Ecke eine hölzerne Tür.

»Da durch«, sagte Mixer und zeigte auf die Tür. »Sie fand den Raum nur durch Zufall. Sie hatte den U-Bahn-Schacht erreichen wollen, aber die Luke hatte geklemmt oder war verriegelt oder was, und so ging sie hier durch diese Tür.«

»Schon gut«, sagte Carlucci. »Halten wir uns nicht lange auf.«

Er ging voran, und Mixer folgte ihnen. Die Tür war unverschlossen, und sie betraten einen kurzen schmalen Gang. Durch eine offene Tür am anderen Ende war ein schwach beleuchteter Raum teilweise sichtbar.

Hintereinander kamen sie aus dem Gang in einen weiten, hallenartigen Raum voller Maschinen. Die Decke war hoch, und schmutzige kleine Fenster ließen Licht von der Straße einfallen. An der Wand gegenüber hingen Dutzende von Silberbändern mit daran festgelöteten Ketten.

Carlucci ging zur Wand und untersuchte die Ketten

aus der Nähe, ohne sie zu berühren. »Gott, ja«, sagte er, »dies ist der Ort.«

Tanner sah sich um. Die Maschinen waren alt, aber sauber und staubfrei. Einige waren darunter, deren Zweck ihm unklar blieb, aber die meisten erkannte er. Eine Bohrmaschine, eine Drehbank, zwei Bandsägen, eine Schleifmaschine, eine Hobelmaschine, eine Poliermaschine. Im Hintergrund glaubte er eine Formpresse und eine Gewindeschneidmaschine auszumachen. Sookie war hier gewesen. Der Kettenmörder hatte sie hergebracht. Er schnüffelte die Luft und überlegte, ob es mit den Maschinen zu tun hatte. Ein Geruch wie von etwas Angebranntem.

»Riechen Sie das auch?« fragte er. Die anderen hoben den Kopf und schnupperten.

»Ja«, sagte Mixer. »Es riecht, aber wonach?«

»Nach verbranntem Fleisch«, sagte Carlucci. »Ich kenne diesen Geruch. Die Frage ist, wann dieser Teufel zuletzt hier war.«

Niemand antwortete. Tanner und Mixer wollten es so genau nicht wissen.

»Ich lasse Porkpie kommen und diesen Raum gründlich untersuchen«, entschied Carlucci. Porkpie war einer der erfahrensten Männer bei der Spurensicherung. »Ich weiß nicht, ob er Erkenntnisse gewinnen wird, die uns weiterhelfen können, aber wir dürfen die Möglichkeit nicht vernachlässigen. Ich vermute, daß Cromwell noch im Sanierungsgebiet ist. Könnte sein, daß er dort noch einen Schlupfwinkel hat. Also sollten wir dort weitere Vorstöße machen, statt hier zu warten und zu hoffen, daß er auftaucht, bevor er sein nächstes Opfer umbringt.«

Tanner überlegte. »Ich weiß nicht, wie wahrscheinlich es ist, daß er eine zweite Anlage wie diese hat? Auf jeden Fall sollte man hier rund um die Uhr Doppelstreifen postieren.«

»Warum brechen Sie nicht einfach die Luke auf?« sagte Mixer. »Das muß der Weg sein, auf dem er kommt und geht. Wenn Sie dem Weg folgen, finden Sie vielleicht heraus, wo er haust.«

Sie sahen Mixer an. Was er sagte, leuchtete ein, dachte Tanner. »Daran könnte etwas sein«, bemerkte er. »Wahrscheinlich hat er alle wichtigen Zugänge verschlossen, um Leute fernzuhalten, so daß wir es vielleicht doch nur mit einem Schlupfwinkel zu tun haben.«

Carlucci grunzte. »Richtig. Aber zuerst wollen wir uns dies hier genauer ansehen.«

Sie suchten systematisch den Raum zwischen den Maschinen ab und arbeiteten sich so zum rückwärtigen Teil des weitläufigen Raums durch. Tanner konnte sich nicht vorstellen, was der Kettenmörder mit all diesen gepflegten Maschinen tat. Die Aufstellung der meisten von ihnen war für einen Produktionsablauf irgendwelcher Art ungeeignet. Auch waren nirgendwo Produktionsabfälle oder Fertigerzeugnisse zu sehen. Vielleicht dienten sie nur dem Schaueffekt. Aber für wen, wenn es sich so verhielt?

Im rückwärtigen Teil des Raums war eine größere freie Fläche, die in erster Linie von einem Operationstisch eingenommen wurde. Neben diesem standen kleinere Maschinen und Werkzeuge, darunter Gasflaschen, Schweißgeräte und anderes Werkzeug. Am Tisch angebrachte Haltegurte verrieten, daß er hier seinen Opfern die erhitzten Metallbänder der Ketten in die Haut einschmolz.

Sookie hatte auf diesem Tisch gelegen...

Er wandte sich ab. »Carlucci, hier, das sollten Sie sehen.«

Er wartete, bis Carlucci zwischen den Maschinen hervorkam, wo er nach Hinweisen gesucht hatte, die von Bedeutung sein mochten.

»Mein Gott«, sagte Carlucci, als er bei Tanner anlangte und den Tisch und die Werkzeuge sah. Er ging langsam um den Tisch herum. »Und da, schauen Sie, Tanner.« Er zeigte zum Boden wo etwas lag, was Tanner bis dahin übersehen hatte – kleine Fetzen, die allem Anschein nach geschmolzene oder verbrannte Haut waren. »Das muß Porkpie alles sichern.« Er seufzte tief und wandte sich zu Tanner. »Der Stachelkopf hat recht«, sagte er. »Schluß mit dem Herumtaktieren. Wir brechen die Luke auf und schnappen diesen Verrückten jetzt, was immer es kostet.«

Tanner nickte, stumm und noch wie betäubt. Es gab nichts anderes zu tun.

Während zwei Techniker an der Bodenluke im Keller arbeiteten, sah Tanner mit wachsender Gleichgültigkeit zu. Sookie war tot. Doch sie war es, die dies möglich gemacht hatte, wenn auch unbeabsichtigt; Sookie hatte sie hierher geführt.

Vier Leute sollten durch die Luke einsteigen: Tanner, Carlucci, Fuentes und Harker. Mehr würden in den beengten unterirdischen Gängen und Räumen zu viele potentielle Probleme schaffen. Mixer mußte zurückbleiben, weil Carlucci argumentierte, daß er als Außenseiter in einer Polizeiaktion nichts zu suchen habe und man ihn außerdem nicht den Gefahren einer Verbrecherjagd aussetzen dürfe.

Tanner selbst stand dem Unternehmen zwiespältig gegenüber. Er fand, daß er seinen Teil getan, seinen Beitrag geleistet hatte. Er hatte Rattan gefunden, oder war von ihm gefunden worden, und hatte erfahren, wer und wo der Kettenmörder war. Seine Anwesenheit war nicht mehr wichtig. Carlucci und seine Leute würden den Kettenmörder entweder finden oder nicht finden; für sie machte es keinen Unterschied, ob Tanner dabei war oder nicht.

Er versuchte sich darüber klar zu werden, ob Sookies Tod ihn nicht hätte erbittern sollen, daß er sich mit dem Eifer rechtschaffener Empörung und verständlichem Vergeltungsdrang an der Verfolgung und Gefangennahme des Kettenmörders beteiligte. Aber er hatte immer das Gefühl gehabt, daß vollzogene Vergeltung selten die Befriedigung gewährte, die man sich vorher davon versprach, und daß Gerechtigkeit auf dem Wege der Justiz zu erreichen weit komplizierter und weniger leicht zu erlangen war als die meisten Leute glaubten.

Der Anblick von Sookies verstümmelten Leichnam hatte ihn mehr deprimiert als alles andere. Sie hatte ihm sehr wahrscheinlich das Leben gerettet, nachdem er aus dem Fenster gefallen war, hatte ihn vor Max und dem Roten Riesen gerettet, während er sie nur abgewiesen und fortgeschickt hatte. Natürlich hatte er nicht wissen können, daß ihr Leben in Gefahr war, aber er hätte sich ein wenig um sie kümmern und ihre Begleitung akzeptieren können, als sie seine Nähe gesucht hatte. Manches, vielleicht alles wäre anders und günstiger verlaufen. Aber was bedeutete das für die gegenwärtige Situation? Alles? Nichts?

Trotz allem stand er da und wartete mit Carlucci, daß die Techniker ihr Werk vollendeten. Warum? Vielleicht, weil er ein Bedürfnis verspürte, es zum Abschluß zu bringen.

In seiner Gesäßtasche drückte eine Betäubungspistole. Sie waren zusätzlich zu ihren Dienstpistolen alle mit Betäubungswaffen versehen, da der Kettenmörder, wenn möglich, lebendig gefangen werden sollte. Der Bürgermeister und insbesondere der Polizeipräsident wollten ihn vor Gericht gestellt, verurteilt und öffentlich hingerichtet sehen. Auch das war ein Punkt, für den Tanner nicht allzuviel übrig hatte; mit Serientätern wie dem Kettenmörder gehörte kurzer Prozeß gemacht.

»Fertig«, sagte einer der Techniker. Scheinwerfer waren auf die Luke gerichtet, als die Techniker sie hoben und an den Scharnieren zurückklappten. »Freie Bahn für sie.«

Tanner und Carlucci kauerten am Rand der Öffnung und leuchteten hinein. Eine Eisenleiter führte abwärts zu einem winzigen Bahnsteig, einer Plattform neben einem Schienenstrang. Die Plattform war leer, der Tunnel in beiden Richtungen still. »Vorwärts«, sagte Carlucci.

Er stieg zuerst hinab, gefolgt von Tanner und den beiden anderen. Auf der Plattform war kaum genug Platz für alle vier, und die Decke war nur einige Handbreit über ihren Köpfen. Tanner verspürte den instinktiven Drang, den Kopf einzuziehen, wenn er sich bewegte, obwohl es nicht notwendig war. Die Wände waren teils gemauert, teils betoniert. Der Boden zwischen den Schienen war ein Gemisch von Erde und Schotter.

Der nach rechts führende Tunnel, der aus dem Freihafenbezirk hinausführte, war kaum dreißig Meter jenseits der Plattform vermauert. Nicht einmal eine Ratte hätte dort einen Durchlaß gefunden.

Carlucci stieg von der Plattform und ging neben den Schienen in die andere Richtung. Die drei anderen schlossen sich ihm im Gänsemarsch an. Ihre Taschenlampen tasteten mit breiten, schwankenden Lichtkegeln durch die Dunkelheit.

Die nächste Stunde folgten sie den Schienen. Es war ein relativ gerader Weg, der sie vor keine Entscheidungen stellte. Sie stießen auf mehrere vom Tunnel abzweigende Gänge, die sie ohne Ausnahme erforschten. Aber in jedem Fall fanden sie die Abzweigungen vermauert, meistens in unmittelbarer Nähe des Haupttunnels.

Streckenweise waren die Wände von Graffiti und Schmierereien bedeckt, aber sie stießen auch auf mehrere große und schöne Gemälde auf dem Beton, zur besseren Haltbarkeit mit farblosem Fixativ besprüht: ein abstraktes Bild in gelben und schwarzen Tönen, weiß umrandet; eine Maschine mit einem menschlichen Kopf und Dutzenden von mechanischen Armen, die spinnengleich über einem verlassenen Platz in einer Stadt schwebte; ein Portrait von einer dunkelhaarigen Frau.

Die Luft im Tunnel war nicht so kühl und frisch wie in den meisten unterirdischen Tunnels der Stadt. Zu viele Abzweigungen waren zugemauert, die Luftzirkulation unterbunden. So war die Luft abgestanden und moderig, wie der Tod.

Die Gleise endeten.

Die Decke hob sich, der Tunnel weitete sich zu einem geschlossenen Raum. Zwei Schienenschlitten waren von den Gleisen genommen und lehnten an der Wand. Eine große Tür war der einzige Weg hinaus.

Sie verbrachten ein paar Minuten mit der Überprüfung des Raums, ohne etwas zu finden. Keiner sprach, und sie bewegten sich beinahe geräuschlos. Carlucci trat zur Tür und drückte auf die Klinke. Die Tür war nicht verschlossen. Auf sein Signal hin wurden alle Taschenlampen ausgeschaltet. Die Dunkelheit war vollständig; Tanner konnte nicht die Hand vor Augen sehen.

Mit leisem Knarren öffnete Carlucci die Tür. Ein Lichtspalt erschien, weitete sich. Ein geräumiger Korridor lag jenseits der Tür, von einer nicht erkennbaren Lichtquelle matt erhellt. Der Korridor schien leer.

Carlucci öffnete die Tür ganz, und Tanner trat zu ihm in die Öffnung und spähte den Korridor entlang. Außer nackten Wänden war nichts zu sehen. Der Korridor erstreckte sich ungefähr zwanzig Meter weit bis zu einer zweiten Tür. Außer einer leisen, summenden Vibration, die in der Luft um sie herum zu schweben schien, waren keinerlei Geräusche zu hören.

Carlucci und Tanner gingen weiter, die anderen folgten mit einem Abstand von drei Schritten. Als sie die nächste Tür erreichten, zogen Tanner und Carlucci die Betäubungspistolen. Carlucci ergriff die Türklinke und drückte sie langsam nieder. Auch diese Tür war unverschlossen. Er wandte sich um, vergewisserte sich, daß alle bereit waren und ihre Betäubungswaffen gezogen hatten. Dann drückte er die Klinke ganz hinunter, und mit einem leisen Klick gab die Tür seinem Druck nach.

Die Tür öffnete sich in einen wohl fünfzehn Meter langen Raum mit einer zehn Meter hohen Decke. In der Mitte dieses Raums, der von schimmerndem blauem Licht aus einem Dutzend spiralförmiger Leuchtkörper erfüllt war, stand der Kettenmörder. Der Engel der Zerstörung.

Er sah genauso aus, wie Tanner es nach den Schilderungen erwartet hatte. Beide Beine und ein Arm waren aus Metall, er trug keine Kleider und schien teils Mensch, teils Maschine, mit großen, schönen Schwingen von schimmernder silbriger Farbe, die über und hinter ihm ausgebreitet waren. Von seinen künstlichen Gliedmaßen führten fünfzehn oder zwanzig Kabel am Boden entlang zu elektronischen Konsolen an den Wänden. Um ihn lagen Spritzen und Injektoren am Boden verstreut. Der Mann hatte die Augen nach oben verdreht, daß nur das Weiße darin zu sehen war, und sein Körper und die Schwingen zitterten leicht.

Das Summen war hier wesentlich verstärkt. Tanner und Carlucci betraten den Raum, Tanner bewegte sich nach rechts, Carlucci nach links, und die beiden anderen kamen hinter ihnen.

»Schlag mich der Donner ...«, keuchte Harker.

Die Augen des Maschinenmenschen rollten herab. Er blickte Harker an, der noch in der Türöffnung stand. Fuentes hatte auf der rechten Seite zu Tanner aufgeschlossen, und sie bewegten sich weiter die Wand entlang. Carlucci tat das gleiche auf der anderen Seite des Raums. Alle zielten mit ihren Betäubungspistolen auf den Mann.

Der schlug mit den Flügeln, schwang sie nach vorn und abwärts und wieder zurück. Tanner stellte sich die Bewegungen als Einleitung zu einem Startversuch vor, obwohl ihm klar war, daß der Mann nicht fliegen konnte. Die Flügel schlugen wieder, aber sonst verharrte der Mann bewegungslos.

»Albert Cromwell«, sagte Carlucci.

Der Mann drehte den Kopf langsam und steif, bis er Carlucci im Blickfeld hatte.

»Wir haben Sie gefunden«, sagte Carlucci. »Legen Sie sich auf den Boden und breiten Sie Arme und Beine aus.«

Der Maschinenmensch, der Engel der Zerstörung reagierte mit einem bedächtigen Kopfschütteln.

»Wir wollen Sie nicht töten«, sagte Carlucci. »Also legen Sie sich auf den Boden. Und nehmen Sie die Flügel ab.«

Der Mann öffnete den Mund, und ein rauhes, stotterndes Geräusch kam hervor. Aber keine Worte. Die Flügel bewegten sich ein weiteres Mal, dann tappte der Mann mit steifen und langsamen Bewegungen auf Carlucci zu, zog die Kabel nach. Tanner fragte sich, was er damit bezweckte. Er war von einer Übermacht eingekreist und mußte wissen, daß er keine Chance hatte, metallverstärkt oder nicht.

»Auf Kreuzfeuer achtgeben!« rief Carlucci. »Aber schießen. Er muß zu Boden.«

Plötzlich bewegte sich der Mann blitzschnell auf

Carlucci zu. Tanner zielte und feuerte, hörte die gedämpften Abschüsse der anderen, dann die Geräusche von Querschlägern, die von Metall abprallten. Er fragte sich, ob überhaupt ein Treffer darunter war. Carlucci feuerte zweimal und wandte sich nach links, der Mann versuchte zu folgen, war aber durch die Flügel und die Kabel behindert. Tanner und die anderen feuerten wieder, Tanner zielte diesmal sorgfältiger auf Fleisch – den Arm, die Brust, der Hals, das Gesicht.

Diesmal war er sicher, daß er getroffen hatte, denn der Mann zuckte zweimal, obwohl er Carlucci weiter verfolgte. Dieser lief quer durch den Raum, übersprang die Kabel und führte den Mann in die Richtung, wo Tanner und Fuentes standen. Mehr Schüsse aus den Betäubungswaffen, weitere Treffer.

Der Mann wankte, brach in die Knie, stand wieder auf, fiel ein zweites Mal und sackte vornüber. Die Flügel falteten sich um ihn. Noch einmal versuchte er aufzustehen, die Flügel zuckten, dann erschlaffte er.

Carlucci ging mit gezogener Waffe zu ihm, dann Fuentes und Harker. Tanner hielt sich zurück und beobachtete aus zwei Metern Distanz, wie die drei Polizisten schweigend über Albert Cromwell standen. Niemand schien zu wissen, was er sagen oder tun sollte. Schließlich kniete Carlucci neben dem Mann nieder und prüfte Puls und Atmung.

»In Ordnung«, sagte er. »Wir haben ihn. Jetzt müssen wir ihn lebendig hier hinausschaffen.«

Tanner und Carlucci beobachteten das medizinische Hilfspersonal bei der Verladung Albert Cromwells in den Krankenwagen. Es war schwierig, jetzt den Engel der Zerstörung in ihm zu sehen. Es war Nacht geworden, und die Hälfte der Lichter ringsum waren Blinklichter. Wahrscheinlich waren seit Jahren nicht so viele Streifenwagen im Freihafenbezirk gewesen.

Der begleitende Arzt kam zu ihnen herüber. »Ich kann nichts garantieren«, sagte er, »aber seine lebenswichtigen Funktionen sind offenbar noch in Ordnung. Wir werden ihn unterwegs auf Toxine untersuchen und geben ein Gegenmittel, um die Wirkung des Betäubungsmittels abzuschwächen. Er sieht schlechter aus als er tatsächlich beisammen ist.«

»Danke«, sagte Carlucci.

Der Arzt nickte, ging zurück zum Krankenwagen und stieg hinten bei Cromwell ein. Die Türen wurden geschlossen, Sirenen und Blinklichter gingen an, und der Krankenwagen fuhr davon, von Streifenwagen vorn und hinten eskortiert. Mehrere andere Streifenwagen blieben zurück; einer von ihnen würde Carlucci zum Krankenhaus bringen, damit er die Dinge dort unter Kontrolle halten konnte.

Sie hatten einen schnellen und einfachen Weg aus dem Aufenthaltsraum des Kettenmörders gefunden und Cromwell zu viert hinausgetragen, wo Carlucci den Krankenwagen und zusätzliche Kräfte angefordert hatte. Der Krankenwagen war in weniger als fünf Minuten eingetroffen.

»Fahren Sie mit mir in die Klinik?« fragte Carlucci.

Tanner schüttelte den Kopf. »Ich wüßte keinen Grund, weshalb ich sollte.«

»Ich auch nicht.« Carlucci atmete tief durch und ließ die Luft langsam ausströmen. »Es ist vorbei, nehme ich an.«

»Ja.«

Keiner sprach. Tanner sah die Streifenwagen nacheinander abfahren.

»Sie sollten jetzt gehen, sonst fahren die ohne Sie ab«, sagte er.

Carlucci nickte. »Und Sie gehen nach Haus?«

»Ja. Ich könnte einen guten Nachtschlaf gebrauchen.«

»Ich auch«, sagte Carlucci seufzend. »Aber ich muß die nötigen Formalitäten erledigen. Wer weiß, wann ich nach Haus kommen werde. Ich kann mich glücklich schätzen, wenn es dann noch dunkel ist.« Er grunzte, unterdrückte ein Lächeln. »Ich werde Sie unterrichten.«

»Klar. Nun gehen Sie.«

Sie tauschten einen Händedruck, dann ging Carlucci hinüber zum letzten wartenden Streifenwagen und stieg ein. Die Sirene heulte auf, der Wagen brauste davon.

Tanner sah ihn die Straße hinunterfahren und das Licht blinken, bis er drei Blocks weiter in eine Seitenstraße bog. Die Schaulustigen hatten sich bereits verlaufen, und innerhalb von Minuten waren die Sirenentöne kaum noch zu hören, gingen unter in den normalen Geräuschen des Straßenverkehrs. Alles wieder normal, dachte Tanner.

Es war Zeit, daß er nach Haus kam. Diesen Augenblick hatte er seit langem erhofft. Er warf einen Blick zurück, dann machte er kehrt und ging die Straße hinunter.

40

In dieser Nacht schlief Tanner lang und tief und erwachte erst gegen Mittag. Kurz vor zwölf. Wenn er geträumt hatte, erinnerte er sich an nichts.

Er blieb eine Weile ruhig im Bett liegen und lauschte den Geräuschen der Stadt, die durch das offene Fenster zu ihm hereindrangen. Eine leichte Brise wehte, und obwohl die Luft heiß war, war es nicht schwül oder stickig. Er wußte nicht, welcher Wochentag war. Welcher Tag es auch war, er hatte es nicht eilig, ihn anzufangen.

Schließlich stand Tanner auf und wanderte ein paar Minuten lang ziellos in der Wohnung umher, bevor er ins Bad ging. Er erleichterte sich, trat vor den Spiegel über dem Waschbecken und musterte sein Ebenbild. Inzwischen hatte er es zu einem Zweiwochenbart gebracht, der ihm nicht gefiel.

Fünfzehn Minuten verbrachte er mit einer sorgfältigen Rasur, die sein Gesicht wieder in den Normalzustand versetzte. Danach nahm er eine lange Dusche, zuerst heiß und dann kalt, bis seine Lebensgeister ganz erwacht waren.

Er zog sich an und aß eine Scheibe Toast. Er war nicht hungrig, dachte aber, daß er etwas im Magen haben sollte. Er verließ die Wohnung, um ein Café aufzusuchen und die Zeitung zu kaufen.

In der Columbus Street blieb er vor einem Zeitungskiosk stehen, las verdutzt die Schlagzeile: KETTENMÖRDER GEFASST, GETÖTET. Getötet? Der Arzt des Krankenwagens hatte gesagt, er würde die Betäubung gut überstehen. Was, zum Teufel, war da passiert?

Er kaufte eine Zeitung, las sie aber nicht gleich. Zuerst ging er in ein Café, bestellte Kaffee und setzte sich mit der Zeitung und dem Kaffee an einen Tisch.

Aus irgendeinem Grund, den er sich nicht erklären konnte, vermied er es zunächst, den Artikel über den Kettenmörder zu lesen. Er trank den Kaffee und überflog den Rest der Zeitung, Abschnitt für Abschnitt. Erst als er alles gelesen hatte, was er normalerweise las und eine zweite Tasse Kaffee zur Hälfte getrunken hatte, nahm er sich die Titelgeschichte vor.

Wenn man der Berichterstattung der Zeitung glauben schenken wollte, war ein Mann namens Albert Cromwell, den die Polizei endlich als den Kettenmörder identifiziert hatte, nach langen Ermittlungen und Suchaktionen gestellt und festgenommen worden. Obwohl die Polizei zu seiner Überwältigung nur Betäubungswaffen verwendet hatte, war sein Kreislauf den hohen Dosen, die verwendet worden waren, um ihn zu überwältigen, nicht gewachsen gewesen.Auf dem Weg ins Krankenhaus war er gestorben. Es gab keine Bilder von Albert Cromwell, und daß er zu mehr als der Hälfte aus elektronisch-mechanischen Komponenten bestand, blieb unerwähnt.

Tanner verließ das Café und suchte eine Telefonzelle auf. Er versuchte die Mordkommission zu erreichen, erhielt aber die Auskunft, daß Carlucci in Urlaub sei. Niemand wollte ihm Carluccis private Nummer geben, und er mußte sie schließlich von Lucy Chen erfragen.

Tina, Carluccis Tochter, meldete sich. Zuerst sagte sie, Carlucci sei nicht da, aber als Tanner seinen Namen nannte, sagte sie, ihr Vater habe seinen Anruf erwartet. Ein paar Augenblicke später kam Carlucci an den Apparat.

»Ich erwartete viel früher von Ihnen zu hören«, sagte er.

»Ich las gerade die Zeitung«, erwiderte Tanner.

»Lange geschlafen?«

»Ja, wurde auch Zeit. Was, zum Teufel, geht vor?«

»Treffen wir uns irgendwo«, sagte Carlucci.

Also nicht über das Telefon, dachte Tanner. »Einverstanden.«

»Haben Sie einen Vorschlag?«

Tanner ließ sich mit der Antwort Zeit, doch brauchte er nicht lange, um zu entscheiden, wo er mit Carlucci sprechen wollte. »Ja«, sagte er. »Kennen Sie den Carousel Club?«

»Irgendwo südlich der Market Street, nicht?«

»Ja, nahe dem Einschnitt.«

»Ich werd's schon finden. In einer halben Stunde?«

»Lieber in einer Stunde«, sagte Tanner.

»Fein. Bis dann.«
»Alles klar.« Tanner legte auf.

Tanner erreichte den Carousel Club eine halbe Stunde vor dem vereinbarten Termin und stieg hinauf ins Obergeschoß. Alle drei Balkontische waren besetzt, und er mußte einen Tisch im Innern nehmen, nicht weit von der Flügeltür. Er bestellte ein Mineralwasser mit Zitrone und behielt den Balkon im Auge. Ein paar Minuten nachdem die Bedienung das Wasser gebracht hatte, standen zwei Frauen an einem der Balkontische auf und gingen, und Tanner nahm sein Glas und zog zum Balkon um.

Draußen ging ein leichter Wind, der vom Gebäude in die andere Richtung blies, denn der Gestank des sumpfigen Einschnittes war nicht wahrzunehmen. Gegen die Hitze vermochte der Wind allerdings nicht allzuviel auszurichten. Obwohl der Himmel wolkenlos war, herrschte drückende Schwüle, und Tanner klebte das Hemd bereits am Rücken.

Er trank das gekühlte Wasser und blickte über den Einschnitt zum Autofriedhof. Hier hatte alles angefangen, dachte er. Wenigstens für ihn. Er malte sich Sookie aus, wie sie im Schneidersitz auf einem Autowrack saß und ihm seltsame Handsignale sendete. Es fiel ihm noch immer schwer zu glauben, daß sie tot war, und er konnte den Gedanken nicht abschütteln, daß er für ihren Tod zumindest mitverantwortlich war.

Als das Wasser getrunken war, bestellte er sogenanntes Gletscherwasser. Als es kam, stellte er fest, daß es nicht besser schmeckte, obwohl es dreimal so viel kostete.

Während er saß und vom Wasser nippte, leerten sich die beiden anderen Tische, und bald saß er allein auf dem Balkon, blickte über das Wasser und beobachtete die Lichtreflexe auf der Oberfläche. Er schaute noch immer hinaus zum Autofriedhof und dachte an Sookie, als Carlucci kam. Er setzte sich Tanner gegenüber, bestellte ein Bier und schaute hinunter zum Wasser.

»Hier waren Sie?« fragte er. »Als wir die Leichen herauszogen?«

Tanner nickte. »Der Tag war meine erste Begegnung mit Sookie«, sagte er. »Sie saß drüben auf einem Autowrack. Als Sie auftauchten, hat sie sich versteckt – in einem der Wagen, denke ich. Sie erzählte mir, sie habe beobachtet, wie Sie die Leichen aus dem Wasser zogen.« Er machte eine Pause, als das Gefühl von Beengung wieder seine Brust zusammenschnürte.

»Drei Wochen später wurde sie selbst aus dem Wasser gezogen.« Er wandte den Kopf und faßte Carlucci ins Auge. »Nun erzählen Sie mir, was, zum Henker, vorgeht?«

»Lassen Sie mich zuerst etwas erklären«, sagte Carlucci. »Ich habe amtlichen Befehl, nichts über diese Angelegenheit zu sagen, zu niemandem, Punktum. Wenn jemand mich danach fragt, Reporter, offizielle Ermittler, wer immer, sage ich nichts. Ich lüge nicht, ich bestätige oder leugne nichts, ich sage bloß ›kein Kommentar‹ und gebe alle Fragen an meine Vorgesetzten weiter. Also an Boicelli. Wenn ich etwas sage, verliere ich meinen Job, meinen Pensionsanspruch und jede Chance, in dieser Stadt wieder Arbeit zu finden. Verstehen Sie? Ich sagte Ihnen, daß ich mit Ihnen sprechen und Ihnen das gleiche sagen würde, aber ohne irgendwelche Erläuterungen. Daß ich Ihnen bloß sagen würde, es sei in Ihrem eigenen Interesse, nicht zu reden. Das ist alles.« Er lehnte sich im Stuhl zurück. »Was ich Ihnen jetzt erzählen werde, bedeutet natürlich einen Verstoß gegen meine Vorschriften. Die Sache ist nur, daß Sie in diesen Ermittlungen Ihr Leben riskiert und beinahe verloren hätten, und ich denke mir, daß ich Ihnen etwas schuldig bin. Sie haben verdient, Bescheid zu wissen. Aber ich möchte, daß Sie die Situation verstehen.«

»Ich werde es versuchen«, sagte Tanner. »Und ich weiß das Risiko zu würdigen, das Sie auf sich nehmen. Also erzählen Sie mir, wie er gestorben ist.«

Carlucci schüttelte den Kopf. »Er ist nicht gestorben. Der Scheißkerl lebt noch.« Er schüttelte den Kopf weiter. »Das Militär hat ihn sich zurückgeholt.«

»Und was ist mit den Zeitungen?«

»Offizielle Version. Wurde uns von der Bundespolizei mitgeteilt. Ich weiß nicht, wie diese Bastarde so schnell davon erfuhren, aber sie warteten schon, als der Krankenwagen in der Klinik eintraf. Cromwell gelangte gar nicht ins Gebäude. Die Militärs ließen ihn im Krankenwagen und hielten Wache, bis sie ihren eigenen Transporter herbeigeschafft hatten. Es gab eine Menge Gebrüll und Streit, können Sie mir glauben. Wir wollten ihn natürlich nicht hergeben und ins Krankenhaus schaffen, aber sie gaben nicht nach. Sie hatten ihren eigenen Arzt dabei, der in den Krankenwagen stieg und an ihm arbeitete. Sie wollten ihn auf keinen Fall tot sehen.« Carlucci schüttelte den Kopf und trank von seinem Bier.

»Es war eine ziemlich verfahrene Situation, bis McCuller, Vaughn und Boicelli eintrafen. Sie sagten uns, daß wir ihn übergeben sollten. Ich weiß nicht, wie die anderen zwei darüber dachten, aber ich weiß, daß Boicelli nicht glücklich darüber war. Keine andere Wahl, sagte er. Sagte, der Befehl kam ›von so hoch oben, daß Sie Nasenbluten davon kriegen würden‹. Also schafften sie ihn fort. Jeder, der etwas wußte, erhielt Befehle: keiner von uns weiß etwas. Ich bekam einen voll bezahlten zweiwöchigen Zwangsurlaub, mit sofortiger Wirkung. Und damit hat es sich. Fall abgeschlossen.«

»Warum?« fragte Tanner, obwohl ihm bereits ein paar Ideen durch den Kopf gingen.

»*Ihre* offizielle Begründung ist«, sagte Carlucci, »daß sie ihn in Gewahrsam nehmen wollen, um ihn zu untersuchen und zu studieren, herauszubringen, was bei ihm schiefging, damit es nicht wieder passiert.« Carlucci schnaubte. »Ich würde sagen, daß daran etwas Wahres ist; wahrscheinlich wollen sie wirklich feststellen, was mit diesem Kerl schiefgegangen ist, warum er überschnappte.«

»Was ihnen aber in Wirklichkeit Sorge bereitet«, erwiderte Tanner, »ist schlechte Publizität. Sie wollen, daß nichts davon an die Öffentlichkeit gelangt.«

Carlucci nickte. »Ganz recht. Sie können es sich nicht leisten, daß er vor Gericht gestellt wird. Alles würde ans Licht kommen, dafür würde jeder Rechtsanwalt sorgen. Und wenn diese Sache an die Öffentlichkeit käme, könnten sie das Programm abschreiben, was immer sie laufen haben. Also ist er tot. Das heißt, er ist es nicht, und sie haben ihn irgendwo eingesperrt, aber offiziell ist er tot. Albert Cromwell, verstorben.«

»Also war alles, was wir taten, umsonst«, sagte Tanner. Er blickte hinunter zum sumpfigen Einschnitt und dem Autofriedhof am anderen Ufer. »Es ist alles so verdammt vergeblich.«

»Nein, nein«, widersprach Carlucci. »Wir fingen ihn. Er hätte noch wer weiß wie viele Menschen umgebracht, wenn wir ihn nicht gefaßt hätten.«

»Könnte er noch immer, wenn er wieder abhaut.«

»Das ist ziemlich unwahrscheinlich«, meinte Carlucci. »Das können sie sich nicht leisten, also werden sie ihn sicher unter Verschluß halten. Wenn es jemals wieder passierte, würde die Kacke am Dampfen sein, und das wissen sie. Alle Übereinkommen würden ungültig sein, und wir würden sie alle hochgehen lassen.«

Tanner schüttelte den Kopf. »Sie mögen recht haben, aber es ist trotzdem Scheiße.« Er musterte Carlucci. »Wissen Sie, es ist eine versaute Welt, in der wir leben.«

Carlucci stieß ein kurzes, hartes Lachen aus. »Große Überraschung, Tanner. Sehen Sie, ich will das nicht bestreiten. Aber etwas sollten Sie sich immer vergegenwärtigen.«

»Ja? Und was ist das?«

»Es ist die einzige Welt, die wir haben.«

Tanner erwiderte nichts. Schweigend saßen sie da, blickten hinaus über das Wasser, den Autofriedhof, die anderen baufälligen Häuser und überwucherten Parzellen am Wasser. Die Bedienung kam, weitere Bestellungen entgegenzunehmen, aber Carlucci schüttelte den Kopf und sagte, er müsse gehen. Tanner bestellte ein weiteres Mineralwasser. Er wollte noch eine Weile bleiben und nachdenken.

Nachdem die Bedienung das Mineralwasser gebracht hatte, stand Carlucci vom Tisch auf.

»Ich habe Urlaub«, sagte er. »Werde ihn mit meiner Familie verbringen. Ich weiß nicht, vielleicht machen wir einen Ausflug irgendwohin. Wo es nicht so verdammt viel regnet.«

Er streckte ihm die Hand hin, und Tanner drückte sie. »Danke, daß Sie mich informiert haben«, sagte Tanner.

Carlucci nickte. »Klarer Fall.« Er ließ Tanners Hand los und trat zurück. »Viel Spaß im Urlaub«, sagte Tanner.

»Kann ich brauchen. Sie sollten vielleicht auch Urlaub nehmen.«

»Werde ich vielleicht.«

»Bis demnächst, Tanner.«

»Ja.«

Carlucci wandte sich ab, ging hinein und die Treppe hinunter.

Tanner blieb noch lange auf dem Balkon, dachte nach und sah, wie die Schatten auf der Wasseroberfläche länger wurden. Die Gesichter von Menschen erschienen in seinen Gedanken, machten ihre Auftritte und verschwanden wieder, um später von neuem zu erscheinen: Sookie, Carla, Valerie und Connie. Carlucci. Albert Cromwell, der Engel der Zerstörung. Sookie und Carla waren tot, aber sie waren noch bei ihm. Carla vielleicht zu sehr. War es das, was Hannah Rossi ihm klarzumachen versuchte? Vielleicht hatte sie recht. Könnte es sein, daß er nach fünfzehn Jahren noch immer nicht von Carla gelassen hatte? Und was war mit Valerie? Hatte Hannah auch darin recht? Er hatte nicht gewußt, was er sonst tun sollte.

Und da war Albert Cromwell, der Engel der Zerstörung. Wieder beim Militär. Wer konnte wissen, was mit ihm geschah. Verschwunden, wieder vermißt. Aber Carluccis Worte kamen ihm in den Sinn: ›Es ist die einzige Welt, die wir haben.‹ Als er dasaß und nachdachte und über das Brackwasser hinausblickte, schien es Tanner jetzt, daß Carlucci absolut recht hatte.

Es war Spätnachmittag, als Tanner endlich den Carousel Club verließ. Er mußte drei Blocks weit gehen, bevor er ein funktionsfähiges Telefon fand. Er nahm den Hörer ab, dann hängte er wieder ein und ging davon. Zwei Blocks weiter machte er an einer anderen Telefonzelle halt und nahm wieder den Hörer ab. Diesmal steckte er seine Karte in den Schlitz und drückte Valeries Privatnummer.

Während er es am anderen Ende läuten hörte, dachte er an Connie und hoffte, sie würde sich nicht melden. Er war noch immer nicht sicher, was er ihr sagen sollte; er hatte das alles noch immer nicht verarbeitet und durchdacht. Er war nicht einmal sicher, ob er Valeries Stimme überhaupt hören wollte, so daß er sich erleichtert fühlte, als das Telefon weiter läutete. Schließlich hängte er ein.

Er zögerte, bevor er es in der Klinik versuchte, war nahe daran, die Telefonzelle wieder zu verlassen, doch dann drückte er die Nummer. Als sein Anruf beantwortet wurde und er nach Valerie fragte, wurde er durchgestellt, und die Stationsschwester, die sich meldete, sagte, Valerie sei beschäftigt und unabkömmlich. Tanner hinterließ die Nummer der Telefonzelle und hängte ein.

Er war unsicher, ob er das Richtige tat und fragte sich, ob es ein Fehler sei. Aber er war der Meinung, daß er es tun mußte, daß er es brauchte.

Das Telefon läutete.

Tanner starrte den Hörer an, er war wieder nahe daran, kehrt zu machen und einfach wegzugehen. Sein Herz pochte. Das Telefon läutete. Dann löste sich etwas in ihm, und er ließ den Atem ausströmen. Er hatte gar nicht gewußt, daß er ihn angehalten hatte. Er wußte, was er zu tun hatte. Tanner holte noch einmal tief Atem, streckte die Hand aus und nahm den Hörer ab.